STANISŁAW
LEM

Der Flop

Roman

Aus dem Polnischen
von Hubert Schumann

Verlag Volk und Welt Berlin

Autorisierte Übersetzung

ISBN 3-353-00018-6

1. Auflage

L. N. 302, 410/33/86
Titel der Originalausgabe: *Pokój na ziemi,* erschienen bei Wydawnictwo Literackie, Kraków 1986;
Printed in the German Democratic Republic

Einbandentwurf: Schulz/Labowski
Satz, Druck und Einband: Karl-Marx-Werk Pößneck V15/30
LSV 7224
Bestell-Nr. 648 588 3

00900

I. ZWEIGETEILT

Ich weiß nicht, was ich machen soll. Es wäre nicht mal so schlimm, wenn ich sagen könnte: »Es steht schlecht um *mich.*« Ich kann aber auch nicht sagen: »Es steht schlecht um *uns.*« Ich kann nämlich nur teilweise für die eigene Person sprechen, obwohl ich nach wie vor Ijon Tichy bin. Von jeher hatte ich die Angewohnheit, beim Rasieren laut mit mir selbst zu reden. Das habe ich jetzt aufgeben müssen – mein linkes Auge hat es mir durch boshaftes Zwinkern ausgetrieben. Solange ich im LEM gesteckt hatte, war ich mir überhaupt nicht im klaren gewesen, was vor dem Start passiert war. Dieser LEM glich übrigens in keiner Weise dem amerikanischen Dreifuß, mit dem die NASA Armstrong und Aldrin losgeschickt hatte, damit sie ein paar Steine vom Mond holten. Er nannte sich nur genauso – zur Tarnung meiner geheimen Mission. Der Teufel mußte sie ausgeheckt haben, diese Mission!

Nach meiner Rückkehr vom Sternbild des Kalbes hatte ich mir vorgenommen, für mindestens ein Jahr keinen Flug zu unternehmen. Ausschließlich das Wohl der Menschheit hatte mich umgestimmt. Ich wußte, daß es schiefgehen konnte, Doktor Lopez veranschlagte meine Chancen auf eins zu zwanzig Komma acht. Das konnte mich nicht abhalten, ich bin ein Hasardeur, und einmal fällt einem sowieso der Löffel aus der Hand. Ich kann nur wiederkommen oder nicht wiederkommen, sagte ich mir. Es kam mir gar nicht in den Sinn, daß ich wiederkommen könnte, ohne daß *ich* wiederkomme – weil *wir* wiederkommen würden. Um das zu erklären, muß ich ein paar Sachen höchster Geheimhaltungsstufe aus dem Sack lassen, aber das ist mir jetzt egal. Das heißt, es ist mir teilweise egal. Ich kann alles das nämlich auch nur teilweise schreiben, und das fällt mir sehr schwer: Ich haue mit der rechten Hand auf die Tasten. Die linke habe ich an der Sessellehne festbinden müssen, sie war dagegen. Sie riß mir das Papier aus der Maschine, ließ sich durch keinerlei Argument beschwichtigen und schlug mir, bevor ich sie fesseln konnte, ein Auge blau.

Das sind die Folgen einer Zweiteilung. Jedermann hat im Schädel zwei Gehirnhalbkugeln, verbunden durch eine Art Spachtelmasse, die sich lateinisch *corpus callosum* und deutsch *Balken* nennt. Zweihundert Millionen weiße Nervenfasern schaffen den Kontakt, damit das Gehirn Gedanken fassen kann. Nur bei mir nicht mehr: Zack! Aus und vorbei! Dabei war das nicht mal ein brutaler Schnitt, es lag einfach an dem Testgelände, auf dem die Mondroboter eine neue Waffe erprobten. Hingeführt hatte mich der reine Zufall: Mein Auftrag war erfüllt, ich hatte diese kalten Geschöpfe überlistet und wollte wieder in den LEM steigen. Da mußte ich auf einmal pinkeln gehen.

Auf dem Mond gibt es keine Aborte. Sie würden dort auch nichts nützen. Deshalb trägt man im Raumanzug einen Behälter, wie ihn auch Armstrong und Aldrin hatten. Man kann also eigentlich allenorts und jederzeit, aber ich hatte dennoch Hemmungen, ich bin – oder war – zu kultiviert. Im vollen Sonnenschein mitten im Mare Serenitatis – das lag mir einfach nicht. Den einzigen Schatten weit und breit warf, einige Schritte entfernt, ein Felsblock. Ich begab mich dorthin, ohne zu ahnen, daß ich damit bereits in ein Ultraschallfeld geriet. Während ich mich erleichterte, spürte ich im Kopf einen Klick, als wäre mir etwas nicht auf die gebräuchliche Weise ins Genick, sondern ein bißchen höher appliziert worden: mitten in den Schädel. Das war die fernausgelöste integrale

Kallotomie. Weh tat mir nichts, mir wurde etwas schwummerig, aber das verging sofort wieder, und ich bestieg meinen LEM. Irgendwie kam mir zwar alles ein bißchen anders vor, ich mir selber auch, aber das schrieb ich damals der Aufregung zu, die nach so vielen Abenteuern ja ganz verständlich war.

Die rechte Hand wird von der linken Gehirnhalbkugel gelenkt. Deswegen habe ich oben vermerkt, daß das alles hier nur teilweise ich schreibe. Die rechte Halbkugel hat etwas dagegen, sonst würde sie nicht stören. Es ist ein Wursteig ohnegleichen. Ich kann mich selber nicht Ich nennen, weil das nur die linke Halbkugel ist. Gegen die andere muß ich kompromißbereit sein, sonst sitze ich bis in alle Ewigkeit mit einem festgebundenen Arm da. Ich habe auf verschiedenste Weise versucht, sie gnädig zu stimmen – vergebens. Sie ist einfach unmöglich: aggressiv, ordinär und arrogant. Ein Glück nur, daß sie nicht alles lesen kann und von den Satzteilen nur manche kennt, am besten die Dingwörter. Ich weiß, daß das immer so ist, denn ich habe die entsprechenden Bücher gelesen. Verben oder Attribute versteht sie nicht richtig, und da sie verfolgt, was ich hier in die Maschine tippe, muß ich meine Worte so wählen, daß sie keinen Anstoß nimmt. Ich weiß nicht, ob es mir gelingt. Weshalb die gesamte gute Erziehung in der linken Halbkugel untergebracht ist, weiß übrigens auch niemand.

Auf dem Mond hatte ich ebenfalls teilweise landen sollen, allerdings in einem ganz anderen Sinn. Das war ja noch vor dem Unfall, ich war noch nicht zweigeteilt. Ich sollte auf eine stationäre Umlaufbahn um den Mond gehen, die eigentliche Erkundung blieb meinem Sendling überlassen. Er war zwar aus Plast und mit Sensoren ausgerüstet, mir sonst aber ganz ähnlich. Ich steckte also im LEM 1, während LEM 2 mit dem Sendling gelandet war. Militärische Roboter sind gegen Menschen schrecklich verbissen: in jedem wittern sie gleich einen Feind. So war mir jedenfalls gesagt worden. Nun versagte LEM 2 aber leider, und ich entschloß mich zu einer persönlichen Landung, um zu sehen, was mit ihm los war. Der Kontakt war nämlich nicht völlig unterbrochen. Ich steckte in LEM 1 und spürte zwar nicht mehr LEM 2, aber immerhin Schmerzen im Bauch, der mir eigentlich nicht direkt, sondern über Funk weh tat, denn wie sich nach meiner Landung erwies, hatte man dem LEM die Haube aufgebrochen und den Sendling herausgerissen, um diesem daraufhin an den Bauch zu gehen. Ich konnte das entsprechende Kabel auf meiner Umlaufbahn nicht abschalten, weil sonst zwar meine Bauchschmerzen, damit aber auch die letzten Kontakte mit meinem Sendling weggewesen wären und ich nicht gewußt hätte, wo ich ihn suchen sollte. Das Mare Serenitatis, wo er in die Falle getappt war, gleicht in etwa der Sahara. Außerdem verwechselte ich immer die Kabel, sie hatten zwar alle eine andere Farbe, aber es waren verdammt viele, die Betriebsanleitung für Notfälle war mir abhanden gekommen, und während ich sie suchte, gesellte sich zu den Schmerzen im Bauch noch die Wut, so daß ich mich, ohne lange die Erde zu fragen, zur Landung entschloß. Man warnte mich natürlich, ich dürfe dies unter keinen Umständen tun, weil ich nicht wieder heil herauskäme, aber es liegt nicht in meiner Natur, Rückzieher zu machen. Außerdem ging es mir um den LEM. Er war zwar nur eine mit Elektronik vollgestopfte Maschine, ein Raub der Roboter sollte er trotzdem nicht werden.

Ich sehe schon: Je mehr ich erhelle, desto finsterer wird es. Ich will doch lieber ganz von vorn anfangen. Es ist eine andere Sache, daß ich nicht weiß, wie das »ganz vorn« gewesen ist – die Erinnerung dürfte vorwiegend in der rechten Gehirnhälfte stecken, zu der ich keinen Zugang habe. Daher kann ich meine Gedanken nicht zusammennehmen. Ich schließe das daraus, daß ich mich an eine Menge Dinge nicht erinnern kann. Um wenigstens etwas darüber zu erfahren, muß ich der Linken mit der Rechten Zeichen machen, wie sie zur Sprache der Taubstummen gehören. Das verschafft mir durchaus nicht immer eine Antwort, manchmal bekomme ich auch einen Daumen gezeigt, der zwischen Zeige- und Mittelfinger steckt, und das ist noch der höflichste Ausdruck einer abweichenden Meinung.

Es ist unvermeidlich, daß ich die eine Hand nicht nur gebrauchen muß, um die andere durch Gesten ins Gebet zu nehmen, sondern auch um ihre Widerspenstigkeit zu zähmen. Ich will hier gar nichts verschleiern: Ich würde der eigenen Extremität endlich mal eins überbraten, aber das ist eben der Witz, daß nur der rechte Arm stärker als der linke ist, während die Beine in dieser Hinsicht ebenbürtig sind. Bei mir kommt schlimmerweise hinzu, daß mein rechter Fuß auf der kleinen Zehe ein hochbetagtes Hühnerauge trägt und der linke sehr wohl davon weiß. Als im Autobus jener Skandal passierte und ich die linke Hand mit Gewalt in die Tasche steckte, rächte sich ihr Fuß mit einem solchen Tritt auf die genannte Stelle, daß ich Sterne sah. Ich weiß nicht, ob meine Schreiberei Folge eines durch meine Halbierung hervorgerufenen Intelligenzschwundes ist, aber immerhin merke ich noch, wenn dabei Blödsinn herauskommt: Der Fuß der linken Hand ist eigentlich einfach der linke Fuß. Es gibt Momente, wo mein unglückseliger Leib in zwei feindliche Lager zerfällt.

Ich habe mich eben unterbrechen müssen, weil ich mir einen Tritt zu geben versuchte, das heißt, der linke Fuß wollte den rechten treten, also nicht ich mich und nicht mich ich, jedenfalls nicht komplett ich – die Grammatik ist auf solche Situationen überhaupt nicht eingerichtet. Ich wollte mir schon die Schuhe ausziehen, ließ es jedoch. Man darf sich selbst in solcher Not nicht zum Narren machen. Ich trete mir doch nicht selber die Hacken kaputt, bloß um zu erfahren, wie das mit der Instruktion und den Kabeln war! Zwar habe ich mich manchmal schon mit mir selber in der Wolle gehabt, aber da herrschten ganz andere Voraussetzungen: einmal, in der Zeitschleife, als Früherer mit dem Späteren, nachher durch die Vergiftung mit Benignatoren. Ja, ich hatte mich selber geschlagen, war aber dabei unteilbar ich geblieben, und jeder, der es nur wünscht, kann sich in diese Lage versetzen. Hatten sich die Menschen im Mittelalter nicht zur Buße selber gegeißelt? In meine jetzige Lage aber kann sich niemand versetzen, das ist unmöglich. Ich kann nicht einmal sagen, daß ich zwei bin, denn genau besehen stimmt auch das nicht. Ich bin zwei, das heißt, auch teilweise bin ich nur teilweise, nämlich nicht in jeder Situation. Wenn ihr wissen wollt, was mir passiert ist, müßt ihr alles, was ich schreibe, schön der Reihe nach lesen – ohne Protest und Dazwischengerede, auch wenn ihr nichts davon versteht. Mit der Zeit wird das eine oder andere schon klarwerden, sicher nicht restlos, denn das gelänge nur per Kallotomie (es läßt sich ja auch nicht erklären, was es heißt, eine Natter oder eine Schildkröte zu sein, und wer – wie auch immer – zur Natter oder Schildkröte geworden ist, wird darüber nichts mehr mitteilen, denn Tiere können weder lesen noch schreiben).

Die normalen Menschen, zu denen auch ich eine beträchtliche Zeit meines Lebens gehörte, können nicht verstehen, wie jemand mit gekappten Gehirnhälften scheinbar weiterhin er selber sein kann, denn danach sieht es doch aus, wenn er sich ICH und nicht WIR nennt, normal auf zwei Beinen geht, ganz vernünftig redet und beim Essen nicht erkennen läßt, daß die rechte Halbkugel nicht im Bilde ist über die Machenschaften der linken (der Ausnahmefall in meinem Fall: der Verzehr von

Graupensuppe). Übrigens wird auch behauptet, die Kallotomie müsse bereits bei Entstehung der Heiligen Schrift bekannt gewesen sein. Schon dort stehe ja geschrieben, die Linke solle nicht wissen, was die Rechte tut. Ich halte das für eine religiöse Metapher.

Zwei Monate lang saß mir ein Typ auf den Hacken, der darauf wartete, daß ich die Wahrheit ausschwitzte. Er machte mir zu den ungelegensten Zeiten seine Aufwartung, um mich auszuquetschen, wieviel ich denn wirklich sei. Die wissenschaftlichen Werke, die ich ihm gab, damit er selber nachlesen und sich informieren könnte, gaben ihm nichts – ebensowenig übrigens wie mir. Ich lieh ihm die Bücher, um ihn abzuwimmeln.

Damals bin ich losgelaufen, um mir »Slippers« zu kaufen. So hießen doch wohl einmal die Schuhe, die oben auf dem Spann statt der Schnürsenkel Gummieinsätze haben. Mit Schnürsenkeln kam ich nämlich nicht mehr zurecht; ich konnte sie nicht zubinden, wenn meine linke Hälfte nicht spazierengehen wollte. Was die Rechte knüpfte, riß die Linke wieder auf. Daher der Entschluß, Slippers zu kaufen und bei der Gelegenheit gleich noch ein Paar Laufschuhe mitzunehmen, nicht etwa, weil ich meilenweit die Joggingmode mitmachen wollte, sondern um der rechten Gehirnhalbkugel eine Lehre zu erteilen. Ich fand damals einfach keine gemeinsame Sprache mit ihr, mich selbst aber in immer größerer Wut und einem Wust von blauen Flecken. Den Mann im Schuhgeschäft hielt ich für einen simplen Angestellten und das Knurren, mit dem ich mein etwas abwegiges Benehmen zu entschuldigen suchte, demzufolge für angemessen. Eigentlich war es ja nicht mein Benehmen. Kaum lag der Mann mit dem Schuhlöffel vor mir auf den Knien, packte ich ihn bei der Nase. Meine Linke hatte ihn gepackt, und ich suchte mich zu rechtfertigen, das heißt, die Schuld auf diese Linke abzuwälzen. Er mochte mich für verrückt halten (er war nur ein Verkäufer in einem Schuhgeschäft, was weiß so einer über Kallotomien . . .), aber ich war ziemlich sicher, den Handel zu machen: Er würde mir diese Schuhe letztlich abtreten, weil auch ein Verrückter nicht unbedingt barfuß laufen soll.

Dummerweise war er jedoch ein jobbender Student der Philosophie, und er war total aus dem Häuschen.

»Beim Grips des Menschen und der Barmherzigkeit Gottes, Herr Tichy«, dröhnte er mir durch die Wohnung, »nach den Regeln der Logik sind Sie entweder einer oder mehr! Wenn Sie sich mit der rechten Hand die Hose hochziehen und die linke läßt das nicht zu, dann heißt das, daß hinter einer jeden eine bestimmte Gehirnhälfte steckt, die etwas vorhat oder sich zumindest vorzunehmen gedenkt, da sie sich nicht auf das einlassen will, worauf die andere gerade scharf ist. Wäre es anders, so müßten alle Gliedmaßen nach dem Abhauen hand- und beingemein werden, aber das tun sie bekanntlich nicht!«

Daraufhin gab ich ihm Gazzaniga. Von dem Professor dieses Namens stammt nämlich die beste Monographie über das gekappte Gehirn und die Folgen solcher Operation, der Titel lautet BISECTED BRAIN, erschienen war das alles schon 1970 bei den APPLETON CENTURY CROFTS, herausgegeben von der EDUCATIONAL DIVISION IN MEREDITH CORPORATION, und ich wünschte, mir wäre der Bregen wieder so zusammengewachsen, wie ich unter heiligem Eid aussage, daß dieser Michael Gazzaniga ebensowenig eine Ausgeburt meines Hirns ist wie sein Papa, dem er seine Monographie gewidmet hat, der sich Dante Achilles Gazzaniga nannte und ebenfalls Doktor (M. D.) gewesen ist. Wer es nicht glauben will, soll im Laufschritt die nächstgelegene medizinische Buchhandlung aufsuchen und mir meine Ruhe lassen.

Der Kerl, der mir nachgelaufen war, um herauszukriegen, wie das ist, wenn man zweigeteilt ist, erfuhr von mir nichts, sondern versetzte meine beiden Gehirnhalbkugeln in eine so von Eintracht geprägte Wut, daß ich ihn beim Kragen nehmen und dem Treppenschacht überantworten konnte.

Zu solcher Harmonie fand meine dissoziierte Existenz sich vorübergehend zusammen, aber ich habe nach wie vor keine Ahnung, was eigentlich los war.

Jener Schnösel von Philosoph klingelte mich nachher mitten in der Nacht aus dem Schlaf, weil er glaubte, mir durch die Überraschung mein unaussprechliches Geheimnis entlocken zu können. Er wies mich an, den Hörer mal ans linke, mal ans rechte Ohr zu legen, und es machte ihm gar nichts aus, daß ich ihn mit den saftigsten Kraftwörtern belegte.

Hartnäckig hielt er an der Behauptung fest, nicht seine Fragerei sei blödsinnig, sondern mein Zustand: dieser stehe in Widerspruch zur gesamten anthropologischen, existentialistischen und zu wer weiß was noch für welcher Philosophie des Menschen als eines vernunftbegabten und der eigenen Vernunft bewußten Wesens. Dieser Student mußte gerade die Prüfungen hinter sich haben, denn er schüttelte die Hegels und Descartes (Ich denke, also bin ich, nicht aber: Wir denken, also sind wir) nur so aus dem Ärmel. Er fiel mit Husserl über mich her und setzte mit Heidegger nach, um zu beweisen, daß das, was mit mir war, nicht sein konnte, da es sämtlichen Interpretationen des geistigen Lebens widersprach, die wir schließlich nicht irgendwelchen Grünschnäbeln, sondern den genialsten Denkern der Geschichte verdanken. Seit einigen tausend Jahren hatten sie sich, angefangen bei den Griechen, mit der introspektiven Erforschung des Ichs beschäftigt, und plötzlich kommt einer daher, dessen Gehirnhemisphären voneinander getrennt sind! Er scheint gesund wie ein Fisch im Wasser, aber seine

Rechte weiß nicht, was die Linke tut, mit den Beinen verhält es sich ebenso, manche Experten sagen, er habe nur ein Bewußtsein auf der linken Seite, weil die rechte ein seelenloser Automat sei, andere behaupten, er habe zwei, aber das rechte sei stumm, weil das Brocasche Zentrum sich im linken Schläfenlappen befinde, dritte wiederum meinen, er habe zwei teilweise getrennte Ichs, und das sei doch absolut der Gipfel!

»Wenn man nicht teilweise aus dem Zug springen und nicht teilweise sterben kann«, schrie er auf mich ein, »dann kann man auch nicht teilweise denken!« Ich verzichtete darauf, ihn hinauszuwerfen, weil er mir leid tat. Aus Verzweiflung suchte er mich zu bestechen. Er nannte es eine freundschaftliche Spende: 840 Dollar. Er schwor, dies seien seine Ersparnisse für die Ferien, er sei bereit, sie sausenzulassen, einschließlich des Mädchens, das er hatte mitnehmen wollen. Ich sollte ihm um Gottes willen nur bekennen, WER denn dachte, wenn meine rechte Halbkugel dachte, und ICH nicht wußte, WAS sie dachte. Als ich ihn an Professor Eccles verwies, der als Anhänger der Theorie des linksseitigen Bewußtseins die Ansicht vertritt, die rechte Hemisphäre denke überhaupt nicht, äußerte er sich sehr abfällig über den Mann. Er wußte ja bereits, daß ich der rechten Hälfte nach und nach die Taubstummensprache beibrachte, und so forderte er mich auf, zu Eccles zu gehen und ihm zu sagen, daß er im Irrtum sei. Statt die Vorlesungen zu besuchen, vertiefte sich der Student in medizinische Zeitschriften, er hatte schon herausgefunden, daß die Nervenbahnen sich kreuzen, und suchte nun in den dicksten Wälzern eine Antwort auf die Frage, warum zum Teufel diese Kreuzung erfolgt ist, warum das rechte Gehirn die linke Körperhälfte regiert und umgekehrt, aber davon stand natürlich nirgends auch nur ein Wort. »Entweder hilft uns das beim Menschsein, oder es schadet«, räsonierte er. Beim Studium der Psychoanalytiker fand er einen heraus, der der Ansicht war, in der linken Halbkugel stecke das Bewußtsein, in der rechten hingegen das Unterbewußtsein, aber es gelang mir, ihm das aus dem Kopf zu schlagen. Ich war aus begreiflichen Gründen belesener als er. Da ich mich weder mit mir noch mit einem Burschen schlagen wollte, der vor Wissensgier brannte, ging ich auf Reisen oder ergriff vielmehr die Flucht. Ich fuhr nach New York und kam vom Regen in die Traufe.

Ich nahm mir in Manhattan ein Appartement, von dem aus ich täglich eine öffentliche Bibliothek aufsuchte, um Yozawitz, Werner, Tucker, Woods, Shapiro, Riklan, Schwartz, Szwarc, Shwarts, Sai-Mai-Halassz, Rossi, Lishman, Kenyon, Harvey, Fischer, Cohen, Brumback und um die dreißig sonstiger verschiedener Rappaports zu lesen. Da ich jedesmal mit der U-Bahn oder dem Autobus fuhr, kam es unterwegs immer wieder zu drastischen Szenen, weil ich alle hübscheren Frauen, vornehmlich Blondinen, in den Hintern kniff. Das tat natürlich meine linke Hand, nicht einmal immer im Gedränge. Suchen Sie so was mal mit wenigen Worten zu rechtfertigen! Daß ich das eine oder andere Mal eine Maulschelle einfing, war dabei weniger schlimm, als daß die meisten überhaupt nicht übelnahmen, daß sie auf diese Weise angemacht wurden. Sie hielten es für die Einleitung zu einem kleinen Flirt, und das war wirklich das letzte, was ich damals im Kopfe hatte. Ohrfeigen bezog ich, soweit ich es beurteilen konnte, von Vertreterinnen der *Women's Liberation*, sehr selten übrigens, weil hübsche Frauen unter ihnen so gut wie gar nicht vorkommen.

Schließlich sah ich ein, daß ich der bedrückenden Lage allein nicht entkommen konnte, und nahm Kontakt zu führenden Autoritäten auf. Die Wissenschaftler nahmen sich meiner an, ich wurde untersucht, durchleuchtet, stachistoskopiert, mit Elektroschocks behandelt, mit vierhundert Elektroden umwickelt, an einen Spezialsessel gebunden und veranlaßt, mir durch einen Diopter stundenlang Äpfel, Hunde, Gabeln, Kämme, alte Männer, Tische, Mäuse, Pilze, Zigarren, Gläser, nackte Frauen, Säuglinge und einige tausend andere auf eine Leinwand projizierte Dinge anzusehen. Anschließend sagte man mir, was ich schon vorher gewußt hatte: Würde mir in diesem Apparat eine Billardkugel gezeigt, wie nur meine linke Hemisphäre sie sieht, so wäre meine rechte Hand nicht imstande, die Kugel aus einem Sack unter verschiedenen Gegenständen zu ertasten. Umgekehrt verhalte es sich ebenso, denn die Linke wisse nicht, was die Rechte tue. Man betrachtete mich daraufhin als einen banalen Fall, und das Interesse an mir ließ nach. Ich ließ aber auch kein Sterbenswörtchen verlauten, daß ich meiner stummen Hälfte die Taubstummensprache beibrachte. Schließlich ging es darum, über mich etwas in Erfahrung zu bringen, nicht aber zur Weiterbildung von Wissenschaftlern beizutragen.

Dann ging ich zu Professor S. Turteltaub, der mit all den anderen auf Kriegsfuß stand. Statt mich aber über meinen Zustand aufzuklären, enthüllte er, was das für eine Sippschaft und Saubande sei. Anfangs hörte ich auch gespannt zu, weil ich annahm, er mißachte sie aus Motiven der Theorie und der Erkenntnis, aber Turteltaub ging es allein darum, daß sie sein Projekt zu Fall gebracht hatten. Als ich das letzte Mal bei den Herren Globus und Savodnicek oder auch anderen Spezialisten (es waren so viele, daß ich sie ein bißchen durcheinanderbringe) gewesen war und gesagt hatte, ich werde zu Turteltaub gehen, waren sie erst beleidigt und erklärten dann, man habe ihn aus ethischen Gründen aus der Gemeinschaft der Wissenschaftler ausgeschlossen. Turteltaub wollte nämlich, daß zu lebenslanger Haft oder zum Tode verurteilten Mördern die Strafe erlassen wurde, wenn sie sich der Kallotomie unterzogen. Wenn dieser Eingriff auf ärztliche Anweisung ausschließlich an Epileptikern vorgenommen werde, so wisse man nicht, ob die Durchtrennung des Balkens bei normalen Menschen die gleichen Folgen hat, und jedermann, er eingeschlossen, falls er beispielsweise seine Schwiegermutter massakriert hätte, würde den Schnitt durch das Corpus callosum jedem Tod auf dem elektrischen Stuhl vorziehen. Der emeritierte Bundesrichter Klössenfänger gab dazu ein Gutachten ab, wonach man sich, von ethischen Rücksichten sogar einmal ganz abgesehen, auf so was lieber nicht einlassen sollte, denn es käme zu einem schrecklichen Präzedenzfall, wenn sich erwiese, daß bei dem Anschlag auf die Schwiegermutter nur Turteltaubs linke Halbkugel mit eiskaltem Vorsatz handelte, während die rechte nichts gewußt oder gar Einspruch erhoben habe, dann aber der dominierenden Hemisphäre erliegen mußte, worauf nach innerem Gehirn- und Geisteskampf der Mord begangen worden sei. Das Gericht müsse also die eine Halbkugel einbuchten, die andere aber von jeder Schuld freisprechen. Ein Mörder würde infolgedessen nur zu 50 Prozent zum Tode verurteilt.

Da Turteltaub seine Träume nicht verwirklichen konnte, operierte er notgedrungen Affen, die im Gegensatz zu Mördern viel kostspieliger sind. Die Subventionen wurden ihm ohnehin immer mehr gekürzt, er klagte, am Ende werde er noch auf Ratten und Meerschweinchen kommen, und das sei doch nicht dasselbe. Gleichzeitig schlugen ihm weibliche Mitglieder des Tierschutzvereins und des Verbandes zur Bekämpfung der Vivisektion regelmäßig die Fensterscheiben ein, und sogar sein Auto war in Brand gesteckt worden. Die Versicherung hatte nicht zahlen wollen, weil sie keinen Beweis sah, daß nicht er selber das Feuer gelegt haben konnte, um an zwei Braten auf einmal zu kommen: die gerichtliche Verfolgung der Tierschützerinnen und materiellen Gewinn (das Auto war schon alt). So ödete er mich an, und damit er endlich aufhörte, erwähnte ich die Gebärdensprache, in der ich mit meiner Rechten der Linken Lektionen erteilte. Ich hatte den Moment schlecht gewählt. Turteltaub griff sofort zum Telefon, um Globus oder Maxwell anzurufen und anzukündigen, er werde in der Neurologischen Gesellschaft einen Fall vorführen, mit dem er sie alle in Grund und Boden stampfen würde. Als ich sah, was sich da zusammenbraute, verließ ich Turteltaub im Laufschritt und ohne Abschied, um direkt in mein Hotel zu fahren. Dort warteten sie schon im Foyer, mit glühenden Gesichtern und glänzenden Augen, alles Ausdruck ungesunder Wissenssucht. Ich versprach, gleich mit ihnen zur Klinik zu fahren, ich müsse mich nur umziehen. Während sie unten warteten, floh ich aus dem elften Stockwerk über die Feuerleiter, schnappte mir das erste beste Taxi und fuhr zum Flughafen. Mir war ganz egal, wohin ich flog, Hauptsache, weit weg von diesen Wissenschaftlern. Der nächste Linienflug ging nach San Diego, ich nahm ihn, stieg in einem widerlichen kleinen Hotel, einer echten Spelunke mit diversen finsteren Typen, ab und rief, ohne den Koffer auszupacken, Tarantoga an. Zum Glück war er zu Hause, und ich bat um Hilfe.

Wahre Freunde erkennt man in der Not. Noch in dieser Nacht traf Tarantoga mit dem Flugzeug in San Diego ein, und als ich ihm alles möglichst schlüssig und präzis erzählt hatte, beschloß er, sich meiner anzunehmen – nicht als Wissenschaftler, sondern als gute Seele. Auf seinen Rat wechselte ich das Hotel und ließ mir einen Bart stehen. Er wollte sich inzwischen nach einem Fachmann umsehen, der den Eid des Hippokrates höher achtete als die Publicity, die sich mit einem interessanten Fall gewinnen ließ.

Am dritten Tag kam es zu einer Hakelei. Tarantoga

hatte konkrete Neuigkeiten gebracht, die für mich gut und tröstlich waren, ich aber erwies ihm meine Dankbarkeit nur teilweise. Er regte sich über mein linksseitiges Mienenspiel auf, denn ich kniff immer wieder anzüglich das Auge zu.

Ich setzte ihm auseinander, daß dies nicht an mir, sondern an meiner rechten Gehirnhalbkugel lag, über die ich keine Herrschaft hatte, er ließ sich auch ein wenig beschwichtigen, brach aber sogleich wieder in Vorwürfe aus. Es sei durchaus nicht alles in Ordnung, denn selbst wenn in meinem einen Körper meiner zwei steckten, so sei diesen sarkastischen, höhnischen Gesichtern, die ich halbseitig schneide, klar und deutlich abzulesen, daß ich gegen ihn schon vorher zum Teil eine Abneigung gehegt haben müsse, die sich nun als schwärzester Undank entlarve. Er sei der Ansicht, Freund sei man entweder ganz oder gar nicht. Eine fünfzigprozentige Freundschaft liege nicht in seinem Geschmack. Irgendwie konnte ich ihn letztlich doch noch beruhigen, und als er fort war, ging ich mir eine Augenbinde kaufen.

Einen Spezialisten hatte er für mich erst in Australien auftreiben können, also flogen wir gemeinsam nach Melbourne. Dort hatte Professor Joshua McIntyre einen Lehrstuhl für Neurophysiologie inne, und sein Vater war der beste Freund des Vaters Tarantogas oder gar ein entfernter Verwandter. McIntyre weckte Vertrauen allein durch sein Äußeres. Er war hochgewachsen und hatte das graue Haar zu einer Bürste geschnitten, er strahlte ungewöhnliche Ruhe aus, war sachlich und – wie Tarantoga mir versicherte – menschlich. Es konnte also keine Rede davon sein, daß er mich ausnutzen oder mit den Amerikanern gemeinsame Sache machen wollte, die sich schon die Därme aus dem Leib schwitzten, um mir wieder auf die Spur zu kommen. Die Untersuchung dauerte drei Stunden, dann stellte McIntyre eine Flasche Whisky auf den

Tisch, schenkte uns beiden ein, und nachdem damit eine vertraulichere Stimmung hergestellt war, schlug er ein Bein übers andere, sammelte sich und sagte:

»Herr Tichy, ich werde Sie im Singular anreden, das ist bequemer. Ich habe zweifelsfrei festgestellt, daß Ihnen der große Balken von *commissura anterior* bis *commissura posterior* durchtrennt worden ist, obgleich Sie auf der Schädeldecke nicht die Spur einer Trepanationsnarbe tragen . . .«

»Professor«, fiel ich ihm ins Wort, »ich habe Ihnen doch gesagt, daß hier keine Trepanation im Spiel war, sondern die Wirkung einer neuen Waffe. Das soll die Waffe der Zukunft sein, die niemanden mehr tötet, sondern einer ganzen angreifenden Armee die totale, fernausgelöste Zerebellotomie bereitet. Mit abgetrenntem Kleinhirn fällt jeder Soldat augenblicklich um, denn er wäre gelähmt. So hat man es mir in dem Zentrum erklärt, dessen Namen ich Ihnen nicht verraten darf. Ich habe zufällig irgendwie seitlich zu diesem Ultraschallfeld gestanden, sagittal, wie die Ärzte sagen. Übrigens ist auch das nicht ganz sicher, denn wissen Sie, diese Roboter arbeiten im geheimen, und die Wirkung dieses Ultraschalls ist ungeklärt . . .«

»Das ist alles nicht so wichtig«, sprach der Professor und sah mich mit guten, klugen Augen durch seine goldene Brille an. »Die außermedizinischen Umstände beschäftigen uns im Moment nicht. Es gibt gegenwärtig achtzehn Theorien darüber, in wie viele Ichs ein Mensch durch Kallotomie zerfallen kann. Da eine jede durch bestimmte Experimente gestützt wird, ist begreiflich, daß keine von ihnen absolut falsch noch absolut richtig zu sein braucht. Sie, Herr Tichy, sind nicht einer, Sie sind nicht zwei, und von Bruchzahlen kann auch keine Rede sein.«

»Wie viele bin ich also eigentlich?« fragte ich verblüfft.

»Es gibt keine gute Antwort auf eine schlecht gestellte Frage. Stellen Sie sich Zwillinge vor, die von Geburt an nichts anderes machen, als mit einer Schrotsäge Holz zu sägen. Sie arbeiten in voller Eintracht, anders könnten sie nämlich gar nicht sägen. Nehmen Sie ihnen nun die Säge weg, so gleichen sie Ihnen in Ihrem jetzigen Zustand.«

»Aber jeder der beiden, ob sie nun sägen oder nicht, hat ein einziges Bewußtsein«, meinte ich enttäuscht. »Professor, Ihre Kollegen in Amerika haben mir bergeweise solche Gleichnisse vorgesetzt. Auch die sägenden Zwillinge waren mir nicht fremd.«

»Klarer Fall«, sagte McIntyre und zwinkerte mir mit dem linken Auge zu, daß ich dachte, bei ihm wäre auch etwas durchgetrennt. »Meine amerikanischen Kollegen sind trübe Tassen und derartige Vergleiche blankes Blech. Ich habe die Sache mit den Zwillingen, die sich ein Amerikaner ausgedacht hat, absichtlich angeführt, weil sie in die Irre führt. Wollte man die Arbeit des Gehirns graphisch darstellen, so sähe sie bei Ihnen wie ein großes Y aus: Hirnstamm und Mittelhirn sind einheitlich, bilden also sozusagen den Stumpf des Ypsilons, während die beiden Halbkugeln geteilt sind wie die Arme dieses Buchstabens. Verstehen Sie? Intuitiv läßt sich leicht . . .«

Der Professor hielt inne und stöhnte auf. Ich hatte ihn vor die Kniescheibe getreten.

»Das war nicht ich, entschuldigen Sie bitte, das war mein linker Fuß«, rief ich hastig aus. »Es lag wirklich nicht in meiner Absicht . . .«

McIntyre lächelte voller Nachsicht (aber auch ein bißchen gezwungen, etwa wie ein Psychiater, der so tut, als sei der Verrückte, der ihn eben gebissen hat, ein normaler, sympathischer Bursche) und stand auf, um sich mitsamt seinem Sessel auf eine sichere Entfernung zurückzuziehen.

»Die rechte Halbkugel ist in der Regel viel aggressiver

als die linke, das ist eine Tatsache«, meinte er und strich sich behutsam über das Knie. »Dennoch sollten Sie die Füße verschränkt halten. Die Arme auch. Das wird uns die Unterhaltung leichter machen, wissen Sie . . .«

»Ich habe das schon versucht, aber mir schlafen so schnell die Glieder ein. Und außerdem, mit Verlaub, wird mir durch dieses Ypsilon überhaupt nichts klar. Wo fängt denn bei ihm das Bewußtsein an – vor der Gabelung, mittendrin, weiter oben? Wo denn?«

»Das läßt sich nicht genau bestimmen«, sagte der Professor, das getretene Bein bewegend und eifrig massierend. »Das Gehirn, mein lieber Herr Tichy, besteht aus einer großen Zahl funktioneller Bauteile, die sich beim normalen Menschen vielfältig zusammenschalten können, um verschiedene Aufgaben zu erfüllen. Bei Ihnen sind die höchsten Bauteile auf Dauer getrennt und können daher nicht miteinander in Austausch treten.«

»Nehmen Sie es nicht übel, aber von diesen Baugruppen habe ich auch schon hundertmal gehört. Ich will nicht unhöflich sein, Professor, zumindest darf ich Ihnen versichern, daß meine linke Gehirnhälfte, die jetzt zu Ihnen spricht, es nicht sein will, aber weiter weiß ich nichts. Ich bewege mich ganz normal, esse, gehe, lese, schlafe und muß nur aufpassen, daß der linke Arm und das linke Bein sich nicht ohne jede Vorwarnung skandalös benehmen. Ich will herauskriegen, WER diesen Schabernack veranstaltet. Falls es mein Gehirn ist, wieso weiß ICH dann nichts davon?«

»Weil die Hemisphäre, die das bewirkt, stumm ist, Herr Tichy. Das Sprachzentrum befindet sich in der linken, im . . .«

Auf dem Fußboden zwischen uns beiden lagen ganze Knäuel von Leitungen, die zu den Apparaten gehörten, mit denen McIntyre mich zuvor untersucht hatte. Mein linker Fuß hatte damit zu spielen begonnen und sich ein dickes, schwarzglänzendes Kabel um den Knöchel gewikkelt. Ich hatte dem keine Bedeutung beigemessen, bis der Fuß jäh und kräftig zurückschnellte und an dem Kabel zerrte, das, wie sich nun erwies, auch um ein Bein des Stuhls geschlungen war, auf dem der Professor saß. Der Stuhl drehte eine Pirouette, und der Professor schlug auf das Linoleum. Er bewies aber sogleich das Format des Arztes und die Selbstzucht des Wissenschaftlers, denn während er sich vom Fußboden aufrappelte, setzte er mit beinahe gleichförmiger Stimme seine Rede fort:

»Das hat nichts zu sagen. Bitte machen Sie sich nichts draus. Die rechte Halbkugel steuert die Stereognose und ist bei Verrichtungen dieser Art die geschicktere. Dennoch richte ich erneut die Bitte an Sie, sich von meinem Schreibtisch, diesen Kabeln und überhaupt von allem fernzuhalten. Das erleichtert uns das Gespräch und die Wahl einer angemessenen Therapie.«

»Ich will nur wissen, wo mein Bewußtsein ist«, erwiderte ich und wickelte das Kabel vom Fuß, der es mir erschwerte, indem er sich fest auf das Linoleum stemmte. »Schließlich bin ja irgendwie ich es gewesen, der Ihnen den Stuhl weggerissen hat, zugleich hatte ich diese Absicht aber gar nicht. WER hat das also getan?«

»Ihre linke untere Extremität, die von der rechten Hemisphäre gesteuert wird.«

Der Professor rückte die verrutschte Brille zurecht, schob seinen Stuhl noch weiter zurück, ließ sich nach kurzem Besinnen aber nicht darauf nieder, sondern nahm, die Arme auf die Lehne gestützt, dahinter Aufstellung. Ich weiß nicht, mit welcher Halbkugel ich dachte, ihn habe vielleicht die Lust gepackt, zurückzuschlagen.

»So können wir weiterreden bis zum Jüngsten Tag«, sagte ich und spürte, wie meine ganze linke Körperhälfte sich spännte. Besorgt verschränkte ich Arme und Beine.

McIntyre behielt mich scharf im Auge, aber seine Stimme verlor nichts von ihrer Liebenswürdigkeit.

»Die linke Hemisphäre dominiert dank des Sprachzentrums. Mit ihr rede ich also, wenn ich mich mit Ihnen unterhalte, und die rechte Hälfte kann nur zuhören. Ihre Sprachkenntnisse sind stark beschränkt.«

»Vielleicht bei anderen, aber nicht bei mir!« gab ich zurück und packte mit der Rechten sicherheitshalber die Linke beim Gelenk. »Faktisch ist sie stumm, aber wissen Sie, ich habe ihr die Taubstummensprache beigebracht. Es hat mich einiges an Gesundheit gekostet.«

»Nicht möglich!«

In die Augen des Professors schoß der Glanz, den ich schon bei seinen amerikanischen Amtsbrüdern gesehen hatte. Ich bereute schon meine Offenheit, aber dafür war es zu spät.

»Sie beherrscht doch gar nicht die Verbalstruktur! Das ist eindeutig bewiesen!«

»Das macht nichts. Die Verben sind unnötig.«

»Dann fragen Sie sie doch bitte gleich mal, das heißt, fragen Sie sich, also fragen Sie sie, ich meine, was hält sie von unserem Gespräch? Können Sie das?«

Ich streichelte die Linke erst ein paarmal, um sie sanft zu stimmen, das hatte sich bisher immer bewährt. Dann gab ich ihr durch Berührungen der Handfläche die eigentlichen Zeichen. Gleich darauf setzte sie ihre Finger in Bewegung, ich folgte ihnen, bis ich, meine Verärgerung nur mühsam unterdrückend, diese linke Hand auf mein Knie legte, sosehr sie sich auch sträubte. Sie kniff mich natürlich prompt in den Oberschenkel. Das war zu erwarten gewesen, aber ich wollte dem Professor kein Schauspiel bieten, indem ich mich mit mir selber anlegte.

»Na? Na, was hat sie gesagt?« fragte er und beugte sich waghalsig über die Lehne seines Stuhls.

»Nichts von Bedeutung.«

»Ich habe sie doch ganz deutliche Zeichen machen sehen! Waren sie nicht koordiniert?«

»Warum denn nicht? Sie waren sogar sehr gut koordiniert, aber das sind Dummheiten.«

»Dummheiten gibt es in der Wissenschaft nicht. Was hat sie gesagt?«

»Du Arschloch.«

»Wahrhaftig?« Der Professor war so platt, daß ihm nicht einmal ein Lächeln einfiel. »Bitte fragen Sie sie jetzt nach mir.«

»Wie Sie wünschen.«

Ich machte mich erneut an meiner Linken zu schaffen und wies auf den Professor. Sie wartete gar nicht erst ihre Streicheleinheiten ab, sondern reagierte sofort.

»Nun?«.

»›Auch ein Arschloch.‹«

»Das hat sie gesagt?«

»Jawohl. Mit den Verben kommt sie tatsächlich nicht klar, aber verstehen kann man sie. Ich hingegen weiß immer noch nicht, WER da spricht. Er tut es nur durch Zeichen, aber das spielt keine Rolle. Zu Ihnen spreche ich mit dem Mund, zu ihr muß ich es mit den Fingern tun. Wie ist das nun eigentlich? Gibt es in meinem Kopf demnach ein ICH und einen ER? Warum, falls es einen ER gibt, weiß ich nichts von ihm, spüre ihn nicht und erlebe nicht seine Gefühle, seine Emotionen und rein gar nichts, obwohl er MIR im Kopfe steckt und Teil MEINES Gehirns ist? Das kommt doch nicht von außen! Ich könnte ja noch verstehen, wenn ich eine Bewußtseinsspaltung hätte, wo mir im Schädel alles durch die Lappen geht, aber das hier? Woher kommt er denn, dieser ER? Ist das auch ein Ijon Tichy? Und falls er einer ist – warum muß ich mich auf dem Umweg über die linke Hand mit ihm verständigen? Ich frage Sie das, Professor! Er – oder sie, falls es eine Hälfte meines Gehirns sein sollte –

bringt noch ganz andere Sachen fertig. Wenn ER – oder sie – wenigstens nicht so sinnlich wäre! Ich bin dadurch in so manchen Skandal geraten.«

Da ich in vornehmer Zurückhaltung keinen Sinn mehr sah, erzählte ich die Geschichten aus den Autobussen und Untergrundbahnen. Er war fasziniert.

»Ausschließlich Blondinen?«

»Ja. Vielleicht sind sie auch gebleicht, das spielt keine Rolle.«

»Treiben Sie es noch weiter?«

»Im Autobus nicht.«

»Und anderswo?«

»Das habe ich noch nicht probiert. Ich habe IHM – oder ihr, wenn Sie so wollen – nicht die Gelegenheit geboten. Weil Sie schon alles so genau wissen wollen, füge ich hinzu, daß ich deswegen mehrfach geohrfeigt worden bin. Wenn es auf die linke Backe klatschte, war ich einfach wütend und verwirrt, weil ich keinerlei Schuldgefühl hatte, spürte zugleich aber Erheiterung. Dann kam ich mal an eine, die mußte Linkshänderin sein, denn sie schlug mich auf die rechte Backe. Da spürte ich von Spaß oder Heiterkeit nicht die Spur. Ich habe darüber nachgedacht und glaube den Unterschied zu verstehen.«

»Natürlich!« rief der Professor. »Der linke Tichy bekam die Maulschelle für den rechten, und das war es, was diesen erfreute. Kriegte es der rechte aber für den rechten, so war das alles andere als lustig. Er kriegte es sozusagen nicht nur für das Seine, sondern auch in seine Gesichtshälfte.«

»Na eben. Es muß in meinem unglücklichen Kopf also dennoch eine gewisse Kommunikation geben, die eher vom Gefühl als von der Vernunft geprägt ist. Andererseits müssen auch Emotionen erlebt werden, aber ich habe einfach keine Ahnung davon. Wenn sie nicht bewußt erlebbar wären, wäre es gut, aber wie könnten sie es *nicht* sein? Schließlich dieser Eccles mit seinen automatischen Reflexen: reines Gefasel. Nach einem Girl Ausschau halten, das sexy ist, sich heranarbeiten, ohne noch zu wissen, warum, sich im Gedränge hinter die Puppe quetschen und so weiter – was sind denn das für unbewußte Reflexe? Das ist doch die reine Stabsübung, eine völlig durchdachte Aktion, also *bewußt*! Aber WEM bewußt? WER hat das vorausbedacht, WER hat dieses Bewußtsein, da doch ICH es nicht habe?«

»Ach, wissen Sie«, sagte der immer noch hochgradig aufgereizte Professor, »dafür gibt es letztlich auch eine Erklärung. Das Licht einer Kerze strahlt in der Dunkelheit, aber nicht im Sonnenschein. Das rechte Gehirn mag ja ein gewisses Bewußtsein haben, aber es ist schwach wie das Kerzenlicht, es verbleicht im Bewußtsein der dominierenden linken Hälfte. Es kann durchaus . . .«

Der Professor zog blitzschnell den Kopf ein, sonst wäre er von einem Schuh getroffen worden. Mein linker Fuß hatte ihn, den Absatz gegen ein Stuhlbein stemmend, abgestreift und dann mit solchem Schwung nach vorn geschleudert, daß er, das Professorenhaupt knapp verfehlend, wie ein Geschoß an die Wand prallte.

»Sie mögen ja recht haben«, sagte ich, »aber verdammt reizbar ist diese rechte Hälfte doch.«

»Vielleicht fühlt sie unter dem Einfluß unseres Gesprächs oder vielmehr dessen, was sie dabei falsch verstanden hat, für sich eine dunkle Gefahr«, meinte der Professor. »Mag sein, daß man am besten sie selber anzusprechen sucht.«

»So wie ich das mache? Das habe ich bisher nicht in Erwägung gezogen. Aber warum eigentlich? Was wollen Sie ihr mitteilen?«

»Das hängt von ihrer Reaktion ab. Herr Tichy, Ihr Fall ist einmalig. Es gab bisher noch keinen Menschen, der bei voller geistiger Gesundheit einen alles andere als durchschnittlichen, aber durchschnittenen Geist hatte.«

»Ich will die Sache klargestellt wissen«, sagte ich und streichelte beschwichtigend den Handrücken meiner Linken, die ihre Finger durch Krümmen und Strecken gleichsam geschmeidig zu machen suchte, eine Übung, die mir verdächtig vorkam. »Mein Interesse deckt sich nicht mit dem der Wissenschaft, um so weniger, je mehr ich – wie Sie sich ausgedrückt haben – als Fall einmalig bin. Sollten Sie oder ein anderer mit IHR – Sie wissen, was ich meine – eine gemeinsame Sprache finden, könnte das für mich ein unvorteilhaftes oder gar scheußliches Ende nehmen, falls sie sich immer mehr verselbständigen würde.«

»Ach, das ist doch unmöglich!« sagte der Professor energisch, zu energisch für meinen Geschmack. Er hatte die Brille abgenommen und putzte sie mit einem Lederläppchen. Seine Augen hatten nicht den etwas hilflosen Ausdruck, den man von Leuten gewöhnt ist, die ohne Brille fast nichts sehen. Er musterte mich so scharf, als brauchte er gar keine Sehhilfen, und wandte den Blick sofort ab.

»Nun passiert aber immer das, was unmöglich ist«, sagte ich, sorgfältig die Worte wägend. »Auch die Geschichte der Menschheit besteht aus puren Unmöglichkeiten, und der technische Fortschritt ebenfalls. Ein junger Philosoph hat mir klarmachen wollen, daß es den Zustand, in dem ich mich befinde, gar nicht geben kann, weil er allen Lehrsätzen der Philosophie widerspricht. Das Bewußtsein hat unteilbar zu sein. Die sogenannten Bewußtseinsspaltungen sind im Grunde aufeinanderfolgende Wandlungsphasen, verbunden durch Störungen des Gedächtnisses und des Identitätsempfindens. Schließlich ist das keine Torte!«

»Ich sehe, daß Sie sich in der Fachliteratur auskennen«, stellte der Professor fest und setzte sich die Brille auf die Nase. Er fügte sogar noch etwas hinzu, aber ich hörte nicht mehr hin, ich hatte sagen wollen, daß sich das Bewußtsein nach Ansicht der Philosophen nicht aufschneiden läßt wie eine Torte, unterließ es aber, weil meine Linke ihre Finger auf den Handteller der Rechten gelegt hatte und Zeichen gab. Das war bisher nicht vorgekommen. McIntyre bemerkte, daß ich meine Hände beobachtete, und begriff sofort.

»Sagt *sie* etwas?« fragte er mit gedämpfter Stimme, als sei jemand anwesend, der ihn nicht hören sollte.

»Ja.«

Ich war völlig perplex, gab die Botschaft der Hand aber weiter: »Sie will ein Stück Torte.«

Das Entzücken, das die Züge des Professors erstrahlen ließ, überzog mich mit einer Gänsehaut. Ich gab der linken Hand zu verstehen, daß sie ihre Torte kriegen würde, wenn sie nur ruhig abwarte, und kam auf meine Angelegenheiten zurück.

»Von Ihrem Standpunkt aus wäre es großartig, wenn *sie* sich immer mehr verselbständigen würde. Ich nehme Ihnen das nicht übel, es wäre ja auch ein unbeschreibliches Ding: zwei ausgewachsene Kerle in einem Körper! Was sich da an Entdeckungen dranhängen läßt! Bloß ich habe nichts davon, daß in meinem Schädel die Demokratie eingeführt wird, ich will nicht immer mehr, sondern immer weniger polarisiert sein.«

»Sie stellen also einen Mißtrauensantrag? Auch das ist mir sehr gut begreiflich.«

Der Professor lächelte freundlich.

»Zunächst will ich Ihnen versichern, daß alles, was ich von Ihnen erfahren habe, unter uns bleibt, unter dem Siegel der ärztlichen Schweigepflicht. Zweitens denke ich nicht daran, Ihnen eine konkrete Therapie vorzuschlagen.

Tun Sie, was Sie für richtig halten. Bitte bedenken Sie alles genau, natürlich nicht jetzt und hier. Werden Sie länger in Melbourne bleiben?«

»Das weiß ich noch nicht. Jedenfalls werde ich mir erlauben, Sie anzurufen.«

Tarantoga, der im Wartesaal gesessen hatte, sprang auf, als er mich sah.

»Na, Professor, Ijon, was ist los?«

»Vorerst ist keinerlei Entscheidung gefallen«, gab McIntyre sein Statement ab. »Herr Tichy hat mancherlei zu bewältigen. Ich meinerseits stehe jederzeit zu seiner Verfügung.«

Als ein Mann von Wort ließ ich das Taxi unterwegs halten, vor einer Konditorei. Ich mußte ja die Torte kaufen, ich mußte sie auch gleich aufessen, das wurde von mir verlangt, obwohl ich auf Süßes gar keinen Appetit hatte. Dennoch suchte ich wenigstens für eine Weile die quälenden Fragen zu verdrängen, WER denn diesen Appetit nun haben könnte. Niemandem außer mir war es möglich, diese Frage zu beantworten, und ich war dazu nicht fähig.

Tarantogas Zimmer lag neben dem meinen, ich ging hinüber und gab einen groben Überblick über den Ablauf des Besuchs bei Professor McIntyre. Meine Linke fuhr mir mehrfach dazwischen, sie war unzufrieden, die Torte war mit Lakritze gesüßt, ich kann diese Süßholzwurzel nicht ausstehen, hatte sie aber trotzdem gegessen, weil ich glaubte, es für *sie* zu tun, bis sich erwies, daß ich und sie – ich und der andere – ich und das andere ich – und leckt mich Fett, wer noch mit wem –, alle miteinander den gleichen Geschmack hatten. Begreiflich war das insofern, als die Hand von sich aus nicht essen konnte, Mund, Gaumen und Zunge aber ein Kollektiv bildeten. Mir lag es auf der Brust wie ein alter Gruselfilm – ein Alptraum, und doch zum Lachen, ich schleppe nicht direkt ein unberechenbares Baby, aber wenigstens ein launisches, heimtückisches Kleinkind mit mir herum. Soweit ich mich nämlich der Hypothese von Psychologen erinnerte, verfügen Kinder im Krabbelalter nicht über ein einheitliches Bewußtsein, weil die Nervenbahnen in ihrem Balken noch nicht entwickelt sind.

Tarantoga störte mich aus diesen Gedanken auf.

»Ich habe hier einen Brief für dich.« Das war erstaunlich, denn von meinem Aufenthaltsort konnte keine sterbliche Seele eine Ahnung haben. Der Brief war in der Hauptstadt Mexikos aufgegeben, mit Luftpost, ohne Angabe des Absenders. Im Umschlag steckte nur ein kleiner Zettel, auf dem in Maschinenschrift stand:

er ist von l. a.

Ich schaute auf die Rückseite – sie war leer. Tarantoga nahm mir das Blatt aus der Hand, richtete einen prüfenden Blick erst auf das Papier, dann auf mich.

»Was soll das? Verstehst du das?«

»Nein. Das heißt ... l. a. könnte die Lunar Agency sein. Die hat mich entsandt.«

»Auf den Mond?«

»Ja, auf diese Erkundung. Nach der Rückkehr sollte ich Bericht erstatten.«

»Und?«

»Ich habe es getan, ich habe aufgeschrieben, was ich noch wußte, und es dem Friseur gegeben.«

»Dem Friseur?«

»So war es abgesprochen. Ich sollte mich nicht extra hinbemühen. Aber wer ist denn dieser *›er‹*? Wahrscheinlich nur McIntyre. Sonst bin ich hier mit niemandem zusammengetroffen.«

»Warte mal, ich verstehe überhaupt nichts. Was war mit diesem Bericht?«

»Das darf ich nicht mal Ihnen verraten. Ich habe mich

zur Geheimhaltung verpflichtet. Andererseits war da auch nicht viel. Ich habe eine Menge vergessen.«

»Nach deinem Unfall?«

»Genau. Aber was machen Sie denn da, Professor?«

Tarantoga hatte den geöffneten Briefumschlag auf die linke Seite gefaltet. Dort stand mit Bleistift und in Druckbuchstaben:

verbrenne das. die rechte soll nicht verderben die linke.

Auch das verstand ich nicht recht, aber es lag doch ein Sinn darin. Plötzlich riß ich die Augen auf und sah Tarantoga an.

»Ich beginne etwas zu ahnen. Weder hier auf dem Umschlag noch dort auf dem Blatt steht ein einziges Substantiv.«

»Na und?«

»*Sie* versteht am besten Substantive. Wer das abgeschickt hat, wollte *mir* etwas mitteilen, was *sie* nicht wissen sollte.«

Ich legte bei diesen Worten bezeichnend die rechte Hand an die rechte Schläfe. Tarantoga stand auf und ging im Zimmer auf und ab. Dann blieb er stehen, trommelte mit den Fingern auf den Tisch und sagte: »Wenn das heißen soll, daß McIntyre . . .«

»Sagen Sie nichts.«

Ich zog das Notizbuch aus der Tasche und schrieb auf ein leeres Blatt:

»Sie versteht besser, wenn sie hört, als wenn sie liest. Wir werden uns eine Zeitlang brieflich verständigen müssen. Mir scheint, daß jemand ahnt oder sogar weiß, daß sie weiß, was ich nicht mehr weiß und deshalb der L. A. nicht berichten konnte. Ich werde ihn weder anrufen noch aufsuchen, denn er ist wahrscheinlich eben dieser ER. Er wollte sich mit ihr verständigen, wie ich das selber tue. Er könnte sie ausquetschen wollen. Bitte schreiben Sie mir sofort zurück.«

Tarantoga las, zog die Stirn in Falten und nahm wortlos den Schriftwechsel auf.

»Wozu aber solch ein Umweg, wenn er wirklich von der L. A. ist? Die L. A. hätte sich direkt an dich wenden können. Oder nicht?«

»Unter denen, an die ich mich in N. Y. gewandt habe, muß einer von der L. A. gewesen sein. Er hat weitergegeben, daß ich herausgefunden habe, wie man sich mit ihr verständigen kann. Da ich augenblicklich verduftet bin, konnten sie es nicht selber an ihr ausprobieren. Der Sohn des Burschen, der mit Ihrem Papa im Sandkasten gespielt hat, sollte sich, sofern der anonyme Brief nicht lügt, an sie heranmachen. Vielleicht hätte er ihr alles entlockt, was sie weiß, ohne daß ich Verdacht geschöpft hätte. Ich hätte nicht einmal gewußt, was er von ihr erfahren hat. Hätten sie sich aber direkt und offiziell an mich gewandt, so hätte ich eine solche Befragung verweigern können, und sie wären in die Klemme geraten. Sie ist nämlich keine juristische Person, und nur ich kann einwilligen, daß sich jemand mit ihr unterhält. Bitte benutzen Sie Partizipien, Pronomen und Verben und befleißigen Sie sich einer möglichst komplizierten Syntax.«

Der Professor riß das von mir beschriebene Blatt aus dem Notizbuch, steckte es in die Tasche und schrieb zurück:

»Warum willst du eigentlich nicht, daß sie erfährt, was momentan vor sich geht?«

»Für alle Fälle. Durch das veranlaßt, was innen auf dem Umschlag stand. Das kann nicht von der L. A. stammen, denn die kann nicht interessiert sein, mich vor sich selber zu warnen. Das hat ein anderer geschrieben.«

Diesmal war Tarantogas Antwort kurz und bündig.

»Wer?«

»Weiß ich nicht. Vielerseits ist man neugierig, was dort los ist, wo ich gewesen bin und den Unfall hatte. Die

L. A. hat starke Konkurrenz. Ich finde, wir sollten uns schleunigst aus der Gesellschaft der Känguruhs verabschieden. Hauen wir ab. Den Imperativ versteht sie nicht.«

Tarantoga zog sämtliche Zettel aus der Tasche, knüllte sie mit dem Umschlag und dem Brief zusammen, setzte die Papierkugel mit einem Streichholz in Brand, warf sie in den Kamin und sah zu, wie sie sich in Asche verwandelte.

»Ich gehe zum Reisebüro«, sagte er. »Und was machst du jetzt?«

»Ich werde mich rasieren. Der Bart kitzelt scheußlich und ist inzwischen offenkundigst entbehrlich. Je schneller, desto besser, Professor! Von mir aus kann es ein Nachtflug sein. Nur sagen Sie mir nicht, wohin.«

Tarantoga verließ wortlos das Zimmer.

Ich rasierte mich im Bad und schnitt vor dem Spiegel Gesichter. Das linke Auge zuckte nicht einmal, ich fand mich ganz normal und machte mich ans Einpacken. Dabei richtete ich meine Aufmerksamkeit immer mal auf meine linken Gliedmaßen, die sich jedoch normal verhielten. Erst ganz zuletzt, als der Koffer voll war und ich noch die Krawatten drauflegen wollte, warf die linke Hand eine davon auf den Fußboden. Sie war grün, mit braunen Punkten, ich mochte sie, obwohl sie schon reichlich alt war. Sollte die Linke etwas dagegen haben? Ich hob den Schlips mit der Rechten auf und reichte ihn der Linken, die ich zu zwingen suchte, ihn in den Koffer zu legen. Es geschah das bereits mehrfach Beobachtete: Der Arm gehorchte mir, die Finger aber öffneten sich und ließen die Krawatte erneut auf den Teppich fallen.

»Das ist dir vielleicht ein Ding«, seufzte ich, stopfte den Schlips mit der Rechten in den Koffer und schloß ihn. Die Tür flog auf, Tarantoga winkte mir wortlos mit zwei Flugtickets zu und ging in sein Zimmer, um ebenfalls zu packen.

Ich dachte darüber nach, ob ich Ursache hatte, meine rechte Hemisphäre zu fürchten. Ich konnte darüber ganz gelassen nachdenken, denn sie bekam es nur mit, wenn ich es ihr über die Hand mitteilte. Der Mensch ist so eingerichtet, daß er selber nicht weiß, was er weiß. Der Inhalt eines Buches läßt sich aus dem Inhaltsverzeichnis erfahren, aber im Kopfe gibt es dergleichen nicht. Der Kopf ist wie ein vollgestopfter Sack, und wenn man wissen will, was so darin steckt, muß man hineingreifen und eines nach dem anderen herausholen. Die Hand aber, die das tut, ist im Falle des Kopfes das Gedächtnis: Während Tarantoga die Hotelrechnung bezahlte, während der Fahrt durch die Dämmerung und in Erwartung des Abflugs suchte ich mir alles in Erinnerung zu rufen, was seit meiner Rückkehr vom KALBE vorgefallen war. Ich wollte herausfinden, was ich davon behalten hatte.

Die Erde hatte ich völlig verändert vorgefunden. Die allgemeine Abrüstung war Tatsache geworden. Nicht einmal die Supermächte waren imstande gewesen, einen weiteren Rüstungswettlauf zu finanzieren. Immer intelligentere Waffensysteme wurden immer kostspieliger. Dadurch soll das Genfer Abkommen herbeigeführt worden sein. In Europa und in den Vereinigten Staaten wollte niemand mehr zum Militär. Die Menschen wurden durch Automaten ersetzt, von denen einer allerdings so teuer war wie ein Düsenjäger. Der lebende Soldat wurde durch tote Kampftüchtigkeit ersetzt. Übrigens waren das keinerlei Roboter, sondern kleine elektronische Blöcke, die in Raketen und Selbstfahrlafetten eingesetzt wurden, desgleichen in Panzer, die bei aller ihrer Größe platt waren wie Wanzen – sie brauchten ja keiner Besatzung mehr Raum zu bieten. Wurde solch ein Steuerblock zerstört, trat ein Reservegerät in Aktion. Die Hauptaufgabe des

Gegners war nunmehr die Behinderung der Kommandoverbindungen, der militärische Fortschritt beruhte also auf der zunehmenden Selbständigkeit der Automaten. Diese wurden immer wirkungsvoller und immer teurer. Ich weiß nicht mehr, wer die neue Lösung fand, die gesamte Rüstung auf den Mond zu verlegen, freilich nicht in Gestalt der Rüstungsbetriebe, sondern sogenannter planetarer Maschinen. Diese waren bereits seit Jahren bei der Erforschung des Sonnensystems im Einsatz. Während ich mir das durch den Kopf gehen ließ, stellte ich fest, daß mir trotz aller Anstrengung zahlreiche Details entgingen und ich nicht sicher war, ob ich sie einmal gewußt hatte oder nicht. Wenn einem etwas nicht einfällt, kann man sich meistens wenigstens erinnern, ob man es mal gewußt hat. Ich aber konnte nicht einmal das. Sicherlich hatte ich vor meinem Einsatz jene neue Genfer Konvention gelesen, aber sicher war ich dessen nicht.

Die planetaren Maschinen wurden von vielen, vorwiegend amerikanischen Firmen gebaut. Sie erinnerten in nichts an das von der Industrie bisher Hervorgebrachte, waren weder Fabriken noch Roboter, sondern etwas in der Mitte dazwischen, manche glichen gewaltigen Spinnen. Es wurde natürlich ein Haufen geredet und appelliert, sie nicht zu bewaffnen, ausschließlich für die bergbauliche Erschließung zu verwenden und so weiter, aber als es mit der Verlegung auf den Mond so weit war, zeigte sich, daß jeder Staat, der es sich leisten konnte, bereits über selbstschreitende Abschußrampen und tauchfähige Geschoßwerfer verfügte, über Feuerleitstellen, die sich tief unter die Erde wühlen konnten (die sogenannten Maulwürfe), und kriechende Laserstrahler, Einwegwaffen, deren Lichtbündelsalve durch eine Kernladung ausgelöst wird, die wiederum den Flammenwerfer in einer Gaswolke verglühen läßt. Jeder Staat durfte auf der Erde seine planetaren Maschinen programmieren, die dann von einer speziell zu diesem Zweck geschaffenen Institution, der Lunar Agency, auf den Mond gebracht und in den entsprechenden Sektoren abgesetzt wurden. Man hatte Paritäten vereinbart, wieviel wer wovon dort stationieren durfte, und der gesamte Exodus wurde von internationalen gemischten Kommissionen überwacht. Militär- und Wissenschaftsexperten eines jeden Staates konnten auf dem Mond prüfen, daß ihre Anlagen ausgeladen wurden und normal funktionierten, mußten dann jedoch, alle zur selben Zeit, zur Erde zurückkehren.

Im zwanzigsten Jahrhundert wäre diese Lösung sinnlos gewesen, weil das Wettrüsten nicht so sehr quantitatives Wachstum als vielmehr innovatorischer Fortschritt war, der damals ausschließlich von den Menschen abhing. Die neuen Geräte indes arbeiteten nach einem anderen Prinzip, das der natürlichen Evolution der Pflanzen und Tiere entlehnt war. Es handelte sich um Systeme, die zur radiativen und divergenten Selbstoptimierung fähig waren.

Es bereitete mir eine gewisse Genugtuung, daß ich mir das hatte merken können. (Eigentlich konnte man es ja viel einfacher ausdrücken: Jene Systeme waren vermehrungs- und wandlungsfähig.) Und meine rechte Gehirnhälfte, die hauptsächlich interessiert an weiblichen Rundungen und Näschereien und allergisch gegen bestimmte Krawatten ist? War sie derlei Dinge und Probleme überhaupt zu erfassen imstande? Vielleicht hatte ihr Gedächtnis gar keine militärische Bedeutung? Um so schlimmer für mich, falls es sich so verhielt. Ich würde einen tausendfachen Eid ablegen können, daß sie nichts wußte – man würde mir nicht glauben! In die Mangel würde ich genommen, das heißt diese Hälfte, also eben ich, und wenn sie sich auf gütlichem Wege, mit den Zeichen, die ich ihr beigebracht hatte, nichts entlocken ließe, würde sie in strenge Zucht genommen und beharkt, daß einem dafür die Worte fehlen. Mir ging es, je weniger sie wüßte, um so mehr an die Gesundheit und vielleicht ans Leben. Das hatte nichts mit Verfolgungswahn zu tun. Ich machte mich also wieder daran, in meinem Gedächtnis zu stöbern.

Auf dem Mond sollte die elektronische Evolution neuer Waffen einsetzen. Dadurch verfiel durch die Abrüstung kein Staat der Wehrlosigkeit, weil er ja ein sich selbst vervollkommnendes Arsenal besaß. Zugleich war jedem Überraschungsangriff ein Riegel vorgeschoben, Krieg ohne Kriegserklärung war unmöglich gemacht. Um militärische Maßnahmen ergreifen zu können, müßte jede Regierung erst einmal bei der Lunar Agency den Zugang zu ihrem Mondsektor beantragen. Da so etwas sich nicht geheimhalten ließe, würde dem Bedrohten das gleiche Recht zugestanden werden müssen, und es käme zu einer Waffenrückverlegung auf die Erde. Um solchen Vorgängen vorzubeugen, war eine Sicherheitsklappe eingebaut: Der Mond hatte unbewohnt bleiben müssen.

Niemand durfte Menschen oder Erkundungsgerät hinschicken, um zu prüfen, über welches Rüstungspotential er im Augenblick verfügte. Das war sehr listig ersonnen, wenn es auch sogleich auf den Widerspruch der Generalstäbe und auf politische Vorbehalte stieß. Der Mond sollte Entwicklungs- und Prüfstand militärischer Entwicklungen innerhalb der den einzelnen Staaten zugeteilten Sektoren werden. So galt es in erster Linie, Konflikten an Ort und Stelle vorzubeugen: Hätte eine in dem einen Sektor entstandene Waffe eine andere im Nachbarsektor angegriffen und vernichtet, so wäre es auch mit dem gewünschten Kräftegleichgewicht ausgewesen. Eine solche Kunde vom Mond hätte auf der Erde sogleich die frühere Situation wiederhergestellt und gewiß den Ausbruch eines Krieges verursacht, der, anfangs mit sehr bescheidenen Mitteln geführt, in kurzer Zeit allerseits die Rüstungsindustrie wiederhergestellt hätte. Die Programme der Mondsysteme waren unter Aufsicht der Lunar

Agency und gemischter Kommissionen zwar so beschnitten worden, daß es zu Angriffen von Sektor zu Sektor nicht kommen konnte, aber diese Sicherung galt allgemein als ungenügend: Groß geschrieben war nach wie vor Mißtrauen.

Das Genfer Abkommen hatte die Menschen nicht in Engel und die zwischenstaatlichen Beziehungen nicht in Umgangsformen verwandelt, in denen Heilige miteinander verkehren. Daher wurde der Mond nach Abschluß aller Arbeiten zum verbotenen Gebiet erklärt, das nicht einmal der Lunar Agency zugänglich war. Sollten die Sicherungssysteme auf einem der Testgelände einen Angriff oder gar Durchbruch melden, erführe davon augenblicklich die ganze Erde, weil jeder Sektor eine sensorengespickte Schutzhülle besaß, die selbsttätig und ohne Unterlaß wachte. Die Sensoren sollten Alarm schlagen, sobald eine beliebige Waffe – sei es nur eine Ameise aus Metall – jene Grenze überschritt, die von einem Streifen Niemandsland markiert war. Da auch dies keine hundertprozentige Sicherheit vor einem Krieg bot, hatte man sich mit der sogenannten Doktrin der totalen Unkenntnis zu helfen gewußt: Jede Regierung wußte zwar, daß sich in ihrem Sektor immer wirksamere Waffen entwickelten, aber sie wußte nicht, was sie taugten und – das vor allem! – ob sie den in anderen Sektoren entstehenden Waffen überlegen waren. Sie konnte es nicht wissen: Der Ablauf von Evolutionen ist nicht voraussehbar. Das ist schon vor geraumer Zeit exakt nachgewiesen worden, nur stand der Erkenntnis als Hauptklippe im Wege, daß Politiker und Generalstäbler unempfänglich sind für die Argumente der Wissenschaft. Die Unbeugsamen wurden nicht durch logische Beweisführungen umgestimmt, sondern durch den durch das traditionelle Rüstungswesen verursachten, fortschreitenden Wirtschaftsruin. Auch dem komplettesten Idioten mußte letztlich klarwerden, daß es für den allgemeinen Untergang gar keines Krieges, atomar oder nicht, sondern der bloßen weiteren Eskalation der Kosten bedurfte. Da über Rüstungsbegrenzung aber schon seit Jahrzehnten ergebnislos verhandelt worden war, erwies sich das Mondprojekt als der einzige reale Ausweg. Jede Regierung durfte annehmen, dank ihren Mondbasen militärisch immer stärker zu werden, konnte ihre dort entstehende Vernichtungskapazität jedoch nicht mit der anderer Mächte vergleichen. Da also niemand sicher sein konnte, den Sieg davonzutragen, konnte sich auch niemand das Risiko eines Krieges erlauben.

Die Achillesferse dieser Lösung war die Wirksamkeit der Kontrolle. Die Experten waren sich von vornherein im klaren, daß die Programmierer eines jeden Staates es zuallererst darauf anlegen würden, die auf den Mond verlagerten Systeme so auszustatten, daß sie sich einer wirksamen Überwachung entziehen konnten – nicht etwa durch einen plumpen Angriff auf die Kontrollsatelliten, sondern ein listigeres, schwerer aufklärbares Manöver durch die Einschaltung in den Funkverkehr und die Fälschung der zur Erde und insbesondere an die Lunar Agency übermittelten Beobachtungsdaten.

An all das erinnerte ich mich recht gut, und daher fühlte ich mich, als ich mit Tarantoga ins Flugzeug stieg, schon viel ruhiger. Im Sessel zurückgelehnt, kämmte ich weiter mein Gedächtnis durch. Ja, alle hatten begriffen, daß die Unantastbarkeit des Friedens von der Unantastbarkeit der Kontrolle abhing, und nun ging es darum, die letztere hundertprozentig zu gewährleisten. Die Aufgabe sah unlösbar aus, ein *regressus ad infinitum*: Man konnte ein System schaffen, das die Unangreifbarkeit der Kontrolle überwachte. Da aber auch dieses Ziel eines Angriffs werden konnte, hätte man eine Kontrolle der Kontrolle der Kontrolle einrichten müssen, etwas, das kein Ende nahm. In dieses Loch ohne Boden trieb man dennoch einen ganz simplen Zapfen. Der Mond wurde von zwei Überwachungszonen umhüllt: Die mondnähere wachte über die Unantastbarkeit der Sektoren, die mondfernere über die Unantastbarkeit dieser ersteren. Schlußstein der Sicherheit sollte die absolute Unabhängigkeit beider Systeme von der Erde sein. Damit würde das Wettrüsten auf dem Mond unter dem Siegel kompletter Geheimhaltung vor allen Staaten und Regierungen ablaufen. Die Rüstungen durften Fortschritte machen, die Überwachung jedoch nicht. Diese sollte unverändert hundert Jahre bestehenbleiben. Eigentlich sah das alles völlig irrational aus. Jede Macht wußte, daß ihr Mondarsenal sich anfüllte, aber sie wußte nicht, wie. Folglich konnte sie daraus keinerlei politischen Nutzen ziehen, und man hätte im Grunde zur vollständigen Abrüstung schreiten und sich die Komplikationen mit dem Mond ersparen sollen, aber davon konnte keine Rede sein. Das heißt, geredet worden war darüber schon immer, seit dem Frühhrot der Menschheitsgeschichte, und die Ergebnisse sind bekannt. Als das Projekt einer Demilitarisierung der Erde und Militarisierung des Mondes akzeptiert wurde, war natürlich klar, daß früher oder später Versuche unternommen würden, die Doktrin der Unkenntnis zu unterlaufen. In der Tat berichteten die Zeitungen unter riesigen Schlagzeilen immer mal wieder von Erkundungsautomaten, die entweder noch rechtzeitig entkommen oder von Abfangsatelliten erwischt worden waren. Jede Seite beschuldigte daraufhin die andere der Entsendung solcher Kundschafter, deren Herkunft und Identität aber nicht auszumachen war, weil ein elektronischer Beobachter kein Mensch ist: Wenn er nur entsprechend konstruiert ist, läßt er sich auf keine Weise ausquetschen. Später ließ das Auftreten solcher anonymen Aufklärer oder Himmelsspione nach, die Menschheit atmete auf, zumal das Ganze auch eine ökonomische Seite hatte. Die Mondrüstungen hingegen kosteten keinen Heller, die Sonne lieferte die Energie, der Mond die Rohstoffe. Letzteres sollte die Rüstungsevolution zusätzlich in Grenzen halten: Auf dem Mond gibt es keine Erzlagerstätten.

Die Generalstäbler aller Seiten wollten erst auf das Projekt nicht eingehen, weil ihrer Ansicht nach eine Waffe, die den Bedingungen auf dem Monde angepaßt ist, auf Erden allein durch das Vorhandensein der Atmosphäre untauglich werden kann.

Ich weiß nicht mehr, wie der Mond seine Endlast erhielt, obgleich man mir auch das sicherlich in der Lunar Agency erklärt hatte. Ich saß mit Tarantoga in einer Maschine der *British Airways*, draußen herrschte ägyptische Finsternis, ich wurde mir auf einmal bewußt, daß ich keine Ahnung hatte, wohin wir flogen. Es bereitete mir Erheiterung, und ich hielt es sogar für richtig, Tarantoga nicht zu fragen. Wahrscheinlich war es ohnehin sicherer, mich von ihm zu trennen – in meiner beschissenen Lage war es für mich das beste, die Klappe zu halten und mich auf mich selber zu verlassen. Beruhigend war das Bewußtsein, daß *sie* nicht erfahren konnte, was ich dachte. Als hätte ich im Kopf einen Feind, obwohl ich doch wußte, daß es ein solcher nicht war.

Die Lunar Agency war ein überstaatliches Organ und wurde von der UNO gestellt. Sie hatte sich aus einer recht spezifischen Ursache an mich gewandt. Das doppelte Kontrollsystem arbeitete nämlich *allzugut.* Man wußte, daß die Grenzen zwischen den Sektoren unverletzt blieben, mehr aber nicht. Phantasiebegabte oder besorgte Köpfe gebaren die Vision von einem Angriff des unbewohnten Mondes gegen die Erde. Der militärische Inhalt der Sektoren konnte nicht materiell kollidieren und keinen Informationsaustausch pflegen, aber das hatte nur für eine gewisse Zeit gegolten. Inzwischen konnten sich die Sektoren durch Erschütterungen des Mondbodens, über den sogenannten seismischen Kanal, verständigen und diese Vorgänge zur Tarnung den von Zeit zu Zeit auftretenden natürlichen Mondbeben ähnlich machen. Die sich selbsttätig vervollkommnenden Waffen könnten sich letztlich also verbünden und eines Tages ihre fürchterlich gewucherte Ladung auf die Erde loslassen. Zu welchem Zweck sie das tun sollten? Beispielsweise infolge evolutionärer Irrlaufprogramme. Und was sollten die menschenlosen Armeen davon haben, daß sie die Erde in Schutt und Asche legten? Gar nichts natürlich, aber auch der Krebs, der in den Organismen der höheren Tiere und der Menschen so häufig auftritt, ist eine ständige, wenngleich uneigennützige und sogar höchst schädliche Konsequenz der natürlichen Evolution. Als nun auf diesen Mondkrebs das Schreiben und das Reden kam, als einer solchen Invasion Aufsätze, Artikel, Romane, Filme und Bücher gewidmet wurden, kehrte die von der Erde vertriebene Angst vor der atomaren Vernichtung in neuer Gestalt zurück. Das Überwachungssystem enthielt auch seismische Sensoren, und prompt fanden sich Fachleute, die behaupteten, die Beben der Mondkruste seien häufiger geworden und ihre Kurven hätten einen anderen Verlauf als früher. Daraufhin suchte man den Kode zu knakken, den man in diesen Diagrammen vermutete, aber es kam nichts weiter heraus als zunehmende Angst. Die Lunar Agency veröffentlichte Kommuniqués, die die öffentliche Meinung beschwichtigen sollten, indem sie die Chance des Eintreffens solcher Vorfälle auf weniger als eins zu zwanzig Milliarden bezifferten. Selbst so präzise Angaben waren für die Katz, die Furcht war bereits in die Programme der politischen Parteien gesickert, es erhoben sich Stimmen, die eine periodische Kontrolle nicht nur der Grenzen, sondern der gesamten Sektoren verlangten. Sprecher der Agentur widersprachen mit der Erklärung, jedwede Inspektion könne auch Zwecken der Spionage, der Erkundung des aktuellen Standes der Mondarsenale dienen. Nach langen, verwickelten Beratungen und Konferenzen bekam die Lunar Agency endlich die Vollmacht, Überprüfungen vorzunehmen. Das wiederum erwies sich als gar nicht so leicht. Keiner der entsandten Aufklärungsautomaten kehrte zurück oder gab über Funk auch nur das kleinste Zirpen. Man schickte spezialgesicherte Landefähren mit Fernsehausrüstung. Die Satellitenbeobachtung ergab, daß sie tatsächlich an den vorausbestimmten Stellen – im Mare Imbrium, im Mare Frigoris und Nectaris, stets im Niemandsland zwischen den Sektoren – niedergingen, aber keine übertrug auch nur das geringste Bild. Es schien, als habe der Mond sie verschluckt. Das trieb die Panik natürlich erst recht auf die Spitze, es kam zu einem Fall höherer Notwendigkeit. In den Zeitungen war bereits die Rede davon, daß der Mond mit einem Präventivschlag durch Raketen mit Wasserstoffsprengköpfen bombardiert werden müsse. Solche Waffen hätten zuvor jedoch erst wieder gebaut werden müssen, es wäre wieder zur Aufrüstung gekommen! Dieser Furcht und diesem Durcheinander war meine Mission entsprungen.

Wir flogen über eine dicke Wolkenschicht. Die Scheitel ihrer sanften Wellen färbten sich allmählich rosa von den Strahlen der aufgehenden Sonne. Ich dachte darüber nach, warum ich alles Irdische so gut behalten hatte, während ich mich so wenig an die Vorfälle auf dem Mond erinnern konnte. Die Ursachen ließen sich denken, nicht umsonst hatte ich seit meiner Rückkehr medizinische Fachbücher studiert. Ich wußte, daß es ein Langzeit- und ein Kurzzeitgedächtnis gibt. Die Durchtrennung des *Balkens* rührt nicht an das, was im Gehirn schon fest eingekerbt ist. Alle frischen, eben erst entstandenen Eindrücke verflüchtigen sich und gehen nicht ins Langzeitgedächtnis ein. Am stärksten verflüchtigt sich jedoch das, was der

Delinquent kurz vor der Operation erlebt und mitbekommen hat. Ich wußte vieles nicht mehr, was mir in den sieben Wochen auf dem Mond bei meinen Streifzügen von Sektor zu Sektor passiert war. Im Kopf war nur eine Aura der Unwahrscheinlichkeit zurückgeblieben, die ich nicht in Worte fassen konnte und daher in meinem Bericht nicht erwähnt hatte. Alarmierendes war mir dort nicht vorgekommen, zumindest schien es mir so. Keinerlei Komplott, keine Mobilmachung, keine gegen die Erde gerichtete strategische Verschwörung. Das hatte ich als gewiß empfunden. Konnte ich jedoch schwören, daß das, was ich fühlte und wußte, auch *alles* war? Daß *sie* nicht noch mehr wußte?

Tarantoga blickte mich hin und wieder von der Seite an, sagte aber nichts. Wie bei jedem Flug nach Osten (wir hatten unter uns den Pazifik) kam der Kalender ins Stottern und ließ einen Tag aus. Die Fluggesellschaft sparte an ihren Gästen, wir bekamen nur ein Brathähnchen mit Salat. Das war kurz vor der Landung, die am frühen Nachmittag erfolgte – in Miami, wie sich erwies. Die Hunde vom Zoll beschnüffelten unsere Koffer, dann traten wir ins Freie, zu warm angezogen, in Melbourne war es viel kühler gewesen. Ein Auto ohne Fahrer stand für uns bereit, Tarantoga mußte es schon von Australien aus bestellt haben. Wir luden das Gepäck in den Kofferraum und fuhren los. Auf dem Highway herrschte starker Verkehr, wir sprachen nicht miteinander, denn ich hatte den Professor gebeten, mir nicht einmal das Ziel unserer Fahrt zu nennen. Diese Vorsicht mochte übertrieben oder gar überflüssig sein, aber ich wollte dieser Regel folgen, solange ich keine bessere fand. Übrigens brauchte mir keiner zu sagen, wo wir nach reichlich zwei Stunden von einer Seitenstraße aus vorfuhren. Das große weiße Gebäude, umgeben von kleineren Pavillons inmitten von Palmen und Kakteen, sprach für sich: Mein vertrauter

Freund hatte mich in eine Irrenanstalt gebracht. Ich hielt das nicht einmal für die schlechteste Zuflucht. Im Auto hatte ich absichtlich den Rücksitz eingenommen, um zu beobachten, ob niemand uns verfolgte. Mir kam gar nicht in den Sinn, daß ich bereits eine so wichtige und geradezu hochkarätige Person sein könne, die man weniger konventionell als in einem Spionageroman überwacht. Von einem modernen künstlichen Satelliten aus kann man nicht nur Autos beobachten, sondern sogar Streichhölzer zählen, die jemand auf einem Gartentisch verstreut hat. Das kam mir aber nicht in den Kopf, genauer gesagt, nicht in die Hälfte, der auch ohne Zuhilfenahme der Taubstummensprache begreiflich zu machen war, in welcher Sache der arme Ijon Tichy bis zum Halse steckte.

II. EINGEWEIHT

In die schlimmste Verlegenheit meines Lebens war ich ganz zufällig geraten, als ich nach meiner Rückkehr von der Entia Professor Tarantoga besuchen wollte. Ich traf ihn nicht zu Hause an, er war nach Australien geflogen. Zwar wollte er in wenigen Tagen zurück sein, da er aber eine seltene Primel züchtete, die viel Wasser brauchte, hatte er für die kurze Zeit seinen Cousin in der Wohnung einquartiert. Es war ein anderer als der, der die Klosetts weltweit nach Wandsprüchen durchforscht, Tarantoga hat eine Menge Cousins, und der hier befaßte sich mit Paläobotanik. Ich sah ihn zum erstenmal, er empfing mich im Hausmantel und ohne Hose, in die Schreibmaschine war ein Bogen Papier gespannt, ich wollte gleich wieder gehen, aber er ließ es nicht zu. Ich störe ihn durchaus nicht, sagte er, im Gegenteil, ich sei gerade zur rechten Zeit gekommen. Er schreibe nämlich ein schwieriges, bahnbrechendes Werk und könne seine Gedanken am besten sammeln, wenn er den Inhalt des gerade in Arbeit befindlichen Kapitels selbst dem zufälligsten Hörer erzähle. Ich fürchtete, er schreibe ein Buch über Botanik und werde mir den Gehirnkasten mit Knollen, Stauden und Fruchtknoten kompostieren, aber das trat zum Glück nicht ein, ich war sogar einigermaßen frappiert. Seit dem Frührot der Geschichte müssen sich, so meinte er, unter den wilden Stämmen der Urmenschen verschiedene Originale herumgetrieben haben, die unvermeidlich für verrückt gehalten wurden, weil sie alles zu essen versuchten, was ihnen vor Augen kam: alle möglichen Blätter, Knollen, Triebe und Stengel, frische und dürre Wurzeln. Angesichts der Vielzahl giftiger Pflanzen müssen sie gestorben sein wie die Fliegen, aber es gab immer wieder Nonkonformisten, die sich nicht abschrecken ließen und das gefährliche Werk weiterführten. Nur ihnen ist es zu danken, wenn wir heute wissen, daß Spargel und Spinat die Küchenarbeit lohnt, daß Lorbeerblatt und Muskatnuß zu etwas taugen, während man die Tollkirsche besser meiden sollte. Tarantogas Cousin wies mich auf eine von der Wissenschaft weltweit außer acht gelassene Tatsache hin: Allein um festzustellen, welche Pflanze sich am besten eignet, in Brand gesteckt zu werden und durch Inhalieren des sich entwickelnden Rauches Genuß zu erzeugen, mußten die Sisyphusse der Urzeit etwa 47000 Arten von Blattpflanzen sammeln, trocknen, fermentieren, zu Röllchen drehen und schließlich in Asche verwandeln, ehe sie auf den Tabak kamen, denn schließlich war nicht jedes Zweiglein mit dem Schildchen versehen, gerade DIES eigne sich zur Herstellung sowohl von Stumpen als auch – kleingehäckselt – von schwarzem Krauser. Divisionen solcher Leute, Urbilder der Himmelfahrtskommandos, haben in Jahrhunderten alles, aber auch alles in den Mund genommen, angebissen, zerkaut, geschmeckt und geschluckt, was immer auch an Zäunen und auf Bäumen wuchs, und sie taten es auf jede mögliche Weise: roh und gekocht, mit und ohne Wasser, durchgeseiht oder nicht, in ungezählten Kombinationen. Davon haben wir heute ohne eigenes Zutun den Nutzen, indem wir wissen, daß der Sauerkohl seinen Platz an der Seite des Schweinebratens hat, während die Rübe die Begleiterin des Hasenbratens ist. Mancherorts duldet man die Rübe nicht neben dem Hasen und zieht ihr den Rotkohl vor – Tarantogas Cousin schließt daraus auf die frühzeitige Entstehung von Nationalitäten. Es gibt keine Slawen ohne Rübensuppe. Jede Nation hatte offenkundig ihre eigenen Experimentatoren, und wenn diese sich einmal für die Rübe entschieden hatten, wurde dieser auch von den Nachkommen die

Treue gehalten, sosehr auch die Nachbarstämme darüber die Nase rümpften.

Über Verschiedenheiten der gastronomischen Kultur, die Unterschiede der nationalen Charaktere bedingen (die Wechselbeziehung zwischen der Pfefferminzsauce und dem *Spleen* der Engländer, nachzuweisen beispielsweise beim Rostbraten), will Tarantogas Cousin ein Buch extra schreiben. Darin wird er auch enthüllen, warum die Chinesen, die schon so lange so viele sind, gern mit Stäbchen essen, dazu noch alles kleingehackt, feingeschnitten und unbedingt mit Reis. Aber darauf wolle er später zurückkommen.

Jedermann wisse, wer Stephenson gewesen sei, rief er mit erhobener Stimme, jedermann feiere ihn für seine banale Lokomotive, aber was sei eine Lokomotive, die noch dazu völlig überholt, weil dampfgetrieben sei, gegen die Artischocke, die uns auf ewig bleibe? Im Gegensatz zur Technik veralten die Gemüse nicht, und er sei gerade dabei, ein Kapitel über dieses aufschlußreiche Thema zu überdenken. War Stephenson denn übrigens, als er Watts fertige Dampfmaschine hernahm und auf Räder setzte, vom Tode bedroht? Befand sich Edison, als er den Phonographen erfand, in Lebensgefahr? Im schlimmsten Fall riskierten sie die Verärgerung ihrer Familien und die Pleite. Wie ungerecht, daß die Erfinder technischen Gerümpels jedermann bekannt sein müssen, während die großen Erfinder der Gastronomie niemand kennt und niemand auch nur daran denkt, daß dem Unbekannten Küchenmeister ebensogut ein Denkmal gebührt wie dem Unbekannten Soldaten. Wie viele dieser anonymen Helden sind nicht bei ihren todesmutig unternommenen Kostproben unter schrecklichen Qualen zugrunde gegangen, beispielsweise nach dem Pilzesammeln, als man die Unterscheidung von Gift- und Speisepilz nur treffen konnte, indem man davon aß und abwartete, ob das letzte Stündlein schlug!

Warum sind die Schulbücher voll von Faseleien über alle möglichen großen Alexander, die sich, da sie einen König zum Vater hatten, ins fertige Nest setzen konnten? Warum müssen die Kinder sich Kolumbus als den Entdecker Armerikas merken, wo er es doch ganz ungewollt, auf dem Weg nach Indien, entdeckt hat? Warum hört man statt dessen kein Wort über den Entdecker der Gurke? Amerika hätte sich früher oder später von selber gemeldet, man wäre ohne es ausgekommen, nicht aber ohne die Gurke, ohne die man zum Fleisch keine anständige Marinade auf dem Teller gehabt hätte. Um wieviel heroischer und verklärter als der Soldatentod war das Sterben jener Namenlosen! Wenn ein Soldat nicht die feindliche Stellung berannte, kam er vors Kriegsgericht, niemand aber war jemals gezwungen, sich der tödlichen Gefahr unbekannter Pilze oder Beeren auszusetzen. Tarantogas Cousin würde es daher begrüßen, wenn an der Tür jedes einigermaßen ordentlichen Restaurants wenigstens Gedenktafeln mit angemessenen Sprüchen angebracht würden wie MORTUI SUNT UT NOS BENE EDAMUS oder MAKE SALAD, NOT WAR. Vor allem für vegetarische Speisegaststätten sollte das gelten, denn mit den Tieren gab es weniger Aufwand. Um Koteletts zu klopfen oder Hackfleisch für Hamburger zu gewinnen, brauchte man nur zuzusehen, was Hyäne oder Schakal mit einem Kadaver machten, und bei den Eiern war das nicht anders. Die Franzosen mit ihren sechshundert Käsesorten haben sich vielleicht eine kleine Medaille verdient, keinesfalls aber Marmortafeln oder gar ein Denkmal, denn die meisten dieser Käse entstanden infolge von Zerstreutheit – ein vergeßlicher Hirte hat einmal neben dem Quark eine Scheibe Brot liegenlassen. Sie verschimmelte, und so entstand der Roquefort.

Als der Cousin daranging, zeitgenössische Politiker herabzusetzen, die nichts von Gemüse hielten, klingelte das Telefon. Er nahm den Hörer ab, lauschte hinein und gab ihn mir. Mich wolle man sprechen. Ich war sehr erstaunt, weil niemand von meiner Rückkehr wissen konnte, aber der Fall klärte sich sogleich auf.

Aus dem Büro des UN-Generalsekretärs hatte man Tarantoga nach meiner Adresse fragen wollen, und der Cousin hatte, indem er mich ans Telefon bat, alles sozusagen kurzgeschlossen. Am Apparat war Doktor Kakesut Wahatan, der Sondergehilfe des Beraters für Fragen der globalen Sicherheit beim Generalsekretär der Vereinten Nationen. Er wünschte mich möglichst rasch zu sehen, wir verabredeten uns für den nächsten Tag, und als ich mir den Termin notierte, konnte ich nicht wissen, worauf ich mich einließ. Für den Augenblick hatte sich der Anruf immerhin als nützlich erwiesen, weil er den Redestrom von Tarantogas Cousin unterbrochen hatte. Dieser wollte bei den Pfeffergewürzen fortfahren, es gelang mir jedoch, mich zu verabschieden, indem ich Eile vorschützte und das heuchlerische Versprechen abgab, ihn bald wieder zu besuchen.

Etliche Zeit später erzählte mir Tarantoga, die Primel sei eingegangen, der Cousin in seinem paläobotanisch-gastronomischen Rausch habe sie zu gießen vergessen. Ich nahm das als eine typische Erscheinung hin: Wer sich der Mehrzahl ergeben hat, hält nichts von der Einzahl. Daher rührt es, daß die großen Melioratoren, die die ganze Menschheit auf einmal glücklich machen wollen, mit Einzelpersonen keine Geduld haben.

Die Katze blieb noch lange im Sack. Ich erfuhr nicht, daß ich für die Menschheit den Kopf hinhalten und auf den Mond fliegen sollte, um nachzusehen, was die erfinderischen Waffen dort ausheckten. Zunächst einmal wurde ich mit Mokka und altem Weinbrand von Doktor

Wahatan empfangen. Er war Asiat und als solcher vollkommen: das reine Lächeln, und nichts herauszukriegen. Angeblich wollte der Generalsekretär unbedingt meine Bücher kennenlernen, aber da er in seiner hohen Stellung außerordentlich überlastet sei, sollte ich selbst ihm die Titel empfehlen, die ich für die wesentlichsten hielte. Wie zufällig fanden sich bei Wahatan noch einige andere Burschen ein, die um Autogramme baten. Ich konnte es ihnen nicht abschlagen. Freilich, wie unterhielten uns auch, über Roboter etwa und den Mond, über letzteren aber vor allem in seiner historischen Rolle als Exponat oder Dekoration in der Liebesdichtung. Viel später kam mir zu Ohren, daß es sich dabei nicht um simple Plaudereien, sondern um den Übergang vom *Screening* zur *Clearance* handelte. Der Sessel nämlich, in dem ich es mir bequem gemacht hatte, war mit Sensoren gespickt, mit denen man anhand der mikroskopisch kleinen Veränderungen der Muskelstruktur meine Reaktionen auf Schlüsselreize testen konnte, Wörter wie eben »Mond« oder »Roboter«. Die Situation, die ich auf der Erde zurückgelassen hatte, als ich zum Sternbild des Kalbes flog, hatte sich seither nämlich umgekehrt: Meine Tauglichkeit wurde vom Computer getestet und bewertet, und meine Gesprächspartner dienten sozusagen nur als Hörgeräte. Ich weiß selber nicht mehr, wie es kam, daß ich den Tag darauf erneut ins UN-Büro ging. Nachher luden sie mich immer wieder ein, sie wollten mich unbedingt sehen, ich aß sogar aus bloßer Geselligkeit mit ihnen in der übrigens ganz ordentlichen Kantine zu Mittag, aber der außerhalb liegende Zweck meiner immer häufigeren Besuche blieb unklar. Es schien sich ein Plan abzuzeichnen, daß die Vereinten Nationen meine Gesammelten Werke in allen Sprachen der Welt herausbringen wollten. Dieser Sprachen gibt es über viereinhalbtausend. Obgleich ich alles andere bin als eitel, hielt ich das Vorhaben für vollauf gerechtfertigt.

Meine neuen Bekannten erwiesen sich als begeisterte Fans meiner STERNTAGEBÜCHER. Es handelte sich um Doktor Rorty, Ingenieur Tottentanz und die Gebrüder Cybbilkis, Zwillinge, die ich an ihren Krawatten zu unterscheiden lernte. Beide waren Mathematiker. Castor, der Ältere, befaßte sich mit Algomatik, das heißt der Algebra solcher Konflikte, die für alle beteiligten Seiten ein fatales Ende haben. (Dieser Zweig der Spieltheorie wird daher zuweilen als *Sadistik* bezeichnet, die Kollegen nannten Castor einen Sadistiker, und Rorty behauptete sogar, er heiße mit vollem Namen Castor Oil – das aber war wohl ein Scherz.) Pollux, der andere Cybbilkis, war Statistiker und besaß die seltsame Angewohnheit, nach längerem Schweigen mit gänzlich abseitigen Fragen ins Gespräch einzugreifen. Fragen der Art etwa, wie viele Leute auf der Erde in diesem Augenblick in der Nase bohren mögen. Als phänomenaler Kopfrechner überschlug er so etwas im Handumdrehen.

Einer dieser Herren empfing mich artigerweise unten im Vestibül, das so groß war wie ein Shuttle-Hangar. Mit dem Lift fuhren wir zu den Arbeitsräumen der Brüder Cybbilkis oder aber zu Professor Jonas Kuschtyk, der ebenfalls in meine Bücher vernarrt sein mußte, da er mich mit Angabe von Seitenzahl und Ausgabejahr zitieren konnte. Kuschtyk befaßte sich – ebenso wie Tottentanz – mit der Theorie der Sendlinge, die auch Teleferistik genannt wird und ein neues Fachgebiet der Robotertechnik darstellt: Fernbemannung oder Präsenzübertragung (früher sagte man dazu auch »telepresence«). »Wo der Mensch nicht selber hinkann, schickt er einen Sendling hin«, lautet das Motto der Teleferisten. Kuschtyk und Tottentanz waren es auch, die mich dazu brachten, einmal diese Fernbemannung zu genießen, mich also *veräußern* zu lassen. Ein Mensch nämlich, dessen sämtliche Sinne per Funk auf den Sendling übertragen werden, gilt als *steuervollstreckt* oder *fernentäußert.* Bereitwillig ging ich darauf ein, und erst viel später bekam ich mit, daß nicht die Begeisterung, sondern die Dienstpflicht sie zur Lektüre meiner Werke getrieben hatte. Neben einer Reihe anderer Lunar-Agency-Leute, deren Namen ich nicht nenne, um sie nicht unsterblich zu machen, sollte ich nach und nach in das Projekt »Mondmission« hineingezogen werden. Warum nach und nach? Weil ich ja einfach ablehnen und, nachdem ich alle Geheimnisse der Mission kennengelernt hatte, nach Hause gehen konnte, statt auf den Mond zu fliegen! Na und, könnte jemand einfältig fragen, hätte der Himmel denn davon ein Loch bekommen? Ja, das war ja gerade der Witz: Er hätte! Der Mann, der von der Lunar Agency unter Tausenden ausgewählt wurde, mußte sich durch höchste Kompetenz und Loyalität auszeichnen. Die erstere versteht sich von selbst, aber was war mit der letzteren? Gegen wen sollte ich mich loyal verhalten? Gegen die Agentur? In gewissem Sinne jawohl, denn sie repräsentierte die Interessen der Menschheit. Es ging darum, daß weder ein einzelner Staat noch eine Gruppe oder mögliche Geheimkoalition von Staaten die Ergebnisse der Monderkundung erfahren durften, falls diese gelang. Wer nämlich als erster den Stand der dortigen Rüstung kennenlernte, kam dadurch in den Besitz strategischer Informationen, die ihm ein Übergewicht auf der Erde verliehen. Der auf dieser herrschende Frieden war, wie daraus ersichtlich wird, alles andere als ein Idyll.

Diese Wissenschaftler, die mich mit Herzlichkeiten überhäuften und wie ein Kind mit den Sendlingen spielen ließen, führten in Wahrheit eine Sektion an meinem lebenden Gehirn durch, genauer gesagt, sie halfen dabei den Computern, die unsichtbar allen unseren Plaudereien beiwohnten. Castor Cybbilkis mit seinen surrealistischen Krawatten war als Theoretiker der mit einem Pyrrhussieg endenden Konflikte zugegen, denn solche wurden mit mir oder gegen mich ausgetragen. Um die Mission annehmen oder ablehnen zu können, mußte ich sie vorher kennenlernen. Wenn ich den Auftrag aber, nachdem ich ihn kannte, verweigerte oder ihn übernähme und die nur mir bekannten Ergebnisse der Erkundung an Außenstehende verriete, wäre der Zustand erreicht, den die Algomatiker den präkatastrophalen nennen. Es gab viele Kandidaten, sie waren von verschiedener Nationalität, Rasse und Ausbildung und hatten unterschiedliche Leistungen aufzuweisen – ich war einer von ihnen, hatte davon aber nicht die geringste Ahnung. Der Auserwählte sollte ein Abgesandter der Menschheit, nicht – sei es nur potentiell – Spion einer Großmacht sein. Deshalb diente der Operation »Grieß« der Code PAS (Perfect Assured Secrecy) als Devise. »Grieß« kam daher, daß durch genaues *Sieben* eine selektiv vollkommene Auswahl des Kundschafters erreicht werden sollte, der in den chiffrierten Berichten als *Missionar* bezeichnet wurde. »Grieß« war eine Anspielung auf »Sieb«, das jedoch nie genannt wurde, damit um Gottes willen kein Außenstehender auch nur ahnte, worum es ging.

Man wird fragen, ob mir jemand darüber reinen Wein eingeschenkt hat. Aber nicht doch, nur nachher, als ich bereits zum Missionar ernannt worden war (LEM: Lunar Efficient Missionary) und im Raumanzug, mit Strippen und Schläuchen behängt, x-mal in die Rakete kroch, um nach einigen Stunden kleinlaut aussteigen zu müssen, weil beim Countdown wieder mal was kaputtgegangen war, hatte ich genug Zeit, über die letzten Monate nachzudenken, eines zum anderen zu fügen und mir den verborgenen Sinn des Spiels zusammenzureimen, den die L. A. mit mir um den höchsten möglichen Einsatz gespielt hatte. Den höchsten Einsatz nicht unbedingt für die Menschheit und die Welt, aber für mich: Ich brauchte keinerlei Algomatik und Theorie von Pyrrhusspielen, um zu der Überzeugung zu gelangen, daß in dieser Situation die PAS am sichersten gewahrt bliebe, wenn der Kundschafter nach seiner glücklichen Rückkehr zur Erde und der Erstattung seines Berichts sogleich massakriert würde. Da ich wußte, daß sie mich, nachdem ich mich als der beste und sicherste aller Kandidaten erwiesen hatte, nun hinaufschicken *mußten*, sagte ich das zwischen zwei Countdowns meinen lieben Kollegen, den beiden Cybbilkis, Kuschtyk, Blahouse, Tottentanz und Garraphisa (über den werde ich vielleicht noch extra etwas sagen), die zusammen mit einem Dutzend Nachrichtentechnikern während meiner Mondexpedition das bilden sollten, was Houston während der Apollo-Mission für Armstrong und Co. gewesen war. Um den verlogenen Burschen möglichst die Hölle heiß zu machen, erkundigte ich mich, ob sie wüßten, wer sich nach meiner heldenhaften Rückkehr mit mir befassen werde – die Lunar Agency selbst oder eine von ihr gedungene MURDER INCORPORATED?

Ich sagte das mit diesen Worten, um ihre Reaktion zu prüfen. Wenn sie eine solche Variante nämlich überhaupt in Betracht gezogen hatten, mußten sie sofort kapieren. Sie saßen da, als wäre ein Blitz zwischen sie gefahren. Ich sehe die Szene noch vor mir: der kleine, »Wartesaal« genannte Raum auf dem Kosmodrom, die spartanische Einrichtung, mit grüner Plastikfolie überzogene Tische, Coca-Cola-Automaten, wirklich bequem nur die Sessel. Ich in einem Raumanzug von engelsreinem Weiß, den Kopf unterm Arm (das heißt den Helm, aber »den Kopf unterm Arm tragen« war die gängige Redewendung für jemanden, der einen Flug vor sich hatte), mir gegenüber die treuen Gefährten, Wissenschaftler, Doktoren und Ingenieure. Als erster fand Castor Oil die Sprache wieder. Es liege nicht an ihnen, sondern – lediglich in Gleichungen – am Computer, denn aus rein mathematischer Sicht bestehe die Lösung des Lemmas »Perfect Assured Secrecy« *eben darin*, aber diese Abstraktion, die den ethischen Faktor außer acht lasse, sei nie in Frage gekommen und ich beleidige sie alle miteinander, wenn ich sie jetzt, in einem solchen Augenblick, verdächtige ...

»Blabla«, sagte ich. »Klar, an allem ist nur der Computer schuld, dieses widerliche Ding! Aber lassen wir die Ethik beiseite, ihr alle, wie ich euch hier sitzen sehe, seid beinahe Heilige, und ich bin es übrigens auch. Ist aber denn keinem von euch, den Computer eingeschlossen, genau DAS in den Sinn gekommen?«

»Genau WAS?« fragte der verdutzte Pyrrhus Cybbilkis (denn auch so wurde er genannt).

»Daß ich es *vermuten* könnte und daß diese Tatsache, wenn ich – wie ich es eben getan habe – meine Vermutung teste, in die Gleichungen Eingang findet, die meine Loyalität bestimmen, und dadurch diese Determinante *verändert* ...«

»Ach«, ächzte der andere Cybbilkis, »natürlich ist das in Betracht gezogen worden, es ist doch das Abc der algomatischen Statistik: Ich weiß, daß du weißt, daß ich weiß, daß du weißt, daß ich weiß – das sind doch die Unendlichkeitsaspekte der Konflikttheorie, die ...«

»Gut, gut«, sagte ich, innerlich abkühlend, weil mich die rechnerische Seite des Problems fesselte. »Und was habt ihr herausbekommen? Daß eine solche Vermutung meine Loyalität beeinträchtigt?«

»Scheinbar ja«, antwortete Castor Oil widerwillig anstelle seines Bruders. »Der Rückgang deiner Loyalität ist jedoch nach einer Szene wie eben DIESER (die ja auch programmiert werden mußte) eine auf Null fallende Folge.«

»Aha«, machte ich, rieb mir die Nase und nahm den Helm von der rechten auf die linke Seite. »DAS *verringert* also HIER und JETZT die mathematische Erwartung des Rückgangs meiner Loyalität?«

»Ja freilich«, sagte er, sein Bruder aber sah mir zärtlich und forschend zugleich in die Augen und meinte: »Du merkst es doch selber . . .«

»Tatsächlich«, brummte ich, weil ich nicht ohne Verwunderung feststellte, daß sie und ihr Computer bei diesen psychologischen Berechnungen recht hatten: Meine Wut auf sie war zusehends geschwunden.

Über dem Ausgang zum Flugfeld des Kosmodroms leuchtete eine grüne Signallampe auf, gleichzeitig ließ sich ein Summton vernehmen zum Zeichen, daß der Defekt behoben war und ich wieder in die Rakete kriechen konnte. Wortlos machte ich kehrt und mich in Begleitung all dieser Herren auf den Weg. Dabei dachte ich nach, welche Pointe die ganze Geschichte haben würde. Ich greife vor, aber da ich einmal begonnen habe, muß ich auch schließen. Als ich die stationäre Erdumlaufbahn verlassen hatte und sie mir einen Schmarren anhaben konnten, antwortete ich auf die Frage nach meinem Befinden, dieses sei vorzüglich, ich überlege nämlich gerade, ob ich mich nicht mit dem *Mondstaat* verbrüdern sollte, um einigen Bekannten auf der Erde das Fell zu gerben. Wie falsch ihr Gelächter in meinem Kopfhörer klang!

Das alles aber war erst nach den Besuchen auf dem Übungsgelände, wo Mondbedingungen simuliert wurden, und nach der Besichtigung der Gynandroics Corporation. Dieses gigantische Unternehmen hatte mit seinen Umsätzen sogar schon die International Business Machines überflügelt, obgleich es als deren bescheidener Ableger entstanden war. Ich muß hier erklären, daß die Gynandroics entgegen allen landläufigen Meinungen weder Roboter noch Androiden produziert, sofern man darunter Puppen von Menschengestalt und einer nach menschlichem Vorbild gestalteten Psyche versteht. Eine vollkommene Simulierung der menschlichen Bewußtseinsstruktur ist nahezu unmöglich – die Computer der achtzigsten und aller folgenden Generationen sind zwar intelligenter als wir, aber ihr geistiges Leben erinnert in nichts an das des Menschen. Der normale Mensch ist ein überaus unlogisches Geschöpf, und darin besteht sein Menschentum. Seine Vernunft ist stark verunreinigt durch Vorurteile, Emotionen und Überzeugungen, die seiner Kindheit oder den Genen seiner Eltern entstammen. Daher kann ein Roboter, der sich (beispielsweise per Telefon) für einen Menschen ausgibt, von einem Fachmann relativ leicht enttarnt werden. Trotz dieses grundsätzlichen Einwands produzierte die berüchtigte SEX INDUSTRY zur Sondierung des Marktes kurze Serien sogenannter S-DOLLS (die einen behaupten, es handle sich um SEX DOLLS, Puppen für Liebesspiele, andere meinten, es seien SEDUCTIVE DOLLS, kokette Verführerinnen oder vielmehr verführerische Kokotten aus neuen Kunststoffen, die den biologischen so verwandt waren, daß man sie in der Chirurgie für Hauttransplantationen nach Verbrennungen verwendete).

Diese *femmes de compagnie* fanden keinen Absatz. Sie waren allzu LOGISCH, zu klug – der Mann, der sich mit solch einer Intelligenzbestie einließ, bekam Minderwertigkeitskomplexe – und viel zu teuer. Wer sich solch eine Konkubine leisten konnte (die billigsten, made in Japan, kosteten über 90000 Dollar das Stück, örtliche Gebühren und Luxussteuer nicht gerechnet), konnte jederzeit auch preiswertere Romanzen mit natürlichen Partnerinnen pflegen. Den Durchbruch auf dem Markt schafften erst die weiblichen Sendlinge oder »Hohlkörper«. Das sind ebenfalls Puppen, die eine ideale Ähnlichkeit mit Frauen aufweisen, aber »leer«, das heißt hirnlos sind. (Ich bin kein Misogyn, und wenn ich »hirnlos« sage, will ich damit nicht verschiedenen Weiningers den Unsinn nachschwatzen, wonach das schöne Geschlecht keine Vernunft habe, sondern ich meine es ganz wörtlich: Sendlinge, ob maskulin oder feminin, sind schließlich vom Menschen gesteuerte Puppen, also leere Hüllen.)

Um sich in den Sendling des jeweiligen Geschlechts zu versetzen, brauchte man nur in einen Anzug mit einer Masse eingenähter, der Haut anliegender Elektroden zu schlüpfen. Niemand hatte geahnt, welche Erschütterungen diese Technik für das menschliche Leben mit sich brachte, an erster Stelle für die Erotik, vom Eheleben bis hin zum ältesten Gewerbe der Welt. Die Juristen wurden vor völlig neue Probleme gestellt. Vor dem Gesetz waren Intimitäten, die jemand mit einer »sex doll« vornahm, kein Ehebruch und somit kein Scheidungsgrund. Es spielte keine Rolle, ob die »sex doll« ausgestopft war oder mit einer Luftpumpe aufgepumpt werden mußte, ob sie Vorder- oder Hinterantrieb, ein automatisches Getriebe oder Handschaltung hatte – von Ehebruch konnte ebensowenig die Rede sein, als wenn jemand es mit einem Astloch getrieben hätte. Die Erzeugnisse der Teleferistik zwangen das Zivilrecht aber zu der Entscheidung, ob eine Person, die sich im Ehestand befand und sich in einen Sendling versetzte, damit Ehebruch beging oder nicht. Der Begriff der »Fernuntreue« wurde in den Fachzeitschriften und der sonstigen Presse heftig diskutiert. Es war erst der Anfang der schwierigen Fälle. Darf man beispielsweise die eigene Frau mit dieser selbst betrügen, wobei letztere jünger ist als in Wirklichkeit? Ein gewisser Adlai Groutzer hatte bei der Gynandroics-Filiale in Boston seine eigene Frau kopieren lassen, freilich nicht im Alter von 59, sondern von 21 Jahren. Das Problem komplizierte sich dadurch, daß Mrs. Groutzer in ihrem 21. Lebensjahr noch die Ehefrau von Mr. James Brown gewesen war, von dem sie sich zwanzig Jahre später scheiden ließ, um Mr. Groutzer zu heiraten. Die Sache schleppte sich durch sämtliche Instanzen. Die Gerichte hatten festzustellen, ob eine Ehefrau, die die von ihrem Mann erworbene Fernkopie nicht intim bewegen will, ihm damit den ehelichen Verkehr verweigert. Sind Inzest, Sadismus und Masochismus oder gar Homosexualität durch Fernbedienung möglich? Eine Firma brachte eine Serie von Mannequins auf den Markt, die man durch einen Griff in die Ersatzteilkiste in Damequins und sogar in Zwitter umwandeln konnte. Die Japaner überschwemmten die USA und Europa mit Zwittern zu Dumpingpreisen: Ein Handgriff genügte, um ihr Geschlecht einzustellen (nach dem Prinzip »Drehst du links, dann ist nichts drauf, drehst du rechts, dann steht der Knauf«!). Zur Kundschaft der Gynandroics soll auch eine große Zahl hochbetagter Prostituierter gezählt haben, die persönlich keine Chance mehr hatten, ihrem Beruf nachzugehen, sich jedoch, da sie über langjährige Routine verfügten, durch hohe Steuerkunst auszeichneten.

Die Probleme blieben natürlich nicht auf die Erotik beschränkt. Ein zwölfjähriger Schüler zum Beispiel, dessen Rechtschreibfehler beim Diktat mit einer schlechten Note bestraft wurden, benutzte einen athletisch gebauten Sendling, um den Lehrer windelweich zu prügeln und ihm die Wohnung zu demolieren. Dieser Sendling war ein sogenannter Haushüter, ein Modell, das reißenden Absatz fand, und der Vater des Schülers hielt ihn in einer Hütte auf seinem Grundstück, um es vor Dieben zu schützen. Deswegen ging der Eigentümer stets in einem Spezialpyjama mit eingenähten Elektroden zu Bett, und wenn die Alarmanlage die Anwesenheit fremder Personen anzeigte, brauchte er nicht einmal aufzustehen, um sogar mit mehreren Einbrechern fertig zu werden und sie bis zum Eintreffen der Polizei festzuhalten. Der Sohn hatte den Pyjama benutzt, während der Vater abwesend war. Auf den Straßen sah ich häufig Mahnwachen und Demonstrationen, die sich gegen Gynandroics und vergleichbare japanische Produzenten richteten.

Sie wurden überwiegend von Frauen gestellt. Die Gesetzgeber in den wenigen Staaten der USA, in denen Homosexualität noch unter Strafe stand, gerieten in Panik, weil sie nicht wußten, ob ein Schwuler, der in einen anderen Mann verliebt ist, sich jenes Delikts schuldig machte, wenn er dem anderen einen verführerischen weiblichen Sendling unterschob, den er persönlich steuerte. Es entstanden neue Begriffe wie *telemate* – die Ferngespielin, die die Geliebte oder die Ehefrau sein konnte. Nachdem der Bundesgerichtshof es schließlich für zulässig und in den Rahmen ehelicher Beziehungen gehörig erklärt hatte, daß Ehepartner in gegenseitigem Einvernehmen ihre Beziehungen per procura (also per Sendling) pflegen, ergab sich der Fall Kuckerman. Er war Vertreter, sie leitete einen Friseursalon. Beide waren selten zusammen, sie konnte ihren Salon nicht verlassen, und er war ständig auf Reisen. Zum indirekten Vollzug ihres Ehebundes waren sie zwar bereit, konnten sich jedoch nicht einig werden, ob die Vermittlung über einen Sendling, der den Mann oder die Frau ersetzte, erfolgen sollte. Ein Nachbar, der den Kuckermans aus reiner Nächstenliebe helfen wollte, riet zu dem Kompromiß, ein teleferistisches *Paar* zu benutzen – ein ferngesteuerter Mann und eine ferngesteuerte Frau erschienen ihm als salomonische Lösung des Dilemmas. Die Kuckermans jedoch wiesen diesen Einfall als blödsinnig und beleidigend zurück. Sie konnten sicher nicht ahnen, daß ihr Streit, nachdem die Presse über ihn berichtet hatte, das Phänomen der sogenannten teleferistischen Eskalation herbeiführen würde: Man konnte den Anzug mit den Elektroden auch einem Sendling anlegen, damit dieser einen anderen Sendling steuerte, dieser wiederum einen dritten und so weiter.

Dieses Konzept fand begeisterten Anklang in der Unterwelt. Auf ähnliche Weise, wie sich ein Funkgerät ausfindig machen läßt, konnte festgestellt werden, von wo aus ein konkreter Sendling gesteuert wurde. Dieser Methode pflegte sich die Polizei bei teleferistisch verübten Einbrüchen oder Morden zu bedienen. Wurde der Täter jedoch von einem andern Sendling ferngesteuert, so mußte erst dieser angepeilt werden, und ehe man ihn erwischte, konnte der Mensch, der der eigentliche Täter war, seinen Funkverkehr mit dem zwischengeschalteten Sendling abbrechen und seine eigene Spur verwischen.

Die Kataloge der TELEMATE CO. und der japanischen Firma SONY boten männliche Versionen vom Liliputaner bis zu King-Kong sowie unübertreffliche Reproduktionen berühmter historischer Frauengestalten, wie der Nofretete, der Cleopatra und der Königin von Navarra, sowie zeitgenössischer Filmstars an. Um Gerichtsprozessen wegen »Mißbrauchs leiblicher Ähnlichkeit« aus dem Wege zu gehen, konnte sich jedermann, der eine Kopie der First Lady der USA oder der Frau seines Nachbarn im Schrank haben wollte, eine solche ins Haus schicken lassen, per Nachnahmeversand und in Einzelteile zerlegt, die man anhand einer Montageanleitung zur gewünschten Playmate zusammensetzen konnte. Es soll sogar Personen gegeben haben, die an sogenanntem Narzißmus litten, also niemanden liebten als sich selbst und konsequenterweise Konterfeis ihrer selbst anfertigen ließen. Die Gesetzgebung krümmte sich unter der Last der neuen Probleme, zugleich war aber auch klar, daß man die Produktion von Sendlingen nicht einfach verbieten konnte (etwa wie Privatpersonen die Herstellung von Atombomben und Rauschgift untersagt wird): Das Sendlingswesen war bereits eine mächtige Industrie, die sowohl für die Volkswirtschaft als auch für Wissenschaft und Technik arbeitete, die Raumfahrt eingeschlossen, denn nur als Sendling konnte der Mensch auf großen Planeten, wie Saturn oder Jupiter, landen. Sendlinge wurden auch im Bergbau und in Notdiensten eingesetzt, im Bergrettungsdienst sowie bei Erdbeben und anderen Naturkatastrophen. Unersetzlich waren sie bei lebensgefährlichen Experimenten, sogenannten Crash-Tests. Die Lunar Agency hatte mit der Gynandroics einen Spezialvertrag für Mondsendlinge. Ich sollte bald erfahren, daß man sie für das Projekt LEM (Lunar Efficient Missionary) bereits einzusetzen versucht hatte, freilich mit ebenso rätselhaften wie katastrophalen Folgen.

Durch die Montagehallen der Gynandroics führte mich Paridon Sawekahu, der leitende Ingenieur. Nach der Gewohnheit seiner Nation sprach er mich mit Vornamen an, und ich mußte bei meinen Antworten auf der Hut sein, um Paridon nicht dauernd mit Pyramidon zu verwechseln. Tottentanz und Blahouse begleiteten uns. Ingenieur Sawekahu klagte über den Hagel immer neuer juristischer Beschränkungen, die die Forschungsarbeit und die Entwicklung neuer Prototypen erschwerten. Die Banken zum Beispiel hatten an ihren Eingängen generell Sensoren eingebaut, die Sendlinge ausspürten. Das wäre halb so schlimm gewesen, es war sogar verständlich, denn man fürchtete ferngesteuerte Überfälle. Zahlreiche Banken benutzten jedoch statt reiner Alarmanlagen thermoinduktive Sicherungen, die den Sendling, kaum daß sie ihn an der Elektronik in seinem Innern erkannt hatten, einem unsichtbaren Schlag von Wellen hoher Frequenz aussetzten. Der dadurch verursachte Temperatursprung brachte seine Leitungen zum Schmelzen und machte ihn zu Schrott. Die Käufer nun richteten ihre Beschwerden nicht an die Banken, sondern an die Gynandroics. Außerdem kam es gar schon zu Gewalttaten, sogar zu Bombenanschlägen gegen Transporte weiblicher Sendlinge, zumal wenn diese schön waren. Ingenieur Paridon gab zu verstehen, daß seine Firma die Bewegung der »Women's Liberation« dieser Terrorakte verdächtigte, aber vorläufig lagen keine Beweise vor, die ein gerichtliches Vorgehen ermöglicht hätten.

Man führte mir den gesamten Produktionsprozeß vor, vom Schweißen der ultraleichten Skelette aus Duraluminium bis hin zur Verkleidung dieses »Chassis« mit einer körperformenden Masse. Die Mehrzahl der weiblichen Sendlinge wird in acht Größen produziert, im Firmenjargon »Kaliber« genannt. Einzelanfertigungen kosten mehr als das Zwanzigfache. Ein Sendling braucht übrigens durchaus nicht dem Menschen ähnlich zu sein, aber je mehr er sich von dessen Körperbau unterscheidet, um so größer werden die Schwierigkeiten bei der Steuerung. Für Sendlinge, die in großer Höhe, etwa beim Bau von Hängebrücken oder Hochspannungsleitungen, arbeiten, wäre ein Schwanz ein höchst praktikables Sicherungsgerät, aber der Mensch besitzt nicht die Voraussetzungen, um einen Greifschwanz zu handhaben.

Mit einem Elektromobil (das Firmengelände ist riesengroß) fuhren wir dann ins Lager, wo ich die Planeten- und Mondsendlinge besichtigte. Je größer die Gravitation, um so schwerer die Aufgabe der Konstrukteure, denn ein zu kleines Gerät kann nicht viel ausrichten, und ein großes, das starke Antriebsmotoren braucht, wiegt zuviel.

Wir kehrten in die Halle für die Endmontage zurück.

Während Doktor Wahatan vom UN-Büro mit seinem höflich-reservierten Lächeln eine Musterstudie asiatischen Diplomatentums bot, gab Ingenieur Paridon eine Vorstellung asiatischen Überschwangs. Sein Mund mit den blauen Lippen stand keinen Augenblick still, lachend entblößte er ein prachtvolles Gebiß:

»Sie werden es nicht glauben, Ijon, aber wissen Sie, worüber das Team der General Pedypulatrics mit seinen

Robotern gestolpert ist? Über den Gang auf zwei Beinen! Sie sind auf die Nase gefallen, weil ihr Prototyp immer wieder auf die Nase gefallen ist! Nicht übel, was? Hahaha! Gyroskope, Gegengewichte, Sensoren mit *double feedback* in den Waden – alles für die Katz! Wir hingegen haben keinerlei Probleme, denn beim Sendling hält der Mensch das Gleichgewicht!«

Ich sah zu, wie die weiblichen Produkte vom Band liefen und, von Greifern aufgenommen, über unsere Köpfe hinweg zur Packerei transportiert wurden: ein gleichmäßiger Reigen nackter Mädchenkörper, die Haut blaßrosa wie bei Säuglingen, ein hilfloses Schweben, lang herabwallendes, wogendes Haar. Ich fragte Paridon, ob er verheiratet sei.

»Hahaha! Ijon, Sie sind ein Witzbold! Natürlich bin ich verheiratet, und Kinder habe ich auch. Der Schuster geht nicht in den Schuhen, die er selber macht! Unseren Angestellten bieten wir pro Jahr ein Stück als Prämie. Das ist für sie ein ausgezeichnetes Geschäft.«

»Welchen Angestellten?« fragte ich. Die Halle war menschenleer. An den Fließbändern arbeiteten gelb, grün und blau lackierte Roboter, deren vielgliedrige Ausleger kantigen Raupen glichen.

»Hahaha! In den Büros haben wir noch paar Leute, in der Sortiererei, in der technischen Kontrolle und in der Packerei ebenfalls. Oh, sehen Sie mal, ein Stück Ausschuß! Mit den Beinen stimmt was nicht, sie sind krumm! Sagen Sie, Ijon, liegt Ihnen an einem Exemplar? Kostenlos, für eine Woche, wir liefern es frei Haus . . .«

»Nein, danke. Vorläufig nicht. Pygmalionismus ist nicht nach meinem Geschmack.«

»Pygmalionismus? Ach so, Bernard Shaw, ich verstehe! Selbstverständlich, ich verstehe Ihre Anspielung. Manche Leute sträuben sich innerlich dagegen. Sie müssen aber zugeben, daß die Herstellung von Damequins besser ist als die von Karabinern. Wir produzieren für den Frieden. Make love, not war! Stimmt's?«

»Man kann gewisse Vorbehalte haben«, bemerkte ich vage. »Ich habe vor dem Werktor Mahnwachen gesehen.«

»Ja, gewiß, es gibt Probleme. Eine normale Frau kann sich mit einem Sendling ihres Geschlechts nicht vergleichen. Die Schönheit ist im Leben eine Ausnahme von der Regel, bei uns ist sie technische Norm! Das Gesetz des Marktes. Das Angebot, bestimmt von der Nachfrage. Was soll man machen – so ist nun mal die Welt . . .«

Wir besichtigten noch die Schneiderei, die voll war von raschelnden Kleidern und rauschenden Dessous, geschäftigen Mädchen mit Scheren und mit Bandmaßen um den Hals, reichlich unscheinbaren, weil lebendigen Mädchen. Ingenieur Paridon begleitete uns zum Parkplatz, bis ans Auto, und wir verabschiedeten uns. Tottentanz und Blahouse hüllten sich auf der Rückfahrt in ein sonderbares Schweigen, und auch ich hatte keine Lust zum Reden. Noch aber war der Tag nicht vorüber.

Zu Hause fand ich im Briefkasten ein dickes Kuvert, darin ein Buch mit dem langen Titel DEHUMANIZATION TREND IN WEAPON SYSTEMS OF THE TWENTY FIRST CENTURY OR UPSIDE DOWN EVOLUTION.

Der Verfasser hieß Meslant, der Name sagte mir nichts. Der Band war großformatig, schwer und solide, voller Diagramme und Tabellen. Da ich nichts Besseres vorhatte, setzte ich mich in einen Sessel und begann zu lesen. Auf der ersten Seite, vor dem Vorwort, stand ein Motto in deutscher Sprache:

»Aus Angst und Noth
Das Heer ward todt.«
Eugen von Wahnzenstein

Der Autor präsentierte sich als Experte für die neueste

Geschichte des Militärwesens. Nach seinen Worten läßt sich dieser Geschichtsabschnitt durch zwei aphoristische Schlagwörter des ausgehenden 20. Jahrhunderts markieren: der Anfang durch FIF (»FIRE AND FORGET«), das Ende durch LOD (»LET OTHERS DO it«). Der Vater des modernen Pazifismus war der Wohlstand, seine Mutter die Angst. Beider Paarung erzeugte den Trend einer *Entmenschung* des Krieges. Immer weniger Menschen wollten Waffen tragen, und dieser Schwund an kriegerischem Geist verhielt sich direkt proportional zum Lebensstandard. Die edle Maxime »Dulce et decorum est pro patria mori« galt den Jugendlichen der reichen Länder gerade so viel wie der Werbespot eines Beerdigungsunternehmens. Gerade in jener Zeit setzte ein Kostenrückgang in der intellektronischen Industrie ein. Die bisher als Rechenelemente verwendeten CHIPS wurden durch Produkte der genetischen Ingenieurskunst ersetzt, die man CORN nannte. Man hatte diesen Getreidenamen für sie gewählt, weil sie aus der *Zucht* künstlicher Mikroben stammten, hauptsächlich der des nach dem Schöpfer der Kybernetik benannten SILICOBACTERIUM LOGICUM WIENERI. Eine Handvoll dieser Elemente kostete nicht mehr als eine Handvoll Hirse. Die künstliche Intelligenz wurde also billiger, während die neuen Waffengenerationen sich in geometrischer Progression verteuerten. Im ersten Weltkrieg hatte ein Flugzeug soviel wie ein Auto, im zweiten soviel wie zwanzig Autos gekostet – gegen Ende des Jahrhunderts kostete es bereits das 600fache. Man hatte ausgerechnet, daß selbst eine Supermacht sich in 70 Jahren nur noch 18 bis 22 Flugzeuge würde leisten können. Diesem Schnittpunkt zweier Kurven – der des Kostenrückgangs bei der Intelligenz und der der Kostensteigerung bei den Waffen – entsprang der Trend einer *Entmenschung* der Streitkräfte. Die Armeen wandelten sich aus einer lebendigen in eine tote Kraft. Die Welt machte damals zwei schwere Krisen durch: die erste, als das Erdöl sich jäh verteuerte, die zweite, als es kurz darauf ebenso plötzlich wieder billiger wurde. Die klassischen Gesetze der Ökonomie des Marktes verloren ihre Wirkung, aber man war sich über die Aussage dieses Phänomens ebensowenig im klaren wie darüber, daß die Figur des uniformierten, helmbewehrten Soldaten, der zum Bajonettangriff übergeht, in der Vergangenheit versank, um ihren Platz im Museum neben den in Stahl geschmiedeten Rittern des Mittelalters zu finden. Infolge des geistigen Beharrungsvermögens der Techniker wurden noch eine Zeitlang großdimensionale Waffen gebaut: Panzer, Geschütze, Transportfahrzeuge und anderes Schlachtgerät, das für Menschen bestimmt war und selbst dann noch so groß gebaut wurde, als es bereits selbsttätig und ohne Menschen eingesetzt werden konnte. Diese Phase der Panzergigantomanie erfuhr jedoch bald einen Knick und schlug um in eine Phase der beschleunigten Miniaturisierung.

Sämtliche bisherigen Waffensysteme waren auf den Menschen zugeschnitten gewesen: auf seine Anatomie, damit er mit ihnen erfolgreich töten, auf seine Physiologie, damit er erfolgreich getötet werden konnte.

Wie es in der Geschichte zu gehen pflegt, begriff niemand, was da heraufzog. Die Entdeckungen, die sich zum DEHUMANIZATION TREND IN NEW WEAPON SYSTEMS vereinigen sollten, waren nämlich in sehr weit voneinander entfernten Zonen der Wissenschaft gemacht worden. Die Intellektronik produzierte Mikrorechner, die so billig waren wie Gras, die Neuroentomologie hingegen hatte endlich das Rätsel der Insekten geknackt, die – wie etwa die Bienen – in einem Gemeinwesen leben, für gemeinsame Ziele arbeiten und sich mit einer eigenen Sprache verständigen, obgleich ihr Nervensystem um das 380000fache kleiner ist als das Gehirn des Menschen. Für den einfachen Soldaten genügt vollkommen die Findigkeit einer Biene, sofern sie entsprechend transformiert wird. Kampftüchtigkeit und Vernunft sind – zumindest auf dem Schlachtfeld – zwei verschiedene Dinge. Hauptfaktor des Drucks, der die Miniaturisierung der Waffen bewirkte, war die Atombombe.

Die Notwendigkeit der Miniaturisierung ergab sich aus einfachen, wohlbekannten Tatsachen, die allerdings außerhalb der Grenzen der damaligen Militärwissenschaft lagen. Als vor 70 Millionen Jahren ein gewaltiger Meteor auf die Erde gestürzt, mit seinen Trümmern die Atmosphäre verdunkelt und damit das Klima auf Jahrhunderte hinaus abgekühlt hatte, rottete diese Katastrophe mit Stumpf und Stiel die großen Echsen, die Dinosaurier, aus, schadete den Insekten jedoch nur wenig und ließ die Bakterien völlig verschont. Die Beweiskraft der Paläontologie war eindeutig: Je größer die obwaltende Zerstörungskraft ist, um so kleiner müssen die Organismen sein, die ihr entgehen sollen. Die Atombombe machte die *Auflösung* sowohl des Soldaten als auch der Armeen erforderlich. Der Gedanke, den Soldaten auf Ameisengröße schrumpfen zu lassen, konnte im 20. Jahrhundert jedoch außerhalb der Phantastik keinen Ausdruck finden. Der Mensch kann weder in Teilchen aufgelöst noch in seinen Maßen reduziert werden. Man dachte damals an automatische Soldaten und meinte damit Roboter von Menschengestalt, aber das war schon zu jener Zeit ein naiver Anachronismus. Die Industrie unterlag ja bereits der Entmenschung, aber die Roboter, die die Arbeiter an den Taktstraßen der Automobilwerke ersetzten, hatten keine Menschengestalt – sie bildeten lediglich die Vergrößerung ausgewählter *Einzelteile* des Menschen: als Gehirn mit einer mächtigen stählernen Hand, als Gehirn mit Augen und einer Faust, als Sinnes- und Greiforgane. Unter einer atomaren Bedrohung ließen sich große Roboter aber nicht einfach auf die Schlachtfelder versetzen.

So entstanden radioaktive Synsekten (synthetische Insekten), Krustentiere aus Keramik, Schlangen und Ringelwürmer aus Titan, die sich in die Erde eingraben und nach einem Atomschlag wieder hervorkriechen konnten. Das fliegende Synsekt war gewissermaßen eine zu einem mikroskopisch kleinen Ganzen verschmolzene Legierung von Flugzeug, Pilot und Bewaffnung. Gleichzeitig wurde zur operativen Einheit die *Mikroarmee*, die nur als *Ganzes* eine Kampfkraft darstellte, etwa wie nur der *ganze* Bienenschwarm eine selbständige, überlebensfähige Einheit bildet, während die einzelne Biene nichts ist. Es entstanden also Mikroarmeen vieler Typen, gestützt auf zwei gegensätzliche Prinzipien. Nach dem Prinzip der Selbständigkeit wirkte eine solche Armee wie ein Kriegszug von Ameisen, eine Welle von Bakterien oder ein Schwarm von Hornissen. Nach dem Prinzip des *Teletopismus* war die Mikroarmee lediglich ein gewaltiger, fliegender oder kriechender Haufe von *Elementen* zur Eigenmontage: Je nach der taktischen oder strategischen Notwendigkeit bewegte er sich in starker Auflösung vorwärts, um sich erst am Ziel zu dem vorprogrammierten Ganzen zu vereinigen. Es verhielt sich so, als würde das Kriegsgerät die Rüstungsfabrik nicht in seiner endgültigen Gestalt, sondern in Halb- oder Viertelfertigteilen verlassen, die sich zusammenschließen, kurz bevor sie ins Ziel treffen. Das einfachste Beispiel dieser »selbstkoppelnden Armeen« war die autodisperse Atomwaffe. Eine ballistische Interkontionentalrakete mit einem Kernsprengkopf läßt sich aufspüren – durch Satellitenüberwachung aus dem All, durch Radar von der Erde aus. Diese Mittel versagen jedoch bei gigantischen Wolken von Mikroteilchen in starker Dispersität, die Uran oder Plutonium tragen und sich zur kritischen Masse erst am Ziel zusammenschließen, sei dieses nun eine Fabrik oder eine feindliche Stadt.

Eine Zeitlang existierten die alten und neuen Waffengattungen nebeneinander her, aber das massive, schwere Kriegsgerät erlag bald endgültig den Angriffen der Mikrowaffen. Diese waren ja beinahe unsichtbar. Wie Krankheitserreger verstohlen in den Tierorganismus eindringen, um ihn *von innen her* zu töten, so durchsetzten die toten, künstlichen Mikroben nach den ihnen vorgegebenen Tropismen die Geschützläufe, Geschoßräume, Panzermotoren und Flugzeugtriebwerke, zerfraßen das Metall oder jagten, wenn sie an die Pulverladungen gelangten, alles in die Luft. Was vermochte selbst der tapferste, mit Granaten behängte Soldat gegen diesen mikroskopisch kleinen, toten Gegner? Nicht mehr als ein Arzt, der Choleraerreger mit einem Hammer zu bekämpfen sucht! Gegen die Wolken der das vorgegebene Ziel selbst aufsuchenden, biotropen, alles Leben zerstörenden Mikrowaffe war der Bürger in Uniform so hilflos, wie es der römische Legionär mit Schild und Schwert im Kugelhagel gewesen wäre.

Schon im 20. Jahrhundert hatte die Taktik des Kampfes in geschlossener Ordnung einer Lockerung der Formationen weichen müssen, und im Bewegungskrieg kam es zu einer weiteren Auflösung. Damals hatte es allerdings immer noch Frontlinien gegeben, die nun ebenfalls verschwanden. Die Mikroarmeen sickerten mit Leichtigkeit durch die Verteidigungsgürtel und drangen tief ins feindliche Hinterland. Kernwaffen großen Kalibers erwiesen sich mittlerweile immer offenkundiger als *machtlos*: Ihr Einsatz war einfach unrentabel. Die Bekämpfung einer Virusepidemie mit thermonuklearen Bomben konnte nur minimalste Effekte bringen. Überdies sollen die Kosten eines Geschosses den Wert des von ihm zerstörten Ziels nicht wesentlich übersteigen. Man jagt nicht mit Kreuzern auf Blutegel.

Als schwierigstes Problem der menschenlosen Etappe des Kampfes des Menschen mit sich selbst erwies sich die

Unterscheidung von Freund und Feind. Diese Aufgabe, seit langem mit der Formel FOF (FRIEND or FOE) bezeichnet, war einst von elektronischen Systemen bewältigt worden, die nach der Regel von Anruf und Parole arbeiteten. Ein Flugzeug oder ein anderer Flugkörper gab, über Funkwellen gefragt, über einen Sender selbsttätig die richtige Antwort oder wurde als Feind behandelt und angegriffen. Diese aus dem 20. Jahrhundert stammende Methode war anachronistisch geworden. Die neuen Waffenmeister hatten im Reiche des Lebens Anleihen aufgenommen: bei Pflanzen, Tieren und Bakterien.

Die Diagnostizierung kopierte die Methoden der lebenden Arten: ihre Immunologie, den Kampf von Antigen und Antikörper, Tropismen, aber auch Mimikry, Tarnfarben, Deckung und Maskierung. Die toten Mikrowaffen *täuschten* oftmals harmlose Mikroorganismen oder sogar Kapseln und Blütenstaub von Pflanzen vor und verbargen unter diesen Hüllen ihren todbringenden, erosierenden Inhalt. An Bedeutung gewann auch die informatorische Auseinandersetzung – nicht im Sinne der Propaganda, sondern des Eingreifens in das feindliche Nachrichtenwesen, um es zu lähmen oder – beim Anflug der nuklearen Heuschreckenschwärme – den vorzeitigen Zusammenschluß zur kritischen Masse zu veranlassen und damit das Vordringen zu dem zu schützenden Ziel zu verhindern. Der Verfasser des Buches beschrieb einen Kakerlaken, der der Prototyp bestimmter Mikrosoldaten war und auf dem Abdomen einige dünne Härchen trug. Wurden diese durch eine Luftbewegung gekrümmt, ergriff der Kakerlak die Flucht. Solche Sensoren sind mit dem hinteren Nervenknoten kurzgeschlossen, der einen harmlosen Windhauch von Bewegungen unterscheidet, die von einem Angreifer verursacht werden.

In die Lektüre vertieft, gedachte ich voller Mitgefühl all der biederen Liebhaber von Uniformen, Flaggen und

Tapferkeitsmedaillen. Das neue militärische Zeitalter mußte für sie ein einziger Schimpf, eine Beleidigung ihrer hehren Ideale gewesen sein. Der Autor bezeichnete die Veränderungen als eine »auf den Kopf gestellte Evolution« (Upside Down Evolution), weil in der Natur *zuerst* die Mikroorganismen entstanden, die sich allmählich in immer größere Gattungen umwandelten, wohingegen in der militärischen Evolution der umgekehrte, der Trend zur Mikrominiaturisierung einsetzte und das große Gehirn des Menschen gleichzeitig durch die Simulate von Nervenknoten der Insekten ersetzt wurde. In der ersten Phase sind die menschenlosen Waffen noch von Menschen projektiert und gebaut worden, in der zweiten Phase wurden die toten Divisionen von ebenso toten Computersystemen konzipiert, kriegsmäßig getestet und in die Massenproduktion übergeführt. Die Menschen wurden erst aus dem Militär, dann auch aus der Rüstungsindustrie entfernt, eine Erscheinung, die als »soziointegrative Degeneration« bezeichnet wurde. Der *Degeneration* unterlag der einzelne Soldat: er wurde immer kleiner und dadurch immer einfacher. Zuletzt besaß er soviel Vernunft wie eine Ameise oder eine Termite. Eine um so größere Rolle fiel der *sozialen Komplexität* dieser Krieger zu. Die tote Armee war viel komplizierter als ein Bienenstock oder ein Ameisenhaufen und entsprach in dieser Hinsicht eher großen Biotopen der Natur, also Gattungspyramiden, die in einem subtilen Gleichgewicht von Konkurrenz, Antagonismus und Symbiose zueinander stehen. Es ist leicht begreiflich, daß ein Stabsgefreiter oder ein Feldwebel in solchen Streitkräften nichts zu tun hatte. Um hingegen *alles* – und sei es nur bei einer Inspektion, nicht einmal bei der Führung – im Griff zu haben, hätte der Verstand einer ganzen Universität nicht ausgereicht. Daher kamen (außer in der Dritten Welt) die Offizierskorps bei den großen militärischen Umwälzungen des 21. Jahrhunderts am schlechtesten weg. Unter dem erbarmungslosen Druck des Trends, die Armeen zu entmenschen, barsten die schönsten Traditionen der Manöver und Vorbeimärsche, der Zapfenstreiche und Wachablösungen, der Portepees und Paradeuniformen, des Drills und des Rapports. Ein Weilchen ließen sich die hohen Führungschargen, die der Stäbe an der Spitze, noch für Menschen reservieren, leider aber eben nur ein Weilchen. Die strategisch-rechnerische Überlegenheit der computertechnischen Kommandostaffeln schlug am Ende selbst die gescheitesten militärischen Führer einschließlich der Marschälle mit Arbeitslosigkeit. Auch eine ordenübersäte Brust bewahrte den Generalstäbler nicht vor der vorzeitigen Versetzung in den Ruhestand. Damals entstand eine oppositionelle Widerstandsbewegung von Berufsoffizieren, die aus Verzweiflung über ihre Arbeitslosigkeit – es waren, wie gesagt, *Berufs*offiziere – in den terroristischen Untergrund gingen. Die Weltgeschichte entledigte sich dieser Rebellion mit wahrhaft ekelerregender Bosheit: mit Mikrospitzeln und einer Minipolizei, beide konstruiert nach dem Vorbild des bereits erwähnten Kakerlaken, dessen Kriegstüchtigkeit durch Nacht und Nebel ebensowenig beeinträchtigt wurde wie durch diverse Täuschungsmanöver seitens der desperaten Traditionalisten, die den Ideen von Achilles und Clausewitz die Treue hielten.

Was die armen Länder anging, so konnten sie nur auf die alte Weise Krieg führen, mit Menschenkraft, folglich nur mit einem gleichermaßen anachronistisch kämpfenden Gegner. Wer sich militärische Automatisierung nicht leisten konnte, hatte sich mucksmäuschenstill zu verhalten.

Die reichen Länder lebten deswegen durchaus nicht angenehmer. Politik auf alte Weise war nicht mehr möglich. Die von jeher immer diffuser werdende Grenze zwischen Krieg und Frieden wurde immer weniger erkennbar. Das zwanzigste Jahrhundert hatte kräftig dazu beigetragen, das feierliche Ritual der Kriegserklärung beseitigt und Begriffe eingeführt wie Fünfte Kolonne, Massensabotage, kalter Krieg und Krieg *per procura*. Selbst das aber war nur ein Anfang gewesen, die Unterschiede restlos zu verwischen. Die Feilscherei auf den Abrüstungskonferenzen zielte niemals nur auf ein Übereinkommen und die Konstituierung eines Gleichgewichts der Kräfte, sondern auch auf die Ausspürung der schwachen und starken Seiten des Gegners. Die eindeutige Alternative »Krieg oder Frieden« ging der Welt verloren, jetzt gab es Krieg, der Frieden, und Frieden, der Krieg war. In der ersten Phase dominierte – unter einer Maske offiziell erklärten Friedens – eine viele Bereiche umfassende Diversion. Sie durchsetzte politische, religiöse und soziale Bewegungen (sogar so ehrenwerte und harmlose wie die zum Schutze der Umwelt), unterwusch die Kultur und die Massenmedien, suchte die Illusionen der Jugend und die Traditionsbegriffe der Alten für sich zu gewinnen. Im zweiten Stadium verstärkte sich die kryptomilitärische Diversion, die in ihrer Wirkung bis zur Unkenntlichkeit dem Kriege glich, nur daß sie als Krieg nicht zu erkennen war. Den sauren Regen, der vom Himmel fiel, wenn schwefelhaltige Kohle verbrannt wurde und mit ihrem Rauch die Wolken zu verdünnter Schwefelsäure machte, hatte schon das zwanzigste Jahrhundert gekannt. Später gab es Regen, der Dächer, Fabriken, Straßen und Hochspannungsleitungen zerfraß, ohne daß man feststellen konnte, ob er das Werk der verseuchten Natur oder eines Feindes war, der die Giftwolken einem günstigen Wind mitgab.

So verhielt es sich bald mit allem. Es gab Massensterben bei allen möglichen Nutztieren – aber waren diese Epizootien natürlich oder von jemandem ins Werk gesetzt? Geht der Sturm, der einen ganzen Landstrich unter

Wasser setzt, auf ein Naturereignis wie einst oder die geschickte Entfesselung eines Taifuns zurück? Ist eine Dürre in all ihrer Verderbnis natürlichen Ursprungs oder Folge einer geheimen Verschiebung von Luftmassen und regenschwangeren Wolken?

Klimatisch-meteorologische Gegenspionage, seismische Kundschafterei, Geheimdienste von Epidemiologen, schließlich auch von Genetikern und gar von Gewässerkundlern hatten alle Hände voll zu tun. Die Gelehrtenschaft der Welt geriet immer stärker in den Sog, im Dienste des Militärs differenzierende Erkundung zu betreiben, gleichzeitig aber wurden die Ergebnisse der Untersuchungen immer undurchsichtiger. Die Enttarnung von Diversanten war ein Kinderspiel gewesen, solange es sich um Menschen gehandelt hatte. Dann aber kam es so weit, daß Wirbelstürme, Hagelschlag, Pflanzenpest, Viehsterben, die Zunahme der Säuglingssterblichkeit und der Häufigkeit von Krebserkrankungen, endlich gar die Einschläge von Meteoriten (die Idee, Asteroiden auf das Territorium des Antagonisten zu lenken, hatte man bereits im 20. Jahrhundert gehabt) der Diversion angelastet werden konnten, und da wurde das Leben unerträglich. Unerträglich nicht nur für den Mann von der Straße, sondern auch für den Staatsmann, der ratlos und verstört war, weil er von seinen nicht weniger verstörten Beratern nichts Sicheres erfahren konnte. An den Militärakademien führte man damals neue Fächer ein, wie die kryptooffensive und kryptodefensive Strategie und Taktik, die Kryptologie der Kontra-Re-Aufklärung (das heißt die Täuschung und Irreführung der Gegenspionage in der nächsthöheren Potenz), die Kryptographie, die Feldenigmatik und schließlich die KRYPTOKRYPTIK. Diese letztere stellte auf geheime Weise die Geheimanwendung von Geheimwaffen dar, die sich nicht von harmlosen Ereignissen in der Natur unterscheiden lassen.

Die Fronten und Grenzziehungen zwischen großen und kleinen Antagonismen verwischten sich. Um die andere Seite in deren Öffentlichkeit zu diffamieren, produzierten spezielle Institutionen auf dem eigenen Territorium *Falsifikate* von Naturkatastrophen mit derartigen Merkmalen, daß die Unnatürlichkeit in die Augen stach. Nachgewiesenermaßen setzten reiche Länder ihren an ärmere zu herabgesetzten Preisen gelieferten Hilfssendungen an Weizen, Mais oder Kakao gewisse Mittel zu, die die sexuelle Potenz verminderten. Das war nichts anderes als ein *geburtenreduzierender Geheimkrieg.* Der Frieden war zum Krieg, der Krieg zum Frieden geworden. Obgleich die katastrophalen Folgen dieses Trends – ein beiderseitiger Sieg, der der beiderseitigen Niederlage gleichkam – offenkundig waren, taten die Politiker weiter, als sei nichts. In Sorge um Wählerstimmen gaben sie immer nebulösere Versprechen von einer immer günstigeren Wende in naher Zukunft, waren aber immer weniger imstande, den Lauf der realen Welt zu beeinflussen.

Der Krieg war Frieden nicht wegen totalitärer Machenschaften, wie Orwell sich das einst ausgemalt hatte, er war es durch den Stand der Technologie, die jede Grenze zwischen natürlichen und künstlichen Erscheinungen verwischt hatte – auf jedem Gebiet, in jedem Teil der Menschenwelt und sogar deren Umgebung, denn im Universum verhielt es sich nicht anders.

Wo es weder zwischen natürlichem und künstlichem Eiweiß noch zwischen natürlicher und künstlicher Intelligenz einen Unterschied gibt, lassen sich Katastrophen, die von einem Täter vorsätzlich ausgelöst werden, nicht von solchen unterscheiden, die von niemandem verschuldet sind. Also sprach der Verfasser des Buches DEHUMANIZATION TREND IN WEAPON SYSTEMS OF THE XXI CENTURY.

Wie das Licht, das, von der Schwerkraft in das Innere eines Schwarzen Loches gesogen, der Gravitationsfalle nie mehr entkommen kann, ist die Menschheit, von den Kräften der Antagonismen in die Rätsel der Materie gezogen, in eine technologische Falle geraten. Die Entscheidung über die Investierung aller Kräfte in eine neue Überrüstung wurde nicht mehr von Regierungen und Staatsmännern, von den Plänen der Generalstäbe, den Interessen von Monopolen oder anderer *pressure groups* beeinflußt, sondern – immer stärker! – von der Angst, die Entdeckungen und Techniken, die Überlegenheit verleihen, könnten zuerst von der *anderen Seite* gefunden werden. Damit verfiel die traditionelle Politik endgültig der Lähmung. Die Verhandlungsführer konnten nichts mehr aushandeln, denn ihr guter Wille – der Verzicht auf eine Neue Waffe – wurde von der anderen Seite so verstanden, daß der Verzichtende bereits eine noch Neuere Waffe im Überfluß besitzen müsse.

Ich stieß auf eine mathematische Formel der Konflikttheorie, die zeigte, weshalb die Abrüstungskonferenzen zu keinerlei Ergebnis führen konnten. Auf solchen Veranstaltungen werden bestimmte Entscheidungen getroffen. Wenn die Zeit der Entscheidungsfindung jedoch länger ist als die Zeit der Entstehung von Innovationen, die den zur Entscheidung anstehenden Zustand radikal verändern, sind alle Beschlüsse bereits bei der Beschlußfassung anachronistisch. In jedem HEUTE ist darüber zu entscheiden, was GESTERN war. Die Entscheidung verlagert sich aus der Gegenwart in die Vergangenheit und wird damit zu einem Spiel leeren Scheins. Eben dies nötigte die Mächte zu dem Genfer Abkommen über den Waffenexodus auf den Mond. Die Welt atmete auf und genas – jedoch nur für kurze Zeit, denn die Angst kam wieder, diesmal vor dem Schreckbild der vom Mond gegen die Erde gerichteten unbemannten Invasion. Daher gab es keine dringlichere Aufgabe, als dem Geheimnis des Mondes die Diagnose zu stellen.

Mit diesen Worten endete das Kapitel. Danach kamen noch etliche Seiten, die ich nicht aufblättern konnte. Zuerst glaubte ich, sie seien durch Buchbinderleim zusammengeklebt, ich suchte die nächste Seite auf jede mögliche Weise abzulösen, bis ich endlich zum Messer griff und die Klinge vorsichtig zwischen die aneinanderhaftenden Seiten schob. Die erste schien unbedruckt, aber dort, wo das Messer sie berührt hatte, waren Buchstaben sichtbar geworden. Ich fuhr noch einmal mit der Schneide über das Papier und konnte folgende Sätze lesen:

»Bist du gewillt, diese Last auf dich zu nehmen? Wenn nicht, dann lege das Buch wieder in das Kästchen! Wenn ja, dann schneide die nächste Seite auf!«

Ich tat das letztere. Die Seite war leer. Ich fuhr mit dem Messer von oben nach unten darüber hin. Es erschienen acht Ziffern, zu Paaren gruppiert wie eine Telefonnummer. Ich schnitt noch die anderen Seiten auf, aber sie enthielten nichts. Eine sonderbare Art, Erlöser für diese Welt anzuheuern! dachte ich, und vage zeichnete sich schon damals in meinem Kopfe ab, was auf mich zukommen könnte. Ich schlug das Buch zu, aber es öffnete sich von selbst wieder auf der Seite mit den deutlich sichtbaren Zahlen.

Mir blieb nichts übrig, als den Hörer abzunehmen und die Nummer zu wählen.

III. UNTERGETAUCHT

Es war ein Privatsanatorium für Millionäre. Man hört sonst nie etwas von übergeschnappten Millionären. Verrückt werden kann ein Filmstar, ein Staatsmann und sogar ein König, niemals aber ein Millionär. Zu dieser Ansicht gelangt man jedenfalls bei der Lektüre der auflagenstarken Zeitungen, die Meldungen über Revolutionen und den Sturz von Regierungen kleingedruckt irgendwo auf den Innenseiten bringen, während die Aufmacher auf der ersten Seite vom geistigen Befinden sorgfältig ausgezogener, hochbusiger Mädchen oder von der Schlange handeln, die einem Zirkuselefanten in den Rüssel gekrochen ist und ebendieses Tier dadurch veranlaßte, in einen Supermarkt einzubrechen und dort dreitausend Dosen Campbell-Saucen mitsamt einer Kasse und der Kassiererin zu zertrampeln. Ein verrückter Millionär wäre für solch ein Blatt das gefundene Fressen. Die Millionäre freilich wünschen kein Aufsehen, weder wenn sie einigermaßen normal sind noch wenn sie durchdrehen. Eine Macke kann der Karriere eines Filmstars vielleicht sogar förderlich sein, der eines Millionärs jedoch nicht. Ein Filmstar, zumal ein weiblicher, ist nicht dadurch berühmt, daß er in vielen Filmen gut gespielt hat. Das war vielleicht früher einmal so. Heute kann ein Star spielen wie ein Hackklotz, er kann heiser sein, als hätte er seine Stimme im Suff ertränkt (das wird sowieso gedoubelt), der von Plakaten und Leinwänden strahlende Körper kann sich nach intensivem Waschen als über und über sommersprossig erweisen, aber er muß das gewisse Etwas haben, das der Star auch tatsächlich bekommt, sofern er sich nur oft genug scheiden läßt. Dann bringt man es zum hermelingefütterten Roadster, kassiert 25000 Dollar für ein Nacktfoto im PLAYBOY, hat ein Verhältnis mit vier Quäkern auf einmal, und sollte man in einem Anfall von Nymphomanie gar noch siamesische Zwillinge fortgeschrittenen Alters verführt haben, kann man für wenigstens ein Jahr mit festen Verträgen rechnen. Auch ein Politiker hat heutzutage hauptsächlich deswegen bekannt zu sein, daß er eine Stimme hat wie Caruso, Polo spielt wie der Teufel, lächelt wie Ramon Novarro und übers Fernsehen alle seine Wähler liebt. Millionären hingegen könnte das eher schaden, den Kredit beschneiden oder gar einen Börsenkrach auslösen. Der Millionär muß stets distanziert, ruhig und berechenbar sein. Ist er das nicht, muß er sich mitsamt seiner Unberechenbarkeit gut verstecken. Da es heute jedoch außerordentlich schwer ist, sich vor der Presse zu verstecken, sind die Sanatorien der Millionäre unsichtbare Festungen. Unsichtbar heißt, daß ihre Unzugänglichkeit getarnt ist und nach außen hin nicht auffällt: keinerlei uniformierte Wächter, keine Kettenhunde mit Schaum vorm Maul, kein Stacheldraht. Gerade das nämlich reizt die Journalisten, ja, es macht sie geradezu scharf. Ein solches Sanatorium soll deshalb eher unscheinbar aussehen, vor allem darf es nicht wagen, sich als Domizil für Geisteskranke zu bezeichnen! In meinem Falle handelte es sich um ein Heim für überarbeitete Leute, die herzkrank waren oder an Geschwüren litten. Wie sollte ich auf den ersten Blick erkennen, daß dies nur eine Fassade war, hinter der sich der Wahnsinn verbarg?

Wir wurden erst eingelassen, als Doktor Hous, ein Vertrauter Tarantogas, uns abholen kam. Er bat mich, im Park spazierenzugehen, bis er mit Tarantoga gesprochen habe. Ich schloß daraus, daß er mich für meschugge hielt. Der Professor hatte ihn offenbar nicht angemessen informieren können, übrigens aus einem ganz vernünftigen

Grund: Wir hatten Australien rasch und ohne Aufsehen verlassen wollen.

Hous ließ mich allein zwischen den Blumenbeeten, Springbrunnen und Hecken zurück, unseres Gepäcks nahmen sich zwei hübsche Mädchen an, die in ihren eleganten Kostümen überhaupt nicht wie Krankenschwestern aussahen. Auch das gab mir zu denken, und den Rest besorgte ein schmerbäuchiger Greis im Pyjama, der bei meinem Anblick in der Hollywoodschaukel beiseite rückte, um mir Platz zu machen. Um seine Höflichkeit nicht zu ignorieren, ließ ich mich neben ihm nieder. Wir schaukelten schweigend eine Weile, bis er schließlich fragte, ob ich für ihn Urin abgeben könne (er drückte es übrigens in deftigeren Worten aus). Ich war so verblüfft, daß ich, statt geradewegs abzulehnen, nach dem Grunde fragte. Das traf ihn sehr, er kroch von der gepolsterten Schaukel und ging, auf dem linken Bein hinkend, davon. Dabei sprach er laut mit sich selbst, wahrscheinlich über mich, aber ich zog es vor, nicht hinzuhören. Ich sah mir den Park an und warf hin und wieder einen Blick auf meinen linken Arm und mein linkes Bein, etwa so, wie man einen Rassehund mustert, den man erst kürzlich zum Geschenk erhalten und der es schon geschafft hat, mehrere Leute zu beißen. Es beruhigte mich durchaus nicht, daß Arm und Bein sich passiv verhielten und mit mir schaukelten, ich dachte an die Erlebnisse der jüngsten Zeit und daran, daß direkt neben meinem Denken, in meinem Kopf, ein anderes Denken lauerte, gewissermaßen auch das meine, aber völlig unzugänglich. Das war durchaus nicht besser als Schizophrenie, denn von dieser kann man geheilt werden, es war auch nicht besser als der Veitstanz, denn da weiß der Kranke, daß er höchstens mal tanzen wird. Ich aber war lebenslang zu Unfug im eigenen Wesen verurteilt.

Auf den Parkwegen spazierten Patienten, manchen

wurde in einiger Entfernung ein leisegängiger Wagen von der Art nachgeführt, wie man sie zum Transport des Golfbestecks benutzt – sicherlich für den Fall, daß der Spaziergänger ermüdete. Ich sprang aus der Schaukel, um nachzusehen, ob Doktor Hous seine Beratung mit Tarantoga beendet hatte. So lernte ich Gramer kennen. Er wurde huckepack von einem betagten Diener getragen, der ganz schweißüberströmt und im Gesicht blau angelaufen war, denn Gramer wog gut zwei Zentner. Mir tat der alte Mann leid, aber ich sagte nichts und trat nur beiseite in der Erkenntnis, daß ich mich in meiner gegenwärtigen Lage lieber nirgends einmischte. Gramer ließ sich jedoch von dem Pfleger rutschen und stellte sich mir vor. Offenbar reizte es ihn, ein neues Gesicht zu sehen. Er brachte mich in Verlegenheit, denn ich hatte vergessen, unter welchem Namen ich in der Sanatoriumskartei auftreten sollte. Obwohl ich mit Tarantoga alles abgesprochen hatte, fiel mir jetzt nur der Vorname ein: Jonathan. Gramer gefiel diese Vertraulichkeit – ein Fremder, und sagt nur seinen Vornamen! – und bat mich, ihn Adelaide zu nennen.

Er wurde sehr gesprächig. Seit die Depression ihn verlassen habe, langweile er sich entsetzlich. Als er noch in ihr steckte, habe er sich vor Qualen nicht langweilen können. Diese Depression sei daher gekommen, daß er nie einschlafen konnte, wenn er, schon im Bett liegend, zuvor nicht noch ein bißchen vor sich hin geträumt habe. Am Anfang träumte er davon, daß die Aktien, die er gekauft hatte, in die Höhe gingen, während die anderen, die er abgestoßen hatte, auf die Schnauze fielen. Dann träumte er davon, eine Million zu haben. Als er sie hatte, träumte er von zwei Millionen, dann von drei. Von fünf an war das kein anregender Traum mehr. Die Phantasie brauchte neue Objekte. Das sei immer schwieriger gewesen, sagte Gramer mit trüber Miene. Von dem, was man habe oder was man ohne weiteres haben könne, lasse sich nicht träumen. Eine Zeitlang hatte er davon geträumt, seine dritte Frau loszuwerden, ohne sie mit einem Cent abfinden zu müssen, aber dann hatte auch das geklappt.

Hous zeigte sich immer noch nicht, und Gramer nahm mich endgültig in die Klammer. Er habe sich vor dem Einschlafen die Leute vorgenommen, mit denen er auf Kriegsfuß stand, aber das sei ein Fehler gewesen. Es habe in ihm solche Orgien des Hasses entfacht, daß ihm der Schlaf vergangen sei, er habe Tabletten nehmen müssen, die Ärzte hatten ihm das wegen seiner vergrößerten Leber verboten, und so blieb ihm keine andere Wahl, als sich des Traumes dadurch zu entledigen, daß er sich dessen Gegenstands entledigte. Er versicherte mir, daß dies oberhalb der Hunderttausenddollargrenze eine Kleinigkeit sei. Nein, nein, keinerlei Auftrag an eine MURDER INCORPORATED, um Gottes willen, das ist Blödsinn, extra erfunden für den Film. Er hatte einen Fachmann angeheuert, der das sehr sachkundig erledigte. Wie? Na ja, jedesmal anders. Killen ist keine Kunst. Die Leiche ist weg, und was kannst du ihr tun? Auch in körperlichen Qualen fand er für sich keine Genugtuung. Feinde, Neider und böswillige Konkurrenten muß man zugrunde richten und ihnen sein Mitgefühl ausdrücken, mehr aber nicht. Das ist so was wie eine strategische Treibjagd, sehr effektvoll und sehe effektiv! Seine intellektuellen Neigungen, die er vor seinen Millionärskollegen verbergen mußte, trieben ihn zur Lektüre, er hatte sogar de Sade gelesen! Das mußte ein armes Schwein gewesen sein. Vom Pfählen, Schinden und Gliederausreißen zu träumen, dabei aber im Knast zu sitzen und nichts zur Verfügung zu haben als Fliegen! Der Habenichts hat es gut, es lockt ihn alles, und alles gefällt ihm. Jede Frau ist ihm, sofern sie schön ist, unerreichbar. Von daher rührt der Boom der Porno-Industrie. Aufblasbare Schmusepüppchen, grell illustrierte Orgienreports, Kopulanzen, Salben und Pasten – lauter Ersatz und reine Ablenkung. Nichts ist so anstrengend wie eine Orgie, mag sie auch noch so perfekt arrangiert sein. Nichts, worüber sich reden oder gar träumen ließe. Ach, eine Sehnsucht zu haben und sie nicht stillen zu können!

Ich muß während dieser Eröffnungen ein betretenes Gesicht aufgesetzt haben, aber Adelaide nickte nur und meinte, nachdem er seine Lust befriedigt habe, sich zu rächen, an wem er wollte, habe er wohl unwissentlich den Ast angesägt, auf dem er selber sitze. Da ihm zum Träumen nichts geblieben sei, habe er weiter an chronischer Schlaflosigkeit gelitten.

Damals hatte er sich einen Spezialisten zur Erfindung neuer Träume, einen Schriftsteller oder Dichter, gemietet. Der hatte ihm zwar einige ansprechende Themen geliefert, aber ein Traum, der solide sein will, verlangt nach Erfüllung, und ist diese erfolgt, so verschwindet er. Es ging also um nahezu unerfüllbare Träume.

Ich warf ein, das könne ja wohl nicht allzu schwer sein. Einen Kontinent verschieben. Den Mond in vier gleiche Teile zersägen. Ein Bein des Präsidenten der Vereinigten Staaten essen, angerichtet in der Sauce, die chinesische Restaurants zu Pekingente reichen (ich kam in Fahrt, denn ich hatte das Gefühl, mit einem Verrückten zu reden). Geschlechtsverkehr mit einem Glühwürmchen treiben, und zwar immer dann, wenn es besonders hell leuchtet. Auf dem Wasser gehen und überhaupt Wunder tun. Ein Heiliger im Herrn werden oder gleich den Platz mit dem Herrgott tauschen. Terroristen bestechen, daß sie endlich diese Minister, Botschafter und sonstigen Kapitalisten in Ruhe lassen und sich die Leute vorknöpfen, die es tatsächlich verdienen. Einschließlich der Letzten Ölung.

Adelaide sah mich mit einer Sympathie an, die bald in Bewunderung überging. »O Jonathan«, seufzte er, »hätte ich dich doch eher kennengelernt! Es ist etwas an dem, was du sagst, aber es stimmt nicht ganz. Man kann zu diesen Kontinenten, Monden und Wundern nämlich kein persönliches Verhältnis haben. Der wahre Träumer ist emotionell beteiligt, ohne das geht es nicht. Auch ein Würmchen hat keinen Reiz, wenigstens nicht für mich. Ein guter Traum schlägt weder in ohnmächtige Wut noch in verstärkte Geilheit um, er hat etwas Irisierendes, weißt du, er ist ein bißchen da und ein bißchen nicht da, und dabei schläfst du ein. Tagsüber, im Wachen, habe ich dafür nie Zeit gehabt. Der Schreiberling, den ich mir gemietet hatte, bezeichnete die Zahl der erreichbaren Träume als umgekehrt proportional zur Zahl der verfügbaren Zahlungsmittel. Wer alles hat, kann von nichts mehr träumen. Mit dem Herrgott den Platz tauschen? Gott behüte! Aber dich würde ich trotzdem sofort engagieren.«

Auf dem ausladenden Blatt eines niedrigen, stachellosen Kaktus saß eine dicke Schnecke. Sie sah eklig aus, und das war es wohl, was Adelaide bewog, sie dem Pfleger zu zeigen. »Iß das«, sagte er und zog zugleich ein Scheckheft und einen Kugelschreiber aus dem Pyjama.

»Für wieviel macht er das?« fragte ich neugierig. Der Pfleger hatte schweigend die Hand nach der Schnecke ausgestreckt, aber ich hielt ihn zurück.

»Du kriegst tausend Dollar mehr, als Mr. Gramer dir bietet, wenn du das NICHT ißt«, erklärte ich und zog mein Notizbuch aus der Tasche. Es hatte den gleichen grünen Plastikeinband wie Adelaides Scheckheft.

Der Pfleger stand starr. Der Millionär schaute etwas zögernd drein, für mich ein riskanter Augenblick, weil ich nicht wußte, ob er weiterbieten würde. Meine augenblicklichen Guthaben reichten gewiß nicht an den Tarif heran, den Gramer für Schnecken festgesetzt hatte. Ich mußte einen weiteren Trumpf ausspielen.

»Für wieviel wollen SIE das essen, Adelaide?« fragte ich und öffnete mein Notizbuch, als wollte ich einen Scheck ausschreiben. Das packte ihn. Diener und Schnecke hörten für ihn auf zu existieren.

»Ich gebe dir einen Blankoscheck, wenn du sie ungekaut runterschluckst und mir sagst, wie sie sich in deinem Bauch bewegt!« sagte er, vor Erregung heiser.

»Tut mir leid«, gab ich lächelnd zurück, »ich habe schon gefrühstückt und pflege niemals zwischen den Mahlzeiten zu essen. Außerdem dürften deine Konten gesperrt sein, Adelaide. Entmündigung, unter Vormundschaft und so weiter. Habe ich recht?«

»Nein, du irrst dich. Chase Manhattan zahlt auf jeden meiner Schecks.«

»Na schön, aber ich habe wirklich keinen Appetit. Kommen wir lieber auf die Träume zurück.«

Das Gespräch hatte mich so in Anspruch genommen, daß ich neben allem anderen auch meine linke Körperhälfte vergessen hatte. Sie meldete sich von selbst: Wir hatten die kritische Schnecke bereits hinter uns gelassen, als ich dem Millionär plötzlich ein Bein stellte und mit einem Faustschlag ins Genick nachhalf, daß er der Länge lang auf den Rasen fiel. Ich erzähle das in der ersten Person, obwohl meine linken Extremitäten die Täter waren. Es galt, das Gesicht zu wahren.

»Entschuldige bitte«, sagte ich und suchte alle verfügbare Herzlichkeit in meine Stimme zu legen, »entschuldige, aber *das* war mein Traum.« Ich half ihm beim Aufstehen. Er war weniger beleidigt als verstört. So war er offenbar noch nie behandelt worden, weder innerhalb noch außerhalb des Sanatoriums.

»Du läßt dir wirklich was einfallen«, sagte er und klopfte die Erdkrumen vom Pyjama. »Mach das aber nicht wieder, sonst bekomme ich einen Bandscheibenvorfall. Außerdem könnte ich anfangen, mal von *dir* zu träumen«, setzte er mit einem fiesen Grinsen hinzu. »Was hast du eigentlich?«

»Nichts.«

»Das ist klar, aber warum bist du hier?«

»Ich muß ein bißchen ausspannen.«

In der Tiefe einer schattigen Allee erblickte ich Doktor Hous. Durch Winken bedeutete er mir, ich solle kommen, dann wandte er sich um und verschwand in einem Pavillon.

»Für mich wird es Zeit, Adelaide«, sagte ich und klopfte dem Millionär auf die Schulter. »Das nächste Mal träumen wir weiter.«

Aus der offenen Tür wehte es angenehm kühl. Die Klimaanlage lief völlig geräuschlos, die Wände waren von einem blassen Grün, es herrschte eine Stille wie im Innern einer Pyramide. Teppichboden, weiß wie Eisbärenfell, dämpfte jeden Schritt. Hous erwartete mich in seinem Arbeitszimmer. Auch Tarantoga war da, er machte mir einen recht verlegenen Eindruck, wie ereine pralle Mappe auf den Knien hielt, Papiere herausnahm und wieder hineinstopfte. Hous wies auf einen Sessel, ich nahm mit dem unangenehmen Gefühl Platz, auf eine Sache zurückkommen zu müssen, die ich nur loswerden konnte, wenn ich mich selber los wurde.

Hous blieb sitzen und nahm sich eine Zeitung vor. Tarantoga fand endlich die gesuchten Papiere.

»Ja, mein lieber Ijon, so sieht das nun aus ... Ich war bei zwei hochrenommierten Juristen, um deine Lage unter rechtlichem Aspekt definieren zu lassen. Den eventuellen Mandanten habe ich natürlich nicht mit Namen genannt, auch von deiner Mission habe ich nichts gesagt, sondern die Geschichte so vorgetragen, daß nur der Kern des Falles blieb: Jemand hatte Zugang zu Problemen höchster Geheimhaltungsstufe, er sollte sich damit vertraut machen und einem Organ der Regierung Bericht erstatten. Zwischen dem ersteren und dem letzteren wurde er einer Kallotomie unterzogen. Er hat einen Teil dessen, was er erkundet hatte und weitergeben sollte, vergessen, weil es höchstwahrscheinlich in der rechten Halbkugel seines Gehirns steckt. Inwieweit ist er gegen seine Auftraggeber verpflichtet? Wie weit dürfen sie legal gehen, um diese Informationen zu bekommen? Beide erklärten die Angelegenheit für schwierig, es handle sich um einen Präzedenzfall. Ein Gericht, das zu entscheiden hätte, werde Sachverständige berufen und könne deren Ansicht folgen, müsse es aber nicht. Jedenfalls brauchst du dich ohne Gerichtsurteil keinerlei Untersuchungen oder Tests unterziehen zu lassen, falls jene Institution diese verlangen sollte.«

Doktor Hous blickte von seiner Zeitung auf.

»Das ist eine merkwürdig lustige Geschichte«, sagte er, entnahm einer Schublade eine Tüte Pfefferkuchen und leerte sie auf einen Teller, den er mir hinschob. »Ich weiß, Herr Tichy, Sie finden das durchaus nicht lustig, aber jedes Paradoxon von der Art des Circulus vitiosus bereitet nun mal Spaß. Wissen Sie, was Lateralisierung ist?«

»Natürlich«, erwiderte ich und sah voller Abneigung meiner linken Hand zu, die einen Pfefferkuchen ergriff, obgleich ich nicht den geringsten Appetit hatte. Um mich nicht zum Narren zu machen, nahm ich das Gebäck dennoch in den Mund. »Ich habe genug darüber gelesen. Beim normalen Menschen ist die linke Gehirnhalbkugel dominierend, weil sie für die Sprache zuständig ist. Die rechte ist im allgemeinen stumm, versteht aber einfache Sätze und kann manchmal sogar ein bißchen lesen, das eine wie das andere jedoch in unterschiedlichem Grade. Ist die linke Lateralisierung nicht stark ausgeprägt, kann die rechte Halbkugel über entsprechend mehr Selbständigkeit verfügen – auch im Gebrauch der Sprache. Sehr selten kommt es vor, daß es eine Lateralisierung fast gar nicht gibt. Dann befinden sich die Sprachzentren in beiden Halbkugeln, was zum Stottern oder zu anderen Störungen führen kann . . .«

»Sehr gut.« Hous lächelte mir freundlich zu. »Aus dem, was ich erfahren habe, ziehe ich den Schluß, daß Ihr linkes Gehirn (so nennen wir das nämlich zuweilen auch) deutlich dominiert, das rechte aber überdurchschnittlich aktiv ist. Ganz sicher bin ich mir allerdings nicht, dazu bedürfte es längerer Untersuchungen.«

»Und wo liegt das Paradoxon?« fragte ich und suchte möglichst unauffällig die linke Hand wegzuschieben, die mir wieder einen Pfefferkuchen in den Mund stecken wollte.

»Ob eine Befragung Ihres rechten Gehirns einen realen Nutzen bringt, hängt davon ab, wie groß die rechtsseitige Lateralisierung ist. Um zu erfahren, ob eine solche Befragung überhaupt der Mühe wert ist, muß zuerst die Größe der Lateralisierung bestimmt werden. Das heißt, Sie müssen untersucht werden, aber um Sie untersuchen zu können, braucht man Ihr Einverständnis. Das bedeutet, daß die vom Gericht berufenen Sachverständigen nicht mehr sagen können als ich jetzt: Der Befund wird vom Ausmaß der Lateralisierung bei Ijon Tichy abhängen, die man ohne Untersuchung nicht bestimmen kann. Man müßte Sie also untersuchen, um darüber befinden zu können, ob man Sie untersuchen muß. Verstehen Sie?«

»Ja. Und was raten Sie mir, Doktor?«

»Ich kann Ihnen nichts raten, weil ich in der gleichen Situation bin wie jene Sachverständigen mitsamt dem Gericht. Niemand auf der Welt, Sie eingeschlossen, weiß, was Ihr rechtes Gehirn enthält. Sie sind auf die Idee gekommen, die Taubstummensprache anzuwenden, auch das ist bereits versucht worden, aber ohne wesentliche Resultate, weil die rechte Lateralisierung in diesen Fällen zu schwach war.«

»Mehr können Sie mir also wirklich nicht sagen?«

»Doch. Wenn Sie Ärger vermeiden wollen, tragen Sie Ihren linken Arm in der Binde oder noch besser in Gips. Er verrät Sie.«

»Was verstehen Sie darunter?«

Hous wies schweigend auf den Teller mit den Pfefferkuchen.

»Das rechte Gehirn hat Süßigkeiten im allgemeinen lieber als das linke. Das ist statistisch erwiesen. Ich wollte Ihnen eine simple Methode demonstrieren, deren sich jemand bedienen könnte, um über den Daumen Ihre Lateralisierung zu bestimmen. Als Rechtshänder müßten Sie die Pfefferkuchen mit der Rechten ergreifen – oder gar nicht.«

»Wie lange und wozu soll ich den Arm in Gips legen? Was habe ich davon?«

Hous zuckte kaum merklich die Achseln.

»Schön, ich will Ihnen sagen, was ich eigentlich nicht sagen dürfte. Sie haben gewiß von den Piranhas gehört?«

»Ja, das sind so kleine, sehr blutgierige Fische.«

»Genau. Normalerweise greifen sie den Menschen im Wasser nicht an, aber wenn er nur die kleinste Schramme hat, reicht ein Blutstropfen aus, daß sie sich auf ihn stürzen. Die sprachliche Tüchtigkeit des rechten Gehirns ist nicht größer als die eines dreijährigen Kindes, und auch das recht selten. Bei Ihnen ist sie beträchtlich. Wenn sich das herumspricht, können Sie ernsthaft in Schwierigkeiten kommen.«

»Wenn er nun direkt zur Lunar Agency geht?« warf Tarantoga ein. »Wenn er sich dort betreuen läßt? Schließlich haben sie an ihm was gutzumachen, er hat für sie den Kopf hingehalten.«

»Das ist vielleicht nicht die schlechteste Lösung, aber auch keine gute. Eine gute Lösung gibt es nicht.«

»Wieso nicht?« fragten Tarantoga und ich wie aus einem Munde.

»Je mehr sie aus dem rechten Gehirn herausholen, um so größer wird ihr Appetit nach mehr, und das kann – nennen wir es bei einem freundlichen Namen – langfristige Isolation bedeuten.«

»Ein, zwei Monate?«

»Oder ein Jahr und länger. Das rechte Gehirn verständigt sich mit der Welt normalerweise hauptsächlich über das linke, durch Sprache und Schrift. Es gab bisher keinen Fall, wo es, noch dazu fließend, sprechen gelernt hätte. In diesem Fall ist der Einsatz so hoch, daß man in dieses Wissen größere Bemühungen investieren wird als sämtliche Spezialisten bisher.«

»Irgendwas müssen wir aber anfangen«, murmelte Tarantoga. Hous stand auf.

»Gewiß, aber nicht unbedingt heute, hier und jetzt. Vorläufig haben wir keine Eile. Herr Tichy kann gern einige Monate hierbleiben, wenn er es wünscht. Vielleicht bringt die Zeit eine Klärung.«

Zu spät erkannte ich, daß Doktor Hous leider recht hatte.

»In der Erkenntnis, daß mir niemand besser helfen wird als ich selber, habe ich alles bisher Vorgefallene aufgeschrieben und auf Band gesprochen. Dann habe ich die Notizen verbrannt, und den Recorder mit den Kassetten werde ich nun in einem hermetisch verschlossenen Einweckglas unter dem Kaktus vergraben, auf dem ich der Schnecke begegnet bin. Ich sage das alles noch, um das Band bis zum Ende auszunutzen. Der Ausdruck ›Ich begegnete der Schnecke‹ erscheint mir nicht glücklich, obwohl ich nicht weiß, warum. Schließlich kann man einer Kuh begegnen, einem Affen, einem Elefanten, aber schwerlich einer Schnecke. Sollte man von einer Begegnung nur reden dürfen, wenn das betreffende Geschöpf mich bemerken kann? Wohl nicht. Ich weiß nicht, ob die

Schnecke mich bemerkt hat, die Fühler jedenfalls hatte sie ausgefahren. Ist das eine Frage der Größe? Niemand wird sagen: ›Ich bin einem Floh begegnet.‹ Man kann aber einem wirklich sehr kleinen Kind begegnen. Ich weiß nicht, warum ich das letzte Stück Tonband für solchen Blödsinn verschwende. Gleich werde ich das Einweckglas vergraben, fernere Notizen mache ich nach einem selbst erfundenen Kode. Ich werde meine rechte Gehirnhalbkugel nicht anders nennen als SIE, vielleicht auch einfach ICHAUCH. Das ist nicht mal schlecht, ICHAUCH, AUCHICH, ICH und ICH. Vielleicht ist das aber auch zu leicht zu entschlüsseln. Weil das Band nun doch zu Ende geht, greife ich zum Spaten.«

8. Juli. Entsetzliche Hitze. Alle laufen in Pyjama oder Badehose herum. Ich auch. Durch Gramer habe ich zwei andere Millionäre kennengelernt: Struman und Padderhorn. Beide sind Melancholiker. Struman, um die Sechzig, hat ein schlaffes Gesicht, einen dicken Bauch und krumme Beine. Er redet nur im Flüsterton, das macht den Eindruck, als wolle er einem gleich weiß Gott was für ein Geheimnis verraten. Er behauptet, sein Fall sei aussichtslos. Zuletzt hat sich seine Depression dadurch verstärkt, daß er vergessen hat, warum er so schrecklich leidet. Er hat drei Töchter, alle drei sind verheiratet und treiben *swinging*. Irgendwelche Burschen machen davon Fotos, die er ihnen für schweres Geld abkaufen muß, damit sie sie nicht durch einen »hustler« an die Öffentlichkeit bringen. In dem Wunsche, ihm zu helfen, deutete ich an, vielleicht sei dies der Grund seines Leidens, aber er bestritt es: Daran sei er schon gewöhnt. Übrigens sei er unter Kuratel gestellt, da überließe er, wenn die Töchter im zoologischen Garten *swinging* trieben, die Sorge den Kuratoren.

Ich weiß nicht, warum ich das notiere. Ein nackter Millionär ist eine fürchterlich uninteressante Figur. Padderhorn sagt überhaupt nichts. Er soll eine Fusion mit Japanern eingegangen und schlecht damit gefahren sein. Eine deprimierende Gesellschaft, aber Gagerstine ist noch schlimmer. Er grinst in sich hinein und sabbert. Angeblich ist er Exhibitionist. Ich muß mich von diesen Kotzpillen fernhalten. Doktor Hous sagte mir, morgen käme jemand, dem ich trauen könne wie ihm selbst. Er spiele einen jungen Arzt beim Praktikum, sei in Wirklichkeit aber Ethnologe und wolle eine Arbeit über Millionäre schreiben. Es gehe um die Dynamik kleiner Gruppen oder so etwas Ähnliches.

9. Juli. Nach Tarantogas Abreise bin ich nun allein mit Doktor Hous, seinem Assistenten und den durch den Park schlappenden Millionären. Hous hat mir unter vier Augen erklärt, er wolle das Ausmaß meiner rechten Lateralisierung nicht weiter untersuchen, denn das, was man nicht wisse, könne einem nicht gestohlen werden. Der Assistent ist tatsächlich ein junger Ethnologe. Er hat mir einen Eid abgenommen und es mir verraten, nachdem er erfahren hatte, daß ich nicht zu den Geldknöpfen gehöre. Er betreibt Feldstudien. Seine Arbeit soll Gewohnheiten und Mentalität der Millionäre untersuchen, nach der Methode, mit der die Glaubensvorstellungen primitiver Völker erforscht werden. Hous weiß, daß der junge Mann nichts mit Medizin zu tun hat, und ihn wohl deshalb zu sich genommen. Ich führte mit dem Ethnologen abendelange Gespräche, wir saßen in dem kleineren Labor und tranken Whisky »Teachers« aus Reagenzgläsern.

Ich erzählte, daß ich noch nie in so langweiliger Gesellschaft gewesen sei wie hier unter den Nabobs. Der Ethnologe pflichtete mir bei. Er war bedrückt, weil er annehmen mußte, daß für seine Arbeit nicht genug Material zusammenkommen würde.

»Wissen Sie was«, sagte ich einmal in dem Wunsche,

ihm zu helfen, »hauen Sie einen vergleichenden Traktat herunter: Reiche Leute gestern und heute. Das Mäzenat des Staates oder irgendwelcher Stiftungen ist ja noch sehr jung, den Privatmann Maecenas hingegen gab es schon im alten Rom. Der Beschützer der Künste. Die Musen und so weiter. Auch hinterher haben reiche Leute und Fürsten den Künstlern, Bildhauern und Malern das Leben ganz erträglich gemacht. Offenbar interessierten sie sich dafür, wenn sie auch nichts studiert hatten. Die hier dagegen« – ich wies mit dem Daumen über die Schulter nach dem inzwischen in Dunkel getauchten Park – »interessieren sich für nichts als die Börsenkurse. Ich streife mir wahrhaftig kein eitles Federkleid über, wenn ich sage, daß ich ziemlich bekannt bin. Meinen Reisetagebüchern verdanke ich eine Masse Zuschriften, aber unter den Millionen Lesern war noch kein einziger Millionär. Warum nicht? Die meisten sollt ja ihr hier in Dallas und Denver haben. Drei davon sind in diesem Sanatorium. Sie sind stinklangweilig sogar als Verrückte. Wie kommt das? Die Latifundien haben niemanden verdummt, aber was verdummt die hier? Die Börse? Das Kapital? Und wie geht das vor sich?«

»Nein, da steckt was anderes dahinter. Die damals waren auf irgendeine Weise gläubig, sie wollten sich vor dem Herrgott ein Verdienst erwerben. Zu Kasteiungen hatten sie keine Lust, da war es schon was anderes, Baumeister und Maler zu bezahlen, sollten die doch was hinhauen, ein Abendmahl, einen Moses, einen Dom mit einer Kuppel, unter die alle früheren drunterpassen. Darin sahen sie ihr Geschäft, Herr Tichy, nur daß sie es eben dort sahen.« Er wies mit dem Zeigefinger nach der Decke, also dem Himmel. »Und da die einen angefangen hatten, folgten die anderen ihrem Beispiel. Das gehörte zum guten Ton. Ein Fürst, ein Doge oder ein Magnat sammelte um sich Gärtner, Kutscher, Literaten und Maler.

Ludwig XV. hatte seinen Boucher, damit er ihm nackte Damen porträtierte. Boucher ist drittklassig, natürlich, aber er hat etwas hinterlassen, genau wie die anderen Künstler. Von den Kutschern und Gärtnern aber blieb nichts.«

»Von den Gärtnern blieb Versailles.«

»Na immerhin! Aber was kann ein Kutscher hinterlassen außer seiner Peitsche? Die machten das nicht einmal bewußt, wissen Sie, sie sahen darin einfach ihr Geschäft. Heute, im Zeitalter der Spezialisierung, hätten sie davon überhaupt nichts ... Was haben Sie denn? Tut Ihnen das Herz weh?«

»Nein. Ich glaube, ich bin bestohlen worden.«

Meine Hand lag tatsächlich auf dem Herzen, denn die Innentasche meiner Jacke war leer.

»Das ist unmöglich, hier gibt es keine Kleptomanen. Sie werden die Brieftasche auf Ihrem Zimmer gelassen haben.«

»Nein. Als ich hier hereinkam, hatte ich sie in der Tasche. Ich weiß es genau, denn ich wollte Ihnen ein Foto zeigen, wo ich noch einen Bart trage. Ich habe sogar nach der Brieftasche gegriffen, sie aber nicht hervorgezogen.«

»Unmöglich. Wir sind hier nur zu zweien, und ich bin Ihnen überhaupt nicht zu nahe gekommen ...«

Mir ging plötzlich ein Licht auf.

»Sagen Sie mir genau der Reihe nach, was ich gemacht habe, seit wir hereingekommen sind.«

»Sie haben sich sofort hingesetzt, und ich nahm die Flasche aus dem Schrank. Wir unterhielten uns über diesen Gramer. Sie erzählten von der Schnecke, aber ich konnte nicht sehen, was Sie taten, weil ich nach sauberen Reagenzgläsern suchte. Als ich mich umdrehte, saßen Sie ... Nein. Sie standen, hier neben dem Tachistoskop. Sie sahen in das Gerät hinein, ich gab Ihnen den

Whisky ... Ja, wir tranken, und Sie kehrten auf Ihren Platz zurück.«

Ich stand auf und sah mir den Apparat an. Auf der einen Seite ein Pult mit einem Stuhl davor, eine kleine schwarze Wand mit einer Brille, seitlich dahinter Lampen, der Bildschirm und der flache Kasten des Projektors. Ich suchte den Schalter. Der Bildschirm wurde hell. Ich guckte hinter die Trennwand in das mit schwarzoxydierten Platten bedeckte Innere. Zwischen der Vorderwand und der Tischplatte war ein Spalt, nicht breiter als ein Briefkastenschlitz. Ich suchte die Hand hineinzuzwängen, aber er war zu eng.

»Gibt es hier eine Zange?« fragte ich. »Sie muß möglichst lang und flach sein ...«

»Ich weiß nicht, wahrscheinlich nicht. Aber hier ist eine Sonde, wollen Sie die?«

»Ja, bitte.«

Ich bog den elastischen Draht zu einem Haken und tastete damit in jenem Spalt herum, bis ich auf einen weichen Widerstand stieß. Nach mehreren vergeblichen Versuchen tauchte eine Ecke schwarzen Leders auf. Um sie zu ergreifen, brauchte ich die andere Hand, die sich jedoch sträubte. Ich rief den Studenten zu Hilfe. Es war meine Brieftasche.

»Das war die hier«, sagte ich und schwenkte die linke Hand.

»Aber wie denn? Haben Sie nichts gemerkt? Und vor allem – warum?«

»Ich habe nichts gemerkt, obwohl die Sache nicht einfach war. Die Tasche ist auf der linken Seite. Leicht und fingerfertig wie ein Taschendieb. Aber das ist ja gerade die Spezialität des rechten Gehirns: die Koordination des Bewegungsablaufs, bei allen Spielen, im Sport. Und der Zweck? Der läßt sich nur vermuten. Das ist kein verbales logisches, sondern ein etwas kindliches Denken. Wahrscheinlich sollte meine Identität verlorengehen. Wer keine Papiere, keinen Personalausweis hat, besitzt für diejenigen, die ihn nicht kennen, auch keinen Namen.«

»Ach, Sie sollten verschwinden? Das ist doch Magie, magisches Denken.«

»Etwas in der Art. Das ist aber nicht gut.«

»Warum nicht? Sie will Ihnen helfen, so gut sie kann. Kein Wunder übrigens, denn letzten Endes sind das ja auch *Sie*, nur ein bißchen abgesondert, isoliert.«

»Es ist nicht gut, denn daß sie mir helfen will, bedeutet doch, daß sie die Lage einzuschätzen weiß und etwas für mich befürchtet. Diesmal war das ein dummer Streich, das nächste Mal kann es ein Bärendienst sein . . .«

Am Abend kam Hous bei mir vorbei. Ich saß, bereits im Pyjama, auf dem Bett und betrachtete meine linke Wade. Unterhalb des Knies befand sich ein großer blauer Fleck.

»Wie fühlen Sie sich?«

»Gut, nur . . .«

Ich erzählte ihm von der Brieftasche.

»Merkwürdig. Und Sie haben wirklich nichts gemerkt?«

Ich senkte den Blick, sah erneut den blauen Fleck und erinnerte mich plötzlich an einen kurzen Schmerz und seine Ursache. Als ich ins Innere des Tachistoskops geguckt hatte, war ich mit dem linken Bein unterhalb des Knies gegen etwas Hartes gestoßen. Es hatte weh getan, aber ich hatte nicht darauf geachtet. Da mußte es passiert sein.

»Höchst lehrreich«, bemerkte Hous. »Der linke Arm kann keine komplizierten Bewegungen ausführen, ohne daß sich die Muskelspannung auf die rechte Körperhälfte überträgt. Folglich war es notwendig, Sie abzulenken.«

Ich wies auf den blauen Fleck. »Damit?«

»Genau. Zusammenspiel des linken Beins und des linken Arms. Durch den Schmerz spürten Sie eine Sekunde nichts anderes. Das genügte.«

»Kommt so was oft vor?«

»Nein. Außerordentlich selten.«

»Könnte jemand, der mir ernsthaft an den Kragen will, auch solche Sachen machen? Mich zum Beispiel auf der rechten Seite pieken, damit sie sich nicht einmischt, wenn die linke ins Verhör genommen wird?«

»Ein Fachmann würde es anders machen. Er würde Ihnen ein Kurzzeitnarkotikum in die linke Halsschlagader, die Carotis, spritzen. Das linke Gehirn wird eingeschläfert, nur das rechte wacht. Das hält mehrere Minuten an.«

»Und das genügt?«

»Wenn es nicht genügt, führt man eine kleine Kanüle in die Schlagader ein und verabreicht das Narkotikum tropfenweise. Nach einiger Zeit schläft auch die rechte Halbkugel ein, denn die Arterien im Gehirn sind durch sogenannte Kolateralen verbunden. Da muß man ein wenig abwarten, ehe man von vorn anfangen kann.«

Ich ließ das Hosenbein hinunterrutschen und stand auf.

»Ich weiß nicht, wie lange ich es fertigbringe, hier herumzusitzen und auf sonstwas zu warten. Diese Ungewißheit ist das Schlimmste. Nehmen Sie mich in die Mangel, Doktor!«

»Können Sie das nicht selber tun? Sie verständigen sich doch schon einigermaßen durch die eine Hand mit der anderen. Haben Sie mit dieser Methode etwas erfahren?«

»Nicht viel.«

»Verweigert sie die Antwort?«

»Sie antwortet unverständlich. Ich weiß nur so viel, daß sie sich anders erinnert als ich. Vielleicht in ganzen Bildern und ganzen Szenen. Wenn sie es in Worte fassen, durch Zeichen weitergeben will, kommen Rätsel heraus, die nicht zu lösen sind. Man müßte alles aufzeichnen können, um es als ein spezifisches Stenogramm zu betrachten. So sehe ich das.«

»Es ist eher eine Aufgabe für Geheimschriftenkundler als für Mediziner. Nehmen wir an, solch eine Aufzeichnung ließe sich machen. Was hätten Sie davon?«

»Ich weiß nicht.«

»Ich auch nicht. Für jetzt wünsche ich Ihnen erst mal eine gute Nacht.«

Er ging, ich löschte das Licht und legte mich hin, konnte aber nicht einschlafen. Auf einmal hob sich meine linke Hand und streichelte mir langsam mehrmals das Gesicht. Offenbar hatte sie Mitleid mit mir. Ich stand auf, schaltete die Lampe an, nahm ein Schlafmittel und sank, nachdem ich die beiden Ijon Tichys solcherart benebelt hatte, in tiefe Bewußtlosigkeit.

Meine Lage war nicht nur schlimm, sie war idiotisch. Ich saß in einem Sanatorium versteckt, ohne zu wissen, vor wem. Ich wartete, ohne zu wissen, worauf. Ich suchte mich mit mir durch die Hand zu verständigen, aber obwohl sie sogar munterer antwortete als zuvor, verstand ich sie nicht. Ich kramte in der Sanatoriumsbibliothek und schleppte Lehrbücher, Monographien und ganze Stöße von Fachzeitschriften auf mein Zimmer, um endlich herauszukriegen, wer oder was ich auf der rechten Seite war. Ich stellte der Hand Fragen, die sie mit sichtlich gutem Willen beantwortete, mehr noch, sie lernte neue Wörter und Wendungen, was mich einerseits zur weiteren Konversation ermutigte, andererseits aber in Sorge versetzte. Ich fürchtete, sie könne mir ebenbürtig oder sogar überlegen werden, ich werde nicht mehr nur mit ihr rechnen, sondern ihr gehorchen müssen, oder es werde zu einem Gerangel und Gezerre kommen, bei dem ich nicht in der

Mitte bleiben, sondern zerfetzt oder endgültig halbiert würde, einem zertretenen Käfer ähnlich, bei dem ein Beinpaar vorwärts, ein anderes rückwärts strebt. Ich träumte von Flucht, von Streifzügen an dunklen Abgründen entlang, und ich wußte nicht, welche meiner Hälften das träumte. Was ich aus den Bücherstapeln erfuhr, stimmte mit der Wahrheit überein. Wenn das linke Gehirn keine Verbindung mehr mit dem rechten hat, verkümmert es. Selbst wenn es geschwätzig bleibt, wird die Sprache dürftig, was besonders daran zu erkennen ist, daß es häufig die Hilfszeitwörter »sein« und »haben« gebraucht. Wenn ich mir Notizen machte und sie hinterher durchlas, stellte ich fest, daß es sich mit mir so verhielt. Außer solchen Details teilten die Arbeiten der Fachleute mir aber nichts Wesentliches mit. Sie enthielten eine Menge widersprüchlicher Hypothesen, ich suchte eine jede auf mich anzuwenden, und als sie nicht zutrafen, packte mich die Wut auf diese Gelehrten, die so taten, als wüßten sie besser als ich, wie es ist, jetzt ich zu sein. Eines Tages war ich schon bereit, alle Vorsicht aufzugeben und zur Lunar Agency nach New York zu fahren. Am Morgen darauf erschien mir das als das letzte, was ich tun durfte. Tarantoga ließ nichts von sich hören, und obwohl ich selber ihn gebeten hatte, auf ein Zeichen von mir zu warten, begann mich sein Schweigen zu ärgern. Schließlich beschloß ich, mich selber männlich anzupacken, wie es einst der ungeteilte Ijon Tichy getan hätte. Ich fuhr nach Derlin, einem kleinen Nest, zwei Meilen vom Sanatorium entfernt. Von den Einwohnern hieß es, ursprünglich hätten sie es Berlin nennen wollen, dann aber hätten sie den ersten Buchstaben verwechselt.

Ich wollte eine Schreibmaschine kaufen, um die linke Hand ins Kreuzfeuer der Fragen nehmen zu können, die Antworten zu notieren und davon so viele zu sammeln, daß sich feststellen ließ, ob sie zusammen einen Sinn ergaben. Schließlich konnte ich ja ein rechtsseitiger Idiot sein, und nur der Ehrgeiz ließ nicht zu, daß ich mich davon überzeugte. Blair, Goddeck, Shapiro, Rosenkrantz, Bombardino, Klosky und Serenghi behaupteten, die Sprachlosigkeit der rechten Halbkugel sei eine Tiefe voller unbekannter Gaben der Intuition, des Vorgefühls, wortloser komplexer Orientierung, sogar etwas Geniales, der Raum, wo die Quellen all der Wunderlichkeiten liegen, mit denen der linke Rationalismus sich nicht abfinden will: Telepathie, Hellsehen, geistige Versetzungen in andere Dimensionen der Existenz, Gesichte, mystische Zustände der Verzückung und Erleuchtung. Von Kleis, Zuckerkandel, Pinotti, Veehold, Frau Meyer, Rabaudi, Ottitchkin, Nüerlö und an die achtzig weiteren Experten wurde das bestritten. Freilich, Resonator, Organisator der Gefühle, assoziatives System, Echoraum des Denkens, auch ein gewisses Erinnerungsvermögen, aber ohne die Fähigkeit, sich auszudrücken – das rechte Gehirn als alogische Mißgeburt, exzentrisch, Phantastereien treibend, Lügner und Hermeneutiker, zwar Geist, aber im Rohzustand, Mehl und Hefe zugleich, aus denen Brot jedoch erst das linke Gehirn backen kann. Andere waren der Meinung, das rechte Gehirn sei der Generator, das linke der Selektor, jenes sei durch dieses von der Welt getrennt und daher von ihm geleitet, in menschliche Sprache übersetzt, ausgedrückt, kommentiert und in die Zucht genommen – erst das linke Gehirn mache aus ihm den Menschen.

Hous hatte mir seinen Wagen angeboten, er war über mein Vorhaben weder erstaunt, noch riet er mir davon ab. Auf ein Blatt Papier zeichnete er die Hauptstraße und markierte mit einem Kreuzchen die Stelle, wo sich das städtische Kaufhaus befand. Allerdings gab er zu bedenken, daß ich es wohl nicht mehr schaffen werde, denn es sei Sonnabend, und da schließe das Geschäft um eins. So trieb ich mich den ganzen Sonntag im Park herum, wobei ich Adelaide möglichst aus dem Weg zu gehen suchte.

Am Montag konnte ich Hous nicht finden und benutzte deshalb den Bus. Er verkehrte jede Stunde; als ich zustieg, war er fast leer. Der Fahrer war ein Neger, die einzigen Fahrgäste zwei eisschleckende Kinder. Die kleine Stadt sah wie die amerikanischen Ortschaften von vor fünfzig Jahren aus: eine einzige breite Straße, Telegrafenmasten, Häuser mit Vorgärten, niedrige Hecken, an jeder Pforte ein Briefkasten. Ein paar größere Wohnhäuser gaben der Kreuzung mit der Fernverkehrsstraße einen Anschein von Stadt. Ein Briefträger unterhielt sich dort mit einem verschwitzten, dicken Burschen in grellbuntem Hemd. Sein Hund, ein großer Köter mit einem Stachelhalsband, pinkelte an einen Laternenpfahl. Direkt daneben stieg ich aus, der Bus stieß eine Wolke stinkenden Qualms aus und fuhr weg. Ich hielt Ausschau nach dem Warenhaus, das mir Doktor Hous angegeben hatte. Das große, verglaste Gebäude stand auf der anderen Straßenseite. Zwei bekittelte Angestellte brachten aus dem Lager irgendwelche Kisten und luden sie mit dem Gabelstapler auf einen Lastwagen. Die Sonne brannte unerträglich. Der Fahrer des Lastwagens hatte die Türen geöffnet und trank Bier – nicht das erste, wie der Haufen leerer Büchsen zu seinen Füßen erkennen ließ. Er war ein völlig ergrauter Neger, vom Gesicht her aber überhaupt nicht alt. Auf der Sonnenseite der Straße gingen zwei Frauen, die junge schob einen Kinderwagen, die ältere guckte unter das hochgestellte Verdeck und sagte etwas. Trotz der Hitze trug sie eine schwarze wollene Stola, die Kopf und Schultern bedeckte. Die Frauen passierten gerade das offene Tor einer Autowerkstatt. Darin blitzten frischgewaschene Fahrzeuge, man hörte das Rauschen von Wasser und das Zischen der Luft. Ich nahm das alles nur oberflächlich wahr, als ich bereits die Fahrbahn betrat, um auf die andere Seite zu dem Warenhaus zu gehen. Ich blieb stehen, weil plötzlich ein riesiger dunkelgrüner Lincoln, der einige Dutzend Schritte entfernt gehalten hatte, auf mich zugeschossen kam. Die Frontscheibe war grün getönt, so daß ich den Fahrer kaum in Umrissen sah. Er schien ein schwarzes Gesicht zu haben, und ich dachte noch, auch das werde ein Neger sein, ich hielt mich am Rand des Gehwegs, um ihn vorbeizulassen, aber er bremste heftig, direkt vor mir. Ich glaubte, er wolle etwas fragen, aber plötzlich umschlang mich jemand fest von hinten und hielt mir den Mund zu. Ich war so perplex, daß ich nicht einmal den Versuch machte, mich zu wehren. Jemand, der auf dem Rücksitz des Lincoln saß, öffnete die Tür, jetzt begann ich mich zu sträuben, schreien konnte ich nicht, die Hand auf meinem Mund erstickte jeden Laut. Der Briefträger kam herbeigestürzt, bückte sich und packte mich bei den Füßen.

Auf einmal änderte die Straße schlagartig ihr Aussehen.

Die ältere Frau ließ die Stola zu Boden gleiten und wandte sich um, in den Händen eine kurzläufige Maschinenpistole. Sie gab einen langen Feuerstoß auf die Vorderfront des Autos ab, durchsiebte Kühler und Reifen, daß es nur so stiebte. Der weißhaarige Neger trank kein Bier mehr. Er saß am Steuer seines Lastwagens, ein Schwenk genügte, und dem Lincoln war der Weg abgeschnitten. Der struppige Hund stürzte sich auf die schießende Frau, krümmte sich und lag platt auf dem Asphalt. Der Briefträger ließ mich los, sprang beiseite, riß aus seiner Tasche etwas Rundes, Schwarzes und schleuderte es auf die Frauen. Es gab einen Knall, weißer Rauch stieg auf, die junge Frau warf sich auf die Knie, als Deckung den Kinderwagen, der sich plötzlich von innen öffnete und wie aus einem riesigen Feuerlöscher einen Schaumstrahl auf den Mann sprühte, der am Steuer des Lincoln gesessen hatte und eben auf die Fahrbahn gesprungen war. Bevor er im Schaum unterging, konnte ich erkennen, daß sein Gesicht schwarz vermummt war und daß er in der Hand einen Revolver trug. Dann schlug der Strahl mit solcher Gewalt gegen die Frontscheibe, daß sie zersprang und die Scherben den Briefträger trafen. Der Dicke, der mich immer noch festhielt, ging rückwärts und benutzte mich als Schild. Aus der Garage kamen einige Männer in Overalls herübergerannt und rissen mich von dem Dicken los.

Das alles hatte keine zehn Sekunden gedauert. Das Auto, das in der Werkstatt der Straße am nächsten stand, rollte mit dem Heck aus dem offenen Tor, zwei Männer in Kitteln steckten den von klebrigem Schaum triefenden Fahrer des Lincoln in ein Netz, wobei sie sich bemühten, ihm nicht zu nahe zu kommen. Der Dicke und der Briefträger trugen schon Handschellen und wurden in das Auto gestoßen. Ich stand da wie eine Salzsäule und sah zu, wie der vierte, der Mann, der die hintere Tür des Lincoln geöffnet hatte, mit erhobenen Händen ausstieg und folgsam, einen Revolver im Rücken, zu dem Lieferwagen ging, wo der weißhaarige Neger ihm Fesseln anlegte. Mich rührte niemand auch nur an, mit mir wechselte niemand auch nur ein Wort. Die Autos fuhren weg, die ältere Frau hob ihre Stola auf, schüttelte sie aus, packte die Maschinenpistole in den Kinderwagen, stellte das Verdeck wieder auf und ging ihrer Wege, als sei nichts gewesen.

Alles war wieder still und öde. Nur der Straßenkreuzer mit den platten Reifen und den zerschossenen Scheinwerfern sowie der Hundekadaver legten Zeugnis davon ab, daß ich nicht geträumt hatte. Neben dem Warenhaus stand in einem Garten voller hoher Sonnenblumen ein Haus. Es war aus Holz, hatte eine Veranda und nur ein Erdgeschoß. Im offenen Fenster lehnte, die Pfeife in der

Hand, die Ellenbogen lässig auf das Fensterbrett gestützt, ein braungebrannter, blonder, fast weißhaariger Mann. Er musterte mich mit einer so beredten Gelassenheit, als wollte er sagen: Da kannst du mal sehen!

Erst da wurde mir bewußt, was noch seltsamer gewesen war als dieser Versuch einer Entführung: Obwohl ich noch den Feuerstoß, die Explosionen und Schreie im Ohr hatte, war nirgendwo ein Fenster aufgegangen, hatte niemand auf die Straße geguckt. Ich stand da wie in einer verlassenen Filmkulisse. Ich stand ziemlich lange da und wußte nicht, was ich tun sollte. Den Kauf einer Schreibmaschine hielt ich nicht mehr für nötig.

IV. DIE LUNAR AGENCY

»Herr Tichy«, sprach der Direktor, »die Einzelheiten der Mission erfahren Sie von meinen Leuten. Ich will Ihnen nur ein allgemeines Bild vermitteln, um zu verhindern, daß Sie am Ende vor lauter Bäumen den Wald nicht mehr sehen. Der Genfer Vertrag hat vier Dinge fertiggebracht, die unmöglich schienen: Erstens die allgemeine Abrüstung bei fortwährendem Rüstungswettlauf. Zweitens maximales Rüstungstempo – zum Nulltarif. Drittens die absolute Sicherheit jedes Staates vor einem Überraschungsangriff unter Wahrung des Rechts, Krieg zu führen, sofern das jemand wünscht. Viertens und letztens die Abschaffung sämtlicher Armeen, die dennoch weiterbestehen. Es gibt keine Streitkräfte mehr, aber die Stäbe sind geblieben und können planen, was sie wollen. Mit einem Wort: Wir haben pacem in terris. Alles klar?«

»Alles klar«, sagte ich. »Nun lese ich aber auch Zeitung, und da wird manchmal geschrieben, wir seien aus dem Regen in die Traufe gekommen. Irgendwo habe ich gelesen, daß der Mond sein Schweigen bewahrt und alle Kundschafter schluckt, weil es JEMANDEM gelungen ist, mit den dortigen Robotern ein Geheimabkommen zu schließen. Hinter alledem, was auf dem Mond vor sich geht, soll ein Staat stehen. Die Agency wisse das auch ganz genau. Was meinen Sie dazu?«

»Das ist reines Geschwafel«, erklärte der Direktor energisch. Das Dienstzimmer, in dem er residierte, war groß wie ein Tanzsaal. Auf einem Podium stand ein riesiger, von den Pockennarben der Krater übersäter Mondglobus. Von Pol zu Pol erstreckten sich in Grün, Rosa, Gelb und Orange die Sektoren der einzelnen Staaten, der Globus sah dadurch aus wie ein großer bunter Badeball oder eine vielfarbig eingefärbte geschälte Apfelsine. An der Wand hinter dem Direktor hing von der Decke die Flagge der Vereinten Nationen.

»Es ist Blödsinn, der zur Zeit in Mengen verzapft wird«, sagte der Direktor voller Nachdruck, und auf seinem dunklen Gesicht zeigte sich ein nachsichtiges Lächeln. »Unser Pressebüro steht Ihnen mit einer Übersicht dieser Hirngespinste gern zu Diensten. Sie sind alle aus den Fingern gesogen.«

»Aber diese Neopazifisten, diese Bewegung der Lunophilen – das ist doch eine Tatsache?«

»Die sogenannten Mondsüchtler? Natürlich gibt es die, aber haben Sie ihre Erklärungen oder ihr Programm gelesen?«

»Ja. Sie verlangen ein Abkommen mit dem Mond . . .«

»Ein Abkommen!« prustete verächtlich der Direktor. »Sie verlangen kein Abkommen, sondern die Unterwerfung! Die haben noch die Eierschalen hinter den Ohren! Wem wollen sie sich denn unterwerfen? Sie bilden sich ein, der Mond sei JEMAND geworden, man könne ihn als vertragschließende Seite anerkennen, als Bündnispartner, der Macht und Intelligenz besitzt! Sie glauben, dort gebe es nur noch einen gigantischen Computer, der sämtliche Sektoren geschluckt hat. Die Angst, Herr Tichy, hat nicht nur große Augen, sondern auch einen kurzen Verstand.«

»Na schön, aber die Versammlung all dieser Waffen dort, all dieser Armeen, falls das wirklich Armeen sind – läßt sich ihre Vereinigung wirklich ausschließen? Wo nehmen Sie die Gewißheit her, daß so was nicht vorkommen kann? Sie sagen doch selber: Nichts Genaues weiß man nicht!«

»Selbst dort, wo man nicht nur nichts Genaues, sondern überhaupt nichts weiß, sind bestimmte Dinge nicht möglich. Der Sektor eines jeden Staates ist als evolutionäres Erprobungsgelände angelegt worden. Bitte sehen Sie selbst.«

Er nahm ein flaches Kästchen zur Hand, die einzelnen Sektoren leuchteten auf, bis der Mondglobus erstrahlte wie ein bunter Lampion.

»Die breiteren Streifen hier gehören den Supermächten. Wir haben natürlich gewußt, was wir da abladen, unsere Agentur war ja das Transportunternehmen. Wir haben auch die ganze Erschließung gemacht, die Baugruben ausgehoben, wo die SUPS draufkommen sollten, die Supersimulatoren. In jedem Sektor gibt es so ein Ding, und ringsherum liegen Produktionsstätten. Untereinander können die Sektoren nicht Krieg führen, das ist ganz ausgeschlossen. Der SUPS entwickelt neue Waffensysteme, die sofort auf einen Gegner treffen, der sie unschädlich zu machen sucht: der SEleKtivSimulator – der SEKS. Das eine wie das andere wird von Computern nachgestellt, die nach dem Prinzip ›Schwert und Schild‹ programmiert sind. Das ist ungefähr so, als hätte jeder Staat auf dem Mond einen Digitalrechner installiert, der mit sich selber Schach spielt. Nur sind die Figuren dabei Waffen, und während des Spiels kann sich alles ändern: die Züge der Figuren, deren Schlagkraft, sogar das Schachbrett – alles.«

»Moment mal.« Ich stutzte. »Dort gibt es also nichts außer Computern, die einen Rüstungswettlauf simulieren? Das macht doch der Erde nichts, die simulierte Waffe ist doch harmloser als ein Blatt Papier!«

»Nein, nein! Die Projekte, die jeden Test optimal überstanden haben, gehen in die Produktion. Die andere Frage – und darin steckt der ganze Witz – ist der *Zeitpunkt.* Das sieht so aus: Der SUPS projektiert nicht nur irgendwelche neuen Einzelwaffen, sondern ganze Kampfsysteme. Diese sind unbemannt, das versteht sich inzwischen ja von selbst. Soldat und Waffe sind in eins verschmolzen. Noch besser verständlich wird das, wenn man die Entwicklungsgeschichte in der Natur als Vergleich hinzuzieht. Da gibt es einen Kampf ums Überleben, den Kampf ums Dasein, nicht wahr, das wird auch Ihnen schon aufgefallen sein. Um es bildlich auszudrücken: Der SUPS schafft die Projekte von Raubtieren, die der SEKS nach Schwachstellen absucht, damit er sie abtun kann. Hat er damit Erfolg, denkt sich der SUPS etwas Neues aus, und der andere hält wieder dagegen. Im Prinzip könnte dieser simulierte Krieg mit seinen ständigen Vervollkommnungen eine Jahrmillion so weitergehen, wenn nicht jeder dieser Komplexe nach einer gewissen Zeit tatsächlich die Waffenproduktion aufnehmen müßte. In welcher *Zeitspanne* das einzutreten hatte und welcher *Wirkungsgrad* vom jeweiligen Prototyp gefordert wurde – das hatte vorher ganz im Ermessen der Programmierer des jeweiligen Staates gelegen. Denn sehen Sie, jeder Staat wollte auf dem Mond ein Waffenlager haben, das wirklich existierte und nicht nur Sandkastenspiel oder Computersimulat war. Hier liegt der Hund begraben, kriegen Sie diesen Widerspruch mit?«

»Nicht ganz. Was für einen Widerspruch?«

»Die simulierte Evolution läuft viel schneller ab als die reale. Wer es durchhält, die Ergebnisse der Simulation gelassen abzuwarten, erhält die *vollkommene* Waffe – er ist aber wehrlos, solange er wartet. Wer die kürzere Simulation akzeptiert, erhält zwar die schlechtere Waffe – erhält sie aber früher! Wir nennen das den Pokerfaktor. Jeder Staat, der seine Militärmacht auf dem Mond stationierte, mußte sich im voraus entscheiden, was ihm lieber war: die bessere Waffe später oder die schlechtere früher.«

»Ich finde das irgendwie seltsam«, äußerte ich meine Bedenken. »Was passiert denn nun, wenn früher oder später die Produktion aufgenommen wird? Gehen die Waffen dann auf Lager?«

»Teilweise vielleicht, aber wirklich nur teilweise, weil dann nämlich nichts mehr simuliert wird. Dann tritt der Ernstfall ein. Natürlich nur innerhalb des jeweiligen Sektors.«

»Eine Art Manöver?«

»Nein. Bei Manövern ist der Kampf immer nur vorgetäuscht, da fallen keine Soldaten. Dort hingegen« – der Direktor wies auf den bunten Mondlampion – »läuft echter Krieg. Innerhalb der Sektorengrenzen, das betone ich noch einmal. Gegen den Nachbarn läuft nichts!«

»Diese Waffen bekämpfen und vernichten sich erst mal im Computer, also nur scheinbar, aber nachher wirklich? Und dann?«

»Das ist es ja! Das weiß eben keiner! Im Grunde gibt es zwei Möglichkeiten – entweder hat der Rüstungswettlauf eine Grenze, oder er hat sie nicht. Hat er sie, dann muß es eine ›Endsiegwaffe‹ geben, bei der jedes Wettrüsten – als simulierte Evolution – zum Stillstand kommt. Solche Waffen können sich gegenseitig nicht besiegen, es kommt zu einem stabilen Gleichgewicht. Die Entwicklung läuft aus und versiegt. Die Mondarsenale erfüllen bei den Waffen, die die letzte Prüfung bestanden haben, den Soll-Stand, und dann ist Ruhe. Das würden jedenfalls wir uns wünschen.«

»Und das ist nicht so?«

»Es ist mit Gewißheit anzunehmen, daß es kaum so ist. Erstens mal hat die natürliche Evolution kein Ende. Sie kann keines haben, weil es kein ›endgültig‹, also keinen absolut überlebensfähigen Organismus gibt. Jede Art hat ihre schwache Seite. Zweitens ist auf dem Mond keine natürliche, sondern eine künstliche Evolution – noch dazu von Waffen! – im Gange. Jeder Sektor wird zu verfolgen suchen, was nebenan vor sich geht, und auf seine Weise darauf reagieren. Das militärische Gleichgewicht ist etwas anderes als das biologische. Die lebenden Arten dürfen ihre Konkurrenten nicht mit totaler Perfektion bekämpfen: Der absolut giftige Krankheitserreger würde alle Wirte töten und müßte folglich mit ihnen umkommen. Deshalb liegt das Gleichgewicht in der Natur *unterhalb* der Vernichtung. Andernfalls wäre die Evolution selbstmörderisch. Die Waffenentwicklung hingegen strebt die totale Überlegenheit über einen Gegner an. Waffen haben keinen Selbsterhaltungstrieb.«

»Moment mal, Direktor«, sagte ich, von einem neuen Gedanken überrascht. »Jeder Staat konnte sich doch in aller Stille auf der Erde einen ebensolchen Komplex bauen, wie er ihn auf den Mond geschickt hat. An seinem Verhalten wäre dann abzulesen, was der Zwilling dort oben macht.«

»Eben nicht!« rief der Direktor mit einem widerborstigen Lächeln. »Gerade das ist einfach unmöglich! Der Verlauf der Evolution ist nicht voraussehbar. Wir haben uns in der Praxis davon überzeugt.«

»Wie denn?«

»So, wie Sie sagten. Wir haben identische Computer in unserem Forschungszentrum mit den identischen Programmen gefüttert und machen lassen. Eine Evolution wie aus dem Bilderbuch, aber total divergierend. Das ist so, als wollten Sie den Verlauf eines Schachturniers, das von hundert Großmeistercomputern in Moskau ausgetragen wird, dadurch voraussagen, daß Sie die Partien mit hundert identischen Geräten in New York simulieren. Was werden Sie über die Moskauer Computer erfahren? Absolut nichts! Kein Spieler, ob Mensch oder Computer, macht immer die gleichen Züge. Die Politiker wollten solche Simulatoren natürlich geliefert haben, aber es hat ihnen nichts genützt.«

»Schön. Nun hat aber bisher keiner was herausgekriegt, und alle eure Kundschafter sind verschwunden wie Steine im Wasser. Wie kann ich hoffen, daß es mir gelingt?«

»Sie bekommen Hilfsmittel, wie sie bisher noch keiner besaß. Einzelheiten erfahren Sie von meinen Mitarbeitern. Ich wünsche Ihnen viel Erfolg . . .«

Drei lange Monate rackerte ich mich auf den Übungsständen der Lunar Agency kaputt, und ich kann ohne Übertreibung sagen, daß ich die Telematik zuletzt im kleinen Finger hatte. Es handelt sich dabei um die Kunst, einen Sendling zu bewegen. Man muß sich auskleiden bis aufs Gekröse und dann eine elastische Haut überstreifen. Sie erinnert an einen Taucheranzug, ist aber viel dünner und glänzt wie Quecksilber. Das kommt von den Leitungen, mit denen sie durchwoben ist, Elektroden, die dünner sind als Spinnweben. Eng am Körper anliegend, registrieren sie durch die Haut die Veränderungen der Muskelströme und geben sie an den Sendling weiter, der dadurch jede Bewegung mit idealer Präzision nachvollzieht. Das ist seltsam genug, aber es kommt noch besser: Man sieht nicht nur mit den Augen des Sendlings, sondern man fühlt auch, was man an seiner Stelle fühlen würde. Wenn er einen Stein aufnimmt, fühlst du dessen Form und Gewicht, als hättest du ihn selbst in der Hand. Man spürt jeden Schritt und jedes Straucheln, und stößt sich der Sendling an einem harten Gegenstand, so fühlt man auch den Schmerz. Ich hielt das für einen Mangel, aber Doktor Miguel Lopez versicherte, das müsse so sein. Andernfalls wäre der Sendling dauernd Beschädigungen ausgesetzt. Wird der Schmerz zu stark, kann der entsprechende Übertragungskanal zwar abgeschaltet werden, es empfiehlt sich jedoch, lediglich den Schmerzdämpfer zu benutzen, um sich über das Befinden des Sendlings auf dem laufenden zu halten. Der in die Kunsthaut gesteckte Mensch verliert das Gefühl für sich selbst und versetzt sich völlig in die Außenperson.

Ich trainierte an verschiedenen Modellen. Der Sendling muß durchaus keine Menschengestalt haben, er kann auch kleiner als ein Zwerg oder größer als Goliath sein, wobei das jeweils unterschiedliche Komplikationen mit sich bringt. Hat man statt der Füße plötzlich Raupenketten, so verliert man das Gefühl des direkten Bodenkontakts, es ist, als fahre man ein Auto oder einen Panzer. Ist der Sendling ein Riese von der zehnfachen Größe des Menschen, so muß man sich in ihm sehr langsam bewegen, denn seine Extremitäten wiegen etliche Tonnen und haben – auf dem Mond wie auf der Erde – die entsprechende Trägheit. Bei einem Sendling von zweihundert Tonnen hatte ich das Gefühl, unter Wasser zu marschieren, nur daß der Widerstand hier nicht vom Wasser kam, sondern von der Trägheit der massiven Glieder und des ganzen Körpers. Übrigens wäre ein solcher Klotz nur ein Hindernis, er böte ein Ziel wie ein Kirchturm.

Unter anderem hatte ich auch mit einer Serie immer kleinerer Geräte zu tun. Sie wurden zwar als Heinzelmännchen bezeichnet, erinnerten jedoch eher an Insekten. Das war ganz lustig, nur wird aus dieser Perspektive jedes Steinchen zum Berg, und man verliert im Gelände leicht die Orientierung. Die schweren Mondsendlinge sahen reichlich plump aus. Die dicksten hatten Beine, die man sehr kurz gehalten hatte, um den Schwerpunkt möglichst niedrig zu legen. So ein LEM – Lunar Efficient Missionary – hält das Gleichgewicht besser als ein Mensch im Raumanzug, denn er stolpert nicht und hat Arme wie ein Orang-Utan. Bei Zwanzigmetersprüngen erweisen sie sich als sehr hilfreich. Mich interessierte vor allem, welche Modelle man bei den früheren Erkundungen eingesetzt hatte und wie es ihnen ergangen war. Um mich in diese fehlgeschlagenen Expeditionen einweihen zu können, mußten meine Betreuer eine spezielle Genehmigung des Direktors einholen, denn alles, womit ich in Berührung kam, war geheim. Geheim war übrigens auch die gesamte Mission sowie die Tatsache, daß die frühere

Versuchsreihe gescheitert war. Es ging wohl darum, nicht die Panik zu vergrößern, die von der Presse mit den unglaublichsten Hirngespinsten geschürt wurde. Der Missionsabschirmdienst (MAD) gab mich für einen Berater der Lunar Agency aus, und Journalisten hatte ich zu meiden wie die Pest.

Endlich konnte ich zwei Kundschafter befragen, die mit heiler Haut davongekommen waren. Ich durfte sie nicht sehen, sondern nur per Telefon einzeln sprechen. Wie es hieß, trug jeder inzwischen einen anderen Namen und war auch äußerlich so umgearbeitet worden, daß ihn die leibliche Mutter nicht erkannt hätte. Der erste, der sich Lon nannte und sicher ganz anders hieß, war problemlos in die Zone der Funkstille vorgestoßen und auf eine stationäre Umlaufbahn zweitausend Meilen über dem Mare Nibium gegangen. Von dort hatte er einen gepanzerten Sendling abgeschickt. Dieser war in einer völlig öden Gegend gelandet und, keine hundert Schritt weit gekommen, angegriffen worden. Ich suchte ihm ein paar konkrete Einzelheiten zu entlocken, aber er wiederholte immer nur dies: Er war über die Ebene des Mare Nibium gegangen, mutterseelenallein, auch die vorherige genaue Überprüfung eines Geländes von mehreren hundert Kilometern Durchmesser hatte nichts Verdächtiges ergeben. Plötzlich sei ganz nahe und von der Seite ein gewaltiger Roboter erschienen, mindestens doppelt so groß wie der LEM, und habe das Feuer eröffnet. Er selbst sei von einem lautlosen grellen Blitz geblendet worden, mehr wisse er nicht. Von der Umlaufbahn aus hatte er die Stelle dann fotografiert, neben einem kleinen Krater lagen, zu porösen Metallklumpen geschmolzen, die Reste des Sendlings, und ringsum erstreckte sich nichts als eine leblose Öde.

Der andere Kundschafter hatte zwei Sendlinge gehabt, der erste hatte gleich nach dem Start einen Purzelbaum geschlagen und war auf den Felsen zerschellt, der zweite war ein Zwillingspaar, ein Paar von Telematen, die gleichzeitig von einem Menschen gelenkt werden und folglich alle Bewegungen genau auf die gleiche Weise vollführen. Einer sollte vorangehen, der andere ihm in hundert Meter Abstand folgen, um zu beobachten, was den Vorderen angreifen würde. Außerdem waren beide durch Mikropen gesichert. Dieses Kurzwort für »mikroskopische Zyklopen« bezeichnet eine Art Fernsehkamera, die aus einem ganzen Schwarm von mückengroßen, mit mikroskopisch kleinen Objektiven ausgestatteten Wächtern besteht. Eine solche Mikropenwolke hatte also die Zwillinge begleitet, sich dabei jedoch in einer Höhe von einer Meile über der Mondoberfläche gehalten, um auch die Umgebung übersehen zu können. Der Mensch bewegte die Sendlinge, während die Mikropen das Bild direkt auf die Erde in die Flugleitzentrale übertrugen. Das Ergebnis fiel für eine so gut durchdachte und abgesicherte Expedition eher dürftig aus. Beide Sendlinge gingen gleichzeitig in Trümmer, kaum daß sie mit beiden Beinen auf dem Sandboden des Mondes aufgesetzt hatten. Mein Gesprächspartner behauptete, sie seien von zwei sehr merkwürdigen Robotern angegriffen worden: Diese seien niedrig gebaut, bucklig und ungewöhnlich dick gewesen und buchstäblich aus dem Nichts aufgetaucht. Sie hätten sofort draufgehalten, er sei zusammengebrochen, ohne auch nur den Abzug betätigen zu können. Einen bläulichweißen Blitz, wahrscheinlich einen Laserstrahl, habe er noch wahrgenommen, dann sei er an Bord wieder zu sich gekommen. Auch er hatte die Überreste der Sendlinge fotografiert, die Bodenkontrolle bestätigte seinen Bericht jedoch nur im letzten Punkt. Die Geräte waren tatsächlich in einem Augenblick durchgeglüht und zerfetzt, wie von einem starken Laserstrahl getroffen, aber dessen Quelle war nirgends auszumachen! Ich sah mir den ganzen Film, der die Beobachtungen der Mikropen festhielt, ebenso wie die Fotos der letzten kritischen Augenblicke unter maximaler Vergrößerung an. Der Computer hatte das Bild jedes Steinchens in einem Radius von zwei Kilometern analysiert, denn soviel beträgt der Mondhorizont, und Laser ist nur auf der Geraden anwendbar. Alles sah von Grund auf sehr rätselhaft aus. Beide Sendlinge waren einwandfrei, mit beiden Beinen gleichzeitig und ohne jedes Schwanken gelandet, in gemäßigtem Tempo marschierten sie hintereinander her, plötzlich rissen beide wie ein Mann die Hand mit der Strahlenwaffe hoch, als hätten sie eine Gefahr entdeckt (die Fotografien zeigten nichts von einer solchen). Sie eröffneten das Feuer und wurden sofort selber getroffen, der eine in die Brust, der andere etwas unterhalb. Der Strahlenstoß zerfetzte sie, Wolken und Staub verdampfenden Metalls stoben auf. Diese Bilder wurden allen möglichen Analysen unterzogen, man suchte die Stelle, von der die Lasersalve gekommen war, durch Messungen zu bestimmen – man fand nichts. Die Sahara kann nicht so öde sein, wie diese Bilder es waren. Der Angreifer blieb ebenso unsichtbar wie seine Waffe. Gleichzeitig beharrte der Kundschafter fest auf seinen Aussagen: Im Moment des Angriffs hatte er zwei große, plumpe, bucklige Roboter gesehen, die ganz plötzlich aus dem Nichts erstanden, feuerten und verschwanden. Dieses Verschwinden hatte er nicht mehr mit den Augen der Sendlinge sehen können, denn die waren ja schon kaputt, aber von Bord aus hatte er verfolgen können, wie sich die Staubwolke an dem Ort der Katastrophe legte. Diese Beobachtungen deckten sich mit den Aufzeichnungen sämtlicher Mikropen: Diese zeigten die glühenden Reste der Sendlinge in sandfarbenen Staubschwaden, aber weiter nichts.

Viel hatte ich nicht erfahren, aber ganz ohne Wert war es nicht: Es bedeutete, daß man von der Mission mit heiler Haut zurückkommen konnte. Der unerklärliche Angriff hatte zahlreiche Hypothesen sprießen lassen, darunter auch die, daß auf dem Mond ETWAS so die Kontrolle über die beiden Sendlinge übernommen hatte, daß sie beide sich gegenseitig vernichten mußten. Die Vergrößerung der Fotos erbrachte indessen, daß sie gar nicht aufeinander, sondern nach der Seite gezielt hatten. Hochpräzise Messungen ergaben zudem, daß das Feuer, das sie als erste eröffnet hatten, von dem Laserstrahl, der sie zerstörte, fast gleichzeitig – nämlich den zehnmillionsten Teil einer Sekunde nach ihrem Feuerstoß – erwidert wurde. Durch eine Spektralanalyse der glühenden Panzerung beider Sendlinge ließ sich sogar feststellen, daß der von der Mondpartei angewandte Laser von der gleichen Leistung, aber nicht der gleichen Strahlung wie der der Zwillinge gewesen war.

Auf der Erde läßt sich die schwache Gravitation des Mondes nicht simulieren, daher nahm ich auf dem Übungsgelände nur ein Vorbereitungstraining und flog dann mehrmals wöchentlich auf die Orbitalstation der Agency, wo man eine Spezialplattform mit der um das Sechsfache geringeren Schwerkraft als auf der Erde eingerichtet hatte. Nachdem ich mich in der Haut des Sendlings ganz frei bewegen konnte, folgte das nächste Stadium mit höchst realistischen, aber völlig ungefährlichen Versuchen. Daß es besonders angenehm gewesen wäre, will ich dennoch nicht behaupten. Ich marschierte zwischen kleinen und großen Kratern über einen falschen Mond, ohne zu wissen, was mich wann auf einmal überraschen könnte.

Da meine Vorgänger bewaffnet nichts ausgerichtet hatten, beschloß der Missionsstab, mich unbewaffnet loszuschicken. Ich sollte im Sendling bleiben, solange es ging, denn jede Sekunde brachte den Mikropen, die mir wie ein Wespenschwarm folgten, eine Unmenge Beobachtungen. Tottentanz überzeugte mich davon, daß von einer wirksamen Verteidigung ohnehin keine Rede sein konnte. Ich sollte in ein totes und dennoch todbringendes Revier eindringen und unvermeidlich scheitern, alle Hoffnung aber lag darin, daß man aus diesem Scheitern Lehren ziehen konnte. Die ersten Kundschafter hatten aus leicht begreiflichen psychologischen Gründen auf Waffenbesitz bestanden. Schließlich macht es Mut, in einer Notlage den Finger am Abzug haben zu können. Unter meinen Lehrmeistern, die ich als reine Quälgeister ansah, befanden sich auch Psychologen. Sie sorgten dafür, daß ich mich an unliebsame Überraschungen aller Art gewöhnte. Obwohl ich wußte, daß mir nichts passieren konnte, stieg ich, scharf nach allen Seiten spähend, über den künstlichen Mond wie über eine glühende Herdplatte. Es ist ein großer Unterschied, ob man weiß, wie der eventuelle Gegner aussieht, oder ob nicht der nächste Felsblock, der lebloser wirkt als eine Leiche, plötzlich aufklafft und Feuer speit. Wenn alles das auch immer simuliert war, so war der Moment jeder dieser Überraschungen doch eher widerwärtig. Bei einem Treffer wurde die Verbindung zwischen mir und dem Sendling zwar unterbrochen, die automatische Schaltung wirkte jedoch mit einer winzigen Verzögerung, und daher machte ich viele Male das unbeschreibliche Gefühl durch, wie es ist, wenn man in Fetzen gerissen wird und mit den erlöschenden Augen des abgerissenen Kopfes die Eingeweide sieht, die einem aus dem aufgeschlitzten Bauch quellen. Sie waren aus Silizium und Porzellan, das tröstete ein wenig. Da ich solche Agonien einige dutzendmal erlebte, konnte ich mir die Attraktionen ausmalen, die mich auf dem Mond erwarteten. Zum wer weiß wievielten Male in Stücke gerissen, ging ich zu Sultzer, dem Haupt-Teletroniker, und packte ihm meine Zweifel auf den Tisch. Möglicherweise würde ich als Ganzes vom

Mond zurückkehren und jede Menge zerspante LEMs dort hinterlassen, aber was nützte das eigentlich alles? Was kann man in wenigen Sekundenbruchteilen über unbekannte Waffensysteme in Erfahrung bringen? Wozu sollte überhaupt ein Mensch dort hinfliegen, wenn er sowieso nicht landen konnte?

Sultzer war ein kleiner, dürrer Mann, sein Kopf war kahl wie eine Billardkugel. »Tichy, Sie wissen doch, warum«, sagte er und schenkte mir ein Glas Sherry ein. »Von der Erde aus geht das nicht. 400000 Kilometer Entfernung verzögern die Steuerung um fast drei Sekunden. Sie werden möglichst tief hinuntergehen, bis anderthalbtausend Kilometer ist es möglich, dort liegt die Untergrenze der Zone des Schweigens.«

»Das meine ich ja gar nicht. Wenn wir von vornherein voraussetzen, daß der Sendling keine Minute durchhält, kann man ihn von hier aus hinschicken und sein Ende von Mikropen aufzeichnen lassen.«

»Das haben wir schon gemacht.«

»Und?«

»Nichts.«

»Und die Mikropen?«

»Zeigten ein paar Staubwolken.«

»Konnte man nicht statt des Sendlings jemanden in einer anständigen Panzerung hinschicken?«

»Was verstehen Sie unter einer anständigen Panzerung?«

»Was weiß ich, meinetwegen eine Kugel, wie sie früher zur Erforschung von Tiefseegräben benutzt wurde. Mit entsprechenden Sehöffnungen, Meßgeräten und so weiter.«

»Auch so etwas ist gemacht worden. Nicht ganz so, wie Sie sagen, aber ähnlich.«

»Und?«

»Nicht ein Mucks.«

»Was ist damit passiert?«

»Nichts. Das Ding liegt bis heute dort. Die Funkverbindung ist ausgefallen.«

»Warum?«

»Das ist eine Frage für 64000 Dollar. Wenn wir die Antwort wüßten, hätten wir Sie nicht zu bemühen brauchen.«

Derartige Gespräche wiederholten sich damals mehrfach. Nach Abschluß der zweiten Trainingsphase bekam ich frei. Schon drei Monate wohnte ich auf dem streng bewachten Stützpunkt, jetzt wollte ich der Kasernierung wenigstens für einen Abend entkommen. Um einen Passierschein zu erhalten, ging ich zum ABI (Abschirminspektor – so nannte er sich). Ich hatte ihn bisher nicht zu sehen bekommen. Ein erdfahler, trauriger Zivilist in kurzärmeligem Hemd empfing mich, er hörte sich mein Anliegen an, und seine Miene wurde noch trübseliger.

»Es tut mir sehr leid, aber ich darf Ihnen keinen Ausgang geben.«

»Was? Warum nicht?«

»Meine Befehle lauten so. Offiziell weiß ich weiter nichts.«

»Und inoffiziell?«

»Auch nichts. Wahrscheinlich fürchtet man für Sie.«

»Auf dem Mond verstehe ich das ja, aber HIER?«

»Hier um so mehr.«

»Soll das heißen, daß ich bis zum Start nicht mehr raus darf?«

»Leider ja.«

»Wenn das so ist«, sagte ich sehr leise und freundlich wie immer, wenn mich die Wut packt, »werde ich nirgends hinfliegen. Von solchen Beschränkungen ist nie die Rede gewesen. Ich habe mich verpflichtet, den Kopf hinzuhalten, nicht aber im Knast zu sitzen. Ich sollte aus freiem Antrieb fliegen. Dieser Antrieb ist bei mir soeben stark im Schwinden. Wollt ihr mich mit Gewalt in die Rakete setzen, oder was wird nun?«

»Aber was reden Sie denn da?«

Ich stellte mich stur, und schließlich bekam ich meinen Ausgang. Ich wollte mich mal wieder als normaler Straßenpassant fühlen, im Treiben der Großstadt untertauchen, vielleicht ins Kino gehen, auf jeden Fall aber in einem anständigen Lokal zu Abend essen, nicht in einer Kantine mit irgendwelchen Kerlen, die Sekunde für Sekunde Ijon Tichys letzte Augenblicke in einem Sendling an sich vorüberziehen ließen, ehe der letztere in einem Feuerwerk zerstob. Doktor Lopez stellte mir sein Auto zur Verfügung. Es dunkelte bereits, als ich den Stützpunkt verließ. An der Auffahrt zum Highway sah ich im Licht der Scheinwerfer eine winkende Gestalt, daneben einen Kleinwagen mit eingeschalteten Notblinkleuchten. Ich stoppte. Es war eine junge hellblonde Frau in weißen Hosen und einem weißen Pullover. Ihr Gesicht war ölverschmiert, sie nahm an, der Motor habe sich festgefahren. Tatsächlich rührte er sich nicht einmal, wenn man den Anlasser betätigte. Ich bot ihr an, sie zur Stadt mitzunehmen. Als sie ihren Mantel aus dem Auto nahm, bemerkte ich neben dem Fahrersitz einen großen Mann. Er saß reglos wie ein Klotz.

»Das ist mein Telemacker«, erklärte sie, als ich näher hinsah. »Er hat sich verklemmt. Mir geht alles kaputt. Ich wollte ihn zur Werkstatt bringen.«

Ihre Stimme klang matt, ein bißchen schrill, beinahe kindlich. Ich mußte sie schon gehört haben, dessen war ich mir fast sicher. Ich öffnete die rechte Tür, um die Frau einsteigen zu lassen. Bevor das Lämpchen über dem Rückspiegel erlosch, sah ich aus der Nähe ihr Gesicht. Ich fiel fast vom Sitz, so sehr ähnelte sie Marilyn Monroe, dem Filmstar aus dem vergangenen Jahrhundert. Das gleiche Gesicht, der gleiche scheinbar unwissende, naive

Ausdruck von Augen und Mund. Sie wollte, daß wir irgendwo bei einem Restaurant anhielten, damit sie sich waschen konnte. Ich nahm das Gas weg, langsam rollten wir an den hellen Lichtreklamen entlang.

»Hier gibt es ein kleines italienisches Lokal, das ganz ordentlich ist«, sagte sie, und tatsächlich strahlte uns gleich darauf die Aufschrift »Ristorante« entgegen. Ich fuhr auf den Parkplatz.

Drinnen war es duster, auf einigen Tischen brannten Kerzen. Das Mädchen ging zur Toilette, ich stand einen Moment unentschlossen, dann setzte ich mich in eine der durch hölzerne Blenden abgetrennten Nischen. Der Tisch war auf drei Seiten von Holzbänken umgeben. Es waren nur wenige Gäste da. Vor dem üblichen Hintergrund bunter Flaschen spülte ein rothaariger Barkeeper Gläser, daneben führte eine mit glänzendem Messing beschlagene Pendeltür zur Küche. In der Nachbarnische saß jemand vor den Resten einer Mahlzeit und schrieb gebückt in einem Notizbuch.

»Ich habe Hunger«, sagte das Mädchen, als es zurückkam. »Über eine Stunde habe ich gestanden, keiner wollte anhalten. Essen wir? Ich lade Sie ein.«

»Gern«, sagte ich. Ein dicker Mann, der mit dem Rükken zu uns an der Bar saß, starrte in sein Glas. Zwischen den Beinen hielt er einen großen schwarzen Regenschirm. Ein Kellner nahm unsere Bestellung entgegen, stieß mit dem Fuß die Schwingtür auf und verschwand mit einem Tablett schmutzigen Geschirrs in der Küche. Die Blonde zog schweigend eine zerknautschte Packung aus der Hosentasche, brannte sich an der Kerze eine Zigarette an, hielt mir das Päckchen hin. Ich dankte mit einer Kopfbewegung. Ohne auffälliges Gaffen suchte ich herauszufinden, ob sich diese Frau hier doch in irgend etwas von der Schauspielerin damals unterschied. Ich fand nichts, und das war um so seltsamer, als viele Frauen versucht hatten, der Monroe zu gleichen, und alle daran gescheitert waren.

Die Monroe war unnachahmlich gewesen, obwohl sie sich weder durch große noch durch exotische Schönheit ausgezeichnet hatte. Viele Bücher sind über sie geschrieben worden, aber keines hat diese Mischung aus Kindlichkeit und Weiblichkeit erfassen können, durch die sie sich von allen unterschied. Einmal, noch in Europa, kam ich beim Betrachten ihrer Bilder auf den Gedanken, daß man sie eigentlich nicht als Mädchen bezeichnen dürfte. Sie war eine Frau, in der ein kleines Mädchen steckte, immer ein bißchen verwundert und überrascht, fröhlich wie ein launisches Kind und doch darunter Verzweiflung oder Furcht verbergend wie jemand, der niemanden hat, dem er sein böses Geheimnis anvertrauen kann. Sie nahm einen tiefen Zug aus der Zigarette und blies den Rauch sachte gegen die zwischen uns blakende Kerze. Nein, das war nicht bloß Ähnlichkeit, sondern Identität! Ich spürte, daß ich jetzt nicht zu viel auf einmal denken durfte, weil mich sonst mancherlei Verdacht überkommen könnte: Ich war ja nicht blind und konnte darüber nachgrübeln, warum sie die Zigaretten in der Hosentasche gehabt hatte – eine Frau tut das niemals. Außerdem besaß sie ja eine sogar ziemlich große, pralle Handtasche, die über der Stuhllehne hing.

Der Kellner brachte die Pizza, hatte aber den Chianti vergessen. Er entschuldigte sich und eilte aus dem Raum. Den Wein brachte ein anderer. Ich nahm das wahr, weil das Lokal nach dem Muster einer Taverne funktionierte und die Kellner ihre Servietten wie knielange Schürzen umgebunden hatten. Dieser andere jedoch trug seine Serviette über dem angewinkelten Unterarm. Nachdem er uns eingeschenkt hatte, ging er nicht weg, sondern zog sich nur um einen Schritt hinter die Trennwand zurück. Ich konnte ihn sehen, weil er sich im Messingbeschlag der Schwingtür spiegelte. Der Blonden entging das, denn sie saß tiefer in der Nische. Die Pizza war leidlich, das Gebäck ziemlich hart. Wir sprachen nicht während des Essens. Sie schob den Teller weg und griff wieder nach einer Camel.

»Wie ist denn Ihr Name?« fragte ich.

Ich wollte einen fremden Namen hören, um den Eindruck loszuwerden, es könnte jene sein.

»Trinken wir erst mal«, sagte sie mit ihrer belegten Stimme, nahm unsere beiden Gläser und tauschte sie aus.

»Hat das etwas zu bedeuten?« fragte ich.

»Es ist so ein Aberglaube von mir«, antwortete sie und lächelte nicht einmal dabei. »Auf gutes Gelingen!«

Mit diesen Worten hob sie das Glas zum Mund. Ich tat es ihr nach, die Pizza war scharf gewürzt gewesen, ich hätte den Wein auf einen Zug hinuntergestürzt, aber plötzlich fuhr flatternd etwas dazwischen und schlug mir das Glas aus der Hand. Der Chianti ergoß sich über die Frau und troff wie Blut von ihrem weißen Pullover. Ich wollte aufspringen, kam aber nicht hoch, weil meine Füße weit unter der Holzbank gegenüber steckten. Ehe ich sie heraushatte, ging der Krawall los. Der Kellner ohne Schürze, der mir mit der Serviette das Glas aus der Hand geschlagen hatte, war vorgesprungen und packte die Frau am Arm. Sie riß sich los und hob ihre Tasche, als wolle sie ihr Gesicht dahinter bergen. Der Barkeeper stürzte hinter dem Tresen hervor und schlug krachend zu Boden – der schläfrige dicke Glatzkopf hatte ihm ein Bein gestellt. Die Frau hantierte an ihrer Tasche herum, ein weißer Schaumstrahl brach daraus hervor wie aus einem Feuerlöscher. Der Kellner sprang zurück und faßte sich ins Gesicht, von dem ihm der weiße Brei auf die Weste quoll. Aus der Pendeltür kam der zweite Kellner und schrie auf, ebenfalls von dem Schaumstrahl getroffen. Verzweifelt rieben sich beide Gesicht und Augen, wie Schauspieler nach der Tortenschlacht einer *slapstick comedy.* Der Schaum verdampfte und verbreitete einen scharfen, ätzenden Geruch, weiße Dunstschwaden wogten durch das ganze Lokal. Die Frau schaute blitzschnell nach rechts und links, auf die unschädlich gemachten Kellner, und kehrte die Tasche gegen mich. Ich begriff, daß nun ich an der Reihe war, aber ich möchte heute noch wissen, warum ich keine Anstalten machte, mich zu schützen. Plötzlich war etwas Großes, Schwarzes vor mir, das unter dem Schaumstrahl prasselte wie ein Trommelfell – der Dicke hatte seinen Regenschirm vor mir aufgespannt. Die Tasche flog in die Mitte des Lokals und blitzte auf, es gab fast keinen Laut, aber dichter, dunkler Qualm quoll daraus hervor und mischte sich mit dem weißen Dunst. Der Barkeeper sprang vom Fußboden auf und rannte zur Küche. Die Pendeltür schwang noch hin und her, eben war die Frau dahinter verschwunden. Der Dicke warf dem Barkeeper den aufgespannten Schirm vor die Füße, der andere sprang darüber weg, verlor das Gleichgewicht, fegte im Vorbeitaumeln sämtliche Gläser vom Tresen und verschwand in der Küche.

Ich stand da und musterte das Schlachtfeld. Unter einem Tisch lag, noch immer qualmend, die Tasche. Der weiße Nebel biß in die Augen, lichtete sich aber schon. Der aufgespannte Regenschirm lag zwischen Glasscherben, zerbrochenen Tellern und Pizzaresten, überzogen von einer kleistrigen Schmiere und mit Wein übergossen. Alles war so schnell gegangen, daß die bastumflochtene Chiantiflasche immer noch über den Boden rollte und erst jetzt an die Wand stieß. Hinter der Trennwand zur benachbarten Nische erhob sich jemand – der Mann, der sich dort Notizen gemacht und Bier getrunken hatte. Ich erkannte ihn sofort: Es war der farblose Zivilist, mit dem ich mich vor zwei Stunden auf dem Stützpunkt in der Wolle gehabt hatte.

»Nun, Herr Tichy«, sagte er und zog melancholisch die Augenbrauen in die Höhe, »war es die Sache wert, so um den Passierschein zu kämpfen?«

»Eine fest zusammengefaltene Serviette ist auf kurze Entfernung wirksam gegen eine kurze Feuerwaffe«, sagte nachdenklich Leon Grün, der Abschirmchef, der im täglichen Umgang Lohengrin genannt wurde. »Die französischen Flics kannten dieses Mittel schon, als sie noch Pelerinen trugen. In die Handtasche hätte weder eine Parabellum noch eine Beretta gepaßt. Freilich, sie hätte auch eine Reisetasche haben können, aber es braucht ein gutes Weilchen, ehe eine größere Knarre ausgepackt ist. Trotzdem habe ich Trufli zu dem Regenschirm geraten, ich muß eine Eingebung gehabt haben. Das war Salpektin, nicht wahr, Doktor?«

Der Gefragte, ein Chemiker, kratzte sich hinterm Ohr. Wir saßen auf dem Stützpunkt, in einem verräucherten Zimmer voller Leute. Mitternacht war längst vorüber.

»Was weiß ich, Salpektin oder ein anderes Salz in Sprayform, mit freien Radikalen. Ammoniumradikale plus Emulgierungsmittel und Zusätze zur Verminderung der Oberflächenspannung. Alles unter anständigem Druck – mindestens fünfzig Atmosphären. In der Tasche war eine Menge drin, die müssen hervorragende Fachleute haben.«

»Wer?« fragte ich, aber keiner tat, als hätte er etwas gehört. Daher setzte ich nach, laut und nachdrücklich.

»Was sollte das? Was hatte man vor?«

»Sie sollten unschädlich gemacht werden, das Augenlicht verlieren«, sagte Lohengrin mit einem vergnüglichen Grinsen. Er brannte sich eine Zigarette an, drückte sie voller Ekel aber gleich wieder aus. »Gebt mir was zu trinken, ich komme mir vor wie ein überhitzter Brennofen. Sie kosten uns manches Stück Gesundheit, Tichy, es ist kein Kinderspiel, in dreißig Minuten einen solchen Personenschutz auf die Beine zu stellen . . .«

»Das Augenlicht sollte ich verlieren? Zeitweilig oder für immer?«

»Schwer zu sagen, das Zeug ist scheußlich ätzend. Vielleicht hätten Sie eine Hornhautübertragung nötig gehabt.«

»Und die beiden? Die Kellner?«

»Unser Mann hat es geschafft, die Augen zu schließen. Das war ein guter Reflex. Immerhin war die Tasche ein gewisses Novum.«

»Aber warum hat mir dieser – dieser falsche Kellner das Glas aus der Hand geschlagen?«

»Ich habe nicht mit ihm gesprochen, er ist für Unterhaltungen nicht geeignet. Ich nehme an, weil sie mit Ihnen getauscht hat.«

»War etwas in dem Glas?«

»Mit fünfundneunzigprozentiger Sicherheit. Wozu hätte sie das sonst machen sollen?«

»Im Wein kann nichts gewesen sein«, stellte ich fest. »Sie hat davon getrunken.«

»Im Wein nicht, aber im Glas. Hat sie nicht damit gespielt, ehe der Kellner kam?«

»Ich bin mir nicht sicher . . . Doch, jawohl, sie hat es in den Fingern gedreht.«

»Na bitte. Das Ergebnis der Analyse haben wir noch abzuwarten. Da alles in winzige Scherben gegangen ist, läßt sich nur mit der Chromatographie etwas machen.«

»Gift?«

»Das möchte ich meinen. Sie sollten aus dem Wege geräumt, unschädlich gemacht, aber nicht unbedingt umgebracht werden. Das ist eher weniger anzunehmen. Versetzen wir uns einmal in die Lage der anderen: Ein Toter bringt keinen Vorteil, nur Lärm, Verdächtigungen, die Presse, die Obduktion, Gerede. Das bringt nichts. Eine solide Psychose ist dagegen etwas ganz anderes, als Resultat viel eleganter. Die notwendigen Präparate gibt es heutzutage in rauhen Mengen. Dämmerzustände, Depressionen, Halluzinationen. Ich nehme an, Sie hätten gleich nach diesem Schlückchen noch gar nichts gemerkt – erst morgen oder noch später. Mit der Länge der Latenzzeit wird das einer echten Psychose immer ähnlicher. Wer kann heutzutage nicht verrückt werden? Jeder kann es. Ich als erster, Herr Tichy.«

»Und dieser Schaum? Dieser Spray?«

»Das war das letzte Mittel zum Rückzug, so etwas wie das Reserverad im Kofferraum. Sie benutzte es, weil sie nicht anders konnte.«

»Wer sind denn nun diese anderen, von denen ihr immer redet?«

Lohengrin lächelte vergnügt und trocknete sich die schweißnasse Stirn mit einem Taschentuch, das nicht gerade klinisch sauber war und das er etwas angewidert betrachtete, ehe er es wieder einsteckte.

»Sie scheinen wahrhaftig noch nicht ganz volljährig zu sein«, meinte er dann. »Von Ihrer Kandidatur sind durchaus nicht alle so begeistert wie wir, Herr Tichy.«

»Gibt es für mich einen Auswechsler? Ich habe mich nie erkundigt, ob jemand in Reserve steht. Er könnte vielleicht einen Fingerzeig bieten . . .«

»Nein. Jetzt gibt es nicht *einen* Ersatzmann, sondern einen ganzen Haufen, alle mit ähnlicher Punktzahl. Es müßten erst neue Untersuchungen angestellt, eine Selektion vorgenommen werden. Dann ließe sich etwas mutmaßen, jetzt aber nicht.«

»Eines möchte ich gerne noch wissen«, sagte ich, nicht ohne Zögern. »Wie kam es, daß diese Frau so aussah?«

»Das ist uns zum Teil bekannt.« Lohengrin lächelte wieder. »Vor ein paar Wochen ist Ihre Wohnung in Europa auf den Kopf gestellt worden. Es ist nichts weggekommen, aber alles betrachtet worden. Daher.«

»Ich verstehe nicht . . .«

»Ihre Bibliothek. Sie haben ein Buch und zwei Bildbände über die Monroe. Ein kleines Faible offenbar.«

»Ihr habt in meiner Wohnung herumgestöbert, ohne mir ein Wort zu sagen?«

»Es steht alles wie zuvor, sogar vom Staub befreit, und was den Besuch angeht, so waren wir nicht die ersten. Sie haben gesehen, wie gut es war, daß unsere Leute auch ausgiebig in Ihren Büchern geblättert haben. Wir haben Ihnen nichts gesagt, um Sie nicht nervös zu machen. Sie haben ohnedies genug am Hals. Maximale Konzentration ist eine unabdingbare Voraussetzung. Wir sind sozusagen kollektive Kindermädchen.« Er beschrieb mit der Hand einen Kreis, in den er die Anwesenden einschloß: den Dicken (jetzt ohne Regenschirm), den Chemiker und drei schweigsame Herren, deren Aufgabe offenbar darin bestand, die Wände vor dem Einsturz zu bewahren. »Ich hielt es daher für besser, Ihnen den gewünschten Passierschein zu geben, statt von Ihrer Wohnung zu petzen. Das hätte Sie ja erst recht nicht zur Ruhe gebracht, nicht wahr?«

»Ich weiß nicht. Wahrscheinlich nicht.«

»Na sehen Sie.«

»Schön. Meine Frage bezog sich jedoch auf die Ähnlichkeit – mein Gott, war sie ein – Mensch?«

»Wie man es nimmt. Nicht direkt. Wollen Sie sie sehen? Wir haben sie hier. Sie liegt da drüben.« Er wies auf eine Tür hinter seinem Rücken.

Obwohl ich ihn richtig verstanden hatte, schoß mir für einen Sekundenbruchteil der Gedanke durch den Kopf, nun sei Marilyn Monroe zum zweitenmal gestorben.

»Ein Erzeugnis der Gynandroics?« fragte ich schleppend. »Ein sogenanntes Playmate?«

»Nur der Firmenname stimmt nicht, es gibt mehr davon. Wollen Sie sie sehen?«

»Nein«, sagte ich entschieden. »Aber in diesem Falle muß sie doch jemand – gesteuert haben?«

»Natürlich. Dieser Jemand ist verduftet, er muß übrigens eine Frau von großer schauspielerischer Begabung gewesen sein. Haben Sie auf die Gestik und das Mienenspiel geachtet? Das war allerhöchste Klasse, ein Laie hätte das nicht fertiggebracht. So eine Ähnlichkeit vermitteln, wie soll ich sagen, das *leben* zu können – dazu hat Studium gehört. Natürlich auch Übung. Die Monroe hat Filme hinterlassen, das wird geholfen haben. Aber trotzdem . . .«

Er zuckte die Achseln. Er sprach als einziger, für die anderen mit.

»Soviel Mühe sollte man sich gemacht haben?« fragte ich. »Wozu denn?«

»Eine alte Frau hätten Sie ja nicht mitgenommen.«

»Doch.«

»Aber Pizza wären Sie nicht mit ihr essen gegangen, jedenfalls war das ungewiß. Man brauchte die Gewißheit, daß Ihr Interesse geweckt wurde. Sie dürften das übrigens ganz genau selber wissen, mein Lieber! Schließen wir das Kapitel jetzt ab.«

»Was habt ihr . . . mit ihr gemacht?«

Eigentlich hatte ich sagen wollen: Habt ihr sie umgebracht? – obgleich ich die Sinnlosigkeit einer solchen Frage einsah. Er verstand mich.

»Nichts. Ein Sendling fällt von alleine um wie ein Klotz, sobald der Funkkontakt abbricht. Es ist ja nur eine Puppe.«

»Warum ist sie dann geflohen?«

»Weil die Untersuchung des Produkts Rückschlüsse

auf die Produzenten zulassen könnte. In diesem Fall war es wenig wahrscheinlich, aber sie hatten vor, sämtliche Segel zu reffen, damit keine einzige Spur zurückblieb. So, Herr Tichy, es ist gleich um drei, man sollte sich Schonung auferlegen. Nehmen Sie es nicht übel, aber Ihre Empfindungen sind stark vom vergangenen Jahrhundert geprägt. Ich wünsche Ihnen eine gute Nacht und angenehme Träume.«

Der nächste Tag war ein Sonntag. Sonntags hatten wir frei. Ich rasierte mich, denn ein Bote hatte mir einen Brief gebracht. Professor Lax-Gugliborc wünschte mich zu sehen. Ich hatte schon von ihm gehört, er war Nachrichtentechniker, Spezialist für Telematik, und hatte auf dem Gelände des Stützpunkts eine eigene Arbeitsstätte. Ich kleidete mich an und machte mich Punkt zehn Uhr auf den Weg. Den hatte mir der Professor auf die Rückseite des Briefumschlags gezeichnet. Zwischen den Gebäuden, die alle nur ein Erdgeschoß hatten, fand ich zu einem hohen Drahtzaun, der einen Garten mit einem langgestreckten, leichtgebauten Haus umschloß. Ich drückte den Klingelknopf, einmal und noch einmal. Erst erschien die Leuchtschrift ICH BIN FÜR NIEMANDEN ZU SPRECHEN, dann schnarrte etwas im Schloß, und die Pforte öffnete sich. Ein schmaler Kiesweg führte zu einer Metalltür. Sie war geschlossen, eine Klinke besaß sie nicht. Ich klopfte. Drinnen rührte sich nichts. Ich klopfte noch einmal.

Als ich mich schon zum Gehen wenden wollte, öffnete sich ein Türflügel, und ein hochgewachsener, hagerer Mann in fleckigem, bekleckertem blauem Kittel sah dahinter hervor. Er war fast völlig kahlköpfig, nur an den Schläfen hielt sich noch kurzgeschorenes graues Haar. Eine starke Brille mit Bifokalgläsern gab ihm einen Ausdruck, als blicke er ewig verwundert mit runden Fischaugen in die Welt. Er hatte eine lange, witternde Nase und eine massive Stirn.

Wortlos ließ er mich ein und schloß hinter mir ab, und das nicht nur einmal. Der Flur lag im Dunkel, mein Gastgeber ging voran. Mich an der Wand entlangtastend, folgte ich ihm. Das war alles so verschwörerisch und kauzig. In der warmen, trockenen Luft hing der Geruch von Chemikalien. Eine Schiebetür ging auf, er ließ mir den Vortritt.

Ich stand in einem großen Arbeitsraum, der auf eine geradezu unwahrscheinliche Weise einer Rumpelkammer glich. Überall stapelten sich Apparate aus brüniertem Metall, durch Kabel verbunden, die sich auf dem Fußboden knäuelten. In der Mitte ein Labortisch, ebenfalls voller Geräte, Papiere und Instrumente, daneben ein Käfig, ein richtiger Papageienkäfig aus dünnem Draht, allerdings so groß, daß ein Gorilla hineingepaßt hätte. Am merkwürdigsten waren Figuren, die reihenweise an den Wänden lagen und an nackte Schaufensterpuppen erinnerten, manche ganz ohne Kopf, andere mit geöffneter Schädeldecke, wieder andere mit einem Brustkorb, der aufgeklappt war wie eine kleine Tür. Ihr Inneres steckte voller Strippen und Platten, und unter dem Tisch lagen auf einem Haufen für sich zahlreiche Arme und Beine.

Dieser vollgepfropfte Raum besaß keinerlei Fenster. Der Professor fegte Kabelrollen und Elektronikbauteile von einem Stuhl und bewegte sich mit einer Behendigkeit, die ich ihm nicht zugetraut hätte. Schließlich kroch er auf allen vieren unter den Tisch, zog einen Recorder hervor und schaltete ihn ein. In der Hocke verharrend, sah er mir von unten in die Augen und legte einen Finger auf den Mund, während aus dem Gerät seine quäkende Stimme drang.

»Ich habe Sie zu einer Lektion hergebeten, Tichy. Es wird Zeit, Ihnen das Notwendigste über die Nachrichtentechnik mitzuteilen. Bitte nehmen Sie Platz und hören Sie zu. Sie dürfen sich keinerlei Notizen machen . . .«

Während die Stimme weitersprach, öffnete der Professor den großen Drahtkäfig und forderte mich mit einer Geste zum Eintreten auf. Als ich zauderte, stieß er mich ohne Umstände hinein und folgte mir. Drinnen nahm er mich bei der Hand und zerrte daran zum Zeichen, daß ich mich auf den Boden setzen sollte. Ich gehorchte. Er selbst ließ sich mir gegenüber nieder, mit gekreuzten Beinen, deren spitze Knie unter dem Kittel hervorstarrten. Es war wie in einer Filmklamotte mit einem übergeschnappten Gelehrten. Auch durch den Käfig schlängelten sich nach allen Seiten Drähte, der Professor steckte zwei zusammen, und ein monotones Summen ertönte. Aus dem Recorder, der draußen neben dem Stuhl lag, quäkte weiter die Stimme. Lax zog hinter seinem Rücken zwei dicke schwarze Halsbänder hervor, eines zog er sich über den Kopf und legte es um wie einen Kragen, das andere reichte er mir, damit ich es ihm nachtat. Dann steckte er sich einen Kontakt von der Form einer kleinen Olive ins Ohr. Auch darin folgte ich ihm. Der Recorder quasselte laut, ich aber hörte im Ohr, was der Professor sagte.

»Jetzt können wir reden. Sie dürfen Fragen stellen, aber sie müssen intelligent sein. Niemand kann uns zuhören, wir sind abgeschirmt. Sie brauchen sich über nichts zu wundern. Selbst Vertraute genießen kein Vertrauen, und das mit Recht.«

Wir saßen auf dem Boden des Käfigs, so eng voreinander, daß unsere Knie sich fast berührten. Draußen lief nach wie vor der Recorder.

»Darf ich reden?« fragte ich.

»Sie dürfen. Elektronik hilft immer gegen Elektronik. Sie sind mir durch Ihre Bücher bekannt. Das alles hier ist nur Gerümpel, Dekoration. Sie haben die Beförderung zum Heros erhalten. Die Mission zur Monderkundung. Sie werden fliegen.«

»Ja«, sagte ich. Er bewegte beim Sprechen kaum die Lippen, aber ich verstand ihn über den Hörer im Ohr vorzüglich. Das Ganze war sonderbar, keine Frage, aber ich beschloß, mich an die mir aufgezwungenen Spielregeln zu halten.

»Es ist bekannt, daß Sie fliegen werden. Tausend Leute werden Sie von der Erde aus unterstützen. Die hochzuverlässige Lunar Agency. Nur daß diese im Innern zerrissen ist.«

»Die Agentur?«

»Jawohl. Man wird Sie mit einer Serie neuer Sendlinge ausrüsten, aber nur einer taugt wirklich etwas: der meine. Eine völlig neue Technologie. ›Denn du bist Staub und sollst zu Staub werden und wieder erstehen.‹ Ich werde es Ihnen vorführen, aber zuvor erhalten Sie von mir ein Viatikum, eine heilsame Lehre für die Reise.«

Er hob den Finger. Seine Augen, klein und rund hinter den dicken Gläsern, lächelten gutmütig-verschlagen.

»Sie werden hören, was man von Ihnen wollte, erst einmal aber das, was man nicht wollte. Ich tue das, weil ich es so will. Ich bin ein Mann von altmodischen Grundsätzen. Bitte hören Sie zu. Die Agentur ist eine internationale Einrichtung, aber sie kann keine Engel aufbieten. Auf weitere Entfernung, beispielsweise auf dem Mars, hätten Sie selbst handeln müssen. Einer allein gegen Theben. Auf dem Mond hingegen werden Sie nur die äußerste Spitze einer Pyramide sein. Sie werden ein Team zur strategischen Unterstützung hinter sich haben. Wissen Sie, wer diesem Team angehört?«

»Nicht ganz. Die meisten kenne ich: die Brüder Cybbilkis, Tottentanz, Doktor Lopez ... Außerdem noch Sultzer und die anderen ... Aber was soll das, worum geht es denn?«

Er wiegte schwermütig den Kopf. Wir mußten ziemlich lächerlich aussehen – in diesem hohen Käfig sitzend, unter dem an das Summen von Insekten erinnernden Dauerton, in den sich von draußen die Stimme des Recorders mischte.

»Alle diese Burschen vertreten vielfältige entgegengesetzte Interessen. Anders kann es nicht sein.«

»Darf ich *alles* sagen?« fragte ich, weil ich schon ahnte, worauf der Sonderling hinauswollte.

»Ja. Demzufolge, was Sie von mir hören werden, sollten Sie niemandem über den Weg trauen, also auch mir nicht. Jemandem müssen Sie am Ende aber doch vertrauen. Die ganze Idee mit diesem Umzug« – er wies mit dem Finger zur Decke – »war natürlich auch mit der Doktrin der Unkenntnis ohne jeden Sinn. Das mußte ganz einfach so enden – falls es schon zu Ende ist. Man hat sich die Suppe selber eingebrockt. Allerdings war es auch gar nicht anders möglich. Der Direktor hat Ihnen von den vier verwirklichten Unmöglichkeiten erzählt, nicht wahr?«

»Ja.«

»Es gibt noch eine fünfte. Man will die Wahrheit wissen, will es aber auch nicht. Das heißt, nicht jede Wahrheit. Und nicht jeder dieselbe. Verstehen Sie?«

»Nein.«

So unterhielten wir uns. Wir saßen uns zwar gegenüber, sprachen aber miteinander wie übers Telefon. Der Summton hielt an, der Recorder redete. Lax hielt die Arme auf die Knie gestützt, seine Augen blinzelten hinter der starken Brille.

»Ich habe mich so eingerichtet, um die Abhörkanäle zu verstopfen«, sagte er ohne Eile. »Ganz gleich, wem sie gehören und für wen sie arbeiten. Ich will tun, was ich kann, weil ich meine, daß es sich so gehört. Normaler Anstand. Dank ist überflüssig. Man wird Sie unterstützen, aber es wird der Gesundheit zuträglicher sein, gewisse Tatsachen für sich zu behalten. Das braucht keine Beichte zu werden. Wir wissen nicht, was auf dem Mond passiert ist. Sibelius und seinesgleichen sind der Ansicht, die Evolution habe dort den Rückwärtsgang eingelegt: die Entwicklung der Instinkte statt der Intelligenz. Eine intelligente Waffe ist keine optimale Waffe. Sie kann beispielsweise Furcht empfinden. Ihr kann die Lust vergehen, eine Waffe zu sein. Sie kann auf mancherlei Konzepte kommen. Der Soldat aber darf, ob lebend oder tot, keinerlei eigene Konzepte haben. Intelligenz bedeutet die Möglichkeit mehrdimensionalen Handelns, also Freiheit. Damit ist aber nichts, es verhält sich dort oben ganz anders. Das Niveau der menschlichen Intelligenz ist bereits übertroffen.«

»Woher wissen Sie das?«

»Wer Evolution sät, erntet Vernunft – daher. Die Vernunft aber will niemandem dienstbar sein, es sei denn, sie muß. Dort muß sie nicht. Ich habe aber nicht vor, von dem zu sprechen, was *dort* ist, denn das weiß ich nicht. Es geht um das *Hier.*«

»Das heißt?«

»Die Lunar Agency sollte unmöglich machen, daß sich Informationen vom Mond verschaffen ließen. Nun ist das Ende vom Lied, daß sie selber eben das tun soll. Deswegen fliegen Sie hin. Entweder kehren Sie mit leeren Händen oder mit Neuigkeiten zurück, die größere Zerstörungskraft haben als Atombomben. Was ziehen Sie vor?«

»Moment. Bitte sprechen Sie nicht in Andeutungen. Halten Sie Ihre Kollegen für die Vertreter irgendwelcher Geheimdienste? Für Agenten? Ja?«

»Nein. Aber Sie können es dahin kommen lassen.«

»Ich?«

»Jawohl. Das seit dem Genfer Vertrag bestehende Gleichgewicht ist labil. Sie können nach Ihrer Rückkehr die alte Bedrohung in eine neue verwandeln. Sie *dürfen* nicht der Erlöser der Welt werden, kein Verkünder des Friedens.«

»Warum nicht?«

»Das Programm, die irdischen Konflikte auf den Mond auszulagern, war schon im Keim verdorben. Anders konnte es nicht sein. Rüstungskontrolle war durch die Wende zur Mikrominiaturisierung unmöglich geworden. Raketen und künstliche Satelliten lassen sich zählen, künstliche Bakterien aber nicht, ebensowenig wie sich feststellen läßt, ob eine Naturkatastrophe künstlich ausgelöst wurde oder was den Rückgang des Bevölkerungszuwachses in der Dritten Welt verursacht hat. Dieser Rückgang war zwar notwendig, ließ sich aber im guten nicht realisieren. Man kann sich eine Handvoll Personen vorknöpfen und ihnen klarmachen, was für sie nützlich oder verderblich ist. Die ganze Menschheit aber können Sie nicht bei der Hand nehmen und ihr das auseinandersetzen. Stimmt's?«

»Was hat denn das mit dem Mond zu tun?«

»Daß die Vernichtung nicht unmöglich gemacht, sondern nur in Raum und Zeit verschoben wurde. Das konnte nicht ewig währen. Ich habe eine neue Technologie entwickelt, die sich in der Telematik anwenden läßt: für den Bau von Dispersanten, Sendlingen also, die zur reversiblen Dispersion fähig sind. Ich wollte nicht, daß sie der Agentur dient, aber es ist nun mal geschehen.«

Er hob die Hände, als wolle er sich ergeben.

»Einer meiner Mitarbeiter muß es weitergegeben haben, ich weiß nicht, welcher, und halte das auch nicht für besonders wichtig. Unter großem Druck muß sich ein Leck bilden. Jede Loyalität hat ihre Grenzen.«

Er strich mit der Hand über die blanke Kopfhaut. Der Recorder schwatzte immer noch.

»Ich kann eines tun: den Beweis führen, daß die dispersive Telematik noch nicht anwendungsreif ist. Das kann ich machen, für ein Jahr vielleicht. Dann kommen sie hinter den Betrug. Was wollen Sie, das ich tun soll?«

»Warum soll denn ich das entscheiden?«

»Wenn Sie mit leeren Händen wiederkommen, wird sich niemand für Sie interessieren. Klar?«

»Es sieht so aus.«

»Kommen Sie aber mit Neuigkeiten, sind die Konsequenzen unabsehbar.«

»Für mich? Mich wollen Sie retten? Aus reiner Sympathie?«

»Nein. Um Zeit zu gewinnen.«

»Bei der Erkundung des Mondes? Sie halten es also für ausgeschlossen, daß dort diese – diese Invasion gegen die Erde vorbereitet wird? Glauben Sie, daß dies nur eine kollektive Hysterie ist?«

»Natürlich. Kollektive Hysterie oder nicht, auf jeden Fall Gerüchte und Bewegungen, die von einem oder mehreren Staaten in voller Absicht losgelassen werden.«

»Zu welchem Zweck?«

»Um die Doktrin der Unkenntnis platzen zu lassen und zur alten Politik à la Clausewitz zurückkehren zu können.«

Ich schwieg, denn weder wußte ich, was ich sagen, noch, was ich von seinen Worten denken sollte.

»Das ist doch alles nur Ihre Vermutung«, meinte ich endlich.

»Genau. Auch der Brief, den Einstein an Roosevelt richtete, beruhte nur auf der Vermutung, daß die Atombombe sich bauen ließ. Einstein hat das bis an sein Ende bereut.«

»Ich verstehe – Sie möchten eine solche Reue nicht erleben müssen.«

»Die Atombombe wäre auch ohne Einstein entstanden.

Meine Technologie ohne mich ebenfalls. Aber je später, desto besser.«

»Après nous le deluge?«

»Nein, damit hat das nichts zu tun. Die Angst vor dem Mond ist mit Absicht entfacht worden, dessen bin ich sicher. Wenn Sie von einer gelungenen Erkundung zurückkommen, tauschen Sie diese Angst gegen eine andere aus, die schlimmer sein kann, weil sie realer ist.«

»Jetzt fällt bei mir endlich der Groschen. Sie wollen, daß meine Erkundung *nicht* gelingt?«

»Ja, aber nur mit Ihrem Einverständnis.«

»Wieso?«

Sein Gesicht verlor auf einmal das Eichhörnchenhafte, die durch die Knopfaugen boshaft wirkende Häßlichkeit: er lachte, lautlos, aber mit offenem Munde.

»Den Grund habe ich Ihnen schon gesagt. Ich bin ein Mann mit altmodischen Prinzipien. Zu diesen gehört das Fairplay. Ich erwarte Ihre Antwort auf der Stelle, denn mir tun schon die Beine weh.«

»Hätten Sie doch mal ein paar Kissen hergelegt«, sagte ich. »Und was diese – diese Dispersionstechnik betrifft, so bitte ich darum.«

»Sie glauben nicht, was ich gesagt habe?«

»Doch. Und eben deswegen will ich es so.«

»Den Herostrat spielen?«

»Ich werde mich bemühen, kein Heiligtum in Brand zu stecken. Können wir nun endlich aus diesem Käfig steigen?«

V. LUNAR EFFICIENT MISSIONARY

Der Start wurde achtmal verschoben, weil beim Countdown Mängel zutage traten. Einmal fiel die Klimaanlage aus, dann meldete ein Reservecomputer einen Kurzschluß, den es nicht gab, nachher gab es einen Kurzschluß, den der Hauptcomputer nicht meldete, und beim zehnten Countdown endlich, als alles schon so aussah, als würde ich starten, verweigerte der LEM Nummer sieben den Gehorsam. Ich war bandagiert wie die Mumie eines Pharaos, in sensorenbehaftetes Selbstklebeband gewikkelt, den Helm geschlossen, das Laryngophon an der Gurgel, im Mund den Schlauch eines kleinen Containers mit Tomatensaft, eine Hand am Hebel des Schleudersitzes, die andere am Steuerknüppel. Ich gab mir Mühe, an Liebliches und Fernliegendes zu denken, damit mir das Herz nicht hüpfte, dessen Tätigkeit von acht Kontrolleuren an Monitoren beäugt wurde – nebst Blutdruck, Muskelspannung, Schweißabsonderung. Augapfelbewegungen sowie der elektrischen Leitfähigkeit des Körpers, die verrät, in welcher Angst der kühne Raumfahrer das zeremonielle NULL erwartet, das ihn mit einem Donnerschlag ins All befördert. Statt dessen bekam ich jedesmal einen saftigen Fluch zu hören, den Vivitch, der Hauptkoordinator, losließ, bevor er vielfach das Kommando wiederholte: »STOP! STOP! STOP!« Ich weiß nicht, ob es an meinen Ohren oder an den Mikrophonen lag, jedenfalls dröhnte seine Stimme wie in einem leeren Faß. Ich behielt das freilich schön für mich, denn wenn ich jetzt nicht die Klappe hielt, würden sie die Akustik des Helms untersuchen wollen, dazu müßten die entsprechenden Fachleute hinzugezogen werden, und ich säße auf der Startrampe bis in alle Ewigkeit.

Die letzte Havarie, vom technischen Personal als LEM-Rebellion bezeichnet, war in der Tat verblüffend und blödsinnig, denn unter dem Einfluß der Kontrollimpulse, die nur die einzelnen Aggregate des LEM checken sollten, kam der ganze Apparat in Bewegung: Statt nach seiner Abschaltung stillzuliegen, fing er an zu rucken und zu rütteln und machte Versuche, aufzustehen. Wie ein Irrsinniger zerrte er an den Festhaltegurten, er hätte diese Fesseln fast gesprengt, obwohl nacheinander alle Versorgungsleitungen gekappt wurden. Keiner wußte, was mit ihm los war, angeblich handelte es sich um einen Stromschwund oder ein Stromleck. Imperdanz, Kapazitanz, Resistanz. Wenn die Techniker nicht mehr wissen, was los ist, gedeiht ihr Wortschatz zu einer Fülle, wie sie sonst nur einem Ärztekonsilium eignet, das einen hoffnungslosen Fall berät. Wenn etwas kaputtgehen kann, wird es eines Tages kaputtgehen – das ist eine eiserne Regel, und in einem System, das aus 298000 Hauptstromkreisen und integrierten Schaltkreisen besteht, ist nicht einmal durch die komplette Doublierung eine hundertprozentige Sicherheit gewährleistet. Halevala, ein Haupttechniker beim Bodenpersonal, führte das Wort im Munde, hundertprozentige Gewißheit sei nur von einem Leichnam zu erwarten – die Gewißheit nämlich, daß er nicht mehr aufsteht. Halevala hielt sich gern darüber auf, wie der Herrgott bei der Weltschöpfung doch die Statistik außer acht gelassen habe und daher beim Auftreten von Havarien seine Zuflucht gar zu Wundern nehmen mußte. Dabei war die Lage – selbst im Paradies! – schon so verkorkst, daß auch Wunder nicht mehr weiterhalfen ... Der vergnatzte Vivitch verlangte vom Direktor die Entlassung des Unheilbringers Halevala. Der Direktor war unheilgläubig, aber der Wissenschaftsrat, bei dem der Finne Berufung einlegte, war es nicht, und so blieb Halevala auf seinem Posten.

Unter solchen Voraussetzungen war ich in die Mondmission eingestiegen. Ich hatte keinen Zweifel, daß auch auf dem Mond manches kaputtgehen würde, obgleich bis zum Umfallen simuliert und kontrolliert worden war. Mich machte nur neugierig, wann das passieren und in welchen Schlamassel ich geraten würde. Als einmal alles wie ein Uhrwerk lief, unterbrach ich selbst den Countdown, weil mein zu fest bandagiertes linkes Bein eingeschlafen war. Wie ein aus der Pyramidengruft erstandener Pharao stritt ich mich über den Sprechfunk mit Vivitch, der behauptete, diese Bandagen dürften nicht zu lose sitzen und es werde gleich alles von selbst vergehen. Ich blieb aber stur, und anderthalb Stunden lang mußten sie mich auspacken und aus den Kokons schälen. Wie sich zeigte, hatte sich einer, der sich natürlich nicht zu erkennen gab, beim Festziehen der Klemmen mit einem Pfeifenreiniger geholfen und ihn unter dem Band steckenlassen, das meine Kniebeuge umspannte. Aus Mitleid bat ich darum, keine Ermittlungen anzustellen, obgleich ich den Schuldigen zu kennen glaubte – ich wußte ja, wer von meinen Betreuern Pfeifenraucher war. In den ungemein sensationellen Geschichten über Flüge zu den Sternen kommen dergleichen Dinge nicht vor, es passiert niemals, daß ein – wenngleich mit den entsprechenden Medikamenten vollgestopfter – Astronaut sich die Seele aus dem Leib kotzt oder der Behälter versagt, der zur Aufnahme der sich aus natürlichen physiologischen Bedürfnissen ergebenden Produkte dienen soll. Hierbei braucht nur das Ansatzstück zu verrutschen, und der Astronaut macht nicht nur sich selber, sondern auch seinen Raumanzug voll. Genau das war dem ersten amerikanischen Raumflieger bei seinem suborbitären Flug passiert, die NASA hatte es der Öffentlichkeit jedoch aus historischpatriotischen Rücksichten verschwiegen, und als es endlich doch publik wurde, interessierte sich sowieso keiner mehr für Raumflüge.

Je sorgfältiger man vorgeht, je mehr der Mensch im Mittelpunkt steht, um so größer wird die Wahrscheinlichkeit, daß unter der Achsel ein verknäueltes Kabel drückt oder eine Spange sich irgendwo einklemmt, wo sie nicht hingehört, einen aber durch ihr Pieken verrückt macht. Ich habe einmal vorgeschlagen, im Raumanzug sollten von außen steuerbare Kratzer angebracht werden, aber alle hielten das für einen Witz und lachten – außer routinierten Raumfahrern, die wußten, wovon ich rede. Ich war es ja, der die Tichysche Regel aufgestellt hat, nach der zuerst derjenige Körperteil zu jucken und zu kitzeln beginnt, an dem man sich auf keine Weise kratzen kann. Das Jucken hört erst auf, wenn eine ernsthafte Havarie eintritt, weil einem dann die Haare zu Berge stehen, man eine Gänsehaut bekommt und der kalte Schweiß alle anderen Reize vertreibt. Das ist eine heilige Wahrheit, aber die großen Autoritäten sagen, darüber dürfe nicht gesprochen werden, weil das auf die Großen Schritte Des Nach Den Sternen Greifenden Menschen einen schlechten Reim mache. Armstrong hätte schön ausgesehen, wenn er auf der Leiter jenes ersten LEM nicht von dem Großen Schritt, sondern von seinen rutschenden Unterhosen gesprochen hätte. Ich war schon immer der Ansicht, daß die Herren von der Flugkontrolle, die sich in ihren Sesseln rekeln, Bier aus Büchsen trinken und dem zur Mumie gemachten Astronauten kluge Ratschläge oder Worte der Aufmunterung und Stärkung zukommen lassen, sich erst mal selber an seine Stelle setzen sollten.

Die beiden letzten Wochen auf der Basis waren unangenehm. Es gab neue Anschläge auf Ijon Tichy. Nicht einmal nach dem Abenteuer mit der falschen Marilyn Monroe war mir gesagt worden, daß alle für mich eingehende Post vor der Aushändigung von einer Spezialanlage zur Korrespondenzentschärfung geprüft wurde. Die Epistolarballistik, wie sie von den Experten genannt wird, ist bereits so weit entwickelt, daß eine Ladung, die imstande ist, den Adressaten in Stücke zu reißen, in einer Faltkarte mit Weihnachtsgrüßen stecken kann – oder, damit es lustiger ist, einer Geburtstagskarte mit den besten Wünschen für Glück und Gesundheit. Erst nach Professor Tarantogas todesträchtigem Brief, der mich fast ins Jenseits befördert hätte, und nach dem Krach, den ich daraufhin schlug, zeigte man mir die Maschine in dem gepanzerten Raum mit speziellen, schrägstehenden Stahlblöcken, die den Schlag der Explosion abfangen sollten. Die Briefe werden mit ferngesteuerten Greifern geöffnet, zuvor aber mit Röntgenstrahlen oder Ultraschall behandelt, damit der eventuell darin enthaltene Zünder losgeht. Jener Brief aber war nicht explodiert und auch wirklich von Tarantoga geschrieben, also händigte man ihn mir aus, und nur dank meinem scharfen Geruchssinn kam ich heil davon. Der Brief roch nämlich nach Reseda oder Lavendel, und das fand ich nicht nur sonderbar, sondern geradezu verdächtig, weil Tarantoga der letzte wäre, der seine Korrespondenz mit Duftnoten versähe.

Ich las die Anrede »Lieber Ijon« und begann zu lachen, ich begriff sofort, daß ich lachte, obwohl mir danach gar nicht zumute war. Da ich überdurchschnittlich intelligent bin, pflege ich niemals grundlos wie ein Blödsinniger zu lachen. Folglich konnte mein Gelächter keines natürlichen Ursprungs sein. Für alle Fälle tat ich etwas höchst Vorsorgliches: Ich schob den Brief unter die Glasplatte, die meinen Schreibtisch bedeckte, und las durch das Glas. Außerdem hatte ich glücklicherweise gerade Schnupfen und schneuzte mich kräftig. Der wissenschaftliche Beraterstab stellte hinterher Erwägungen an, ob mein Schneuzen einem Reflex oder einer augenblicklichen detektivischen Schlußfolgerung entsprungen sei. Ich war mir selbst nicht sicher, hatte dadurch aber nur eine außerordentlich kleine Dosis der Substanz eingeatmet, mit der der Brief angereichert war. Es war ein völlig neues Präparat. Das Lachen, das es verursachte, war nur die Ouvertüre für einen Schluckauf, der so hartnäckig war, daß er erst in tiefer Narkose nachließ. Ich rief sofort Lohengrin an, der zuerst glaubte, ich mache dumme Witze, denn ich fiel vor Lachen fast vom Stuhl. Aus der Sicht der Neurologie ist das Lachen die erste Stufe des Schluckaufs. Schließlich klärte sich der Fall, zwei Burschen mit Schutzmasken holten den Brief ins Laboratorium, und Doktor Lopez und seine Kollegen beatmeten mich zu meiner Rettung mit reinem Sauerstoff. Als ich nur noch kicherte, zwangen sie mich zur Lektüre der Leitartikel sämtlicher Zeitungen vom Tage und vom Vortage. Ich hatte nicht die geringste Ahnung gehabt, daß die Presse sich – wie übrigens auch das Fernsehen – während meiner letzten Reise zweigeteilt hatte.

Es gibt Zeitungen und Fernsehprogramme, die alles melden, wie es kommt, und es gibt solche, die ausschließlich gute Nachrichten bringen. Ich war bisher mit diesen letzteren gefüttert worden und hatte in der Basis daher den Eindruck gewonnen, daß die Welt nach Abschluß des Genfer Vertragswerkes tatsächlich schöner geworden sei. Immerhin durfte man annehmen, daß wenigstens die Pazifisten voll zufriedengestellt waren – aber nicht die Spur! Vom Geist der neuen Zeit kann ein Buch Zeugnis ablegen, das Doktor Lopez mir einmal borgte. Der Verfasser wies nach, daß Jesus ein Diversant war, entsandt, um durch das Predigen der Nächstenliebe nach dem Prinzip des Divide et impera die Zerstörung der jüdischen Einheit und den Zerfall des römischen Imperiums herbeizuführen. Beides gelang, das erste recht bald, das zweite mit einiger Verzögerung. Jesus selbst hatte nicht die blasseste

Vorstellung, daß er ein Diversant war, auch die Apostel wußten nichts, alle handelten nach bester Absicht, aber man weiß ja, *was* mit eben solchen Absichten gepflastert ist. Dieser Autor, dessen Name mir leider entfallen ist, vertrat die Ansicht, jedermann, der Nächstenliebe und Friede allen Menschen guten Willens predige, gehöre unverzüglich aufs nächste Polizeirevier geschleppt, damit man herausbekomme, was wirklich dahintersteckt. Kein Wunder also, daß die Pazifisten bereits umgeschult hatten. Ein Teil nahm sich mit seinen Protestaktionen des schrecklichen Geschicks schmackhafter Tiere an, wodurch der Verzehr freilich nicht zurückging – weder bei Koteletts noch bei Wurstwaren. Andere verfochten die Notwendigkeit der Verbrüderung mit allem, was da lebt, und bei den Wahlen zum Deutschen Bundestag wurden achtzehn Sitze von der Partei der Probakteriellen gewonnen, die mit der Behauptung angetreten war, die Mikroben hätten ein gleiches Recht auf Leben wie wir, dürften folglich nicht durch Medikamente hingemordet werden, sondern sollten genetisch umstrukturiert, also gezähmt und in ihren Freßgelüsten vom Menschen ab- und auf etwas anderes hingelenkt werden. Die allgemeine Gutherzigkeit kannte keine Grenzen, und herrschte auch keine Eintracht in der Frage, wer ihrer Verbreitung im Wege stehe, so war man sich doch einig, daß die Feinde der Güte und Gutherzigkeit kaltgemacht gehörten.

Bei Tarantoga hatte ich ein interessantes neues Nachschlagewerk gesehen: das Lexikon der Angst. Früher, so wurde darin erklärt, hatte die Angst ihre Quelle im Übernatürlichen: in Zauber und Bann, in den Hexen vom Blocksberg, in Ketzern und Atheisten, in schwarzer Magie, in Dämonen und büßenden Seelen, in einem liederlichen Leben, in der abstrakten Malerei, im Schweinefleisch. Im Industriezeitalter übertrug sie sich auf dessen Produkte. Die neue Angst sah die Schuld für alles verderbliche Wirken bei den Tomaten (sie sind krebserregend),beim Aspirin (es ätzt Löcher in die Magenwände), beim Kaffee (nach seinem Genuß kommen bucklige Kinder zur Welt), bei der Butter (klarer Fall: die Verkalkung), bei Tee, Zucker, Autos, Fernsehen, Diskotheken, Pornographie, Askese, Verhütungsmitteln, Wissenschaft, Zigaretten, Atomkraftwerken und Hochschulbildung. Ich war über den Erfolg dieses Lexikons überhaupt nicht erstaunt. Professor Tarantoga ist der Ansicht, daß der Mensch zwei Dinge braucht, zwei Antworten: die erste auf die Frage WER?, die zweite auf die Frage WAS? Bei ersterer geht es darum, WER an allem schuld ist. Die Antwort muß kurz, klar, bündig und eindeutig hinweisend sein. Zweitens braucht der Mensch das, WAS ein Rätsel ist. Seit zweihundert Jahren haben die Gelehrten sich dadurch unbeliebt gemacht, daß sie immer mehr und alles besser wußten. Wie angenehm, sie nun ratlos zu sehen vor dem Bermudadreieck, den fliegenden Untertassen und dem Geistesleben der Pflanzen! Welche Genugtuung, wenn eine schlichte Pariserin, in die Wechseljahre gekommen, die ganze politische Zukunft der Welt vorhersagt, während die Professoren dastehen wie mit dem Klammersack gepudert!

Der Mensch, sagt Tarantoga, glaubt an das, an was er glauben *will.* Man nehme nur einmal diesen Boom der Astrologie. Die Astronomen müßten nach gesundem menschlichem Dafürhalten über Sterne mehr wissen als die übrige Menschheit zusammengenommen, und sie behaupten, wir seien diesen Sternen völlig schnuppe. Das seien gewaltige Bälle aus glühenden Gasen, sie drehten sich seit dem Ursprung des Alls, und mit unserem Schicksal hingen sie ganz gewiß weniger zusammen als eine Bananenschale, auf der wir ausrutschen und uns ein Bein brechen könnten. Nun sind Banenenschalen aber völlig uninteressant, während seriöse Zeitungen astrologische Horoskope drucken und es sogar Taschenrechner gibt, die man vor Vollzug einer Börsentransaktion fragen kann, ob die Sterne dafür günstig stehen. Es wird kein Gehör finden, wer immer da sagt, eine weggeworfene Obstschale könne das Schicksal des Menschen stärker beeinflussen als sämtliche Planeten und Sterne zusammengenommen! Da ist jemand auf die Welt gekommen, weil sein Erzeuger – um es einmal so auszudrücken – nicht rechtzeitig einen Rückzieher und sich eben dadurch zum Erzeuger gemacht hat. Die andere beteiligte Person merkte, was da passiert war, schluckte Chinin und sprang im Schlußsprung vom Kleiderschrank, aber es half nichts: sie wurde zur Gebärerin. Der Jemand ist also da, hat eine Schule besucht und arbeitet in einem Laden für Hosenträger, auf der Post oder im Einwohnermeldeamt. Plötzlich erfährt er, daß sich alles ganz anders verhalten hatte. Die Planeten waren in eine besondere Konjunktion getreten, die Zeichen des Tierkreises hatten sich mit Bedacht und Ausdauer zu einem speziellen Muster gefügt, die beiden Halbkugeln des Himmels hatten eine Abrede getroffen, daß er ins Leben treten, daß er hinterm Ladentisch stehen oder hinter einem Schalterfenster sitzen konnte! Das gibt doch Auftrieb! Man fühlt das ganze Universum um sich kreisen, und selbst wenn es einem nicht günstig ist, selbst wenn die Sterne sich so zusammenfinden, daß der Hosenträgerfabrikant Pleite macht und man seinen Job verliert, so ist das doch immer noch besser als das zuverlässige Wissen, den Sternen schnuppe zu sein. »Schlage ihm das aus dem Kopf, dazu noch die Einbildung, der Kaktus auf dem Fensterbrett bringe ihm Sympathie entgegen, und was bleibt übrig? Bloß Verzweiflung und Hoffnungslosigkeit, eine armselige, nackte Leere.« Also sprach Tarantoga, aber ich sehe, daß ich allzuweit vom Thema abgeschweift bin.

Am 27. Oktober wurde ich auf eine Erdumlaufbahn geschossen. In die sensorenbestückte Wäsche gewickelt wie ein Säugling in die Windeln, sah ich mir aus 260 Kilometer Höhe meinen Heimatplaneten an und hörte, wie die Techniker in der Zentrale Schreie der Genugtuung und Verblüffung ausstießen, daß es diesmal doch geklappt hatte. Meine erste Stufe – ich meine das Hauptaggregat – löste sich sekundenbruchteilgenau über dem Stillen Ozean, die zweite aber wollte nicht recht, ich mußte nachhelfen, und irgendwo über den Anden wurde ich sie los. Nach den rituellen Gute-Reise-Wünschen klemmte ich mich selber hinters Steuer und durchflog die gefährlichste Strecke auf dem Weg zum Mond. Ihr habt keine Ahnung, was da an Schrott um die Erde kreist, an die 18000 zivile und militärische Satelliten, ganz zu schweigen von den ganz gefährlichen, die sich schon in ihre Einzelteile aufgelöst haben und auf dem Radarschirm kaum auszumachen sind. Außerdem ist, seit schädliche Abfälle, die radioaktiven an der Spitze, ins All verkappt werden, dort oben alles voll von ordinärstem Müll. Ich flog also unter Beachtung äußerster Vorsicht, bis es wirklich leer wurde. Erst dann schnallte ich mich von allen Gurten los und ging daran, den Zustand meiner LEMs zu prüfen.

Der Reihe nach setzte ich sie in Betrieb, um mich in sie einzufühlen und das Innere des Laderaums mit ihren kristallenen Augen zu betrachten. Neunzehn solcher Sendlinge hatte ich in Wirklichkeit, aber der letzte war gesondert untergebracht, in einem Container, der laut Aufschrift Dosen mit Fruchtsäften enthielt. Das sollte Unbefugte irreführen, aber ich hielt die Tarnung nicht für besonders listig: Die Maße des Behälters ließen darauf schließen, daß diese Fruchtsäfte meinen Bedarf an Vollbädern abdecken sollten. Drinnen steckte ein hermetisch versiegelter Zylinder von hellblauer Farbe und mit der Aufschrift ITEM. Das war das Kürzel für INSTANT

ELECTRONIC MODULE, den Sendling in Pulverform, top secret, das Werk von Lax, das ich nur im Falle äußerster Notwendigkeit einsetzen durfte. Ich kannte das Prinzip, nach dem er funktionierte, weiß aber nicht, ob ich es jetzt schon verraten soll. Ich möchte nicht, daß meine Erzählung zu einem Erzeugniskatalog der GYNANDROICS oder der teleferistischen Unterabteilung der Lunar Agency wird.

Der Lunar Excursion Missionary Nr. 5 verfiel, kaum daß er eingeschaltet war, in leichte Krämpfe. Ich war mit ihm rückgekoppelt, fiel folglich in ein fiebriges Zittern und heftiges Zähneklappern. Der Betriebsanleitung zufolge hätte ich den Defekt unverzüglich der Basis melden müssen, unterließ es jedoch, weil ich die unvermeidlichen Folgen ahnte. Man würde ein ganzes Gremium von Konstrukteuren, Projektanten, Ingenieuren und Fachleuten für elektronische Pathologie einberufen, dieses ganze Gremium wäre zuallererst einmal sauer auf mich, weil ich wegen so dummen Zeugs wie eines leichten und sowieso von allein vergehenden Krampfes Lärm geschlagen hatte, man würde mir per Funk einander widersprechende Anweisungen geben, was zu- und auseinandergeschaltet und mit welcher Stromstärke der arme Kerl behandelt werden müsse, weil Elektroschocks zuweilen nicht nur dem Menschen hilfreich sind, die Sinne wieder zusammenzukriegen. Wenn ich ihnen Gehör schenke, wird das neue unverhoffte Reaktionen des LEM hervorrufen, man wird mich auffordern, nur ganz ruhig zu bleiben, von diesem LEM oder gar von mir ein Analog- oder Digitalmodell auf dem Hauptsimulator herstellen, sich dabei streiten bis zum Umfallen und mir immer wieder zureden, um Gottes willen nur nicht die Nerven zu verlieren. Das Team wird in zwei oder drei Lager zerfallen, etwa wie es bei hervorragenden Medizinern während des Konsiliums vorkommt. Vielleicht schickt man mich auch mit dem Handwerkskasten durch die Innenluke in den Laderaum, wo ich dem LEM den Bauch aufmachen und eine Fernsehkamera auf die Innereien lenken muß, denn er hat die gesamte Elektronik im Bauch – im Kopf reicht der Platz dafür nicht aus. Ich werde ihn also unter dem Diktat der Experten operieren, und wenn zufällig etwas dabei herauskommt, werden sie das Verdienst sich selbst zuschreiben. Wenn es schiefgeht, fällt die Schuld auf mich wegen meiner Unfähigkeit. Als es weder Roboter noch Sendlinge gab und dank dem Zusammentreffen günstiger Umstände selbst die Bordcomputer heilblieben, ging Simpleres kaputt, zum Beispiel während eines Probefluges das Klo in der Raumfähre »Columbia«.

Inzwischen war ich von der Erde 150000 Kilometer entfernt und sehr froh, den Defekt des LEM verschwiegen zu haben. Die durchmessene Strecke hätte mehr als eine Sekunde Zeitverzögerung im Funkverkehr mit der Basis bedeutet, früher oder später wäre mir unter den Fingern etwas in die Brüche gegangen, im Zustand der Schwerelosigkeit fallen präzise Griffe nicht leicht, ein Lichtfünkchen hätte angezeigt, daß ich einen Kurzschluß verursacht hatte, und eine reichliche Sekunde darauf hätte ich einen Chor von Stimmen mit den entsprechenden Kommentaren vernommen. Jetzt hat Tichy alles versaut, hätten sie gesagt, jetzt ist nichts mehr zu machen. Ich hatte also allen nur Ärger erspart – den Leuten da unten und mir.

Je näher ich dem Monde kam, um so mehr wurde ich über Funk mit Ratschlägen und Warnungen bepflastert, die so überflüssig waren, daß ich schließlich erklärte, ich werde die Verbindung unterbrechen, wenn man nicht aufhöre, mich verrückt zu machen. Ich kenne den Mond wie meine Westentasche, noch von damals her, als es Projekte gab, ihn zu einer Außenstelle von Disneyland zu machen. Jetzt umkreiste ich ihn dreimal auf einer fernen

Umlaufbahn und ging dann über dem Oceanus Procellarum langsam tiefer. Auf der einen Seite sah ich das Mare Imbrium, auf der anderen den Krater Erathostenes, dahinter den Murchison und den Sinus Medii bis hin zum Mare Nibium. Dann war ich so niedrig, daß mir der Pol des Mondes dessen weitere pockennarbige Oberfläche verbarg. Ich befand mich an der Untergrenze der Zone des Schweigens. Bisher war nichts Unerwartetes passiert, wenn man von zwei leeren Bierdosen absieht, die während meiner Steuermanöver Leben gewonnen hatten. Als ich einmal bremste, kamen diese Büchsen, die wie gewöhnlich von den Technikern hastig geleert und weggeworfen worden waren, aus ihrer Ecke und kreisten nun durch das Cockpit, bald gegen andere Gegenstände, bald gegen meinen Kopf scheppernd. Ein Greenhorn hätte sie zu fangen versucht, aber mir fiel das gar nicht ein. Ich änderte die Umlaufbahn und überflog den Taurus. Als sich unter mir weithin das große Mare Serenitatis erstreckte, knallte mir von hinten etwas gegen den Helm, daß ich aufsprang. Es war eine blecherne Keksdose, deren Inhalt den Leuten vom Raumschiffservice offenbar als Zuspeise zum Bier gedient hatte. In der Basis hatte man den Knall vernommen, und sogleich wurde ich mit Fragen überschüttet. Ich erklärte jedoch, ich habe mich am Kopf kratzen wollen, nicht bedacht, daß er im Helm steckte, und folglich mit dem Handschuh dagegengehauen. Ich gebe mir stets Mühe, ein Mensch zu sein, und ich verstehe ja auch, daß die Techniker verschiedene Dinge in der Rakete einfach zurücklassen *müssen.* Das war so, das ist so, und das wird so bleiben. Ohne Schwierigkeiten durchflog ich die Zone der inneren Kontrolle, denn deren Satelliten waren von der Erde aus angewiesen worden, mich durchzulassen. Obgleich das Programm dergleichen nicht vorsah, ging ich mehrmals scharf auf die Bremsen, um weitere Überbleibsel von Montage und Durchsicht der Rakete aus den Ecken zu schütteln. Unter dem Schrank des selenografischen Reservesystems kam wie ein gewaltiger Nachtfalter nur noch ein Comic-Heft hervorgeflattert, ich überschlug blitzschnell das Inventar – zweimal Bier, einmal Kekse, ein Comic – und zog automatisch den Schluß, daß ich weiterer Überraschungen nun bereits voller Spannung harren durfte.

Ich hatte den Mond vor mir wie auf dem Handteller. Selbst durch das Fernrohr mit zwanzigfacher Vergrößerung erschien er tot, unbewohnt und öde. Ich wußte, daß die computergesteuerten Fabriken der einzelnen Sektoren etliche Dutzend Meter unter der Oberfläche der Meere lagen, dieser großen Ebenen also, die einst durch die Überschwemmung mit Lava entstanden waren. Die Fabriken aber hatte man so tief angelegt, damit sie nicht durch Meteore beschädigt werden konnten. Dennoch durchforschte ich mit besonderer Aufmerksamkeit das Mare Vaporum, das Mare Tranquilitatis und Fecunditatis (die alten Sterngucker bewiesen, indem sie jene ausgedehnten Steinwüsten auf so klangvolle Namen tauften, eine nicht unbeträchtliche Vorstellungskraft). Bei der zweiten Umkreisung nahm ich mir Mare Crisium und Frigoris vor, in der Annahme, wenigstens eine Bewegung, sei sie noch so winzig, ausmachen zu können.

Meine Ferngläser waren von höchster Qualität, ich hätte an den Kraterhängen wenn nicht die Kiesel, so doch mindestens die Katzenköpfe zählen können, eine Bewegung aber nahm ich nicht wahr, und genau das gab mir am meisten zu denken. Wo steckten sie denn, die Legionen waffenstarrender Automaten, die Schwärme gepanzerter Amphibien, die gleichermaßen todesträchtigen Kolosse und Liliputaner, die seit so vielen Jahren unaufhörlich entstanden in den tiefen Gelassen des Mondes? Nichts, nur Felshalden, riesen- oder tellergroße Krater, strahlige Furchen glänzenden alten Magmas um den Copernicus, die Verwerfungen des Huygens, in Richtung auf den Pol Archimedes, Cassini, am Horizont Plato – und überall nichts, überall diese einfach unbegreifliche Öde. Entlang dem Meridian, der von Flamsteed, Herodot und Rümker über den Sinus Roris markiert wurde, verlief der breiteste Streifen Niemandsland, und dort sollte ich, nachdem ich das Raumfahrzeug auf eine stationäre Umlaufbahn gebracht hatte, mit dem ersten Sendling landen. Der genaue Ort war mir nicht vorgeschrieben worden, ich sollte ihn selbst bestimmen, nachdem ich eine vorläufige Erkundung des gesamten Meridians niemand gehörigen, also nahezu mit Gewißheit ungefährlichen Landes vorgenommen hatte. Nur konnte von einer Erkundung, die mir taktische Fingerzeige gegeben hätte, überhaupt keine Rede sein. Um eine stationäre Umlaufbahn zu erreichen, mußte ich sehr hoch gehen und einigermaßen manövrieren, bis die gewaltige, ganz von der Sonne beschienene Scheibe des Mondes unter mir immer langsamer hinwegzog. Als sie zum Stillstand kam, lag genau unter mir der Flamsteed, ein sehr alter, platter und seichter Krater, beinahe randvoll mit Tuff gefüllt.

Lange, vielleicht eine halbe Stunde, blieb ich so hängen, starrte auf das Mondgeröll und überlegte, was ich tun sollte. Die Sendlinge brauchten zur Landung keine Rakete. Sie hatten in den Beinen einfach die kreiselgesteuerten Röhren der Bremsdüsen, ich konnte mit der gewünschten Geschwindigkeit hinuntergehen und brauchte nur die Rückstoßkraft zu regeln. Die Düsen waren so an den Beinen befestigt, daß man sie nach der weichen Landung zusammen mit den leeren Treibstofftanks mit einem Ruck abwerfen konnte. Von da an war der Sendling unter meiner Kontrolle seinem Schicksal auf dem Monde ausgeliefert – eine Rückkehr gab es für ihn nicht. Er war weder ein Roboter noch ein Android, denn er besaß kein eigenes Denkvermögen, er war gewissermaßen mein Instrument, mein verlängerter Arm, nicht der geringsten Eigeninitiative fähig. Dennoch war mir der Gedanke unangenehm, daß er unabhängig vom Ergebnis des Erkundungsgangs dem Untergang geweiht war, weil ich ihn in dieser Leichenödnis im Stich zu lassen haben würde. Ich kam sogar auf die Idee, die Nummer fünf habe den Defekt nur vorgetäuscht, um mit heiler Haut davonzukommen, als einziger mit mir zur Erde zurückzukehren. Eine sinnlose Überlegung, ich wußte ja, daß er wie jeder andere LEM nur eine Hülse von Menschengestalt war. Immerhin mag das als Zeugnis meiner psychischen Verfassung gelten.

Jedenfalls gab es keinen Grund, länger zu warten. Ich musterte noch einmal das graue Plateau, das ich nach grober Schätzung der Entfernung von den über den Schutt ragenden Nordfelsen des Flamsteed zum Landeplatz gewählt hatte, stellte auf automatische Steuerung um und drückte die Taste Nummer eins. Der Gefühls- und Erlebenssprung, wenngleich erwartet und so oft geprobt, war gewaltig. Ich saß nicht mehr, das Auge am Fernglas, bequem in dem Sessel vor den gleichmäßig blinkenden Lämpchen der Bordcomputer, sondern lag rücklings in einer sargengen, nur nach einer Seite offenen Koje.

Beim Heraussteigen sah ich an mir hinunter und erblickte einen mattgrauen, gepanzerten Rumpf, stählerne Schenkel und an den Waden die Halfter der Bremsraketen. Als ich merkte, wie meine Magnetsohlen am Metall des Fußbodens hafteten, richtete ich mich langsam auf, reckte und streckte mich. Ringsherum lagen in Kommodenfächern gleichenden Kojen, ebensolchen wie der, aus der ich soeben gestiegen war, die reglosen Körper der anderen Sendlinge. Gleichzeitig hörte ich mich atmen, spürte aber keine Regung des Brustkorbs. Nicht ohne Mühe abwechselnd den linken und den rechten Fuß vom

Stahlboden des Laderaums lösend, kam ich an das Geländer, das den Auswurfschacht umgab. Ich schwang mich hinüber und stellte mich auf die Fallklappe, mit verschränkten Armen – um nicht an den Schachträndern anzuecken, wenn der Auslöser mich in die Tiefe stieß. Wenige Sekunden später ertönte die seelenlose Stimme der Anlage, die ich zuvor im Cockpit eingestellt hatte. »Ten, nine, eight . . .«

Ich zählte laut mit, eiskalt, denn jetzt gab es keine Umkehr mehr. Trotzdem spannten sich bei »Go« automatisch alle Muskeln, dann erfuhr ich einen sanften und dennoch mit gewaltiger Kraft geführten Schub und fuhr wie ein Stein in einen Brunnen.

Als ich den Kopf hob, sah ich die dunklen Konturen des Raumschiffs vor dem noch dunkleren Himmel mit den unzähligen, schwach glimmenden Pünktchen der Sterne. Ehe das Raumschiff aber mit dem schwarzen Gewölbe dort oben eins wurde, spürte ich einen scharfen Ruck an den Waden, und ein bleicher Lichtschein hüllte mich ein. Die Bremsraketen hatten gezündet, ich fiel jetzt langsamer, aber immer noch schnell genug, daß die Mondoberfläche sich vergrößerte, als wolle sie mich ansaugen und verschlingen. Die Flammen wurden heißer, ich spürte das durch den Panzer, wenn auch nur als unregelmäßige Hitzewellen. Ich hielt noch immer die Arme verschränkt und den Kopf so weit wie möglich in die Schultern gezogen, hatte aber auch ein Auge auf die nunmehr grünlichgrauen Gerölle und Sandstrecken des zusehends wachsenden Flamsteed. Als mich höchstens noch hundert Meter vom Boden des verschütteten Kraters trennten, fuhr meine Hand zum Gürtel, wo ein Steuerhebel saß, mit dem sich der Rückstoß der Bremsraketen auf ein der weichen Landung dienliches Maß regulieren ließ. Ich legte mich ein wenig schräg, um einem großen rauhen Felsblock auszuweichen und dann mit beiden Füßen gleichzeitig auf dem Sand niederzugehen, als über mir etwas aufblitzte. Ich nahm es nur am Rande meines Blickfelds wahr, schaute aber sogleich genauer hin und war perplex.

In schwerem Raumanzug, hell leuchtend vor dem schwarzen Himmel, kam keine zehn Meter über mir senkrecht ein Mann herunter, von den Füßen bis über die Hüften in das bleiche Licht von Bremsraketen gehüllt, die Hand an einem Steuergriff am Gürtel, immer langsamer, aufrecht, groß, bis er mich eingeholt hatte und im selben Moment auf den Füßen stand, als auch ich Boden unter mir fühlte. So blieben wir stehen, fünf, sechs Schritte voreinander, reglos wie Statuen, ganz so, als seien wir beide gleichermaßen verblüfft, nicht allein hier zu sein. Er war genau von meiner Statur. Die erloschenen Bremsraketen an den Knien umgaben seine großen Mondstiefel mit letzten Schwaden grauen Rauchs. Er stand starr und schien mir direkt in die Augen zu sehen, obgleich sein Gesicht hinter dem Sonnenschutzglas des weißen Helms nicht zu erkennen war. In meinem Kopf herrschte komplette Verwirrung. Erst hielt ich ihn für den Sendling Nummer 2, der durch einen Fehler in der Anlage hinter mir hergeschleudert worden war, aber ehe dieser Gedanke mich ein wenig von der Verblüffung heilen konnte, sah ich auf der Brust seines Raumanzugs eine große schwarze Eins. Diese Nummer stand jedoch auf meinem Anzug, und eine zweite Nummer 1 hatte es in dem Laderaum nicht gegeben. Darauf konnte ich einen Eid ablegen.

Unwillkürlich tat ich einige Schritte nach vorn, um ihm durch das Glas des Helms ins Gesicht schauen zu können. Er kam mir entgegen, und als uns keine zwei Schritte mehr trennten, blieb ich stocksteif stehen, sicherlich hätten mir die Haare zu Berge gestanden, wenn die Umhüllung nicht so dicht am Schädel angelegen hätte.

Der Helm meines Gegenübers war leer, nur zwei kleine schwarze Stäbe zielten daraus hervor auf mich. Unwillkürlich fuhr ich zurück, so heftig, daß ich beinahe das Gleichgewicht verloren hätte und auf den Rücken gefallen wäre, denn ich hatte nicht bedacht, daß man sich bei schwacher Schwerkraft langsam bewegen muß. Als aber auch der andere sich zurückzog, dämmerte mir etwas. Ich hielt immer noch – genau wie er – die Hand am Hebel der Rückstoßregulierung, ich die Rechte, er die Linke. Langsam hob ich die Hand, er machte es mir nach, ich setzte ein Bein vor, er tat desgleichen, und ich begann zu begreifen (obwohl ich eigentlich gar nichts begriff), daß er mein Spiegelbild war. Um mich zu vergewissern, bezwang ich meinen inneren Widerstand und ging auf ihn los. Er kam mir entgegen, bis wir fast mit den auf der Brust gewölbten Raumanzügen aneinanderstießen. Langsam, als solle ich glühendes Eisen berühren, griff ich nach seiner Brust, und er nach der meinen, ich mit der Rechten, er mit der Linken. Mein fünffingriger massiver Handschuh glitt spurlos in ihn hinein, verschwand einfach in ihm, und das gleiche geschah mit dem seinen bei mir. Nun hatte ich kaum noch einen Zweifel, daß ich allein war und vor meinem Spiegelbild stand, wenngleich ich auch nicht die Spur eines Spiegels bemerkte. Reglos standen wir voreinander, ich sah nicht mehr ihn, sondern seine nähere Umgebung an, wo ich hinter seinem Rücken jenen aus dem grauen Boden ragenden Felsen erblickte, dem ich vorhin bei der Landung ausgewichen war. Dieser Felsen befand sich jedoch hinter mir, dessen war ich ganz sicher. Demnach sah ich nicht nur das Spiegelbild meiner selbst, sondern auch der Umgebung. Nun suchte ich die Nahtstelle ausfindig zu machen, wo das Spiegelbild endete. Irgendwo mußte es ja enden und in die Unebenheiten der flachen Monddünen übergehen, aber ich konnte diese Grenze nicht entdecken.

Da ich nicht wußte, wie ich mich verhalten sollte, zog ich mich zurück, und auch darin folgte er mir, rückwärts schreitend wie ein Krebs. Wir entfernten uns voneinander, er wurde kleiner, und plötzlich, ich weiß nicht, warum, kehrte ich ihm einfach den Rücken und schritt vorwärts, direkt in die tiefstehende Sonne, die mich trotz der Sonnenschutzgläser stark blendete. Nach einigen Dutzend Schritten in diesem schwankenden Watschelgang, der auf dem Mond nicht zu vermeiden ist, blieb ich stehen und sah zurück. Auch er stand dort auf dem Scheitel einer kleinen Düne und hielt, zur Seite gekehrt, Ausschau nach mir.

Weitere Experimente waren eigentlich überflüssig, dennoch stand ich da wie eine Salzsäule. Mir schwirrte der Kopf von fieberhaftem Nachdenken. Erst jetzt wurde mir auf einmal bewußt, daß ich mich nie erkundigt hatte, ob die von der Lunar Agency bisher auf den Mond entsandten Aufklärungsautomaten bewaffnet gewesen waren. Niemand hatte mir etwas darüber gesagt, und ich Trottel hatte nicht gefragt, weil ich einfach nicht daraufgekommen war. Wenn sie bewaffnet gewesen waren, so hatte ihr Schweigen nach der Landung und ihr plötzliches Verschwinden eine einfache Ursache – vorausgesetzt, sie waren mit Laser ausgerüstet.

Dessen mußte ich mich vergewissern, aber wie? Ich hatte keinen Direktkontakt mit der Zentrale auf der Erde, nur mit dem Raumschiff, das hoch über mir hing, weil es sich, mit der gleichen Winkelgeschwindigkeit wie die Mondoberfläche, auf einer stationären Umlaufbahn bewegte. In Wirklichkeit, also als Person von Fleisch und Blut, befand ich mich an Bord, im Flamsteed-Krater stand ich nur als Sendling. Um mich mit der Erde verständigen zu können, mußte ich den Sender einschalten, ein Innenrelais im Raumanzug. Ich hatte es vor Verlassen des Raumschiffs absichtlich außer Betrieb gesetzt, damit meine irdischen Betreuer mir bei der Landung nicht mit Ratschlägen dazwischenkamen, die sie mir bestimmt nicht erspart hätten, wenn ich der Instruktion gemäß mit ihnen in Funkkontakt geblieben wäre. Ich drehte also an dem gut erreichbaren Knopf auf der Brust und rief die Erde. Ich wußte, daß die Antwort mit einer Verzögerung von drei Sekunden eintreffen würde, aber diese Sekunden wurden mir zur Ewigkeit. Endlich hörte ich die Stimme Vivitchs. Er überhäufte mich mit Fragen, aber ich gebot ihm Schweigen und meldete nur, ich sei einwandfrei gelandet, befinde mich am Ziel Nummer Null Null Eins, ohne angegriffen worden zu sein. Von dem Spiegelbild sagte ich kein Wort.

»Bitte geben Sie mir Antwort auf eine einzige Frage«, sagte ich möglichst lässig und phlegmatisch. »Es ist sehr wichtig. Die Sendlinge, die ihr vor mir hergeschickt habt, waren mit Laser ausgerüstet. War es Neodym-Laser?«

»Haben Sie die Trümmer gefunden? Sind sie verbrannt? Liegen sie dort, wo . . .«

»Bitte beantworten Sie eine Frage nicht mit Fragen«, schnitt ich ihm das Wort ab. »Da dies mein erstes Wort vom Mond ist, dürfte es von Wichtigkeit sein. Was für Laser hatten die beiden Kundschafter? Hatten Lon und dieser andere die gleichen?«

Ein kurzes Schweigen. Reglos stand ich unter dem schweren, schwarzen Himmel, an einem von erhärtetem Sand gefüllten flachen Krater, und sah zurück auf die Schnur meiner Fußtapfen, die sich über drei sanfte Dünen zu einer vierten zog, bei der mein Spiegelbild stand. Ich ließ es nicht aus den Augen. Im Helm hörte ich undeutliche Stimmen – Vivitch holte Erkundigungen ein.

»Die Automaten hatten die gleichen Laser wie die Menschen«, dröhnte plötzlich seine Stimme, daß ich zusammenfuhr. »Das Modell E-M-9. Achtzig Prozent der

Strahlung im Röntgen- und Gammabereich, der Rest blau.«

»Sichtbares Licht? Ultraviolett auch?«

»Jawohl. Das Spektrum kann nicht plötzlich abreißen. Aber was . . .«

»Moment. Das Maximum der Strahlung im Supralichtbereich?«

»Ja.«

»Wieviel Prozent?«

Wieder Stille. Ich wartete geduldig. Links, wo die Sonne hinschien, erwärmte sich mein Raumanzug.

»91 Prozent in Supralichtbändern. Hallo, Tichy, was ist dort los?«

»Warten Sie.«

Die Mitteilung hatte mich erst einmal aus dem Konzept gebracht, denn ich erinnerte mich, daß die Emission der Laserschläge, die unsere Kundschafter vernichtet hatten, von anderem Charakter, gegen Rot verschoben gewesen war. Sollte es also doch kein Spiegel sein? Plötzlich fiel mir ein, daß der reflektierte Strahl nicht genauso sein muß wie der einfallende, nicht einmal bei gewöhnlichem Glas. Von Glas konnte hier übrigens gar keine Rede sein. Was die Laserstrahlen reflektiert hatte, konnte sie im Spektrum zum Rot hin verschoben haben. Eine Konsultation mit Physikern wollte ich jetzt nicht verlangen, ich verschob sie auf später und suchte zusammen, was ich noch von Optik wußte. Die Umwandlung von hochenergetischen Strahlen wie Röntgen- oder Gammastrahlen in sichtbares Licht erfordert keinen zusätzlichen Aufwand an Energie, geht also leichter. Deshalb war der in diesen Spiegel treffende Strahl anders als der reflektierte. Ich konnte bei der Spiegelhypothese bleiben, ohne mich auf Wunder berufen zu müssen. Das beruhigte mich. Wie auf einem Polygon begann ich, anhand der Sterne meine eigene Position zu bestimmen. Fünf Meilen östlich von hier erstreckte sich der französische Sektor, viel näher aber, keine ganze Meile entfernt, hatte ich im Rücken den amerikanischen. Ich befand mich also im Niemandsland.

»Vivitch? Hört ihr mich? Hier ist der Mond.«

»Ja, wir hören. Tichy! Es gab keinerlei Blitze – warum haben Sie nach diesem Laser gefragt?«

»Schneidet ihr alles mit?«

»Klar. Jedes Wort.«

Seiner Stimme war die Erregung anzumerken.

»Paßt auf. Was ich sage, ist wichtig. Ich stehe im Flamsteed-Krater, Blickrichtung Osten, in Richtung des französischen Sektors. Ich habe vor mir einen Spiegel. Ich wiederhole: einen Spiegel. Es ist kein gewöhnlicher, aber ich spiegle mich darin zusammen mit meiner Umgebung. Ich weiß nicht, was das ist. Ich sehe genau mein eigenes Spiegelbild, das heißt den Sendling Nummer 1 in einer Entfernung von etwa zweihundertvierzig Schritt. Dieses Spiegelbild ist mit mir zusammen gelandet. Wie hoch diese spiegelnde Zone reicht, weiß ich nicht, weil ich bei der Landung nach unten, unter meine Füße schaute. Den Doppelgänger bemerkte ich erst direkt über dem Krater, in großer Nähe. Er befand sich nicht auf gleicher Höhe mit mir, sondern etwas höher. Er war auch größer, das heißt höher und dicker als ich. Erst als er vor mir stand, war er genau wie ich. Ich halte es für möglich, daß dieser Spiegel das reflektierte Bild vergrößern kann. Deshalb erschienen jene sogenannten Mondroboter, die die Sendlinge erledigten, so plump und dick. Ich habe meinen Doppelgänger anzufassen versucht, meine Hand ging durch ihn hindurch. Es gab keinerlei Widerstand. Hätte ich Laser gehabt und geschossen, so wäre es aus mit mir, ich wäre voll von der reflektierten Ladung getroffen worden. Ich weiß nicht, wie es weitergeht. Ich kann die Stellen nicht ausmachen, an denen der sogenannte Spiegel aufhört und in die normale

Umgebung übergeht. Das ist vorläufig alles. Ich habe gesagt, was ich weiß. Mehr erfahrt ihr jetzt nicht von mir. Wenn ihr stille seid, lasse ich das Funkgerät weiterlaufen, aber wenn euch die Redelust packt, schalte ich ab, damit ich ungestört bin. Soll ich abschalten oder nicht?«

»Nein, nein! Bitte kontrollieren Sie doch mal . . .«

»Bitte halten Sie den Mund!«

Ich hörte deutlich, wie er schniefte und keuchte, mit drei Sekunden Zeitverschiebung, 400 000 Kilometer über mir. Über mir, sage ich, denn die Erde stand hoch am schwarzen Himmel, fast im Zenit, von sanfter Bläue inmitten der Sterne. Die Sonne hingegen stand niedrig, und wenn ich nach meinem Doppelgänger im weißen Raumanzug Ausschau hielt, sah ich auch meinen Schatten, der lang über den Dünen lag und allen ihren Hebungen und Senkungen folgte. Im Kopfhörer knisterte es, sonst herrschte Stille. Ich hörte meine eigenen Atemzüge und wußte, daß ich an Bord des Raumschiffs atmete, dies aber hörte, als stünde ich in eigener Person am Flamsteed-Krater.

Wir hatten uns auf verschiedene Überraschungen gefaßt gemacht, allerdings weniger im Niemandsland. Es sah so aus, als werde der Trick mit dem Spiegel angewandt, damit jeder, Mensch oder Roboter, sich sogleich nach der Landung selber auslöschte, ohne auch nur Lunte gerochen zu haben. Das war sinnreich und listig, mehr noch, es war intelligent, aber – was die weiteren Chancen meines Erkundungsgangs betraf – der Gesundheit eher abträglich. Mit Sicherheit standen noch mehr Überraschungen bereit. Ehrlich gesagt, ich wäre am liebsten an Bord zurückgekehrt, um die Lage zu überdenken und mit der Zentrale zu erörtern, ließ diese Variante aber sofort wieder fallen. Ich konnte den Sendling natürlich verlassen, es genügte, die Sicherungsscheibe auf der Brust zu zertrümmern und den Knebelgriff darunter zu betätigen, aber um keinen Preis würde ich das tun. Ich war hier nicht stärker gefährdet als im Raumschiff. Sollte ich die Quelle dieses Spiegels suchen? Angenommen, ich fände sie – was hätte ich davon? Das Spiegelbild würde verschwinden, weiter nichts. Stimmt es aber nicht, daß der Mensch auf die gescheitesten Gedanken kommt, wenn er aus Gründen der Gesundheit ein Stück spazierengeht? Ich machte mich sogleich auf den Weg, nicht ganz im Spaziergängerschritt, sondern in dem schlingernden Gang, der für den Mond geeigneter ist. Erst setzte ich die Füße wie auf Erden, dann hielt ich sie beieinander und begann zu hüpfen wie ein Spatz, zu springen wie ein großer Ball, der aufspringt und jedesmal einen großen Satz über den sandigen Boden macht.

Nachdem ich mich so ein gutes Stück von meinem Landungsort entfernt hatte, machte ich halt, wandte mich um – und war ein zweites Mal verdattert. Fast am Horizont zeigte sich eine kleine Gestalt, aber trotz der großen Entfernung sah ich, daß es nicht die im weißen Raumanzug, sondern eine ganz andere war. Eine biegsame, schlanke Gestalt, ein Kopf, der in der Sonne strahlte. Eine menschliche Gestalt ohne Raumanzug auf dem Mond! Dazu noch völlig nackt! Robinson Crusoe konnte bei Freitags Erscheinen nicht so platt gewesen sein wie ich hier auf dem Mond. Ich streckte sofort beide Arme in die Höhe, aber das Geschöpf wiederholte diese Bewegung nicht – es war kein Spiegelbild. Es hatte goldblondes Haar, abfallende Schultern, einen weißen Körper, lange Beine. Ohne besondere Eile, eher voller Unlust kam es auf mich zu, es bewegte sich nicht in schlingerndem Watschelgang, sondern leichtfüßig wie an einem Badestrand. Während mir dieser Gedanke kam, erkannte ich, daß es ein Frau war, genauer gesagt, ein junges blondes Mädchen, nackt wie in einem Nudistenklub. Mit der Hand hielt sie etwas Großes, Buntes vor die Brust, sie kam näher, aber doch nicht direkt auf mich zu, sondern schräg, als wolle sie in züchtiger Entfernung an mir vorübergehen. Fast hätte ich Vivitch gerufen, biß mir aber im letzten Moment auf die Zunge. Er hätte mir nicht geglaubt. Eine Halluzination, hätte er gesagt.

Ich rührte mich nicht, suchte ihre Gesichtszüge zu erkennen und dachte verzweifelt, wie großartig es wäre, so gut, wie ich es nicht wußte, zu wissen, was zu tun wäre. Die Fragen nach der Wahrscheinlichkeit, der Glaubwürdigkeit der Sinne und dergleichen hatte ich bereits von mir gewiesen, denn wenn ich überhaupt einer Sache sicher war, so der, daß ich nicht meinem eigenen Wahn aufsaß. Ich weiß nicht, wie es kam, aber mir schien, es müsse alles von ihrem Gesicht abhängen. Wenn sie genauso wäre wie die falsche Marilyn Monroe in dem italienischen Restaurant, so hätte ich am Zustand meiner Sinne gezweifelt, denn wie sollten irgendwelche Ströme, Wellen, Kräfte und der Teufel weiß was in mein Erinnerungsvermögen eindringen und ausgerechnet dieses Bild herausfischen! Schließlich stand ich ja nicht einmal in eigener Person in dieser toten Gegend, in Wirklichkeit saß ich im Raumschiff, mit Gurten an den tiefen Sitz vorm Steuerpult geschnallt. Und wäre ich übrigens auch selber hier – was könnte so wirksam und treffsicher in mein Gehirn eindringen? Wie sich zeigt, so dachte ich, gibt es Unmöglichkeiten verschiedener Art, größere und kleinere.

Es war eine Sirene von jenen Inseln, an denen Odysseus vorüberkam. Eine tödliche Lockspeise. Warum ich das dachte, weiß ich nicht. Ich stand da, und sie ging ihres Wegs, neigte hin und wieder das von ihrem offenen Haar umwallte Gesicht und tauchte es in die Blumen in ihrer Hand (auf dem Mond, wo niemand etwas riechen kann!). Sie schenkte mir nicht die geringste Beachtung.

Die technischen Einrichtungen dieser Fata Morgana

mußten unabhängig von ihrem Aussehen und ihrer Arbeitsweise logisch funktionieren, da sie aus logischen Programmen hervorgegangen waren. Das konnte ein Anhaltspunkt sein. Irgendwo mußte ich mich ja festhalten. Der unsichtbare Spiegel sollte jeden Kundschafter unschädlich machen, der bewaffnet war: Beim Anblick eines Gegners würde er auf ihn anlegen, zuerst nur zur Selbstverteidigung, nicht zum Schuß, denn seine Aufgabe war die Erkundung, nicht der Angriff. Da der andere aber ebenfalls auf ihn zielte, würde er schießen, um sich zu retten, denn wenn er sich widerstandslos erledigen ließ, würde er kein Gran des geplanten Spähunternehmens erfüllen. Ich aber hatte nicht geschossen, ich hatte keine Waffe. Ich hatte die Erde gerufen und Vivitch gemeldet, was ich sah. Meine Worte waren ganz bestimmt abgehört worden.

Wenn ich das jetzt überdenke, erscheint es mir als kapitaler Fehler, als geradezu katastrophales Versehen des ganzen Erkundungsprojekts, daß keiner daran gedacht hatte, den Funkverkehr Tichys mit der Zentrale abhörsicher zu machen. Das ist ja nicht besonders schwer, ein in mein Funkgerät eingebauter Wandler hätte das von mir Gesprochene und Gehörte in Form eines Stroms von chiffrierten Signalen übermittelt. Die computerisierten Waffenschmieden unter dem Mondboden mußten die menschliche Sprache kennen, und selbst wenn sie ihnen zunächst unbekannt war, hatten sie sie leicht lernen können, indem sie Abhöranlagen auf die Erde mit deren Zehntausenden Rundfunksendern richteten. War dies aber der Fall gewesen, so hatten sie ebensoleicht die Fernsehprogramme empfangen können, und ebendiesen war wie die Venus aus dem Schaum der Wogen dieses nackte Mädchen entstiegen. Das war logisch, ohne Frage: Ist der Ankömmling kein Roboter, weil er nicht schießt und den eigenen Doppelgänger, was jeder gleich nach der Landung getan hätte, nicht einmal genau untersucht, so ist er ein Mensch. Ist er aber ein Mensch, dann mit hundertprozentiger Gewißheit ein Mann, weil die Menschen auf solch ein Unternehmen nicht zuerst eine Frau schikken würden. Handelt es sich aber um einen Mann, so wird dessen Achillesferse von jedem Fernsehprogramm bloßgelegt: das andere Geschlecht. Was immer mir nun auch zu tun blieb, ich durfte mich keinesfalls der verführerischen Sirene nähern, denn das käme mich gegebenenfalls teuer zu stehen. Wie teuer, wußte ich nicht und hatte auch keine Lust, durch einen Versuch an die Preisliste zu kommen. Von der Richtigkeit dieses Gedankengangs mußte ihr Aussehen zeugen, das Sirenengesicht, denn die Geschichte mit der anderen, ebenfalls blonden, konnte niemand wissen, sie unterlag strengster Geheimhaltung. Oder sollten die Waffenmeister auf dem Monde Spießgesellen in der Lunar Agency sitzen haben? Das hielt ich vorerst für ausgeschlossen.

Sie ging langsam, das gab mir die Zeit für so intensive Überlegungen, aber nun trennten uns nur noch einige Dutzend Schritte. Sie sah kein einziges Mal zu mir herüber. Ich suchte zu erkennen, ob ihre bloßen Füße im Sand Spuren hinterließen, meine Stiefel hatten ja tiefe Stapfen hinterlassen. Ich sah jedoch nichts. Hätte sie Spuren hinterlassen, so wäre es schlimm gewesen, das heißt noch schlimmer, denn das hätte die Fata Morgana geradezu erschreckend perfekt gemacht.

Als ich ihr Gesicht sah, atmete ich auf. Es war nicht Marilyn Monroe, aber ihre Züge kamen mir bekannt vor. Wahrscheinlich stammten sie aus einem Film, das Gesicht war einer Schauspielerin oder einer anderen Schönheit abgeguckt, denn es war nicht nur jung, sondern auch schön. Sie ging immer langsamer, als sei sie unschlüssig, ob sie stehenbleiben, sich hinsetzen oder sich wie am Strand in die Sonne legen solle. Die Hand mit den Blumen hielt sie nicht mehr vor der Brust, sondern ließ sie herabhängen. Sie sah sich um, und als sie einen großen, leicht geneigten, glatten Stein sah, setzte sie sich darauf nieder. Die Blumen ließ sie aus der Hand gleiten, sie sahen mit ihrem Rot, Gelb und Blau sehr sonderbar aus in dieser Landschaft von totem, hellem Grau. Sie kehrte mir die Seite zu, und ich dachte mit einer Anstrengung, als sollte mir gleich das Gehirn brodeln, darüber nach, was ihre Schöpfer oder Urheber jetzt von mir, dem Menschen, erwarteten und was ich daher unter keinen Umständen tun durfte.

Hätte ich Vivitch gemeldet, wer mir da über den Weg gelaufen war, so wäre das nach dem Sinn der Hiesigen gewesen, denn er hätte mir nicht geglaubt, weder er noch ein anderer in der Zentrale. Das hätten sie mir selbstverständlich nicht gesagt, sondern mir in der Auffassung, daß ich Halluzinationen habe, Anweisung gegeben, den Sendling Nummer 1 als tote Hülle zurückzulassen, an Bord zurückzukehren und Ziel Nummer Null Null Zwei oder Drei auf der anderen Mondhalbkugel anzusteuern, um eine erneute Landung vorzunehmen. Zwischendurch würden sie eilig ein psychiatrisches Konsilium einberufen, um festzulegen, was der übergeschnappte Ijon Tichy schleunigst aus der Bordapotheke einzunehmen habe. Sie war randvoll, aber ich hatte noch nicht einmal hineingeguckt. Ich würde gegenüber meinen irdischen Auftraggebern unglaubwürdig und damit zu neunzig Prozent die Chancen meines Erkundungsunternehmens zunichte machen. Das aber wäre den Schöpfern der Fata Morgana eben recht, weil es ihr Wirken vor der Erde ebenso erfolgreich verbergen würde wie die vorherige Liquidierung der Satellitenkontrolle über den Mond.

Die Zentrale durfte ich also nicht rufen, auch ein Flirt kam nicht in Frage. Die mußten hier wohl genug über Menschen wissen, um nicht zu erwarten, daß ein lebendiger Kundschafter in einem Mondkrater anfängt, Komplimente an ein nacktes Mädchen zu drechseln. Er würde jedoch unweigerlich zu ihr hingehen, um sie aus der Nähe zu betrachten und sich zu überzeugen, ob sie aus Fleisch und Blut ist. Das konnte sie letzten Endes ja sein, ein materielles Wesen, nicht nur holografische Projektion. Gewiß, ein richtiges Mädchen war sie nicht, aber wenn ich sie nur anfaßte, konnte es sein, daß ich diese Berührung nicht überlebte. Eine Mine, perfektioniert im Sinne der Kenntnisse, die man über den den Menschen eigenen Sexualtrieb gewonnen hatte. Ich steckte in der Klemme. Der Zentrale Meldung zu machen war schlecht. Es nicht zu tun war übel. Eine nähere Beschäftigung mit der Sirene war gefährlich und lächerlich. Folglich mußte ich tun, was beim Anblick einer nackten blonden Schönheit kein Mann tun würde, weder auf der Erde noch auf dem Mond.

Ich mußte etwas tun, was die Programme dieses Hinterhalts nicht vorsahen, also hielt ich Umschau und sah einen großen Felsblock, einen in zwei Teile geborstenen Brocken, hinter dem ich mich vollständig verstecken konnte. Er war ein reichliches Dutzend Schritte entfernt, ich tat, als wüßte ich nicht, wohin ich ging, und näherte mich ihm, immer selbstvergessen das Mädchen anstarrend. Kaum steckte ich hinter dem Felsen, wurden meine Bewegungen blitzschnell. Ich hob einen großen Stein auf, einen rauhen Brocken, der auf der Erde gut fünf Kilo gewogen hätte. Er war hart und leicht wie ein versteinerter Schwamm. Ich wog ihn in der Hand. Soll ich nach ihr werfen oder nicht – das ist die Frage, dachte ich und musterte die Sitzende. Sie lehnte mit dem Rücken an der Schräge des Felsens, als nähme sie ein Sonnenbad. Ich sah genau die rosa Brustwarzen, auch waren die Brüste weißer als der Bauch, wie bei einer Frau, die gewöhnlich einen Bikini trägt.

In meinem Schädel brodelte es jetzt wirklich. Den

Zweck dieses Schauspiels begriff ich sehr gut. Stellt euch die Reaktion eines Kommandeurs vor, dem ein Artilleriebeobachter übers Feldtelefon meldet, die Geschütze der feindlichen Batterie verwandelten sich vor seinen Augen soeben in Kleinkinder, die sich in ihren Wiegen schaukelten! Wäre einfach meine Funkverbindung unterbrochen worden, dann wüßten sie in der Zentrale wenigstens, daß Tichy Schwierigkeiten hat, aber wenn ich jetzt erklärte, ich verstecke mich vor einem nackten Mädchen, offenbarte das meine Geistesverwirrung bei intaktem Funkkontakt. Peinlich. Ich wußte nicht weiter und warf den Stein. Er flog langsam, beinahe endlos, traf das Mädchen an der Schulter, fuhr durch sie hindurch und grub sich vor ihren nackten Füßen in den Sand. Ich erwartete eine Explosion, aber es passierte nichts. Ich blinzelte mit den Augen, und plötzlich war sie weg. Eben hatte sie noch dagesessen, den Ellenbogen auf das angezogene Knie gestützt und eine Strähne Blondhaar um die Finger gewickelt, nun war sie wie weggeblasen, und mit ihr jede Spur ihres Körpers. Nur der Stein drehte sich noch einmal langsam um sich selbst, ein Wölkchen Sand setzte sich wieder auf den grauen Felsboden.

Ich war wieder allein. Ich erhob mich, zuerst auf die Knie, dann zu voller Größe.

»Tichy!« meldete sich Vivitch, der mein Schweigen offenbar nicht mehr ertragen konnte. Seine Stimme machte mir bewußt, daß sie die ganze Szene mit angesehen haben mußten. Schließlich hing über mir ja ein ganzer Schwarm von Mikropen.

»Tichy! Wir haben kein Bild mehr! Was ist los?«

»Ihr habt kein *Bild*?« fragte ich langsam.

»Nein. Wir hatten vierzig Sekunden lang eine Störung. Die Techniker haben unsere Apparatur überprüft, hier ist alles in Ordnung. Sieh genau hin, du mußt sie sehen können.«

Er meinte die Mikropen. Sie sind klein wie Mücken, aber in der Sonne tatsächlich auf weite Entfernung sichtbar, weil sie dann wie Funken blitzen. Ich suchte gegen die Sonne den ganzen schwarzen Himmel ab, sah aber nicht das kleinste Fünkchen. Dafür bemerkte ich etwas anderes, viel Merkwürdigeres: Es fing an zu regnen. Dunkle kleine Tropfen fielen spärlich bald hier, bald dort in den Sand. Einer glitt mir über den Helm, ich fing ihn auf, ehe er herunterfiel. Es war ein Mikrop, geschwärzt, wie in starker Glut zu einem Metallkügelchen geschmolzen. Der Regen fiel, wenngleich spärlich, immer noch, als ich es Vivitch sagte. Nach drei Sekunden hörte ich ihn fluchen.

»Geschmolzen?«

»So sieht es aus.«

Es war logisch. Wenn das Manöver mit dem Mädchen Erfolg haben, also die Glaubwürdigkeit meiner Meldungen untergraben sollte, so hatte die Erde nichts davon sehen dürfen.

»Wie steht es mit der Reserve?« fragte ich.

Die Mikropen standen unter der direkten Kontrolle der Telektroniker. Ich hatte auf ihre Bewegungen keinen Einfluß. Im Raumschiff befanden sich noch vier Mikropeneinheiten in Reserve.

»Die zweite Welle ist ausgelöst. Warte!«

Vivitch hatte sich vom Mikrofon abgewandt und sprach mit jemandem, ich hörte nur ferne Stimmen.

»Vor zwei Minuten abgeworfen«, sagte er. Er keuchte.

»Ist das Bild wieder da?«

»Ja. He, wieviel ist es auf den Telemetern? Tichy, wir sehen schon den Flamsteed, sie gehen hinunter. Dich werden wir auch gleich . . . Was ist das?«

Die Frage war zwar nicht an mich gerichtet, aber ich konnte sie beantworten, weil es wieder geschmolzene Mikropen regnete.

»Radar!« schrie Vivitch, auch das galt nicht mir, war aber so laut, daß ich alles mithören konnte. »Was? Die Bildauflösung ist zu gering? Ach so . . . Tichy!«

Nun war ich wieder dran.

»Hör zu, wir haben dich elf Sekunden lang gesehen, von oben. Jetzt ist wieder alles weg. Du sagst, sie sind geschmolzen?«

»Ja, wie in einem Tiegel. Aber er muß stark erhitzt worden sein, denn das ist nur noch schwarze Schlacke.«

»Wir probieren es noch einmal, jetzt mit einer Schleppe!«

Das hieß, daß den ersten ausgeworfenen Mikropen weitere folgten, um das Schicksal der vorausfliegenden zu beobachten. Ich erwartete nichts von diesen ganzen Versuchen. Die Mikropen waren hier von früheren Erkundungen bekannt, man wußte, wie man mit ihnen fertig wurde: durch induktive Erhitzung, eine Zone, in der jedes Metallteilchen durch die Foucaultschen Wirbelströme in Brand geriet – sofern ich meinen Physikunterricht nicht vergessen hatte. Übrigens kam es mir auf den Mechanismus der Zerstörung nicht weiter an. Die Mikropen erwiesen sich als untauglich, obwohl sie so großartig der Entdeckung durch Radar entgingen. Sie waren ein neuer, vervollkommneter Typ, nach dem Prinzip des Insektenauges gebaut, dessen Ommatidia, die prismatischen Facetten, aber so gestreut, daß jedes einzelne während des Flugs über achthundert Quadratmeter Gelände erfaßte. Das gewonnene Bild war holografisch, dreidimensional, farbig und selbst dann scharf, wenn drei Viertel eines Schwarms ausfielen. Der Mond war mit diesen Tricks aber sichtlich wohlvertraut – keine vorteilhafte Erkenntnis, aber freilich auch zu erwarten. Wenn mir etwas ein Rätsel blieb, so war es der Umstand, daß ich immer noch heil und unversehrt hier herumkroch. Warum hatte man, da man imstande war, mit Leichtigkeit diese ganzen Mikropen wegzuputzen, nicht einfach auch mich abgetan, als nach meiner Landung die Spiegelfalle versagt hatte? Warum kappte man nicht meine Verbindung zu dem Sendling? Die Telematiker behaupteten allerdings, das sei nicht möglich, der gesamte Steuerkanal befinde sich im Bereich härtester kosmischer Strahlung, eine unsichtbare Nadel, die vom Raumschiff zum Sendling reichte und, wie sie sich ausdrückten, so »hart« war, daß sie wohl lediglich auf die Anziehungskraft eines Schwarzen Loches reagieren würde. Das Magnetfeld, das diese »Nadel« verbiegen oder zerbrechen könnte, hätte eine Energiezufuhr benötigt, die sich nur in Billionen Joule berechnen läßt. Anders ausgedrückt: In den Raum zwischen Orbiter und Sendling hätten Mega- oder Gigatonnen gepumpt, über dem Mond hätte ein Schirm thermonuklearen Plasmas aufrechterhalten werden müssen wie ein aufgespannter Regenschirm. Das aber war unmöglich – oder man wollte es vorläufig nicht.

Diese Zurückhaltung entsprang vielleicht nicht mangelndem Vermögen, sondern strategischer Überlegung. Im Grunde waren die Kundschafter, ob Automaten oder Menschen, auf dem Mond bisher nicht angegriffen worden. Sie hatten sich selbst vernichtet, indem sie als erste von der Waffe Gebrauch machten und auf ihr Spiegelbild schossen. Es war, als wolle die tote Bevölkerung des Mondes in der Defensive bleiben. Diese Taktik konnte sich eine Zeitlang bezahlt machen. Der desorientierte Gegner ist in strategischer Hinsicht in einer schlechteren Lage als der Gegner, der auf einen Angriff schon gefaßt ist. Die mit solcher Mühe ausgetüftelte Doktrin der Ignoranz als Friedensgarantie hatte sich höhnisch und bedrohlich gegen ihre Erfinder gekehrt.

Vivitch meldete sich wieder. Der dritte Mikropenwurf war heil bei mir angekommen, sie hatten mich wieder auf dem Bildschirm. Ich dachte mir, daß die Zentrale wohl nur während der Fata Morgana mit dem Mädchen im Dunkeln gehalten worden war. Übrigens verlor ich mich auch in mancherlei anderen Vermutungen. Allein schon durch das Abhören des Rundfunks mußte der Mond Kenntnis von dem auf der Erde zunehmenden Gefühl der Bedrohnung haben. Die von einem bedeutenden Teil der Presse geschürte Panikstimmung hatte sich nicht nur der Öffentlichkeit, sondern auch den Regierungen mitgeteilt. Alle miteinander hatten jedoch eines begriffen: Wenn der Bau thermonuklearer Raketen wiederaufgenommen würde, damit ein Schlag gegen den Mond geführt werden könnte, wäre es zugleich vorbei mit dem Frieden auf der Erde. So stand also entweder ein gegen die Menschheit gerichteter Angriff bevor, oder auf dem Mond lief etwas völlig Unbegreifliches ab.

Vivitch rief mich erneut und verhieß ein wahres Bombardement von Mikropen. Sie sollten in Schwärmen aufeinanderfolgen, Welle auf Welle, nicht nur von meinem Raumschiff, sondern aus allen Himmelsrichtungen, denn man hatte beschlossen, die unterhalb der Zone des Schweigens magazinierten Reserven einzusetzen. Ich hatte nicht gewußt, daß es so was gab, setzte mich auf den toten Wüstenboden, neigte mich ein wenig rückwärts und sah hinauf in den schwarzen Himmel. Das Raumschiff war nicht zu erkennen, dafür aber die Mikropen, kleine funkelnde Wolken, die von oben und vom Horizont herbeischossen. Ein Teil blieb über mir hängen, schwellend und wogend, glitzernd wie ein Schwarm goldener Mükken, die sorglos in der Sonne spielen. Die anderen, die sich in Reserve hielten, bemerkte ich nur dadurch, daß einer der beständig strahlenden Sterne am Firmament plötzlich ins Blinkern kam, weil er von einer Wolke meiner mikroskopisch kleinen Wächter verdeckt und wieder freigegeben wurde. Nun hatten sie mich auf allen Bildschirmen, von oben, en face und en profil. Ich hätte nun aufstehen und mich auf den Marsch machen sollen, fühlte mich aber plötzlich von Unlust und Apathie überwältigt. Ungefüge und unbeweglich in dem schweren Raumanzug, bildete ich im Gegensatz zu den Mikropen ein phantastisches Ziel, sogar für einen Schützen, der auf beiden Augen den grauen Star hatte. Warum sollte also ausgerechnet ich die Vorhut bilden, der ich nur in so kläglichem Tempo vorankam? Warum sollten nicht die Mikropen meine fliegenden Späher sein?

Die Zentrale erklärte sich einverstanden, die Taktik wurde geändert. Die goldenen Mückenschwärme strömten in breiter Front über mich hinweg, dem Ural des Mondes entgegen.

Langsam schritt ich weiter und hielt nach allen Seiten die Augen offen. Ich befand mich auf einer Ebene mit flachen Bodenwellen, zwischen einer Unmenge kleiner, fast bis an die Ränder mit Schutt gefüllter Krater. In dem einen ragte aus dem Sand etwas hervor wie ein dicker dürrer Ast. Ich packte den Sturzel und zog daran, wie man eine Wurzel aus dem Boden zu reißen sucht. Dann half ich mir erst einmal, indem ich mit dem zusammenklappbaren Feldspaten, den ich an der Seite trug, den lokkeren Grus wegräumte. Metall trat zutage, von Hitze zerstört. Es konnte der Rest einer jener unzähligen primitiven Raketen sein, die in diesen Felsen zerschellten, als die Eroberung des Mondes begann. Ich meldete mich nicht bei der Zentrale, dank den Mikropen sah man ja selber, was ich da gefunden hatte. Ich zerrte und zog an den wunderlich verbogenen Stäben, bis ein stärkerer Stiel erschien, unter dem das Metall heller glänzte. Sehr verheißungsvoll sah das nicht aus, aber da ich diese Rodung nun einmal angefangen hatte, zog ich immer stärker, ohne Furcht, daß eine der scharfen Spitzen mir den Raumanzug zerreißen könnte. Ich kam ja ohne Luft aus, und ein Druckverlust bedeutete für mich keine Gefahr.

Trotzdem hatte sich etwas geändert. Zunächst kam ich gar nicht dahinter, warum es mir so schwerfiel, das Gleichgewicht zu halten, bis ich merkte, daß mein linker Stiefel in einer Zange zwischen zwei abgeflachten, gekrümmten Bolzen steckte. Ich gab mir alle Mühe, ihn herauszubringen, weil ich glaubte, selbst hineingetreten zu sein, aber die Klammer schloß fest und ließ sich auch mit dem Spatenblatt nicht aufbiegen.

»Ist Vivitch da?« fragte ich.

Er meldete sich nach drei Sekunden.

»Mir scheint, man hat mich mit einem Dachs verwechselt«, sagte ich. »Das sieht mir aus wie ein Fangeisen.«

Es war das letzte! Ich steckte in einem Eisen, in einer Falle, wie sie es primitiver gar nicht geben konnte, und kam nicht heraus! Die Mikropen umschwärmten mich wie aufgescheuchte Fliegen, während ich schwitzend mit den Backen des Schraubstocks kämpfte, zwischen denen mein Stiefel klemmte.

»Geh an Bord zurück«, hörte ich jemandes Vorschlag. Es kann Vivitch, aber auch einer seiner Assistenten gewesen sein, denn die Stimme klang irgendwie verändert.

»Wenn ich wegen solchem Mist einen Sendling einbüßen soll, werden wir nicht weit kommen«, sagte ich. »Ich muß das auseinanderkriegen!«

»Du hast eine Karborundkreissäge.«

Ich schnallte das flache Futteral vom Oberschenkel. Tatsächlich steckte darin eine handliche Kreissäge. Ich schloß ihr Kabel an den Stecker im Raumanzug an und beugte mich nieder. Unter der wirbelnden Scheibe stoben Funken hervor; fast durchgesägt, löste sich die Klammer, die mich um den Knöchel gepackt hielt, als ich mit dem Fuß, der in dem Stiefel steckte, zunehmende Hitze spürte. Mit aller Kraft suchte ich den Fuß aus der Fessel zu reißen, ich sah, wie die kartoffelgroße metallene Knolle, aus der die wurzelähnlichen Stäbe ragten, von unsichtbarem Feuer zum Glühen gebracht wurde. Mein weißer Plastikstiefel wurde schon schwarz und trieb von der Hitze Blasen. Ich unternahm einen letzten Versuch, kam frei und taumelte von dem Ruck nach hinten. Ein Feuerbusch blendete meine Augen, ein heftiger Stoß traf meine Brust, ich hörte den Raumanzug reißen und tauchte für einen Moment in undurchdringliche Finsternis. Ich verlor nicht das Bewußtsein, ich steckte einfach nur im Dunkeln. Dann hörte ich die Stimme Vivitchs: »Tichy, du bist an Bord. Bitte melden! Der erste Sendling ist im Eimer.«

Blinzelnd öffnete ich die Augen. Ich saß im Sessel, das Haupt an der Kopfstütze, die Beine seltsam an den Leib gekrümmt. Die Hände hielt ich an die Brust gedrückt, dorthin, wo ich eben den jähen Schlag gespürt hatte. Es war Schmerz gewesen, wie ich mir erst jetzt klarmachte.

»War das eine Mine?« fragte ich verwundert. »Eine Mine, mit einem Fangeisen gekoppelt? Auf etwas Schlaueres sind sie noch nicht gekommen?«

Ich hörte Stimmen, aber keiner sprach mit mir: es ging um die Mikropen.

»Das Bild ist weg«, sagte jemand.

»Was denn, von der einen Explosion sind sie alle draufgegangen?«

»Das ist unmöglich.«

»Ich weiß nicht, ob es möglich ist oder nicht, das Bild ist jedenfalls weg.«

Ich atmete immer noch tief durch wie nach einem langen Lauf und betrachtete die Scheibe des Mondes. Den ganzen Flamsteed und die Ebene, auf der ich in so dummer Weise den Sendling verloren hatte, konnte ich mit der Kuppe eines Fingers verdecken.

»Was ist mit den Mikropen?« meldete ich mich schließlich.

»Das wissen wir nicht.«

Ich sah zur Uhr und staunte: Ich hatte fast vier Stunden auf dem Mond zugebracht. Es ging auf Mitternacht Bordzeit.

»Ich weiß nicht, was ihr davon haltet«, sagte ich, ohne mein Gähnen zu verhehlen, »aber mir reicht's für heute. Ich geh zu Bett.«

VI. DER ZWEITE GANG

Ausgeruht wachte ich auf und erinnerte mich sogleich wieder der Ereignisse vom Vortage. Nach einer anständigen Dusche kann ich immer am besten denken, daher hatte ich darauf bestanden, ein Bad mit fließendem Wasser an Bord zu haben, nicht die feuchten Handtücher, die nur kläglicher Ersatz für eine Wanne sind. Von einer solchen konnte keine Rede sein: der Baderaum war groß wie ein Faß, auf der einen Seite sprühte das Wasser hervor, auf der anderen wurde es von einem starken Luftstrom abgesaugt. Im Zustand der Schwerelosigkeit legt sich das Wasser in einer zunehmenden Schicht über Körper und Gesicht, ich mußte, um nicht bei meinen Waschungen zu ersticken, zuvor die Sauerstoffmaske aufsetzen. Das war reichlich mühsam, aber lieber eine solche Dusche als gar keine. Es ist ja bekannt, daß damals, als die Ingenieure den Bau von Raketen schon im kleinen Finger hatten, die Astronauten immer noch von Havarien der Klosetts geplagt wurden. Der technische Erfingergeist mußte sich lange anstrengen, ehe er eine Lösung fand. Die Anatomie des Menschen paßt nur unglücklich auf kosmische Verhältnisse. Diese harte Nuß bereitete den Astrotechnikern schlaflose Nächte, machte den Verfassern von Science-Fiction-Stories aber überhaupt nichts aus, denn als erhabene Geister übergingen sie sie einfach mit Schweigen. Mit dem kleineren Bedürfnis war es ja halb so schlimm, zumindest bei Männern. Das größere jedoch wurde erst durch entsprechend programmierte Computer glücklich gelöst: durch die sogenannten Defäkatoren, die nur die schwache Seite haben, daß sie kaputtgehen. Dann entsteht eine dramatische Situation, in der jeder sich helfen muß, so gut er kann. In meinem lunaren Modul immerhin war er der einzige Computer, der bis zuletzt arbeitete wie eine Schweizer Uhr, wenn eine so rühmliche Metapher in diesem Zusammenhang erlaubt ist.

Gewaschen und erfrischt, trank ich Kaffee aus einer birnenförmigen Plastikflasche und kaute Rührkuchen mit Rosinen. Ich hielt die Finger dazu unter den Saugtrichter eines auf volle Stärke eingestellten Ventilators, denn lieber sollte mir der Luftstrom die Krumen von den Fingern reißen, als daß ich mich an einer Rosine verschlucken und ersticken wollte. Ich gehöre nicht zu denen, die aus beliebigsten Gründen auf eine Gewohnheit verzichten. Gehörig gestärkt, setzte ich mich vor den Selenografen und betrachtete den Globus des simulierten Mondes, um meinen Gedanken nachzuhängen mit dem angenehmen Gefühl, daß mir niemand aufdringliche Ratschläge erteilt. Ich hatte der Zentrale nämlich nichts von meinem Erwachen gemeldet, und so glaubte man dort, ich schliefe noch.

Das Phänomen mit dem Spiegel und das nackte Mädchen bildeten unweigerlich zwei Phasen der Diagnose, WER da gelandet war, und beides hatte wohl den Veranstalter dieses Empfangs zufriedengestellt, wer oder was immer er auch war. Andernfalls hätte ich nachher nicht durch den Flamsteed streunen können, ohne irregeführt oder angegriffen zu werden. Das Fußeisen jedoch, das sich als Mine entpuppt hatte, paßte überhaupt nicht in dieses Bild. Einerseits die große Mühe, Trugbilder im Niemandsland hervorzurufen, aus der Entfernung zu agieren, weil das die Unverletzlichkeit dieses Geländes verlangte, andererseits aber Minenfallen dort einzugraben – das sah gerade so aus, als stünde ich gegen eine Armee, die mit Fernwarnradar und zugleich mit Streitkolben ausgerüstet war. Die Mine konnte allerdings noch aus früherer Zeit stammen, niemand hatte ja eine Ahnung, was sich in so vielen Jahren kompletter Isolation auf dem Mond getan hatte. Ich konnte das Rätsel nicht lösen und machte mich an die Vorbereitung des zweiten Erkundungsgangs.

LEM 2, voll funktionstüchtig, war ein Produkt der Firma General Telectronics, ein anderes Modell als der Unglücksrabe, der mir so unverhofft verlorengegangen war. Ich ging in den Laderaum, um ihn anzusehen, ehe ich er wurde. Von seinem Bau her mußte er ein gewaltiges Kraftpaket sein, er hatte dicke Arme und Beine, entsprechend breite Schultern und einen dreifachen Panzer, der wie eine Glocke dröhnte, als ich nur mit dem Finger dagegenklopfte. Außer den Suchern im Helm hatte er sechs zusätzliche Augen auf dem Rücken, an den Hüften und an den Knien. Um der Konkurrenz, die LEM 1 projektiert hatte, das Leben sauer zu machen, hatten die General Telectronics ihr Modell mit zwei personengebundenen Raketensystemen ausgestattet: Außer den nach der Landung abzuwerfenden Bremsraketen besaß der gepanzerte Athlet festmontierte Düsen in den Fersen, den Kniekehlen und sogar im Gesäß. Aus der von Eigenlob stinkenden Betriebsanleitung erfuhr ich, dies diene der Erhaltung des Gleichgewichts und ermögliche überdies Sprünge über eine Entfernung von achtzig bis hundertsechzig Metern. Der Panzer glänzte wie reines Quecksilber, jeder Laserstrahl sollte davon abgleiten.

Ich prägte mir in etwa ein, was an diesem LEM so großartig war, will aber nicht behaupten, daß mich die Besichtigung in Begeisterung versetzte. Je mehr nämlich Sucher, Augen, Indikatoren, Düsen und Hilfsgeräte vorhanden sind, um so mehr beanspruchen sie die Aufmerksamkeit, und da ich eine Person normalen menschlichen Standards bin, standen mir nur so viele Gliedmaßen und Sinne zur Verfügung wie jedem anderen auch. In die Kabine zurückgekehrt, versetzte ich mich probeweise in diesen Sendling. Nachdem Ich Er geworden war, also in Ihm, als Ich auf den Füßen stand, suchte ich mich mit seiner Steuerung vertraut zu machen, die verdammt kompliziert war. Der Schalter, der die großen Sprünge möglich machen sollte, besaß die Form eines kleinen Kuchens, aus dem die entsprechenden Leitungen herausliefen, und mußte mit den Zähnen gehalten werden. Wie sollte ich mich aber mit der Zentrale verständigen, wenn mir so ein Ding in der Schnauze steckte? Nun, der Kuchen war knetbar wie Plasteline, man konnte ihn innen in die Backe stecken und im Bedarfsfalle mit den Backenzähnen hineinbeißen. War die Situation jedoch besonders gespannt, so konnte ich den Schalter, wie die Betriebsanleitung lehrte, die ganze Zeit zwischen den Zähnen halten, mußte aber aufpassen, daß ich nicht zu fest zubiß. Für den Fall eines durch jähe Erregung verursachten Zähneklapperns stand kein Wort vermerkt. Ich leckte an dem Schalter, er schmeckte so ekelhaft, daß ich sofort ausspuckte. Ich will es nicht beschwören, aber man mußte ihn bei der Erprobung auf der Erde mit einer Paste aus Apfelsinen oder Pfefferminze eingeschmiert haben.

Ich schaltete mich aus dem Sendling aus, ging auf eine höhere Umlaufbahn und raste um den Mond, um das Ziel Null Null Zwei anzusteuern, das zwischen Mare Spumans und Mare Smythii lag. Inzwischen plauderte ich auch maßvoll höflich mit der Zentrale auf der Erde. Friedlich wie ein sattes Kind in der Wiege flog ich dahin, als plötzlich der Selenograph zu muckern begann. Das ist ein wunderbares Gerät, solange es tadelfrei funktioniert. Man braucht keinen echten Mondglobus mitzuschleppen, er wird durch ein durch Holographie geschaffenes, dreidimensionales Bild ersetzt, und das hat den Effekt, als kreise einem vor Augen, einen Meter in der Luft hängend, langsam der ganze große Mond. Man sieht genau die Reliefs der Oberfläche, dazu die Sektoren, ihre Grenzen und die Namen der Eigentümer. Nacheinander zogen an mir die Abkürzungen vorüber, die international zur Kennzeichnung von Automobilen gebräuchlich sind: US, GB, I, F, SU, S, N und so fort. Plötzlich mußte jedoch etwas kaputtgegangen sein, denn die Sektoren begannen in allen Farben des Regenbogens zu flimmern, dann sanken die größeren und kleineren Kraterpocken in trübes Licht, das Bild flackerte, ich stürzte an die Regler, aber das half nur so viel, daß der Mond als glatte Kugel von jungfräulichem Weiß erschien. Ich änderte die Bildschärfe, verstärkte und verringerte den Kontrast, der Mond erschien verkehrt herum, dann verschwand er endgültig, und nichts vermochte den Selenographen mehr zu normaler Arbeit zu bewegen. Ich machte Vivitch Meldung und bekam natürlich zur Antwort, ich hätte da etwas verdreht.

Nach meiner feierlichen, gut zehnmal wiederholten Erklärung, ich habe »da ein gewisses Problem« (so sagt man ja seit Armstrongs Zeiten), nahmen sich die Experten meines Holographen an. Es dauerte den halben Tag. Erst mußte ich auf eine mondferne Umlaufbahn gehen, um aus der Zone des Schweigens herauszukommen und damit der störenden Einwirkung unbekannter Wellen oder Kräfte zu entgehen, die vom Mond aus auf mich gerichtet sein konnten. Als das nicht half, machten sie sich an die Überprüfung sämtlicher integrierter und nichtintegrierter Schaltkreise im Holographen, direkt von der Erde aus. Dadurch bekam ich Zeit, mir erst ein zweites Frühstück und nachher auch noch ein Mittagessen zu bereiten. Es ist nicht so einfach, in der Schwerelosigkeit ein gutes Omelett hinzukriegen, ich legte daher Helm und Kopfhörer ab, damit meine Konzentration keine Beeinträchtigung durch das zu erwartende Gezänk der Informatiker, Teletroniker und speziell zu einem Kollegium herbeigetrommelten Professoren erfuhr. Diese sämtlichen Debatten brachten an den Tag, daß der Holograph schlicht und einfach *kaputt* war. Man wußte sogar, welches Mikrobauteil ausgewechselt werden mußte, aber ausgerechnet das war das einzige, das ich nicht in Reserve hatte. Es war nichts zu machen. Ich erhielt die Unterweisung, die normalen, auf Papier gedruckten Mondkarten hervorzusuchen, mit Klebeband an die Monitore zu heften und mir so aus der Not zu helfen. Karten waren da, aber nicht alle. Ich fand nur vier Exemplare des ersten Mondviertels, ebendesjenigen, von dem ich am Vortage bereits einige Kostproben bekommen hatte. Von den übrigen Karten keine Spur. Die Bestürzung war komplett. Ich wurde aufgefordert, genauer nachzusehen, ich stellte in der Rakete alles auf den Kopf, fand jedoch außer einem kleinen Porno-Comic, den die Techniker bei den letzten Startvorbereitungen weggeworfen hatten, lediglich ein Wörterbuch des Slangs, der von den amerikanischen Gangstern der fünften Generation gesprochen wurde.

Daraufhin spaltete sich die Zentrale in zwei Lager. Das eine vertrat die Ansicht, unter solchen Voraussetzungen könne ich die Mission nicht fortsetzen und solle zurückkehren. Das andere wollte die Entscheidung mir überlassen. Diesem schloß ich mich an, und ich sprach mich dafür aus, dort zu landen, wo es vorgesehen war. Den Mond konnten sie mir ja per Fernsehen übertragen. Das Bild war auch gar nicht schlecht, nur schlecht mit meiner Umlaufgeschwindigkeit koordiniert, denn mal schoß die Mondoberfläche vorbei wie ein vergifteter Affe, und dann wieder schlief sie fast ein. Zudem sollte ich direkt am Rande der Scheibe landen, die von der Erde aus sichtbar ist, mich dann aber auf die andere Seite begeben. Daraus erwuchs ein neues Problem. Ich konnte das Fernsehbild nicht empfangen, wenn das Raumschiff über der abgewandten Halbkugel hing, eigentlich sollte das nichts ausmachen, dann würden es eben die Satelliten des inneren Kontrollsystems übertragen. Nur – die wollten nicht! Sie wollten nicht, weil solch eine Eventualität nie in Rechnung gestellt und jeder dieser Satelliten nach der Direktive der Unkenntnis so programmiert worden war, daß er nichts übertragen durfte. Nichts. Weder von der Erde noch nach der Erde.

Um mit mir und meinen Mikropen ständig Verbindung halten zu können, hatte man auf eine Umlaufbahn hoch über dem Mondäquator zwar sogenannte trojanische Satelliten gebracht, die aber wiederum nicht für die Übertragung von Fernsehbildern tauglich waren. Das heißt, tauglich waren sie schon, aber die Fernsehbilder mußten von den Mikropen gesendet werden. Es gab darüber ein schreckliches Hin und Her, die Situation war endlich so verfahren, daß jemand den Vorschlag machte, in der Zentrale ein *brain storming* zu veranstalten. Das ist, wenn man es gelehrt ausdrücken will, eine improvisierte Beratung, wo jeder Teilnehmer die aberwitzigsten Hypothesen und Konzeptionen vorbringen und in seiner Kühnheit von den anderen jederzeit überboten werden kann. Etwas volksverbundener würde man sagen. Jeder kann quatschen, was ihm gerade in die Rübe kommt.

Das *brain storming* dauerte vier Stunden, es war zum Auswachsen, die Gelehrten schwätzten bis zum Gehtnichtmehr, dann kamen sie vom Thema ab, und es ging auf einmal wirklich nicht mehr – nämlich nicht mehr darum, mir zu helfen. Sie wollten herauskriegen, wer das Versehen begangen hatte, nicht an eine ordentliche Zweitanlage der holographischen Simulation zu denken. Wie immer, wenn Schulter an Schulter ein Kollektiv zugange ist, gab es keinen Schuldigen, die Vorwürfe flogen wie Pingpongbälle hin und her, bis ich mit der Erklärung dazwischenfuhr, dann müsse ich mir eben selber helfen. Ich sah darin kein übertriebenes Risiko, das war ohnehin groß genug, als daß ein Krümel noch einen Unterschied bewirken konnte, und außerdem war es rein akademischen Charakters, ob ich im Sektor US, SU, F, GB, E, I, C, CH oder unter einem anderen Buchstaben des lateinischen Alphabets zu Boden ging. Der Begriff nationaler oder staatlicher Zugehörigkeit von Robotern, die in der wer weiß wievielten Generation den Mond bevölkerten, war doch nur Schall und Rauch.

Wie ihr wißt oder nicht wißt, besteht die schwierigste Aufgabe der militärischen Automatisierung darin, den Waffenautomaten so zu programmieren, daß er ausschließlich Gegner attackiert. Auf der Erde hat das nie Schwierigkeiten bereitet: Dafür gab es Uniformen, bunte Zeichen auf den Tragflächen der Flugzeuge, Flaggen, die Form der Stahlhelme. Außerdem ist es wahrhaftig nicht schwer festzustellen, ob ein Kriegsgefangener niederländisch oder chinesisch spricht. Mit Automaten ist das anders, daher entstanden zwei Doktrinen, beide unter der Differentialformel FRIEND OR FOE. Die erste empfahl den Einsatz von Sensoren, analytischen Filtern, differenzierenden Selektoren und ähnlichem Diagnosegerät, während die andere sich durch vorteilhafte Einfachheit auszeichnete: Feind war jeder, der auf die Parole nicht die richtige Antwort wußte – folglich war er anzugreifen. Nun wußte freilich niemand, wie die dem Selbstlauf überlassene Evolution der Waffen auf dem Mond nun wirklich verlaufen war und wie die taktisch-strategischen Programme dort den Verbündeten vom Feind unterschieden. Übrigens sind das, wie man aus der Geschichte weiß, ohnehin relative Begriffe. Falls jemandem daran besonders gelegen ist, kann er in Standesamtsregistern und anderen Dokumenten kramen und herauskriegen, ob jemand eine arische Großmutter hatte. Will er aber feststellen, ob dieser Jemand vom Sinanthropus oder doch eher vom Paläopithecus abstammt, so ist er aufgeschmissen. Die Automatisierung der Armeen räumte überdies alle ideologischen Fragen aus. Der Roboter sucht zu vernichten, worauf das Programm ihn ausgerichtet hat, er tut das nach der Methode der Brennpunktoptimierung, der Differentialdiagnose sowie der mathematischen Regeln der Spiel- und Konflikttheorie. Aus Patriotismus tut er es nicht. Die sogenannte Militärmathematik, die im Zusammenhang mit der Automatisierung sämtlicher Waffengattungen entstand, hat ihre bedeutenden Schöpfer, aber auch ihre Häretiker. Die Fürsprecher behaupteten, es gebe Programme, die eine hundertprozentige Loyalität der Kampfroboter garantierten, so daß keine Kraft der Welt sie »umdrehen« und zum Hochverrat verleiten könne. Die Ketzer versicherten, eine derartige Garantie gäbe es nicht.

Wie immer, wenn mir ein Problem zu hoch war, hielt ich mich an den gesunden Menschenverstand. Es gibt keine Chiffre, die sich nicht dechiffrieren ließe, keinen noch so geheimen Code, den seine Knacker nicht zu ihrem Vorteil zu nutzen wüßten. Die Geschichte der Computerkriminalität beweist es. Einhundertvierzehn Programmierer hatten die Chase Manhattan Bank davor gesichert, daß Unberufene an ihre Rechenzentren herankamen, und ein einziger aufgeweckter Jüngling schlich sich mit einem simplen Taschenrechner und einem ebenso simplen Telefon aus reinem Spieltrieb in die geheimsten Programme und stellte alle Bilanzen auf den Kopf. Wie ein ausgekochter Geldschrankknacker, der am Tatort auf perfide Weise ein Zeichen seiner Identität hinterläßt, um die Ermittlungsorgane zu foppen, baute jener Student in das supergeheime Programm der Bank gewissermaßen als Visitenkarte den Befehl ein, daß der Computer bei der Bilanzprüfung vor jedem SOLL und HABEN zuerst einmal ein dickes »BÄÄÄH« ausspucken sollte. Die Theoretiker der Programmierung ließen sich davon natürlich nicht beeindrucken, sondern dachten sich sofort ein Programm aus, das anders, besser, komplizierter und nicht zu knakken war. Wer dann doch damit fertig wurde, weiß ich nicht mehr. Es spielt auch gar keine Rolle für die zweite Etappe meines Himmelfahrtskommandos.

Ich weiß nicht, wie der Krater hieß, in dem ich landete. Von Norden her ähnelte er dem Helvetius, von Süden her nicht. Ich sah mir den Platz erst einmal von der Umlaufbahn aus an, ausgesucht hatte ich ihn aufs Geratewohl. Vielleicht war es Niemandsland, vielleicht auch nicht. Ich hätte mit dem Astrographen spielen und die Sterne, verschiedene Neigungswinkel und sonstwas vermessen können, um die Koordinaten herauszukriegen, ich tat gut daran, mir das fürs Dessert aufzuheben. LEM Nummer zwei war viel funktionstüchtiger, als ich in der mir eigenen, immer ein Haar in der Suppe vermutenden Bedenklichkeit angenommen hatte. Ein unbestreitbares Minus hatte er aber doch: Die Klimaanlage ließ sich nur entweder voll aufdrehen oder ganz abstellen. Wenn es nur um die Regelung im Raumanzug gegangen wäre, hätte es mir nichts ausgemacht, zwischen Backofen und Tiefkühltruhe hin und her zu wechseln, aber damit hatte der Defekt nichts zu tun. Ich saß ja nach wie vor im Raumschiff und hätte dessen erträgliche Temperatur genießen können, nur war mit den Sensoren dieses LEM etwas nicht in Ordnung, so daß meine Haut bald mit Hitze, bald mit Kälte geschockt wurde. Ich fand nur das Mittel, jeden Augenblick den Hebel herumzuwerfen. Wenn das Raumschiff vor dem Start nicht steril gemacht worden wäre, hätte ich mir eine Grippe geholt. So blieb es nur beim Schnupfen, denn dessen Viren tragen wir unser Leben lang sowieso in der Nase mit uns herum.

Ich wußte erst selber nicht, warum ich mit der Landung so lange herumtrödelte. An der Angst konnte es nicht liegen, aber dann begriff ich den wahren Grund: Ich wußte nicht, wie der Landeplatz *hieß*. Als hätte der Name etwas zu sagen gehabt! Aber so ist das nun mal, und daher rührt wohl auch der Eifer, mit dem die Astronomen jeden Mond- und Marskrater getauft haben. Der Katzenjammer kam erst, als es auf anderen Planeten der Gebirge und Klüfte so viele wurden, daß dafür keine wohlklingenden Namen mehr aufzutreiben waren.

Die Gegend war flach, nur im Norden zeichneten sich am Horizont ovale Bergrücken ab. In einem hellen Aschgrau standen sie vor dem schwarzen Himmel. Es gab dort eine Unmenge Sand und nur schweres Vorwärtskommen. Ich blieb immer mal stehen, um nachzusehen, ob die Mikropen mich noch begleiteten. Sie standen so hoch, daß sie nur durch ein kurzes Aufblitzen zu erkennen, nur durch ihre rasche Bewegung von den Sternen zu unterscheiden waren. Ich befand mich nahe beim Terminator, der Tagundnachtscheide, hatte die dunkle Hälfte des Mondes aber vor mir, hinterm Horizont, der an die zwei Meilen entfernt lag. Die Sonne stand sehr niedrig, ihre gewaltige Scheibe ruhte auf dem Horizont hinter meinem Rücken. Lange Schatten schnitten parallel über das Hochplateau, in jeder noch so kleinen Bodensenke stand die Finsternis, daß ich in ein schwarzes Wasserloch zu steigen glaubte. Abwechselnd in Hitze und Frost getaucht, marschierte ich vorwärts, mitten in den gewaltigen eigenen Schatten hinein, der mich als Riesen erscheinen ließ. Ich hätte mit der Zentrale reden können, aber es gab nichts zu reden. Vivitch fragte mich alle naselang, wie es mir gehe und was ich sehe, und ich sagte immer nur: Okay, okay, nichts los.

Auf der Höhe einer sanft ansteigenden Düne lag ein Haufen ziemlich großer, flacher Steine. Ich lenkte meine Schritte dorthin, weil mir ein metallisches Blinken aufgefallen war. Es kam vom Bruchstück einer massiven, ausgebrannten Treibstufe, die noch aus der Zeit stammen mochte, da man den Mond als Ziel für Raketen zu entdecken begann. Ich sah mir das Ding an und ging weiter. Auf dem Scheitel der Anhöhe, wo es kaum noch den feinen Sand gab, der sich so sehr an die Stiefel setzt, lag flach wie ein schlecht ausgebackenes Brot einsam ein Stein. Ich fühlte mich – vielleicht aus Langeweile, vielleicht, weil er so einsam dalag – verlockt, ihm einen Tritt zu geben. Er rollte jedoch nicht den Hang hinab, sondern zersprang. Ein faustgroßes Stück sprang ab, die Bruchfläche glänzte wie reiner Quarz. Mir war auch über die chemische Zusammensetzung der Mondkruste der Schädel vollgestopft worden, aber ich konnte mich nicht erinnern, daß da auch kristalliner Quarz vorkommen sollte. Ich bückte mich, um den Fund aufzunehmen. Für Mondverhältnisse war er ziemlich schwer. Ich hielt ihn dicht vor die Augen, aber als ich nichts weiter mit ihm anzufangen wußte, warf ich ihn beiseite. Meinen Weg setzte ich dennoch nicht fort, denn eben in dem Moment, als meine Hand den Stein losgelassen hatte, gab er selbst in diesem Sonnenglast ein seltsames Blitzen ab, über die konkave Bruchfläche ging ein Wabern, als flimmerten dort mikroskopisch kleine Lichtfunken durcheinander. Ich hob ihn nicht wieder auf, beugte mich aber nieder, um ihn anzusehen. Ich tat das lange genug, um ins Blinzeln zu geraten. Was mit diesem Stein vor sich ging, konnte ja nur auf einer Sinnestäuschung meinerseits beruhen! Die von dem Bruch verursachten Scharten verloren ihren Glanz, in wenigen Sekunden waren sie erloschen. Dann schien der Stein etwas abzusondern, was diese Wunden füllte; ich hatte den Eindruck, als scheide er einen halbflüssigen Kleister aus wie ein angeritzter Baum das Harz.

Vorsichtig tauchte ich den Finger hinein, es war nicht klebrig, eher schlammig wie frisch angerührter Gips. Ich warf einen Blick auf den anderen, größeren Teil des Steins und staunte noch mehr. Seine Bruchfläche verlor nicht nur den Glanz, sondern schien sich auch auszubauchen. Ich sagte Vivitch nichts davon, sondern blieb, im Rücken als heißen Druck die Anwesenheit der Sonne spürend, mit gespreizten Beinen stehen, einige Meter über der sanft gewellten, ganz in die weißen Streifen des Lichts und die schwarzen Flecken des Schattens getauchten Ebene. Ich ließ keinen Blick von dem Stein. Er wuchs, oder, besser gesagt, er verwuchs, das heißt, die beiden Teile, der große und der kleine, den ich in der Hand gehabt hatte, bauchten sich aus, paßten nicht mehr aneinander, jeder von ihnen wurde zu einem unregelmäßigen Brocken ohne die geringste Spur eines Bruchs. Ich wartete, wie es weitergehen würde, aber es ging nicht weiter, ganz als wären an beiden Teilen eine Wunde vernarbt. Unmöglich, sinnlos – aber wahr.

Plötzlich wurde mir bewußt, wie leicht der Stein zu Bruch gegangen war, obwohl ich gar nicht fest zugetreten hatte. Ich sah mich nach anderen um. Einige kleinere lagen an dem sonnenbeschienenen Hang, ich stieg zu ihnen hinunter und hieb mit dem Spaten auf sie ein wie mit einer Axt. Jeder barst wie eine reife Kastanie, und die Bruchflächen glänzten. Zuletzt geriet ich an einen gewöhnlicheren Stein, der Spaten rutschte ab und hinterließ nur einen weißlichen Kratzer. Ich kehrte also zu den zerhauenen zurück. Sie vernarbten, es gab keinen Zweifel. In einer kleinen schlauchähnlichen Tasche am rechten Oberschenkel hatte ich einen Geigerzähler. Er tat keinen Mucks, als ich ihn an die Steine hielt. Die Entdekkung konnte wichtig sein, Steine verhalten sich nicht so, folglich waren sie nicht natürlichen Ursprungs, möglicherweise ein Produkt der hiesigen Technologie. Ich mußte eine Probe mitnehmen, ich bückte mich schon, als mir einfiel, daß ich ja gar nicht an Bord zurückkommen konnte. Das war im Projekt nicht vorgesehen. Auch chemische Analysen konnte ich an Ort und Stelle nicht durchführen, weil ich keinerlei Reagenzien bei mir hatte.

Hätte ich Vivitch von dem Phänomen in Kenntnis gesetzt, wäre es zu hektischen Beratungen und Konsultationen gekommen, die Lunologen wären aus dem Häuschen geraten und hätten mir befohlen, auf der Düne zu bleiben, alle Steine kleinzuhacken wie Eier, zu beobachten, was damit geschah, und immer kühnere Vermutungen anzustellen, aber ich spürte in allen Knochen, daß dabei nichts herauskommen würde. Erst mußte man ja wissen, welchem Zweck diese Erscheinung diente und was dahintersteckte. Vivitch meldete sich von selbst, er fragte, was ich da mit dem Spaten zerhacke. Das von den Mikropen übertragene Bild war offenbar nicht scharf genug. »Nichts, nichts«, gab ich zur Antwort und ging rasch weiter, den Kopf voller Gedanken.

Die Fähigkeit einer Vernarbung von im Kriege erlittenen Beschädigungen konnte Kampfrobotern, falls es solche hier gab, überaus nützlich sein, aber Steinen? Sollte die hiesige Aufrüstung unter der Leitung von Computern bei Schleuder und Kieselstein angefangen haben? Aber selbst wenn – wozu hatten die steinernen Wurfgeschosse dann einen solchen Heilungsprozeß nötig? Plötzlich kam mir, wer weiß woher, der Gedanke, daß ich ja nicht als Mensch, sondern als Sendling, also nicht in lebendiger, sondern in toter Gestalt hier war.

Konnte es nicht sein, daß sich die Rüstung auf dem Mond in zwei voneinander unabhängigen Richtungen entwickelt hatte: als Schöpfung von Angriffswaffen jedesmal, aber zum einen gegen das, was feindlich und leblos, zum anderen gegen das, was feindlich und lebendig war? Nehmen wir an, es sei so gewesen, und phantasieren wir weiter. Nehmen wir an, die Mittel zur Bekämpfung lebloser Waffen können nicht gleichermaßen wirksam gegen lebendige Feinde eingesetzt werden, ich aber sei gerade an jene zweiten geraten, die auf die Landung eines Menschen vorbereitet waren. Da ich ein solcher nicht war, diese

Minen – nehmen wir ruhig auch an, es habe sich um Minen gehandelt – in meinem Raumanzug nichts Lebendiges witterten, taten sie mir nichts und beschränkten ihre Aktivität darauf, ihre Wunden vernarben zu lassen. Einem von der Erde stammenden Erkundungsroboter wäre dergleichen überhaupt nicht aufgefallen, er konnte gar nicht so programmiert sein, ein Phänomen wahrzunehmen, das so frappierend und unvorhersehbar zugleich war. Ich hingegen war weder Roboter noch Mensch, und daher hatte ich es wahrgenommen. Was nun? Das wußte ich nicht, aber wenn in meiner Vermutung auch nur ein Körnchen Wahrheit steckte, waren andere Minen zu erwarten, die nicht mehr auf Menschen, sondern auf Automaten lauerten. Ich ging also langsamer und setzte meine Schritte sehr vorsichtig, ließ Düne um Düne hinter mir, immer die Sonne im Rücken. Hin und wieder stieß ich auf größere und kleinere Steine, die ich jedoch nicht mehr spaltete oder trat, denn wenn es tatsächlich jene zwei Arten gab, konnte das ein schlimmes Ende nehmen.

Ich hatte an die drei Meilen zurückgelegt, vielleicht auch etwas darüber – ich besaß zwar einen Schrittmesser, aber er steckte tief in der äußeren Beintasche, die so eng war, daß ich mit dem Handschuh nur mühsam hineinkam und es daher lieber unterließ –, als ich im Süden etwas erblickte, was nach Ruinen aussah. Ich war davon nicht besonders beeindruckt, denn auf dem Mond gibt es viele vom Zufall übereinandergetürmte Felsstücke, die von weitem wie verfallene Gebäude aussehen, und man merkt erst im Nähertreten, daß man einer Täuschung verfallen ist. Dennoch änderte ich die Richtung und wartete, durch immer tieferen Sand watend, darauf, daß die Felsengruppe ihr wirkliches, chaotisches Aussehen offenbarte. Sie tat es aber nicht, im Gegenteil, je näher ich kam, desto deutlicher wurden die ramponierten und verrußten Fassaden flacher Gebäude. Die schwarzen Flekken waren keine gewöhnlichen Schatten, sondern gähnende Fensteröffnungen, nicht ganz regelmäßig, aber immerhin geordneter, als es bei Felslöchern solcher Größe auf dem Mond jemals anzutreffen gewesen wäre.

Unter meinen Sohlen rutschte kein Sand mehr weg, die Stiefel traten auf einen dicken, holprigen Schmelz wie geronnene Lava, aber Lava war das nicht, sondern Sand, der einer sehr hohen Tempratur ausgesetzt, darunter geschmolzen und im Abkühlen wieder erstarrt war. Ich hatte mich darin nicht geirrt, diese Kruste glänzte stark im Sonnenlicht und zog sich über den ganzen sanften Abhang, den ich zu bewältigen hatte. Von den Ruinen trennte mich nur noch diese ziemlich hohe Düne, die die ganze Gegend überragte und mir von ihrem Gipfel aus die Erklärung lieferte, weshalb die Ruinen vom Raumschiff aus nicht zu erkennen waren: Sie steckten tief im Geröll.

Wären es wirklich die Reste geborstener Häuser gewesen, so hätte ich gesagt, der Schutt reiche bis an die Fenster. Aus einer Entfernung von dreihundert Metern erinnerten sie an einen von Fotografien bekannten Anblick: aus Stein gebaute Ortschaften, die durch ein Erdbeben zerstört worden sind. Im Iran ist dergleichen anzutreffen. Von der Umlaufbahn aus sind sie nur in Terminatornähe zu bemerken, wenn die sehr tiefstehende Sonne durch die offenen, halb zerfallenen oder wie durch eine Explosion demolierten Fensteröffnungen fällt. Ich war mir immer noch nicht sicher, ob es nicht doch nur eine besondere Felsenformation war, und ging weiter darauf zu. Mir gefiel die Sache aber so wenig, daß ich den Geigerzähler zur Hand nahm und auf die Skala schaute. Auch das ging nicht so einfach, im Hinabsteigen von der Höhe war ich sogar der Länge lang hingefallen. Deshalb schloß ich die Leitung des Geräts an eine Steckdose am Raumanzug an, wodurch ich das Ticken hören konnte, falls das Gelände sich als radioaktiv erwies. Das war auch der Fall, und wie! Allerdings setzte das eilige Ticken erst auf der Hälfte des Gegenhangs ein, kaum daß ich das Trümmerfeld um die niedrigen, abgedeckten Gebäude mit den schartigen Mauern betrat (jetzt war ich sicher, daß dies kein Werk der natürlichen Kräfte des Mondes war). Das Geröll rutschte unter meinen Füßen nicht mehr weg, denn es war zu einer unbeweglichen Masse verschmolzen. Es sah aus, als sei diese sonderbare Siedlung in ihrem Zentrum von einer Explosion getroffen worden, worauf eine länger anhaltende Hitzestrahlung die Schutthalde aufgeschmolzen und ein versteinertes Ganzes geschaffen hatte.

Ich war bereits zwischen den ersten Ruinen, widmete ihnen aber nicht die gebührende Aufmerksamkeit, weil ich auf jeden meiner Schritte achten mußte. Vorsichtig setzte ich die schweren Stiefel auf die spitzen Vorsprünge der großen Halde, damit ich nicht zwischen die Gesteinsbrocken geriet. Erst weiter oben, direkt gegenüber der nächsten Ruine, ging der ziemlich steile Schutt in einen gläsernen Schmelz über, auf dem sich wie Ruß schwärzliche Streifen hinzogen. Das Gehen fiel leichter, ich legte einen Schritt zu und stand bald vor dem ersten Fenster. Es war eine durch vorspringende Steine unregelmäßige Öffnung. Drinnen war es finster, erst nach einiger Zeit erkannte ich unordentlich durcheinanderliegende längliche Gegenstände. Ich wollte nicht durch das ramponierte Fenster kriechen, denn mein massiver Sendling konnte leicht darin steckenbleiben. Ich ging auf die Suche nach einer Tür, denn wo Fenster waren, mußte wohl auch eine Tür sein. Ich umschritt das Gebäude, das eine große Gewalt derart in den Boden gepreßt hatte, daß es schief und platt war. Eine Tür fand ich nicht, dafür aber in einer Seitenwand eine Bresche, die breit genug war, mir, wenn ich mich bückte, Einlaß zu bieten. Wo das Sonnenlicht auf dem Mond direkt neben dem Schatten liegt, sind die Helligkeitskontraste so groß, daß das Auge sie nicht bewältigen kann. Ich mußte mich mit ausgebreiteten Armen in einen Winkel dieses Raums tasten, den Rücken an die starke Wand lehnen und die Augen schließen, um mich an die Dunkelheit zu gewöhnen. Ich zählte bis hundert, dann sah ich mich um.

Das Innere glich einer oben offenen Höhle, doch durch die Öffnung drang keinerlei Licht, denn der Himmel des Mondes ist schwarz wie die Nacht. Auch das Sonnenlicht läßt sich, wenn es durch eine Öffnung fällt, nicht als heller Strahl erkennen, weil es nicht durch Luft und Staub zerstreut wird wie auf der Erde. Die Sonne blieb draußen und warf nur einen weiß leuchtenden Fleck auf die Wand, genau dem Winkel gegenüber, in dem ich mich befand. In seinem Widerschein sah ich zu meinen Füßen – drei Leichen. Dafür hielt ich sie im ersten Augenblick, denn sie waren zwar geschwärzt und entstellt, aber sie hatten Körper, Arme, Beine und die eine sogar einen Kopf. Blinzelnd und meine Augen mit der Hand vor dem blendenden Sonnenfleck schirmend, kauerte ich bei dem nächstgelegenen Leichnam nieder. Es war kein Mensch, es waren nicht einmal sterbliche Überreste, denn was von seiner Entstehung her tot ist, kann nicht sterben. Noch ehe ich den Körper, der mit gespreizten Beinen vor mir lag, auch nur berührt hatte, erkannte ich ihn als eine Art Puppe, allerdings nicht als Roboter, denn sein aufgetrennter Rumpf war, von einer Handvoll Kies und Sand abgesehen, völlig leer. Vorsichtig zog ich an seinem Arm. Er war ganz leicht, wie aus Schaumstoff, und kohlschwarz dazu. Seinen Kopf entdeckte ich an der Wand, wo er wie auf einem Sockel auf dem abgerissenen Hals stand und mich aus drei leeren Augenhöhlen anstarrte.

Natürlich fragte ich mich verwundert, warum es ausgerechnet drei waren. Das dritte Auge lag wie ein kleines rundes Loch unterhalb der Stirn, wo beim Menschen das

Nasenbein ansetzt, aber diese seltsame Puppe hier hatte wohl nie eine Nase besessen, die auf dem Mond ohnehin zu nichts zu gebrauchen ist. Auch die anderen Puppen waren nur annähernd von Menschengestalt. Die Zerstörung der Gebäude hatte sie zwar entstellt, aber man erkannte doch auf den ersten Blick, daß ihr Körperbau sich der menschlichen Anatomie nur näherte, sie aber nicht genau kopierte. Die Beine waren zu lang, anderthalbmal so lang wie der Rumpf. Die Arme waren zu dünn und saßen nicht an den Schultern, sondern komischerweise an Brust und Rücken. Das mußte die Regel sein, denn Explosion, Druckwelle und Einsturz hatten zwar einem die Gliedmaßen verdrehen können, aber nicht allen auf die gleiche Weise. Wer weiß, vielleicht ist es zuweilen ganz günstig, hinten und vorn Hände zu haben.

Während ich so dem hellen Sonnenflecken gegenüber im Dunkel vor den Moderbeinen hockte, fiel mir plötzlich auf, daß ich außer dem hastigen Ticken des Geigerzählers nichts anderes mehr hörte, daß seit etlichen Minuten, wenn nicht noch länger, Vivitchs Stimme nicht mehr zu mir drang. Zuletzt hatte ich ihm von der Düne aus geantwortet, die über die Ruinen ragte. Von meiner Entdeckung hatte ich nichts gemeldet, weil ich mich erst vergewissern wollte, daß es kein Irrtum war. Ich rief die Zentrale, hörte aber nur das rasende, alarmierende Tikken des Geigerzählers. Die radioaktive Verseuchung war beträchtlich, aber ich verlor mit Messungen keine Zeit, denn dem Sendling konnte sowieso nichts passieren. Dann fiel mir aber ein, daß ein von den zerschmetterten Steinen der Ortschaft abgesondertes, unsichtbares ionisiertes Gas meine Funkverbindung unterbrochen haben und das jeden Augenblick auch mit meinem Kontakt zum Raumschiff passieren konnte. Mir fuhr ein Schreck in die Glieder, denn ich glaubte, dann für immer hierbleiben zu müssen, aber das war natürlich Blödsinn, zwischen Schutt und Ruinen bliebe nur der Sendling, während ich an Bord meines Raumschiffs wieder zu Bewußtsein käme. Vorerst gab es ohnehin nicht die geringsten Anzeichen, als könnte ich die Herrschaft über den Sendling verlieren. Mein Raumschiff stand offenbar genau über der Ortschaft, es wanderte auf seiner stationären Umlaufbahn ja immer so, daß es über mir im Zenit stand.

Eine Entdeckung und eine Situation wie die meine waren zwar nicht vorauszusehen gewesen, aber die Position im Zenit ist für die Arbeit mit Sendlingen optimal, weil die Entfernung des steuernden Menschen am geringsten ist und damit sämtliche Reaktionen mit der geringsten Zeitverzögerung erfolgen. Der Mond hat keine Atmosphäre, und die Dichte jenes ionisierten Gases, vielleicht ein Effekt der Verdampfung von Mineralien nach der Explosion, war nicht allzu hoch. Ob sie auch die Verbindung der Zentrale mit den Mikropen störte, wußte ich nicht, und ich kümmerte mich jetzt auch nicht darum; ich wollte erst mal herauskriegen, was hier vorgefallen war, um dann Vermutungen anstellen zu können, weshalb und wozu. Rückwärts gehend, zerrte ich durch die Mauerlücke den größten Leichnam hinter mir her, den mit dem ganzen Kopf. Ich sage Leichnam, obwohl es keiner war, der Eindruck drängte sich eben gar zu stark auf.

Auch draußen kam der Funkkontakt nicht wieder zustande, ich wollte jedoch zunächst den armen Kerl untersuchen, der zwar niemals Leben in sich gehabt hatte, aber durch sein Äußeres einen so scheußlichen wie jämmerlichen Eindruck hervorrief. Er war schlank und an die drei Meter groß, sein Kopf war stark oval, dreiäugig, ohne eine Spur von Nase und Mund. Der Hals war lang, die Hand greiffähig, allerdings konnte ich die Finger nicht zählen – das Material, aus dem das Ganze gemacht war, war am stärksten dort geschmolzen, wo die dünnsten Glieder saßen. Überhaupt war die gesamte Gestalt von einer pechartigen Schlacke überzogen. Da mußte eine ordentliche Hitze geherrscht haben, und plötzlich ging mir ein Licht auf: Dies konnte eine Ortschaft jener Art gewesen sein, wie man sie einst auch auf der Erde gebaut hatte, um die Wirkung von Kernexplosionen zu testen – in Nevada und anderswo, mit Häusern, Gärten, Geschäften. Nur die Menschen waren durch Tiere ersetzt worden, durch Schafe und Ziegen, aber auch Schweine, weil diese unbehaart sind wie wir und daher mit ähnlichen Verbrennungen auf einen thermischen Schlag reagieren. Konnte hier nicht etwas von dieser Art vorgefallen sein? Wäre mir die ursprüngliche Stärke der nuklearen Sprengladung bekannt gewesen, die diese Ortschaft in Schutt und Asche gelegt hatte, so hätte ich anhand der jetzigen Radioaktivität ermitteln können, wie lange die Explosion zurücklag. Aus der Zusammensetzung der Isotope könnten es die Physiker vielleicht auch jetzt noch, ich füllte schon für alle Fälle eine Handvoll feines Geröll in die Knietasche meines Raumanzugs, als mir wieder einfiel, daß ich damit ja nicht an Bord zurückkehren konnte. Ich war stocksauer, aber das Datum der Explosion mußte wenigstens ungefähr ermittelt werden.

Ich beschloß, mich aus der verseuchten Zone zurückzuziehen, den Funkkontakt mit der Zentrale wiederherzustellen, alles Notwendige zu melden und das Weitere den Physikern zu überlassen. Sollten sie sehen, wie sie die Proben untersuchen konnten, die ich gesammelt hatte. Ohne recht den Zweck zu wissen, packte ich mir den kläglichen Leichnam auf, er wog hier ja höchstens acht bis zehn Kilo, und trat meinen taktischen Rückzug an. Er war schwierig genug, denn die langen Beine des Burschen auf meinem Rücken schleiften über den Boden und blieben an den Steinen hängen. Ich mußte sehr langsam gehen, um nicht mit dem Kerl zusammen abzustürzen. Übermäßig fiel der Hang zwar nicht ab, und doch wußte ich nicht, ob es gescheiter war, über die zu Glasur geschmolzenen glatten Felsen hinabzusteigen oder über das Geröll zu gehen, das unter mir bei jedem Schritt ins Rutschen kam. Bei dieser ganzen Schinderei verpaßte ich die Richtung und gelangte nicht zu der Düne, über die ich hergekommen war, sondern fand mich eine Viertelmeile weiter westlich zwischen großen ovalen Felsen, ähnlich den Monolithen, die den Geologen auf der Erde als Zeugen von der Entwicklung des Urgesteins dienen. Ich legte meine Traglast ab und setzte mich daneben, um zu verschnaufen, ehe ich Vivitch rief.

Ich hielt Ausschau nach den Mikropen, entdeckte aber nirgends auch nur die Spur ihrer funkelnden Wolke. Auch Stimmen waren nicht zu hören, obwohl sie mich bereits wieder erreichen mußten. Das Ticken des Wächters im Helm war selten geworden, es klang, als fielen einzelne Sandkörner auf eine Membran. Als ich eine undeutliche Stimme vernahm, hielt ich sie für die Zentrale, hörte mich dann aber hinein und erstarrte. Drei Wörter verstand ich zunächst aus dem heiseren Stammeln: »Mein leiblicher Bruder . . . mein leiblicher Bruder . . .« Ein Augenblick Ruhe, dann wieder: »Mein leiblicher Bruder . . . Leiblicher Bruder, mein . . .«

Wer spricht da? wollte ich rufen, wagte es aber nicht. Verkrampft saß ich da und spürte den Schweiß auf meine Stirn treten. Wieder war mein Helm erfüllt von der fremden Stimme. »Komm, mein leiblicher Bruder! Leiblicher Bruder, komm zu mir! Du brauchst keine Angst zu haben, ich tue dir nichts Böses, komm zu mir, mein Bruder! Wir werden uns nicht bekämpfen, tritt näher, mein leiblicher Bruder. Fürchte nichts, ich will nicht den Kampf. Wir wollen Brüder sein, Brüder! Hilf mir, so will auch ich dir helfen, mein Bruder!«

Dann knackte etwas, und die gleiche Stimme sagte in

gänzlich anderem Ton, schnarrend, schroff und scharf: »Die Waffe nieder! Die Waffe nieder! Ergib dich, oder ich schieße! Kein Fluchtversuch! Dreh dich um, die Hände hoch! Beide Hände ins Genick! Keine Bewegung! Keine Bewegung!«

Wieder ein Knacken, wieder die Stimme, wieder im Tonfall von zuvor, stammelnd und schwach: »Mein Bruder, komm her. Wir wollen Brüder sein, hilf mir, wir wollen keinen Kampf.«

Ich hatte keinen Zweifel mehr: da sprach dieser Überrest. Er lag da, wie ich ihn abgeladen hatte, reglos, wie eine verrenkte Spinne, den Hinterleib untergeschlagen, die Gliedmaßen verschränkt. Seine leeren Augenhöhlen gähnten in die Sonne, nur aus seinem Innern redete etwas auf mich ein, immer im Kreis herum, ein Lied für zwei Takte, für zwei Melodien. Einmal vom leiblichen Bruder, dann rauhe Befehle. Er ist so programmiert, dachte ich, ganz simpel, Puppe oder Roboter, erst sollte er den Menschen, den Soldaten anködern, dann gefangennehmen oder töten. Bewegen konnte er sich nicht mehr, aber das vom Brand verschonte Programm krächzte noch in ihm, immer im Kreis herum. Warum aber über Funk? Wenn er für den Einsatz auf der Erde bestimmt gewesen wäre, hätte er wohl mit normaler Stimme direkt gesprochen. Ich begriff nicht, wozu er den Funk nötig hatte. Lebendige Soldaten hatte es auf dem Mond nicht geben können, und einen Roboter hätte er so nicht geködert.

Irgendwie fand ich das alles ohne Sinn und Verstand. Ich besah mir diesen geschwärzten Schädel, die verdrehten, verkohlten Hände mit den zu Zapfen geschmolzenen Fingern, den zerfetzten Rumpf, verspürte jedoch nicht mehr jenes automatische Mitleid wie vorhin. Ich sah ihn eher feindselig an, nicht einmal nur mit Abscheu, obwohl er doch weiß Gott keine Schuld hatte. Er war so programmiert. Kann man sich über ein Programm moralisch entrüsten, das in elektrische Schaltkreise gedruckt ist? Als er wieder anfing, von dem leiblichen Bruder zu quasseln, suchte ich ihm zu antworten, aber er nahm es nicht wahr. Zumindest ließ er sich nichts anmerken.

Ich stand auf, mein Schatten fiel auf seinen Kopf, und er verstummte mitten im Wort. Ich trat einen Schritt beiseite, und er sprach weiter. Demnach hatte die Sonne ihn geweckt. Ich überlegte, was ich tun sollte. Viel Freude konnte man an dieser als Falle programmierten Puppe nicht gehabt haben, als »Kriegsgerät« war sie reichlich primitiv. Die Waffenmeister des Mondes mußten diese langbeinigen Geschöpfe denn auch als wertloses Gerümpel angesehen haben, sonst hätten sie sie nicht zur Erprobung der Folgen von Kernwaffenschlägen benutzt. Damit er mir mit seinem Leichengesang nicht auf die Nerven ging (ich kann freilich nicht sagen, ob nur das der Grund war), trug ich größere Geröllbrocken zusammen und sammelte sie erst auf sein Haupt, dann auf den ganzen Körper, als wollte ich ihn begraben. Es wurde völlig still, bis auf ein leises Zirpen. Erst glaubte ich, das sei immer noch er, und sah mich schon nach weiteren Steinen um, aber dann bekam ich mit, daß es Morsezeichen waren: »t-i-c-h-y a-c-h-t-u-n-g t-i-c-h-y h-i-e-r z-e-n-t-r-a-l-e h-a-v-a-r-i-e a-n ü-b-e-r-t-r-a-g-u-n-g-s-s-a-t-e-l-l-i-t-e-n t-o-n-u-n-t-e-r-b-r-e-c-h-u-n-g w-i-r-d s-o-f-o-r-t b-e-h-o-b-e-n b-i-t-t-e w-a-r-t-e-n«

Also war einer der trojanischen Satelliten ausgefallen, die zwischen uns Verbindung halten sollten. Wird sofort behoben, dachte ich voller Hohn, laut sagen konnte ich es ja nicht, es kam ja nicht an. Ich warf einen letzten Blick auf die verkohlten Überreste und die sonnenbeschienenen weißen Ruinen jenseits des Dünentals, suchte den schwarzen Himmel vergeblich nach den Mikropen ab und marschierte, immer der Nase nach, auf eine riesige Gesteinsfaltung los, die sich wie der graue Leib eines gigantischen Wals aus dem Sand wölbte. Ich ging direkt auf einen im Schatten liegenden und dadurch teerschwarzen Spalt zu, der wie die Mündung einer Höhle aussah. Ich kniff die Augen zu und machte sie wieder auf und wiederholte das mehrmals, denn in dem Spalt stand jemand. Eine Gestalt, fast wie ein Mensch, untersetzt, breitschultrig, in einem khakifarbenen Raumanzug. Ich hob sogleich den Arm, vielleicht war es wieder nur ein Spiegelbild, und die Farbe des Anzugs wirkte anders durch den Schatten. Als der andere sich aber gar nicht rührte, stutzte ich. Vielleicht überfiel mich auch Furcht, zumindest jedoch eine böse Ahnung. Um Reißaus zu nehmen, war ich aber nicht hier, und wo sollte ich auch hin? Ich ging also weiter, direkt auf die Figur zu, die vollkommen einem stämmig gebauten Menschen glich.

»Hallo«, vernahm ich eine Stimme. »Hallo! Hörst du mich?«

»Ich höre«, sagte ich ohne übertriebene Bereitwilligkeit.

»Komm her, komm her, ich habe auch Sprechfunk!«

Das klang reichlich albern, aber ich trat trotzdem näher. Der Schnitt seines Raumanzugs hatte etwas Militärisches. Auf seiner Brust kreuzten sich metallisch glänzende Gurte, seine Hände waren leer. Das ist schon mal gut, dachte ich, ging aber immer langsamer. Er kam mir entgegen und breitete die Arme aus, eine spontane, herzliche Geste, als treffe er einen alten Bekannten.

»Sei mir gegrüßt, sei mir gegrüßt! Gott gebe dir Gesundheit ... Wie schön, daß du endlich da bist! Wir wollen miteinander plaudern, ich mit dir und du mit mir, wir wollen darüber reden, wie sich der Frieden in die Welt bringen läßt. Wir wollen uns erzählen, wie es uns ergeht ...«

Er sprach mit einer vor Herzlichkeit bebenden, dabei

aber sonderbar schrillen Stimme, in einem singenden Ton, die Silben dehnend. Dabei stapfte er durch den tiefen Sand auf mich zu, immer die Arme ausgebreitet wie zu einer Umarmung, und in seiner ganzen Haltung, in jeder seiner Bewegungen lag so viel Freundlichkeit, daß ich selber nicht wußte, was ich von dieser Begegnung halten sollte. Er war nur noch wenige Schritte entfernt, aber im dunklen Glas seines Helms blitzte nur die Sonne. Er nahm mich in die Arme und zog mich an sich, und so standen wir vor dem grauen Steilhang des großen Felsens. Ich suchte ihm ins Gesicht zu sehen, aber selbst aus einer Handbreit Entfernung konnte ich nichts erkennen, denn das Glas seines Visiers war undurchsichtig. Es war nicht mal Glas, eher eine glasbeschichtete Maske. Wie nahm er mich überhaupt wahr?

»Dir wird es bei uns gefallen, mein Lieber«, sagte er und stieß mit seinem Helm gegen den meinen, als wolle er mich auf beide Wangen küssen. »Bei uns ist es schön. Wir wollen keinen Krieg, wir sind gutherzig, friedfertig, du wirst es selber sehen, geliebter Freund . . .« Bei den letzten Worten trat er so jäh und derb gegen mein Schienbein, daß ich der Länge lang aufs Kreuz fiel. Sofort saß er mir mit beiden Knien auf dem Bauch. Ich sah sämtliche Sterne, in des Wortes wahrster Bedeutung, alle Sterne des schwarzen Mondhimmels. Mein Freund hielt mit der Linken meinen Kopf zu Boden, mit der Rechten riß er sich die Metallgurte herunter, die sich von selbst zu hufeisenförmigen Bügeln formten. Ich gab keinen Laut von mir, ich war ziemlich ratlos, denn während er mit mächtigen, gemessenen Faustschlägen diese Bügel in den Boden trieb und damit meine Glieder an den Grund heftete, sprach er weiter: »Es wird dir gut gehen, lieber Freund. Wir sind schlichte, gute Menschen, wir sind voller Sanftmut. Ich bin dir gut, und auch du wirst mir gut sein, lieber Freund.«

»Also kein ›leiblicher Bruder‹?« fragte ich, als ich merkte, daß ich weder Arme noch Beine bewegen konnte.

Meine Frage brachte ihn keineswegs aus der Fassung, er blieb unvermindert herzlich.

»Bruder?« fragte er nachdenklich, als wolle er sich das Wort auf der Zunge zergehen lassen. »Bruder? Gut, magst du ein Bruder sein! Ich bin gut, und du bist gut! Bruder um des Bruders willen! Denn wir sind Brüder. Oder etwa nicht?«

Er stand auf, klopfte mir schnell und sachkundig Hüften und Schenkel ab, betastete meine Taschen und entnahm ihnen meine ganze Habe, den flachen Werkzeugkasten und den Geigerzähler. Er schnallte mir den Feldspaten ab, tastete mich noch einmal, diesmal kräftiger ab, vor allem unter den Achseln, versuchte die Finger in meine Stiefelschäfte zu stecken und hörte während dieser Leibesvisitation keinen Augenblick lang auf zu reden.

»Leiblicher Bruder, sagtest du? Vielleicht, vielleicht auch nicht. Sind wir beide, du und ich, denn von einer Mutter geboren? Ach, die Mutter, die Mutter ... Eine Mutter, Bruder, ist ein heilig Geschöpf. Und so gütig! Auch du bist gütig, du bist sehr gütig. Du trägst keine Waffen. Schlaumeier, du mein geliebter Schlaumeier, da gehst im Walde du für dich hin, die Steinpilze stehen, daß man sie mit der Sense mähen kann, der Wald steht schwarz und schweiget, und darum kann man ihn nicht sehen. Ja, mein lieber Bruder, ich will dir helfen, gleich wirst du es leichter haben, paß mal auf! Wir sind die Menschen des Friedens, die einfachen Menschen, denen die Welt gehört.«

Er hatte einen flachen Tornister vom Rücken genommen und aufgeklappt. Spitz zulaufende Instrumente blitzten auf. Er nahm eines, wog es in der Hand, legte es zurück und ergriff ein anderes, eine Art mächtiger Hebelschere, wie Soldaten sie beim Angriff zum Durchschneiden von Drahtverhauen verwenden. Er kehrte sie gegen mich, die Schneiden blitzten in der Sonne. Rittlings setzte er sich auf meinen Bauch, sprach: »Gott verleihe dir Gesundheit!« und stieß mir, weit ausholend, sein Werkzeug in die Brust. Es tat nicht einmal sehr weh, mein Sendling hatte äußerst wirksame Dämpfer gegen Verdrießlichkeiten. Ich zweifelte nicht mehr daran, daß mein lunarer Herzenskumpan mich ausnehmen würde wie einen Fisch, ich hätte ihm die Leiche zur Sezierung überlassen und an Bord zurückkehren sollen, war aber von dem Kontrast zwischen seinem Reden und seinem Tun so fasziniert, daß ich wie betäubt liegenblieb.

»Warum sagst du nichts?« fragte er, während seine Schere mit einem scharfen, trockenen Knirschen in die oberste Schicht meines Raumanzugs schnitt. Das Werkzeug war von erster Güte, von unwahrscheinlich hartem Stahl.

»Soll ich etwas sagen?« fragte ich.

»Na los!«

»Hyäne.«

»Was?«

»Schakal.«

»Den Freund willst du beleidigen? Das ist nicht schön. Du bist mein Feind! Du bist falsch. Du bist absichtlich ohne Waffen gekommen, um mich zu täuschen. Ich wollte dir wohl, aber ein Feind muß durchsucht werden. Das gehört zu meiner Pflicht, und das ist mein Recht. Ich bin angegriffen worden. Ohne Kriegserklärung hast du unseren heiligen Boden betreten! Du bist selber schuld. ›Leiblicher Bruder.‹ Von wegen, du Hundesohn! Selber schlimmer als ein Hund, beschimpfst du mich als Schakal und Hyäne, aber nicht mehr lange! Mit dem Leben blase ich dir gleich auch das Gedächtnis aus!«

Die letzten Spangen meiner Brustrüstung gaben nach, er bog sie nach außen, sah mir ins Innere und erstarrte.

»Hübsche kleine Geräte«, sagte er und stand auf. »Lauter Kinkerlitzchen. Ich bin ungebildet, aber unsere Gelehrten werden schon dahinterkommen. Warte du nur hier, du brauchst es nicht mehr eilig zu haben. Dich haben wir fest, mein Freund!«

Der Boden erbebte, ich wandte, so gut es ging, den Kopf und erblickte andere gleich ihm. Sie marschierten in Karrees und warfen die Beine im Stechschritt wie bei einer Parade. Der Boden dröhnte unter diesen Tritten, und Staubwolken wirbelten auf. Mein Schinder schickte sich offenbar an, Meldung zu erstatten, denn er stand stramm in Grundstellung.

»Tichy, melde dich! Wo steckst du?« hallte es mir in die Ohren. »Der Ton ist wieder in Ordnung. Hier ist Vivitch! Hier ist die Zentrale! Hörst du mich?«

»Ich höre!«

Die anderen mußten Fetzen dieses kurzen Wortwechsels mitbekommen haben, denn sie fielen in Laufschritt.

»Weißt du, in welchem Sektor du bist?« fragte Vivitch.

»Ich weiß es, ich habe mich soeben davon überzeugt. Ich bin gefangen! Angeschnitten wie eine Wurst!«

»Von wem? Wer . . .«, hörte ich Vivitch ansetzen, aber mein Henker übertönte alle weiteren Worte.

»Alarm!« schrie er. »Alarm! Schnappt ihn, beeilt euch!«

»Tichy!« brüllte Vivitch wie aus weiter Ferne. »Nichts anbrennen lassen!«

Ich verstand ihn. Es konnte nicht in unserem Interesse sein, wenn den Robotern modernste irdische Technologie in die Hände fiel. Zwar konnte ich die Finger nicht bewegen, aber es gab ja ein anderes Mittel. Ich biß mit aller Kraft die Zähne zusammen, hörte ein Knacken, als würde ein Schalter betätigt, und fiel in ägyptische Finsternis. Statt des Sandes spürte ich im Rücken die weiche Polsterung eines Sessels. Ich war zurück an Bord. Mir war schwindlig, ich fand nicht gleich den richtigen Knopf, bis er mir wie von selber unter die Finger kam. Ich zerschlug die schützende Plastikhaube, hieb mit der Faust auf die rote Taste und drückte sie bis zum Anschlag nieder. Der Sendling sollte ihnen nicht heil in die Hände fallen, ein Pfund Ekrasit riß ihn in Fetzen. Es tat mir leid um diesen LEM, aber mir blieb nichts anderes übrig.

So endete mein zweiter Gang.

VII. EIN MASSAKER

Von den zehn folgenden Landungen blieben mir Erinnerungen, die so bruchstückhaft wie unangenehm waren. Die dritte dauerte am längsten, ganze drei Stunden, obgleich ich mitten in eine regelrechte Schlacht geraten war. Ausgetragen wurde sie von Robotern, die vorsintflutlichen Riesenechsen glichen. Sie waren so in den Kampf verbissen, daß sie mich gar nicht bemerkten, als ich, weiß wie ein Engel, allerdings ohne Flügel, in meiner Flammenaureole auf dem Schlachtfeld niederging. Noch im Fluge begriff ich, warum auch diese Gegend vom Raumschiff aus so öde ausgesehen hatte. Die Echsen trugen Tarnfarben und auf dem Rücken überdies ein Reliefmuster, das im Sand verstreute Steine imitierte. Sie bewegten sich mit irrsinniger Geschwindigkeit, und ich wußte zuerst nicht, was ich tun sollte. Zwar pfiffen hier keine Kugeln, Feuerwaffen waren nicht in Gebrauch, aber man konnte erblinden vom Blitzlichtgewitter der Laserstrahlen. Ich robbte eilig hinter große weiße Felsbrocken, an den einzigen Ort, der in nächster Nähe Zuflucht bot, steckte den Kopf hervor und verfolgte den Kampf.

Ich fand zunächst wahrhaftig nicht heraus, wer hier eigentlich gegen wen kämpfte. Die Echsenroboter, die an Kaimane erinnerten und sich in Sprüngen fortbewegten, gingen gegen einen ziemlich gleichmäßig nach meiner Seite hin geneigten Abhang vor. Die Situation erwies sich als sehr verworren. Es sah aus, als befinde sich unter den Angreifern, mitten in ihrer Schlachtordnung, der Feind. Vielleicht hatte zuvor ein Landeunternehmen stattgefunden, ich weiß es nicht, sah aber, wie sich die einen metallenen Echsen auf andere stürzten, die ihnen in jeder Hinsicht glichen. Einmal kamen drei bei der Jagd auf eine einzige ganz nahe, sie erwischten sie, konnten sie aber nicht festhalten, denn sie warf die Beine ab, an denen sie sie gepackt hielten, und setzte ihre Flucht fort, sich windend wie eine Schlange. Auf so primitive Kämpfe, bei denen Schwänze und Beine abgerissen wurden, war ich nicht gefaßt gewesen, ich wartete, daß sie sich die meinen vornehmen würden, aber in der Hitze des Gefechts ließen sie mich unbeachtet. In breiter Front gingen sie auf den Hang los und spien ihre Laserblitze, die aus dem Maul zu kommen schienen. Vielleicht hatten sie auch gar keine Mäuler, sondern sich trichterförmig wie bei einem Schießbecher erweiternde Läufe. Auf dem Hang passierte etwas Sonderbares. Die schnell dahinhuschenden Roboter der ersten Linie drangen unter dem Feuerschutz der nachrückenden ungefähr bis zur Hälfte des Hügels vor und kamen dort ins Stocken. Sie gruben sich nicht etwa in den Boden, sondern wurden immer langsamer, kamen zum Stillstand und verfärbten sich. Die sandfarbenen Rückenschuppen wurden dunkel, ein leichter grauer Qualm wie von unsichtbaren Flammen zog darüber hin, bis die Körper in Glut gerieten und sich in brennende Leichname verwandelten. Von der anderen Seite her kamen jedoch keinerlei Blitze, es konnte also kein durch Laser ausgelöster Brand sein. Die Flanke des Höhenzugs war schon mit vielen verkohlten und zerschmolzenen Automaten übersät, aber sie erschienen in immer neuen Reihen und jagten in den Untergang.

Erst nachdem ich mein Fernsichtgerät eingeschaltet hatte, erkannte ich, worauf sie es abgesehen hatten. Oben auf dem Höhenzug lag etwas, gewaltig und unbeweglich, wie eine Festung, freilich von besonderer Art, denn statt der Mauern hatte sie Spiegel oder vielmehr Bildschirme, die oben den schwarzen, bestirnten Himmel, unten aber die sandige Halde des Abhangs zeigten. Sie waren wie

Spiegel und Bildschirm zugleich, die Laserstrahlen konnten ihnen nichts anhaben, sondern wurden reflektiert, und unten, wo sich die Echsenkadaver zu Haufen türmten, lag, wie das Bolometer in meinem Helm anzeigte, die Temperatur des Gesteins bei mehr als zweitausend Grad. Eine Induktionssperre oder etwas in der Art, dachte ich, fest an den Stein gepreßt, der mir Schutz und Schirm bot. Die Echsen griffen an, das Spiegel- und Schirmgebilde aber hatte sich mit einem unsichtbaren Hitzeschild umgeben. Schön und gut, aber was sollte nun ich tun, waffenlos, wie ich war, hilflos wie ein Säugling zwischen angreifenden Panzerkeilen? Ich brauchte der Zentrale diese Kämpfe nicht zu schildern, mein dritter Sendling hatte sozusagen als Nachhut einen Düsensegler, der wie ein gewöhnlicher Gesteinsbrocken aussah. Er sollte einen Meteor vortäuschen und konnte eigentlich nur dadurch verdächtig erscheinen, daß er nicht herunterfiel, sondern zwei Meilen über mir in der Schwebe blieb.

Ich fühlte eine Berührung am Schenkel, sah an mir hinab und stand starr. Es war ein Bein des Roboters, der vorhin seine Gliedmaßen eingebüßt und sich in eine Schlange verwandelt hatte. Das Bein war langsam vor sich hin gekrochen und in die Steine geraten, hinter denen ich steckte. Es trug drei scharf auslaufende Krallen und eine Haut, die grobkörnigen Sand vortäuschen sollte. Im blinden Zappeln dieses Glieds lag etwas Widerwärtiges und Verzweifeltes zugleich. Es suchte sich in meinen Schenkel zu krallen, fand aber keinen Halt. Voller Ekel nahm ich es in die Hand und warf es weg, so weit ich konnte. Sogleich kehrte es zu mir zurück. Statt den Verlauf der Schlacht verfolgen zu können, hatte ich einen Zweikampf mit diesem Bein zu bestehen, das schon wieder ungeschickt torkelnd an mir hochzuklettern suchte. Jetzt werden gleich noch die anderen ankommen, schoß es mir durch den Kopf, und dann wird es hier brenzlig. Bloß gut, daß die Zentrale Ruhe hielt, denn das Gespräch hätte abgehört werden, mir hätte es an den Kragen gehen können. Ich kniete mich auf die dunkle, im Schatten liegende Seite des großen Steins und lauerte auf dieses Bein, in der Faust den Feldspaten, im Gemüt eine düstere Stimmung. Es hätte nur noch gefehlt, daß dieses Bein, das da, sich abwechselnd krümmend und streckend, auf mich zukam, einen Sender enthielt! Als es mein Knie erreicht hatte, preßte ich es mit einer Hand zu Boden und hieb mit der Schärfe des Spatens darauf los. Was für eine Geschichte! Ijon Tichy, der auf dem Mond eine Schlacht beobachten sollte, machte statt dessen Frikassee aus einer Roboterhaxe! Schließlich mußte ich eine empfindliche Stelle getroffen haben, denn das Bein drehte sich mit auseinanderklaffender Kniekehle nach oben und erstarrte. Ich warf es weg und sah hinter dem Stein hervor.

Die Schwarmlinien versiegten und erstarben, so daß die grauen, mit ihrer Umgebung verfließenden Automaten einzeln kaum noch zu erkennen waren. Dafür aber schritt, ich weiß nicht, woher, eine Spinne bergauf, groß wie eine Scheune, leicht schwankend wie ein Schiff auf den Wogen. Von oben platt wie eine Schildkröte, schaukelte sie auf weit auseinanderstehenden zahlreichen Beinen, deren Knie beiderseits hoch über den Körper ragten. In schwerfälligem Gleichmaß, bedachtsam die vielgliedrigen Stelzen setzend, näherte sie sich bereits der Hitzezone. Ich war neugierig, was dort mit ihr passieren würde. Unterm Bauch trug sie etwas Längliches, Dunkles, beinahe Schwarzes, vermutlich Kriegsgerät. Direkt vor der Glutzone machte sie halt, die Beine weit abgespreizt, und verhielt eine gute Weile, als ob sie überlege. Das Schlachtfeld lag erstorben. Im Helm allerdings hörte ich ein Zirpen: verschlüsselte Signale. Es war eine sehr merkwürdige Schlacht, denn einerseits schien sie zutiefst primitiv geführt zu werden, direkt vergleichbar den Kämpfen, wie sie vor Millionen Jahren, im Mesozoikum, die Dinosaurier auf der Erde ausgetragen haben mochten, andererseits war sie höchst raffiniert, da diese Echsen Laserautomaten waren, mit Elektronik vollgestopfte Roboter, bestimmt nicht aus Reptilieneiern ausgekrochen!

Die gigantische Spinne ließ sich nieder, bis ihr Bauch den Boden berührte, und kroch gewissermaßen in sich selbst hinein. Ich vernahm keinerlei Geräusch, denn selbst wenn einem der Mond in Stücken um die Ohren flöge, wäre weder ein Knall noch ein Surren zu hören. Dafür aber bebte der Boden, einmal, zweimal, dreimal.

Diese Beben gingen in unablässige Schwingungen über, alles ringsumher kam in ein gewaltiges Schlottern, begann immer heftiger und schneller zu vibrieren. Ich sah nach wie vor die Dünen des Mondes, die darüber verstreuten grauen Eidechsen, die Hänge des Höhenzugs gegenüber und darüber den schwarzen Himmel – aber ich sah dies alles wie durch wackelndes Gallert. Die Konturen der Gegenstände verschwammen, die Sterne überm Horizont blinkerten wie auf der Erde und lösten sich dann in wabrige Flecken auf.

Gemeinsam mit dem großen Stein, an den ich mich klammerte, litt ich an Schüttelfrost, ich schwang wie eine Stimmgabel, ich war ganz erfüllt von diesem Schüttern, ich fühlte es in jedem Knochen bis in den kleinen Zeh, es wurde immer stärker, brachte sämtliche Einzelteile meines Daseins ins Schaukeln, und es war nur noch eine Frage der Zeit, bis alles auseinanderflog wie Sülze. Die Vibration tat bereits weh, ich spürte in mir Tausende mikroskopisch kleine Bohrer auf einmal, ich wollte mich von dem Felsbrocken abstoßen und auf die Beine kommen, dann übertrügen sich die Schwingungen nur durch die Fußsohlen und würden also gemindert, aber nicht einmal die Hand konnte ich rühren. Wie gelähmt, halb blind starrte ich zu der gewaltigen Spinne hinüber, die sich zu einer aufgeblähten dunklen Kugel zusammengerollt hatte, ganz wie eine wirkliche Spinne, die unter einem Vergrößerungsglas verendet. Mir wurde schwarz vor Augen, ich fühlte mich ins Bodenlose stürzen, bis ich, schweißüberströmt und halb erstickt, die Augen aufschlug und mir freundlich die bunte Steuertafel im Cockpit entgegenstrahlte. Ich war zurück an Bord, die Sicherungen hatten mich selbsttätig von dem in Bedrängnis geratenen Sendling getrennt. Nach einigem Abwarten entschloß ich mich dennoch, in ihn zurückzukehren, wenngleich mit dem fatalen, bisher nicht gekannten Gefühl, mich in die zerfetzten Reste eines Leichnams zu versetzen. Vorsichtig, als könnte ich mich verbrennen, betätigte ich den Griff, befand mich wieder auf dem Mond und spürte wieder das allmächtige Vibrieren. Bevor die Sicherung mich erneut zurück in die Rakete warf, konnte ich undeutlich gerade noch einen Haufen schwarzer Trümmer sehen, der langsam vom Scheitel des Höhenzugs rutschte. Die Festung ist wohl gefallen, dachte ich, dann war ich wieder im eigenen Körper. Daß der Sendling nicht kaputtgegangen war, gab mir den Mut, mich ein weiteres Mal in ihn zu versetzen.

Nichts bebte mehr, es herrschte Grabesruhe. Zwischen den Resten der verbrannten Echsen lagen die Trümmer der Festung, jener rätselhaften Anlage, die den Zugang zum Gipfel verwehrt hatte. Die Spinne jedoch, die das Hindernis durch die katastrophale Resonanz zerschmettert hatte (ich zweifelte nicht, daß sie dies bewirkt hatte), lag flach am Boden, ein gewaltiges Knäuel zitternder Gliedmaßen, die sich in der Agonie immer noch beugten und streckten. Diese gleichmäßigen Bewegungen wurden immer langsamer, bis sie erstarben. Ein Pyrrhussieg? Ich wartete auf den Fortgang der Angriffe, aber nichts regte sich. Hätte ich mich des Vorgefallenen nicht erinnert, wäre mir die Schlacke des Gerümpels, das das ganze Feld überzog, womöglich nicht einmal aufgefallen, so sehr verschmolz es in eins mit den sandigen Bodenwellen.

Ich wollte aufstehen, aber es ging nicht. Nicht einmal die Hand konnte ich bewegen. Mit Mühe brachte ich es fertig, den behelmten Kopf vorzubeugen, um an mir heruntersehen zu können.

Der Anblick war nicht fröhlich. Der Felsen, der mir bisher als Brustwehr gedient hatte, war in große Stücke geborsten, über die sich ein Netz feiner Risse zog. In dem Geröll, das diese Reste bildeten, steckten meine Gliedmaßen oder vielmehr ihre Stümpfe. Der unglückselige, verstümmelte Sendling! Er war nur noch ein Rumpf ohne Arme und Beine. Ich erlebte das unglaubliche Gefühl, mit dem Kopf auf dem Monde, mit dem Körper jedoch an Bord zu sein: Ich sah vor mir unverändert das Schlachtfeld unter dem schwarzen Himmel, spürte aber gleichzeitig den Druck der Gurte, die mich an Sitz und Lehne meines Sessels banden. Dieser Sessel war unsichtbar bei mir, aber er war auch nicht bei mir, denn ich konnte ihn nicht sehen.

Meine Eindrücke sind leicht zu erklären: Die Sensoren, die keine Signale mehr erhielten, hatten ihre Arbeit eingestellt, ich hatte nur noch Verbindung mit dem Kopf, der, vom Helm beschirmt, das von der Spinne in Gang gesetzte mörderische Beben überstanden hatte.

Hier hatte ich nichts mehr zu suchen, es wurde Zeit zum endgültigen Rückzug. Dennoch blieb ich in dem Rumpf, der dort im Schutt steckte, und ließ den Blick über den im Sonnenglast liegenden Kriegsschauplatz schweifen. Weit weg zappelte im Sand etwas wie ein aufs Trockene geworfener, krepierender Fisch: einer der Echsenautomaten. Mühsam richtete er sich auf, Sandbäche rannen ihm vom Rücken, wie ein Känguruh oder eher wie ein Dinosaurier hockte er da, letzter Zeuge und zugleich Teilnehmer der Schlacht, die keinen Sieger gehabt hatte.

Er wandte sich um und begann sich plötzlich auf der Stelle zu drehen, immer schneller, bis die Fliehkraft den langen Schwanz weit abstehen ließ. Verblüfft sah ich zu, er aber wirbelte wie ein Kreisel, daß ihm die Einzelteile vom Leibe flogen. Schließlich ging er zu Boden, überschlug sich noch einige Male, knallte mit dem letzten Purzelbaum gegen andere Wracks und gab endgültig Ruhe. Ich hatte zwar niemals theoretische Vorlesungen über das Verenden von Elektronik gehört, zweifelte aber keinen Augenblick daran, soeben Zeuge eines solchen Falles gewesen zu sein. Er ähnelte bis ins Kleinste den Zuckungen eines verwundeten Insekts, und obwohl wir wissen, wie dessen Tod aussieht, können wir doch nicht wissen, ob diese letzten Zuckungen Leid und Schmerz bedeuten. Ich hatte restlos genug von diesem Schauspiel, mehr noch, ich hatte den Eindruck, auf eine schwer auszudrückende Weise hineinverwickelt zu sein, als habe ich es verschuldet. Da ich aber nicht wegen philosophisch-moralischer Reflexionen zum Mond geflogen war, biß ich kräftig die Zähne zusammen, zerriß das einende Band mit dem kläglichen Überrest des LUNAR EXCURSION MANNEQUIN NR. 3 und war im Handumdrehen zurück an Bord, um der Zentrale meinen Expeditionsbericht zu übermitteln.

VIII. UNSICHTBAR

Tarantoga, dem ich diese Aufzeichnungen zu lesen gegeben habe, behauptet, ich stelle alle Personen, die meine Mission vorbereitet und überwacht haben, als Trottel oder Pfuscher hin. Dabei liefere die allgemeine Systemtheorie doch den mathematischen Nachweis, daß es kein Element oder Einzelteil gibt, das absolut zuverlässig wäre. Sollte die Störanfälligkeit des jeweiligen Elements sogar eins zu einer Million betragen, so *muß* ein aus einer Million Einzelteilen bestehendes System irgendwo kaputtgehen. Das System indessen, von dem ich auf dem Monde nur das Zünglein war, habe achtzehn Millionen Bestandteile gehabt, folglich sei der für die meisten meiner Schwierigkeiten verantwortliche Tölpel die *Materie*, denn wenn sich auch alle Experten auf den Kopf gestellt hätten und dazu samt und sonders Genies gewesen wären, so hätte es dadurch nur noch schlimmer, niemals aber besser kommen können.

Das mag ja stimmen. Auf der anderen Seite hatte die Folgen all dieser unvermeidlichen Havarien ich auszubaden, ich allein, und sieht man es psychologisch, so wird in einer üblen Lage niemand seinen Ärger an Atomen oder Elektronen, sondern an konkreten Personen auslassen – also waren auch meine Wutausbrüche und über Funk veranstalteten Krawalle unvermeidlich.

In den letzten LEM hatte die Zentrale besondere Hoffnungen gesetzt, denn er war ein Wunderwerk der Technik und gewährte maximale Sicherheit. Es war ein Sendling in Pulverform. Statt eines stählernen Athleten ruhte im Container ein großer Haufen mikroskopisch kleiner Körnchen, deren jedes es an intellektueller Dichte mit einem Supercomputer aufnehmen konnte. Unter dem Einfluß bestimmter Impulse begannen sich diese winzigen Dinger zu verketten, um einen LEM zu bilden. Hier bedeutete diese Abkürzung LUNAR EVASIVE MOLECULES. Ich konnte als stark zerstreute Molekülwolke landen und mich je nach Bedarf in einen Roboter von Menschengestalt oder ein anderes der 49 programmierten Geschöpfe verwandeln. Selbst wenn 85 Prozent dieser Körnchen zugrunde gingen, reichten die übrigen zur Fortsetzung des Erkundungsganges aus. Die Theorie dieses als DISPERSANTEN bezeichneten Sendlings ist so kompliziert, daß sie für keinen einzelnen Kopf zu fassen ist, und gehöre dieser selbst einem gemeinsamen Kinde Einsteins, des Prestidigitateurs von Neumann, des Wissenschaftsrats des Massachusetts Institute of Technology plus Rabindranath Tagore. Auch ich also hatte davon nicht die blasseste Ahnung. Ich wußte nur, daß ich in dreißig Milliarden Teilchen versetzt wurde, die an Vielseitigkeit jede lebende Zelle weit übertrafen, und daß vielfach gedoubelte Programme diese Teilchen zwangen, sich zu den vielfältigsten Aggregaten zusammenzufügen, die sich wiederum per Knopfdruck in ein Teilchengestöber zurückverwandeln ließen. Im Zustand der Dispersion war all das unsichtbar für Auge, Radar und sämtliche Strahlungsarten – mit Ausnahme von Gammastrahlen. Geriete ich also in eine Falle, konnte ich mich auflösen, einen taktischen Rückzug antreten und mich in gewünschter Gestalt wieder sammeln.

Was man empfindet, wenn man eine Wolke von reichlich zweitausend Kubikmeter Rauminhalt ist, kann ich nicht wiedergeben. Um das zu verstehen, muß man eine solche Wolke gewesen sein. Der Verlust des Gesichtssinns, genauer gesagt: der optischen Sensoren, ließ sich jederzeit wettmachen, das gleiche galt für Arme, Beine, Fühler, Geräte. Ich mußte nur aufpassen, daß ich mich im Reichtum der Möglichkeiten nicht verirrte, dann nämlich konnte ich die Schuld an meinem Scheitern nur mir selber zuschreiben. Die Gelehrten hatten sich damit aller Verantwortung für die Störanfälligkeit des Sendlings entledigt – und sie auf mich abgeschoben. Ich kann nicht behaupten, daß mich das in ein absolutes Hochgefühl versetzt hätte.

Bei hochstehender Sonne landete ich am Äquator auf der abgewandten Seite des Mondes, mitten im japanischen Sektor. Ich hatte die Gestalt eines Zentauren angenommen, das heißt eines Geschöpfs, das vier untere Extremitäten und zwei Arme am Oberteil des Rumpfes besaß, dazu ein Tarnsystem, das mich als hochintelligentes Gas umhüllte. Den Namen eines Zentauren verdankte die Gestalt mangels besserer Kennzeichnung der entfernten Ähnlichkeit mit jenem Wesen, das aus der Mythologie bekannt ist.

Obgleich ich mich auf dem Übungsplatz der Lunar Agency auch mit diesem Sendling in Pulverform vertraut gemacht hatte, prüfte ich ihn im Laderaum auf seine Funktionstüchtigkeit. Es war unglaublich, anzusehen, wie dieser große Haufen glimmernden Pulvers nach Einschaltung des entsprechenden Programms in rieselnde Bewegung geriet, sich mischte, zusammenschloß und zur georderten Gestalt formte und wie diese nach Abschalten des elektromagnetischen Feldes (oder was immer sie zusammenhielt) in einem Augenblick zerfiel wie ein Kuchen aus Sand unter einem Fußtritt. Eigentlich sollte es mir Mut machen, daß ich jederzeit zerfallen und wiedererstehen konnte, aber die Wandlungen waren eher unangenehm, jedesmal verbunden mit starkem Schwindel und heftigem Beben. Dieser Zustand hielt an, bis ich eine neue Gestalt angenommen hatte, und abzuhelfen wäre ihm, wie es hieß, nur durch eine thermonukleare Explosion in unmittelbarer Nähe gewesen. Ich hatte mich auch nach der Wahrscheinlichkeit erkundigt, daß ich mich infolge eines Defekts endgültig auflöste, bekam aber keine unmißverständliche Auskunft. Natürlich machte ich den Versuch, zwei Programme auf einmal einzuschalten; nach dem einen sollte ich mich in einen Moloch von Menschengestalt verwandeln, nach dem anderen in eine drei Meter lange, plattköpfige Raupe mit gewaltigen Greifscheren. Der Versuch schlug fehl, der Selektor der Verkörperungen arbeitete nach dem Entweder-Oder-Prinzip.

Diesmal stand ich auf dem Mond, ohne die Mikropen im Rücken und als Reserve zu haben, ich war ja gewissermaßen selber eine Masse mikroskopisch kleiner Zyklopen (die Techniker nennen sie in ihrem Jargon auch Mikrozicken). Ich zog einen unsichtbaren Schwanz von Relaisstationen hinter mir her, eine Schleppe von Nebel, der nur sichtbar wurde, wenn er sich verdichtete. Auch mit der Fortbewegung hatte ich keine Probleme. Wißbegierig, wie ich bin, hatte ich gefragt, was denn sein würde, falls es auf dem Mond inzwischen ebenfalls solche wandlungsfähigen Automaten gebe. Eine Antwort bekam ich nicht, obgleich man auf dem Übungsgelände solche Exemplare zu zweien und sogar zu dreien aufeinander losgelassen hatte, damit sie sich vermischten wie aus verschiedenen Himmelsrichtungen aufziehende Wolken. Zu 90 Prozent bewahrten sie ihre Identität. Eine neunzigprozentige Identität ist ebenfalls nicht leicht zu erklären, man muß so was einfach erlebt haben.

Der Erkundungsgang, den ich hier schildere, ließ sich an wie geschmiert. Ich marschierte drauflos, ohne mich nach allen Seiten umsehen zu müssen, denn ich hatte sie alle auf einmal im Auge, wenngleich seitlich und hinten in einer bestimmten Verkürzung, wie eine Biene mit ihren halbkugelförmigen Augen, die mit Tausenden Ommatidia überall gleichzeitig hingucken können. Da aber keiner meiner Leser jemals eine Biene gewesen ist, dürfte auch dieser Vergleich nicht dazu angetan sein, meine Empfindungen wiederzugeben.

Es war das Geheimnis der einzelnen Staaten, wie sie ihre computergesteuerten Waffenbrütereien programmiert hatten, die Japaner aber waren dafür bekannt, daß sie hinterm Berg hielten und es faustdick hinter den Ohren hatten. Von daher war ich auf greuliche Überraschungen gefaßt. Professor Hagakawa, der unserem Team in der Zentrale angehörte, wußte bestimmt auch nicht, wohin sich die Urlarven der japanischen Waffen entwickelt hatten, gab mir anständigerweise aber die Warnung mit auf den Weg, vorsichtig zu sein und nicht auf Schein und Trug hereinzufallen. Da ich nicht wußte, wie Schein und Trug von Tatsachen zu unterscheiden waren, trabte ich gemächlich über das eintönige, flache Gelände. Erst fern am Horizont erhob sich der niedrige Wall eines Kraters. Vivitch, Hagakawa und der ganze Rest äußerten größte Zufriedenheit, weil das über die trojanischen Satelliten auf die Erde übertragene Fernsehbild ausgezeichnet war, »rasiermesserscharf«, wie sie sagten. Nach einer Stunde fielen mir zwischen den regellos im Sand steckenden Steinen plötzlich niedrige Stengel auf, die sich in meine Richtung neigten. Sie sahen aus wie die Stiele verwelkten Kartoffelkrauts. Ich fragte an, ob ich das Zeug mal untersuchen sollte, aber niemand wollte mir die Entscheidung abnehmen, und als ich auf stur schaltete, waren die einen der Ansicht, ich solle unbedingt Hand anlegen, während die anderen meinten, ich solle die Finger davon lassen. Also beugte ich meinen Zentaurenrumpf über ein größeres Büschel dieses Krauts und suchte einen der krummen Stengel abzureißen. Das gelang auch, ich hatte ihn in der Hand und wollte ihn in Augenschein nehmen, wobei weiter nichts passierte, als daß er sich zu winden begann wie eine Schlange und sich fest um mein Handgelenk legte.

Nach etlichen anderweitigen Versuchen bekam ich heraus, daß er auf Streicheleinheiten ansprach: Auf ein zärtliches Fingerkraulen hin löste er den Griff.

Eigentlich war es blöd, das Wort an welke Stiele von Kartoffelkraut zu richten, auch wußte ich, daß dies mit Kartoffeln nichts zu tun hatte, aber komisch war es doch, und ich probierte es. Ich rechnete nicht damit, eine Antwort zu bekommen, ich bekam auch keine, warf den Krautstiel, der sich wie ein Wurm ringelte, beiseite und trabte weiter.

Die Gegend erinnerte an ein vernachlässigtes Gemüseanbaugebiet und machte dadurch einen recht idyllischen Eindruck. Dennoch war ich jeden Augenblick auf einen Angriff gefaßt und provozierte dieses Pseudogemüse sogar, indem ich es mit Hufen trat (so nämlich sah meine Fußbekleidung aus; wäre mir daran gelegen gewesen, hätte ich sie auch gespalten tragen können!). Bald darauf kam ich an lange Beete anderer toter Pflanzen. Vor einem jeden stand ein großes Schild mit der Aufschrift STOP! HALT! STOJ! und den Entsprechungen in zwanzig anderen Sprachen einschließlich des Malayischen und des Hebräischen. Ich störte mich nicht daran und trabte munter hinein in diese seltsame Botanik. Ein Stück weiter schwärmten dicht über dem Boden winzige blaßblaue Fliegen, die sich, meiner ansichtig werdend, zu Buchstaben formierten: DANGER! OPASNOST! GEFAHR! ATTENTION! YOU ARE ENTERING JAPANESE PINTELOU!

Ich nahm sofort Kontakt zur Zentrale auf, aber da nicht einmal Hakasawa wußte, was PINTELOU war, geriet ich in eine erste kleine Verlegenheit, weil die über dem Sand vibrierenden Buchstaben sich, als ich in sie hineinlief, an mich hefteten und wie Ameisen über meinen Körper krochen. Da sie mir jedoch nichts taten, fegte ich sie, so gut ich konnte, mit dem Schweif herunter, der damit erstmals seine Nützlichkeit bewies, und galoppierte weiter, immer bemüht, mich auf dem Rain zwischen zwei Äckern zu halten. Schließlich gelangte ich an den Außenhang eines großen Kraters, das krautbewachsene Land verengte sich zu einer Kluft, die sich wiederum in eine Senke erweiterte, so tief, daß ich den Grund nicht sah, weil sie voll war von der rußschwarzen Finsternis des Mondes. Dort heraus preschte plötzlich ein großer Panzer gegen mich vor, flach und dennoch gewaltig, laut quietschend und mit den breiten Ketten rasselnd, was um so verwunderlicher war, als auf dem Mond nichts zu hören ist, weil es dort keine Luft und damit keine akustische Leitfähigkeit gibt. Dennoch hörte ich dieses Rasseln, dazu sogar das Knirschen von Kies unter Raupenketten. Der Panzer fuhr, von einer ganzen Kolonne gefolgt, direkt auf mich zu. Ich hätte ihnen gern die Vorfahrt gelassen, aber dafür war in diesem engen Hohlweg leider kein Platz. Schon wollte ich mich in ein Gestöber auflösen, als der erste Panzer mich erreichte und vorüberfloß wie ein Nebelstreif – es wurde für einige Augenblicke dunkel.

Wieder so ein Phantom, eine Fata Morgana, dachte ich und ließ mich ganz unverzagt von den nachfolgenden überfahren. Hinterher kamen in Schützenkette Soldaten, die normalsten der Welt, schlitzäugig, mit kurzläufigen Sturmgewehren und aufgepflanztem Bajonett, mitten unter ihnen ein Offizier, den Degen an der Seite, in der Hand die Fahne, in deren Mitte rund und rot der Sonnenball erglühte. Alles das ging wie Rauch durch mich durch, dann war alles wieder leer.

In der sich vertiefenden Senke wurde es duster, ich schaltete meine Scheinwerfer oder vielmehr die sogenannten Aufheller ein, die meine Augen umrahmten. In nunmehr viel langsamerem Vorwärtsgang gelangte ich an ein von einem Wall aus Eisenschrott umgebenes Höhlenloch. Seine lichte Höhe war zu gering für meinen Wuchs, ich wollte mir die Mühe ersparen, mich ständig bücken zu müssen, und verwandelte mich in einen Dackelzentauren. Das klingt zwar reichlich blödsinnig, entspricht aber nicht übel der Wahrheit, denn meine Beine schrumpften in der Länge, und mein Bauch schleifte fast über den steinigen Boden, als ich vorwärts kroch, immer tiefer hinein in das Innere des Mondes, einen noch von keines Menschen Fuß betretenen Untergrund. Eines Menschen Füße waren die meinen übrigens eigentlich auch nicht. Immer öfter kam ich ins Straucheln, die Beine rutschten auf dem glatten Kies weg. Eingedenk dessen, wozu ich jetzt in der Lage war, verwandelte ich sie in kissenförmige Pfoten, die sich an den Grund schmiegten wie die Sohlen eines Löwen oder Tigers. Ich fühlte mich in dem neuen Körper immer mehr zu Hause, hatte aber keine Zeit, es zu genießen. Ich leuchtete mich die unregelmäßig behauenen Wände der ebenen Höhle entlang, bis ich auf ein Gitter stieß, das auf der ganzen Breite den Durchgang versperrte. Ich fand, daß diese japanischen Waffen gegen Eindringlinge von ausgesuchter Höflichkeit waren, denn über dem Gitter stand in großer Leuchtschrift: NO ENTERING! DO NOT TRESPASS THIS BARRIER! KEIN DURCHGANG! PROCHODA NJET! NE PAS SE PENCHER EN DEHORS! PERICOLOSO! OPASNO! GEFÄHRLICH!

Hinter dem Gitter phosphoreszierte ein Totenkopf mit gekreuzten Knochen und der Aufschrift DEATH IS VERY PERMANENT. Ich ließ mich davon nicht aufhalten, löste mich auf, drang durch das Gitter und verkörperte mich wieder auf der anderen Seite. Die natürlichen Wände des Felskorridors gingen in einen ovalen, mit heller Keramik ausgekleideten Tunnel über. Als ich mit dem Finger gegen die Fliesen klopfte, schoß an der Stelle meiner Berührung ein kleiner Trieb hervor, der sich zu einem Schild auswuchs: MENE TEKEL UPHARSIN! So viele

Warnungen deuteten darauf hin, daß man hier keinen Spaß verstand, aber ich war nicht so tief herabgestiegen, um wieder umzukehren. Auf meinen Leisetretern schritt ich weiter, hinter mir den schmiegsamen Schweif, der jederzeit bereit war, mir zu Hilfe zu kommen. Daraus, daß ich von der Zentrale nicht mehr zu sehen war, machte ich mir gar nichts. Auch die Kopfhörer sagten nichts mehr, nur manchmal war ein leises, aber seltsam schrilles, furchtsames Geheul zu hören.

Ich gelangte an eine Stelle, wo der Tunnel sich verbreiterte und gabelte. Über dem linken Abzweig leuchtete in Neonschrift der Satz THIS IS OUR LAST WARNING. Über dem rechten stand nichts, ich betrat also den linken und sah bald etwas vor mir aufschimmern. Es war eine Mauer, die jeden weiteren Durchgang versperrte, darin eine gewaltige Panzertür mit einer Reihe von Schlüssellöchern, ein Tor wie zu einer Schatzkammer, das reine »Sesam, öffne dich!«.

Ich ließ meine rechte Hand in eine Teilchenwolke zerfallen und in eins der Schlüssellöcher sickern. Drinnen war es finster wie in einem Astloch um Mitternacht. Ich wand mich vergebens nach allen Seiten und kehrte um, probierte auf diese Weise alle Öffnungen durch, bis die oberste mir Durchlaß gewährte. Daraufhin verwandelte ich mich ganz in Nebel oder Schwebestoff und bezwang auch dieses Hindernis, darauf vertrauend, daß nicht einmal die Japaner oder vielmehr ihre Produkte damit rechneten, ein Unberufener könnte durch ein Schlüsselloch einschweben. Es wurde irgendwie stickig, obgleich das nicht wörtlich zu nehmen ist, da ich ja nicht atmete. Das Dunkel erhellten jetzt nicht mehr nur die Einfassungen meiner sämtlichen Augen, ich hatte mich weiterer Tüchtigkeiten dieses LEM erinnert und leuchtete am ganzen Körper wie ein riesiger Johanniskäfer. Der Glanz blendete mich erst einmal, aber bald war ich an ihn gewöhnt.

Der Tunnel verlief pfeilgerade immer tiefer, bis an eine ganz gewöhnliche, aus einer Art Strohhalme geflochtene Matte. Ich schob sie beiseite und betrat einen weitläufigen Raum, der von mehreren Reihen Deckenleuchten Licht erhielt. Der erste Eindruck war der eines kompletten Chaos. Direkt in der Mitte lag in Trümmern, die wie Porzellan oder Keramik glänzten, wie von einer Bombe zerrissen, ein Supercomputer. Losgerissene Bündel von Kabeln wanden sich um die geborstenen Einzelteile, die von einem gläsernen Schmelz und den glänzenden Schuppen der Halbleiterschaltkreise überzogen waren. Hier war schon vor mir einer dagewesen und hatte den Japanern mitten in ihrem Rüstungskomplex gewaltig eins ausgewischt. Am sonderbarsten war, daß dieser gigantische, mehrere Etagen umfassende Computer von einer Kraft gesprengt worden war, die direkt aus seinem Innern, wahrscheinlich von unten her, gewirkt hatte, denn alle seine solide gepanzerten Wände waren in zentrifugaler Richtung, nach außen, umgefallen. Manche waren größer als Bücherschränke und sahen auch fast so aus, sie besaßen lange Regale, vollgestopft mit rissig gewordenen, dichtgewickelten Spulensätzen und Myriaden glitzernder kleiner Verteilerplatten. Eine gewaltige Faust schien von unten gegen diesen Koloß geschlagen und ihn in Stücke gesprengt zu haben. Im Zentrum der Zerstörung mußte davon noch etwas zu sehen sein, deshalb arbeitete ich mich den Trümmerberg hinauf. Alles lag tot wie das Innere einer geplünderten Pyramide, einer von unbekannten Räubern gefledderten Grabstätte.

Ich gelangte auf die Höhe des Haufens und sah in den unregelmäßigen Trichter hinein, den die Computerreste bildeten. Dort unten lag jemand, wie in einen Schlaf versunken, den er sich redlich verdient hatte. Zuerst hielt ich ihn für den Roboter, der mich auf meinem zweiten Erkundungsgang so herzlich begrüßt, seinen Bruder genannt und wie eine Dose Räuchersprotten aufgeschlitzt hatte. Es war eine ganz menschenähnliche Gestalt, nur daß die Dimensionen übermenschlich waren. Sie zu wekken, blieb mir immer noch Zeit, zunächst war es vernünftiger, herauszufinden, was hier vorgegangen war. Das japanische Rüstungszentrum hatte sich einen solchen Eindringling sicher nicht gewünscht und ihn auch nicht von sich aus losgelassen, um Harakiri zu begehen. Eine solche Möglichkeit war als unwahrscheinlich zu verwerfen. Die Grenzen der einzelnen Sektoren waren vortrefflich bewacht, also konnte die Invasion unter ihnen durch den Fels geführt worden sein, durch tiefliegende Maulwurfsgänge, durch die die unbekannten Täter bis ins Herz der Rechenarsenale vorgedrungen waren, um sie in Schrott zu verwandeln. Um sich dessen zu vergewissern, hätte man den automatischen Burschen befragen müssen, der dort unten nach redlicher Pflichterfüllung den Schlaf der Gerechten schlief. Ich scheute noch davor zurück, durchlief in Gedanken alle Gestalten, die ich annehmen konnte, um die zu finden, die mir ein Maximum an Sicherheit bot. Immerhin konnte ihm ja sauer aufstoßen, daß ich ihn weckte. Als Wolke konnte ich nicht sprechen, aber ich besaß die Fähigkeit, nur teilweise zur Wolke zu werden und innerhalb der Nebelhülle den Sprechapparat zu behalten. Das schien mir letztlich am vernünftigsten, und ich handelte danach. Da ich es für überflüssig hielt, den Koloß durch eine besonders raffinierte Methode zu wecken, ließ ich ein solides Computerbruchstück von der Höhe rollen.

Es knallte ihm gegen die Rübe, daß der ganze Trümmerberg erbebte und immer größere Brocken ins Rutschen kamen. Er fuhr sofort hoch, sprang auf die Füße, stand stramm und schnarrte. »Aufgabe überplanmäßig erfüllt, Feindstellung erobert! Zum Ruhme des Vaterlands! Melde mich bereit zur Ausführung weiterer Befehle!«

»Rühren!« sagte ich.

Dieses Kommando hatte er gewiß nicht erwartet, aber er nahm eine lockere Haltung ein und die Hacken auseinander. Erst dann nahm er mich wahr, und in seinem Innern machte es hörbar »klack«.

»Sei gegrüßt!« sagte er. »Sei gegrüßt! Gott gebe dir Gesundheit. Warum bist du so verschwommen, mein lieber Freund? Nur gut, daß du endlich da bist. Komm her zu mir, wir wollen plaudern und ein Liedchen singen, wir wollen uns gegenseitig mit Ratschlägen dienen. Du wirst dich bei uns wohl fühlen. Wir sind still und friedfertig, wir wollen keinen Krieg, der Krieg ist uns zuwider ... Aus welchem Sektor kommst du eigentlich?« fragte er plötzlich in ganz anderem Ton, als habe ihn ein unverhoffter Argwohn befallen – die Spuren seiner Friedfertigkeit waren ja präsent genug. Das war wohl auch der Grund, daß er sich auf ein tauglicheres Programm schaltete: Er streckte mir seine gewaltige eiserne Rechte entgegen. Jeder Finger war eine Schußwaffe.

»Auf den Freund willst du schießen?« fragte ich und schlug sanfte Wogen über dem Scherbenhaufen. »Na los, sei nicht knauserig, schieß los, lieber Ballermann und leiblicher Bruder, es möge dir wohlbekommen.«

»Melde getarnten Japs!« schnarrte er und begann aus allen fünf Fingern auf mich zu feuern, daß der Putz von den Wänden stob. Vorsichtshalber senkte ich, weiter sanft über ihm wallend, mein Sprachzentrum etwas ab, damit es keinen Treffer erhielt, verlieh dem Unterteil der Wolke, die ich war, eine kompaktere Beschaffenheit und rammte damit ein kommodengroßes Computerbruchstück, daß es auf den Burschen losrutschte und eine ganze Lawine von Schrott mit sich riß.

»Angriff!« brüllte er. »Alles Feuer auf mich! Zum Ruhme des Vaterlands!«

»Du bist aber ein ganz Eifriger«, konnte ich gerade

noch sagen, ehe ich mich restlos in eine Wolke verwandelte, genau zum rechten Zeitpunkt, denn es rumste gewaltig, der Trümmerberg erbebte, und aus seinem Innern brachen Flammen. Mein aufopferungswilliger Gesprächspartner stand in bläulichem Glanz, wurde weißglühend und nachher schwarz, stieß mit dem letzten Atemzug aber noch hervor: »Zum Ruhme des Vaterlands!«

Dann löste er sich auf. Erst gingen die Arme flöten, dann platzte vor Hitze der Brustkorb und ließ für einen winzigen Moment seltsam primitive, mit Bast verflochtene Kupferdrähte sehen. Zuletzt fiel das Härteste: der Kopf. Er platzte auf wie eine gewaltige taube Nuß – und war tatsächlich hohl. Der Rumpf, wie gesagt, stand wie ein brennender Mast, ging in Rauch auf und fiel in Asche.

Obgleich ich nur ein Dunst war, spürte ich aus der Ruine eine Glut schlagen wie aus dem Krater eines Vulkans. Ich zog mich an die Wand zurück und wartete ab, aber es blickte kein neuer Gesprächspartner aus der Lohe, die emporwaberte, daß die bisher unversehrt gebliebenen Leuchtröhren an der Decke platzten. Splitter und Leitungsreste fielen auf den Schutt, zugleich wurde es immer dunkler, und dieser einstmals so ordentliche, kreisrunde Raum erinnerte an den Schauplatz eines Hexensabbats, beleuchtet von der blauen Flamme, die unentwegt loderte und mich durch ihren Zug zu rösten drohte. Ich sah, daß hier nichts mehr zu erkunden war, sammelte mich und floß hinaus in den Korridor. Die Japaner hatten mit Sicherheit noch andere Zentren der Rüstungsindustrie in Reserve, ein zur Reserve gehörender und daher weniger wichtiger Komplex konnte auch dieser vernichtete gewesen sein, aber ich hielt es für geraten, das Freie zu gewinnen und vor der nächsten Etappe der Erkundung die Zentrale zu verständigen.

Unterwegs stieß ich auf nichts, was mich aufgehalten

hätte. Durch den Korridor kam ich an die Panzertür, durch deren Schlüsselloch auf die andere Seite, dann ließ ich auch das Gitter hinter mir, nicht ohne voller Mitleid noch einmal die Warntafeln zu überfliegen, die keinen Schuß Pulver wert waren. Endlich schimmerte hell die unregelmäßige Öffnung der Höhle. Erst hier nahm ich eine Gestalt an, die der eines Menschen nahekam. Irgendwie war ein Gefühl der Sehnsucht in mir erwacht, eine neue, bisher nie gekannte Nostalgie. Ich suchte einen Stein, der sich als Sitz zum Ausruhen eignete, geriet aber in einen zunehmenden inneren Zwiespalt: Ich bekam immer größeren Hunger, konnte als Sendling aber nichts zu mir nehmen. Ich hätte, um schnell mal einen Happen essen zu können, diesen vielseitigen Sendling seinem Schicksal überlassen müssen, und das wäre schade gewesen. Ich verschob es also, wollte erst einmal meine Auftraggeber verständigen, ehe ich das Gerät in einem sicheren Versteck unterbrachte und mir eine Mahlzeit leistete.

Ich rief Vivitch, erhielt aber keine Antwort. Ich rief und rief – Totenstille. Ich prüfte mit dem Geigerzähler, ob ich etwa auch hier durch ionisiertes Gas abgeschirmt war. Vielleicht gelangten die Kurzwellen nicht aus der schmalen Kluft, ich verwandelte mich – mit einem gewissen Widerwillen – zurück in eine Wolke, schoß kerzengerade empor in die schwarze Himmelskuppel und rief erneut die Erde, diesmal als Vogel. Freilich, ich war kein Vogel, ohne Luft tragen Flügel nicht, aber mir ist das so herausgefahren, weil es besser klingt.

IX. BESUCHE

Wie in Trance kam ich von meinem verunglückten Einkaufsbummel zurück. Ich weiß selber nicht mehr, wie ich auf mein Zimmer fand, so sehr suchte ich zu begreifen, was vor dem Warenhaus passiert war. Da ich nicht die geringste Lust hatte, mich mit Gramer und Konsorten an den Tisch zu setzen, aß ich das ganze im Schreibtischfach aufbewahrte Teegebäck auf und spülte mit Coca-Cola nach. Draußen dunkelte es bereits, als jemand an die Tür klopfte. Im Glauben, es sei Hous, öffnete ich. Vor mir stand ein fremder Herr im dunklen Anzug, eine flache schwarze Tasche in der Hand. Ich weiß auch nicht, warum ich ihn automatisch für einen Bestattungsunternehmer hielt.

»Darf ich eintreten?« fragte er, ich trat wortlos zurück, er setzte sich, ohne sich umzusehen, auf den Stuhl, über dem mein Schlafanzug hing, nahm die Aktentasche auf die Knie, packte einen dicken Stoß von Papieren aus, setzte sich eine altmodische Brille auf und sah mich eine ganze Weile schweigend an. Seine Haare waren fast weiß, die Augenbrauen aber schwarz. Er hatte blutleere Lippen, die Mundwinkel in dem hageren Gesicht zeigten nach unten. Ich stand reglos am Schreibtisch, und er legte eine Visitenkarte vor mich hin. »Professor Dr. Allan Shapiro I. C. G. D.« konnte ich lesen, Anschrift und Telefonnummer aber waren sehr klein gedruckt und nicht zu entziffern, in die Hand nehmen wollte ich das Kärtchen jedoch nicht. Mich erfaßten Gleichgültigkeit und Überdruß, ich hätte am liebsten schlafen mögen.

»Ich bin Neurologe«, sagte er, »und ziemlich bekannt.«

»Ich glaube, ich habe was von Ihnen gelesen«, brummelte ich unsicher. »Kallotomie, nicht wahr, Lateralisierung der Gehirnfunktionen?«

»Ja. Ich bin auch Berater der Lunar Agency. Mir haben Sie es zu danken, daß Sie nach Belieben schalten und walten können. Ich vertrete die Ansicht, daß Sie im jetzigen Zustand beschützt werden müssen, mehr aber nicht. Der Fluchtversuch war kindisch. Sie müssen das verstehen, Sie sind der Träger eines Schatzes, der gar nicht mit Geld zu bezahlen ist. Ein *Geheimnisträger*, wie die Deutschen sagen. Alle Ihre Bewegungen sind unablässig verfolgt worden, und das nicht nur von der Agentur. Bisher, Herr Tichy, wurden acht Versuche vereitelt, Sie zu entführen. Bereits auf dem Flug nach Australien standen Sie unter der Beobachtung durch Spezialsatelliten, die nicht nur uns gehörten. Ich bin mit meiner ganzen Autorität gegen die Forderungen der Politiker aufgetreten, denen die Agentur untersteht. Man wollte Sie festnehmen, unter Kuratel stellen und so weiter. Die von Ihrem Freund eingeholten juristischen Ratschläge sind völlig wertlos. Wenn es um einen ausreichend hohen Einsatz geht, verliert das Recht seine Gültigkeit. Solange Sie am Leben sind, befinden sich alle – alle interessierten Seiten – in einem Zustand des Patt. Das kann keinen Bestand haben: Wenn man Sie nicht zu fassen kriegt, wird man Sie töten.«

»Wer ist ›man‹?« fragte ich, sah ihn an und wunderte mich gar nicht. Der Besuch versprach länger zu dauern, ich warf einen Stapel Zeitungen und Bücher vom Sessel und setzte mich.

»Das spielt keine Rolle. Sie jedenfalls haben, nicht nur meiner Ansicht nach, Ihren guten Willen gezeigt. Ihr offizieller Bericht ist mit dem verglichen worden, was Sie hier geschrieben und in dem Konservenglas vergraben haben. Überdies verfügt die Agentur über ein *tertium comparationis* in Form sämtlicher Mitschnitte Ihres Funkverkehrs mit der Zentrale.«

»Na und?« fragte ich, weniger aus Neugier, sondern weil er eine Pause machte.

»Teils haben Sie die Wahrheit geschrieben, teils müssen Sie konfabuliert haben. Nicht vorsätzlich, Sie haben geglaubt, was im Bericht steht und was Sie hier vefaßt haben. Wenn im Gedächtnis Lücken auftreten, ist jeder normale Mensch bemüht, sie auszufüllen. Das geschieht ganz unbewußt. Übrigens kann man gar nicht wissen, ob Ihre rechte Gehirnhälfte tatsächlich eine Schatzkammer ist.«

»Das heißt?«

»Die Kallotomie brauchte kein Werk des Zufalls zu sein.«

»Sondern?«

»Ein Ablenkungsmanöver.«

»Von wessen Seite? Des Mondes?«

»Das ist durchaus möglich.«

»Ist es denn aber wieder so wichtig?« fragte ich. »Die Agentur kann doch weitere Kundschafter entsenden.«

»Selbstverständlich. Sechs Wochen sind jetzt Sie wieder hier, und kaum daß die Diagnose – Ihre Kallotomie – gestellt war, wurden drei Mann aus der Reserve entsandt.«

»Ohne Erfolg?«

»Alle kamen zurück, aber als Erfolg ist das leider nicht zu werten.«

»Ich verstehe nicht.«

»Die Erfahrungen dieser Männer decken sich nicht mit den Ihren.«

»In keinem Punkt?«

»Es ist besser für Sie, keine Einzelheiten zu wissen.«

»Die aber Sie wissen, Professor Shapiro«, sagte ich grinsend. »Dann kann es auch für Sie unangenehm werden.«

Er nickte philosophisch.

»Selbstverständlich. Unter den Experten gibt es mittlerweile eine Masse einander widersprechender Hypothesen. Die Analyseergebnisse lauten in etwa so: Klassisch gebaute Sendlinge waren auf dem Mond keinerlei Überraschung. Das war erst der molekulare Fummel, in dem Sie zuletzt gesteckt haben. Seither ist aber auch er dort kein Unbekannter mehr.«

»Was ergibt sich daraus für mich?«

»Das werden Sie sich denken können. Sie sind DORT weiter vorgedrungen als Ihre Nachfolger.«

»Für die hat der Mond eine Show abgezogen?«

»So sieht es aus.«

»Und für mich nicht?«

»Sie haben – wenigstens teilweise – die Dekorationen durchstoßen.«

»Wie durfte ich dann zurückkehren?«

»Weil das Dilemma im Sinne des strategischen Spiels damit seine optimale Lösung fand. Sie kamen zurück, die Aufgabe war erfüllt. Gleichzeitig kamen Sie nicht zurück, die Aufgabe blieb unerfüllt. Wären Sie nicht wiedergekommen, hätten im Sicherheitsrat die Gegner weiterer Erkundungen die Mehrheit gewonnen.«

»Diejenigen, die den Mond vernichten wollen?«

»Nicht so sehr vernichten als vielmehr neutralisieren.«

»Das ist mir neu. Wie soll das vor sich gehen?«

»Es gibt dafür ein Mittel, höchst kostspielig zwar, eine neue Technologie in der Entstehungsphase. Ich kenne keine Einzelheiten, weil das so besser ist für uns alle und auch für mich.«

»Immerhin haben Sie davon munkeln hören«, meinte ich. »Es dürfte also in jedem Falle eine postatomare Technologie sein? Keine Wasserstoffladungen, keine ballistischen Raketen, sondern etwas Diskreteres. Der Mond würde es nicht rechtzeitig identifizieren können . . .«

»Für jemanden, der sein halbes Gehirn los ist, sind Sie

durchaus intelligent geblieben. Kommen wir jedoch wieder zur Sache, das heißt zu Ihnen.«

»Ich soll mein Einverständnis für Untersuchungen geben? Unter den Auspizien der Agentur? Meine rechte Hälfte soll ins Verhör?«

»Der Fall ist viel komplizierter, als Sie annehmen. Neben Ihrem Bericht und den Mitschnitten von der Mission liegt uns eine ganze Reihe von Hypothesen vor. Die sicherste lautet in etwa wie folgt: Auf dem Mond ist es zu Kollisionen zwischen einzelnen Sektoren gekommen, nicht aber zu einer Union sämtlicher Sektoren oder aber der Vernichtung der einen durch die anderen. Auch ein Plan zur Bekriegung der Erde kam nicht zustande.«

»Was ist dann eigentlich passiert?«

»Wenn man das mit angemessener Gewißheit sagen könnte, brauchte ich Ihnen jetzt nicht zur Last zu fallen. Unzweifelhaft haben die Sicherungen zwischen den Sektoren versagt. Die militärischen Programmspiele sind übereinander hergefallen. Es gab Resultate ohne Beispiel.«

»Was für welche?«

»Ich bin in diesen Dingen kein Experte, aber soviel ich weiß, gibt es kompetente Experten überhaupt nicht. Wir sind auf Vermutungen angewiesen, unter dem Motto: Cetrum censeo humanitatem preservandam esse. Sie verstehen Latein, nicht wahr?«

»Ein wenig. Bitte sagen Sie nun, was Sie von mir wollen.«

»Im Augenblick noch gar nichts. Nehmen Sie es nicht übel, aber Sie sind wie jemand, der von der Pest befallen war, als es noch keine Antibiotika gab. Ich darf Ihnen diesen Besuch machen, weil ich mich stur gestellt habe. Man gab mir die Genehmigung nur widerstrebend. Ein *ultimum refugium* sozusagen. Die Zahl der Versionen, was auf dem Mond passiert ist, hat durch Sie eine fatale Vergrößerung erfahren. Geradeheraus gesagt, weiß man nach Ihrer Rückkehr weniger als vorher.«

»Weniger?«

»Ja freilich. Man weiß ja nicht einmal, ob Ihr rechtes Gehirn irgendeine kritische Information enthält. Die Zahl der Unbekannten wuchs, als sie sich verringerte.«

»Sie reden wie das Orakel zu Delphi.«

»Die Lunar Agency hat in den Mondsektoren untergebracht, was sie dem Genfer Abkommen zufolge dort unterzubringen hatte. Die Programme der ersten dorthin transportierten Computergeneration blieben jedoch das Geheimnis des jeweiligen Staates und waren der Agentur nicht zugänglich.«

»Das heißt, daß gleich am Anfang ein gefährlicher Unsinn stand.«

»Natürlich. Er war eine Folge der weltweiten Antagonismen. Und läßt sich ein Programm, das nach einigen Jahrzehnten den von den Programmierern eingebauten Sicherungen entgleitet, von einem solchen unterscheiden, das ihnen auf ganz spezifischen Weise entgleiten *sollte*?«

»Das weiß ich nicht. Fachleute werden es aufklären können.«

»Nein, aufklären kann es niemand außer den Leuten, die damals die Programme gemacht haben.«

»Wissen Sie was, Herr Professor Shapiro«, sagte ich, stand auf und trat ans Fenster, »ich habe den Eindruck, daß Sie mich in ein zartes Gespinst verstricken wollen. Der Fall wird um so dunkler, je länger wir darüber reden. Was ist auf dem Mond passiert? Man weiß es nicht. Was habe ich wirklich dort erlebt? Man weiß es nicht. Warum habe ich mir diese verdammte Kallotomie zugezogen? Man weiß es nicht. Ich bitte Sie daher um die Freundlichkeit, mir bündigst darüber Auskunft zu geben, was Sie von mir wollen.«

»Sie sollten sich, wenn Sie von Freundlichkeit sprechen, jeden sardonischen Tonfall verkneifen. Die Freundlichkeit währt bis heute und ist sehr weit getrieben worden . . .«

»Weil sie im Interesse der Agentur und vielleicht auch jemandes anderen lag. Es sei denn, Sie sagen, man habe mich nur aus Gutherzigkeit beschirmt und behütet. Nun?«

»Nein. Von Gutherzigkeit kann keine Rede sein, ich habe es Ihnen schon eingangs gesagt. Der Einsatz ist zu hoch. So hoch, daß man Sie, ließen sich Ihnen dadurch sachliche Informationen entreißen, längst ins hochnotpeinliche Verhör genommen hätte.«

Mir kam eine jähe Vermutung. Ich kehrte dem bereits im Dunkel liegenden Fenster den Rücken, kreuzte die Arme auf der Brust und erklärte mit einem breiten Lächeln: »Ich danke, Professor. Erst jetzt habe ich begriffen, WER mich die ganze Zeit wirklich beschützt hat.«

»Ich sagte es Ihnen ja.«

»Aber ich weiß es besser. Die da. Ausgerechnet die da . . .«

Ich öffnete das Fenster und wies auf die über den Bäumen aufgehende Mondsichel, die sich in grellem Weiß vom dunkelblauen Himmel abhob.

Der Professor schwieg.

»Das hängt bestimmt mit meiner Landung zusammen«, fuhr ich fort. »Damit, daß ich entschlossen war, mit eigenen Füßen auf dem Mond zu stehen und zu holen, was der letzte Sendling gefunden hatte. Ich konnte das tun, weil im Laderaum Raumanzug und Landefähre vorhanden waren. Das war wohl für den Notfall eingepackt worden, und ich machte es mir zunutze. Ich weiß zwar nicht, was mit mir passiert ist, als ich in eigener Person landete. Ich weiß es und weiß es nicht. Ich fand den Sendling, aber es war wohl nicht mehr der molekulare.

Ich erinnere mich, daß ich wußte, *weshalb* ich landete: nicht um ihn zu retten, das war ja unmöglich und sinnlos, sondern um etwas zu *holen.* Irgendwelche Proben? Wovon? Daran kann ich mich nicht erinnern. Und obwohl ich die Kallotomie selbst wohl nicht wahrgenommen oder mir – wie in Amnesie nach einer Gehirnerschütterung – nicht eingeprägt hatte, weiß ich doch noch, daß ich, an Bord zurückgekehrt, meinen Raumanzug in einen besonderen Behälter stopfte, denn er war ganz mit feinem Staub bedeckt. Es war sonderbarer Staub, zwischen den Fingern trocken und feinkörnig wie Salz, aber schwer von den Händen abzuwischen. Radioaktiv war er nicht, ich wusch mich dennoch, als sei er strahlenbelastet. Später habe ich nicht einmal zu erfahren versucht, was das für eine Substanz war. Übrigens bot sich auch gar keine Gelegenheit, solche Fragen zu stellen. Als ich hörte, daß mein Gehirn halbiert ist und wie beschissen ich dran bin, hatte ich wahrhaftig größere Sorgen, als auch nur in Gedanken auf jene Stunde zurückzukommen, die ich auf dem Mond verbracht habe. Was haben Sie eventuell von diesem Staub gehört? Mottenpulver kann es ja wohl nicht gewesen sein. Ich habe *etwas* mitgebracht – aber was?«

Mein Gast musterte mich durch seine Brille, mit zusammengekniffenen Augen und einem Pokergesicht.

»Warm«, sagte er, »heiß sogar . . . Ja, Sie haben *etwas* mitgebracht. Deswegen wahrscheinlich sind Sie heil zurückgekehrt, trotz der Landung.«

Er stand auf und trat neben mich. Wir sahen zum Mond hinauf, der unschuldig strahlend zwischen den Sternen stand.

»Die LUNAR EXPEDITION MOLECULES sind dortgeblieben«, sprach mein Gast wie zu sich selbst. »Hoffentlich so zerstört, daß sie nicht zu rekonstruieren sind! Sie selbst haben sie zerstört, obwohl Sie es nicht wußten, als Sie in den Laderaum stiegen, um den Raumanzug zu holen. Damit lösten Sie die AUDEMO aus, die ›autodemolition‹. Jetzt kann ich es ja sagen, es spielt keine Rolle mehr.«

»Für einen Berater für Probleme der Neurologie sind Sie glänzend informiert«, sagte ich, weiter den Mond betrachtend, der sich eben hinter einem Wölkchen verbarg. »Vielleicht wissen Sie sogar, wer mit mir zurückgekommen ist? Mikropen von dort oben? Ein kristalliner Staub, gewöhnlichem Sand ganz unähnlich?«

»Soviel ich weiß, sind es Polymere auf Siliziumbasis, irgendwelche Silicoidea . . .«

»Aber keine Krankheitserreger?«

»Nein.«

»Warum ist das so wichtig?«

»Weil sie Ihnen gefolgt sind.«

»Das kann nicht sein, denn . . .«

»Es konnte sein, denn es war so.«

»Ist der Behälter undicht geworden?«

»Nein, wahrscheinlich haben Sie eine Portion dieser Teilchen eingeatmet, als Sie in der Rakete den Raumanzug ablegten.«

»Und nun schleppe ich sie mit mir herum?«

»Das weiß ich nicht. Gewöhnlicher Mondstaub ist es nicht, das hat man entdeckt, als Sie nach Australien geflogen sind.«

»Ach ja? Dann hat man hinterher also jeden Ort, den ich aufgesucht habe, unters Mikroskop genommen?«

»So ungefähr.«

»Und? Hat man sie gefunden, diese . . .«

Er nickte. Wir standen immer noch am Fenster, der Mond trieb durch die Wolken.

»Wissen es alle?«

»Wen meinen Sie mit ›alle‹?«

»Die interessierten Seiten.«

»Wohl noch nicht. In der Agentur wissen es nur einige, vom Gesundheitsdienst ich allein.«

»Warum haben Sie es mir gesagt?«

»Weil Sie selbst schon auf der Spur waren und ich wünsche, daß Sie über die ganze Lage Bescheid wissen.«

»Die meine?«

»Die Ihre und die allgemeine.«

»Ich stehe also tatsächlich unter dem Schutz dieser Dinger?«

»Sie haben es vorhin selbst zu verstehen gegeben.«

»Ich habe nur auf den Busch geklopft. Ist es wirklich so?«

»Ich weiß es nicht, aber das bedeutet nicht, daß niemand etwas weiß. Das Ganze hat verschiedene Geheimhaltungsstufen. Wie ich ganz privat von einigen Freunden hörte, sind Untersuchungen im Gange, und vorläufig ist nicht auszuschließen, daß diese Teilchen Verbindung mit dem Monde halten.«

»Merkwürdig, was Sie da sagen. Was für eine Verbindung? Über Funk?«

»Sicher nicht.«

»Gibt es eine andere?«

»Ich bin hergekommen, um Ihnen einige Fragen zu stellen, und statt dessen nehmen Sie mich ins Verhör.«

»Mir schien, Sie wollten mir ausgiebig die Lage beschreiben, in der ich mich befinde.«

»Ich kann aber keine Fragen beantworten, auf die ich keine Antwort weiß.«

»Also hat mich bisher allein die *Vermutung* geschützt, der Mond sei fähig und willens, sich meines Schicksals anzunehmen?«

Shapiro gab keine Antwort. Das Zimmer versank im Dämmer. Mein Gast sah sich nach einem Lichtschalter um, betätigte ihn, und der grelle Schein der Deckenlampe blendete und ernüchterte mich. Ich zog die Vorhänge zu, nahm aus der Bar eine angerissene Flasche Sherry, verteilte den Inhalt auf zwei Gläser, setzte mich und wies dem Professor einen Sessel.

»Chi va piano, va sano«, sagte er unvermutet, netzte mit dem Sherry aber nur die Lippen, setzte das Glas auf den Schreibtisch und seufzte.

»Der Mensch handelt stets nach bestimmten Mustern«, sagte er. »Nur gibt es keine solchen für eine Lage wie die vorliegende. Dennoch muß gehandelt werden, weil Zaudern nichts Gutes bringt. Mit Mutmaßungen gewinnen wir nichts. Als Neurologe kann ich nur so viel sagen: Es gibt ein Kurz- und ein Langzeitgedächtnis. Das erstere wird zum letzteren, wenn keine plötzlichen Störungen eintreten. An solchen ist aber kaum eine ernsthaftere vorstellbar als die Durchtrennung des Balkens im Gehirn! Was kurz vorher und kurz nachher geschah, kann sich nicht in Ihrem Gedächtnis befinden. Wie ich bereits anmerkte, haben Sie diese Lücken durch Konfabulation ausgefüllt, und im übrigen wissen wir nicht einmal, WER sich in der Offensive und WER sich in der Defensive befindet. Unter keinen Umständen wird eine Regierung zugeben, daß ihre Programmierer die vom Genfer Abkommen festgelegte Aufgabe nicht so ausgeführt haben, wie sie nach allgemeinem Einvernehmen lautete. Auch wenn einer dieser Programmierer auspacken würde, wäre das ohne Bedeutung, denn weder er noch jemand anderes kann wissen, welchen Gang die Ereignisse auf dem Mond im weiteren nahmen. In diesem Sanatorium sind Sie so sicher wie in einem Käfig voller Tiger. Selbst wenn Sie in dieser Feststellung etwas Unwahres finden, können Sie nicht hier sitzen bleiben bis in alle Ewigkeit.«

»Wir reden nun so lange miteinander und drehen uns dauernd im Kreis«, sagte ich. »Sie wollen, daß ich mich, wenn ich es so nennen darf, Ihrer Fürsorge anvertraue.« Ich zeigte mit dem Finger auf meine rechte Schläfe.

»Ich bin der Ansicht, daß Sie das tun sollten. Es dürfte, wie ich finde, weder der Agentur noch Ihnen viel nützen, aber ich sehe es als das Günstigste an.«

»Ihre Skepsis soll wohl mein Vertrauen wecken«, murmelte ich vor mich hin, als denke ich halblaut. »Sind die Folgen der Kallotomie ganz bestimmt nicht reparabel?«

»Falls es sich um eine chirurgische Kallotomie handelt, so wachsen die durchtrennten weißen Fasern nicht wieder zusammen. Das geht einfach nicht. Andererseits ist bei Ihnen keine Schädeltrepanation vorgenommen worden . . .«

»Ich verstehe«, sagte ich nach kurzem Besinnen. »Sie wollen in mir die Hoffnung wecken, daß da etwas anderes vorliegt – entweder wollen Sie mich damit ködern, oder Sie glauben selber ein bißchen daran.«

»Und Ihre Entscheidung?«

»Ich teile sie Ihnen in den nächsten achtundvierzig Stunden mit. Einverstanden?«

Er nickte und wies auf die Visitenkarte auf dem Tisch.

»Dort steht meine Telefonnummer.«

»Was denn, wir wollen uns verständigen, daß jeder mithören kann?«

»Ja und nein. Der Hörer wird nicht abgenommen. Sie warten zehn Rufzeichen ab, wählen die Nummer nach einer Minute wieder und lassen es erneut zehnmal klingeln. Das genügt.«

»Das bedeutet mein Einverständnis?«

Er nickte und stand auf. »Alles andere ist unsere Sache, und für mich wird es jetzt Zeit. Ich wünsche Ihnen eine gute Nacht.«

Als er fort war, stand ich noch eine Zeitlang mitten im Zimmer und stierte gedankenlos auf den Fenstervorhang. Plötzlich erlosch die Deckenlampe. Durchgebrannt, dachte ich, aber als ich aus dem Fenster lugte, sah ich auch die Umrisse sämtlicher Sanatoriumsgebäude im

Dunkeln liegen. Selbst die fernen Lampen, die sonst von der Autobahnabfahrt herüberblinkten, waren aus. Offensichtlich also eine größere Havarie. Ich hatte keine Lust, nach einer Taschenlampe oder Kerze herumzulaufen, die Uhr zeigte elf, ich zog die Fenstervorhänge auf, um mich im schwachen Licht des Mondes auszuziehen und dann in mein kleines Badezimmer unter die Dusche zu gehen. Ich wollte statt des Pyjamas meinen Hausmantel anziehen, öffnete den Kleiderschrank und erstarrte. Da stand einer drin, klein, dick, fast glatzköpfig, reglos wie eine Statue, und hielt einen Finger vor den Mund.

»Adelaide«, raunte ich, als ich Gramer erkannte, sprach aber nicht weiter, weil er mir mit dem Finger drohte. Schweigend wies er aufs Fenster. Da ich mich nicht rührte, ließ er sich auf alle viere nieder und kroch aus dem Schrank, um den Schreibtisch herum zum Fenster, wo er – immer in gebückter Haltung – sorgfältig wieder die Vorhänge zuzog. Es wurde so finster, daß ich gerade noch ausmachen konnte, wie er auf den Knien zum Schrank zurückkehrte und einen flachen Quader hervorzog, den ich, als mein Auge sich an die Dunkelheit gewöhnt hatte, als einen kleinen Koffer erkannte. Gramer klappte ihn auf, zog irgendwelche Schnüre und Strippen heraus und steckte etwas zusammen. Es gab einen Klick, und Gramer, immer noch auf dem Teppich hockend, wisperte mir zu: »Setzen Sie sich zu mir, Tichy, dann reden wir miteinander . . .«

Ich war so verblüfft, daß ich kein Wort herausbrachte, setzte mich aber hin. Gramer rückte heran, daß unsere Knie sich berührten, und sagte leise, aber nicht mehr flüsternd: »Wir haben mindestens 45 Minuten, wenn nicht gar eine Stunde, ehe der Strom wiederkommt. Ein Teil der Abhöranlage hat ein eigenes Aggregat, aber nur für Idioten. Wir sind erstklassig abgeschirmt. Sie können

Gramer zu mir sagen, Tichy, Sie haben sich ja schon eingewöhnt ...«

»Wer sind Sie?« fragte ich und hörte ihn daraufhin leise lachen.

»Ihr Schutzengel.«

»Wieso das? Sie stecken doch schon lange hier, nicht wahr? Woher konnten Sie wissen, daß ich herkommen würde? Tarantoga hat doch ...«

»Die Neugier ist die erste Stufe in die Hölle«, sprach Gramer verträglich. »Lassen wir beiseite, woher, wie und warum, wir haben wichtigere Dinge am Hals. Zuerst einmal rate ich Ihnen davon ab, dem Wunsche Shapiros zu folgen. Eine schlimmere Wahl könnten Sie gar nicht treffen.«

Ich sagte nichts dazu, und Gramer schlug wieder sein leises Gelächter an. Er war sichtlich bester Laune. Seine Stimme klang anders, nicht mehr schleppend wie bisher. Er wurde nicht weitschweifig, sicher war er alles andere als dämlich.

»Sie halten mich für den ›Vertreter eines fremden Geheimdienstes‹, was?« fragte er und schlug mir vertraulich auf die Schulter. »Ich kann verstehen, daß ich in Ihnen achtzehnfaches Mißtrauen errege, aber ich will sogleich Ihren Verstand ansprechen. Nehmen wir an, Sie folgen Shapiros gutem Rat. Man nimmt Sie in die Mangel, natürlich keinerlei Quälerei, gottbehüte, Sie werden in der dortigen Klinik behandelt wie der Präsident. Man zieht aus Ihrem Kopf, aus der rechten Hälfte, etwas heraus oder auch nicht, von Wichtigkeit wird das ohnehin nicht sein, weil das Verdikt bereits feststeht.«

»Was für ein Verdikt?«

»Die Diagnose, der Befund der wissenschaftlichen Auskultation, und es macht keinen Unterschied, ob diese nun über den Arm, das Bein oder die Ferse angestellt worden ist. Bitte unterbrechen Sie mich nicht, dann erfahren Sie alles. Alles, was bereits bekannt ist.«

Er machte eine kleine Pause, als warte er mein Einverständnis ab. Wir saßen im Dunkeln, bis ich plötzlich feststellte: »Doktor Hous könnte kommen.«

»Nein. Niemand kann kommen, machen Sie sich keine Sorgen. Wir spielen hier nicht Indianer. Hören Sie mich endlich an. Auf dem Mond haben sich die Programme verschiedener Seiten ineinander verkeilt und verbissen, sie haben sich vermischt, und wer als erster angefangen hat, ist unwichtig, zumindest jetzt. Im Effekt ist dort, wenn ich es einfach ausdrücken soll, eine Art die Oberfläche überziehender Krebs entstanden. Gegenseitige, ungeordnete Vernichtung, verschiedene Phasen unterschiedlicher Simulation und Rüstungsproduktion, alles wieder verschieden in den jeweiligen Sektoren. Das hat einander durchdrungen, überlagert, angegriffen, gekontert – nennen Sie es, wie Sie wollen.«

»Der Mond ist also übergeschnappt.«

»Gewissermaßen, in gewissem Sinne. Zur gleichen Zeit jedoch, als das Programmierte und das aus den Programmen Entstandene in Trümmer ging, setzten völlig neue Prozesse ein, die niemand vermuten konnte, auf der Erde absolut niemand.«

»Was für Prozesse?«

Gramer holte tief Luft. »Ich möchte gerne eine Zigarette rauchen«, sagte er, »aber ich darf es nicht, weil Sie Nichtraucher sind. Was für Prozesse? Die erste Spur haben Sie mitgebracht.«

»Den Staub auf meinem Raumanzug?«

»Sie haben es erraten. Das sind keine Staubkörner, sondern Silikonpolymere. Wie die Fachleute behaupten, die Anfänge einer Ordogenese, einer Nekroorganisation. Man hat dafür schon viele Fachausdrücke erfunden, jedenfalls stellt das, was dort geschieht, für die Erde keinerlei Bedrohung dar, ruft aber eben durch seine Harmlosigkeit eine Gefahr auf den Plan, die sich die Agentur nicht wünscht.«

»Ich verstehe nicht.«

»Die Agentur steht auf Wacht für die Doktrin der Unkenntnis, nicht wahr? Es gibt Staaten, die diese Doktrin, diese ganze Geschichte mit der Auslagerung der Rüstung auf den Mond, zu Fall bringen wollen. Nun, das ist nicht richtig ausgedrückt, es ist komplizierter: Es gibt verschiedene ›pressure groups‹ und Geschäftsinteressen. Die einen wollen die Panik unter der Schlagzeile ›Invasion vom Mond‹ weiter anheizen, damit innerhalb oder außerhalb der UNO eine Koalition entsteht, die bereit ist, gegen den Mond loszuschlagen – entweder auf traditionelle, also thermonukleare Weise oder, weniger klassisch, mit der neuen, kollaptischen Methode. Fragen Sie mich jetzt nicht, worum es sich bei dieser Technik handelt, wir können ein andermal darüber reden. Es geht diesen Gruppen also darum, in großem Maßstab zu rüsten aus einer allgemeinen, irdischen, supranationalen Staatsräson, denn wenn eine Invasion droht, muß sie im Keim erstickt werden.«

»Aber die Agentur will das nicht?«

»Die Agentur ist selbst in sich zerstritten, jede dieser widersprüchlichen Interessen hat ihre Lobby. Anders konnte es ja auch gar nicht sein. Ein großer, vielleicht der höchste Trumpf in diesem Spiel sind Sie.«

»Ich? Durch mein Unglück?«

»Genau. Was Shapiro und sein Team aus Ihnen herausholen, läßt sich ja nicht nachprüfen. Außer einigen wenigen wird niemand wissen, ob tatsächlich aussagekräftige, definitive Informationen gewonnen wurden oder ob man einfach erklärt, man habe sie gewonnen und lege sie der Öffentlichkeit oder meinetwegen zuerst dem Sicherheitsrat vor. Übrigens spielt es keine Rolle, wer zuerst informiert wird. Es geht darum, daß niemand, Sie eingeschlossen, feststellen kann, ob es Wahrheit oder Lüge ist.«

»Dann wird es wohl Lüge sein, da Sie vorhin sagten, die Diagnose stehe bereits fest.«

»Danach sieht es aus. Ich bin nicht allwissend. Jedenfalls kann man gegen Sie keine Gewalt anwenden.«

»Wieso nicht? Shapiro sprach doch . . .«

»Von diesen Anschlägen. Die waren inszeniert, Herr Tichy. Selbstverständlich. Aber sie waren so arrangiert, daß Sie mit dem Leben davonkamen, denn andernfalls hätte keiner etwas davon gehabt.«

»Von wem gingen sie aus?«

»Von verschiedener Seite in verschiedener Absicht. Zu Anfang spontan, wenn wir es so nennen wollen, und in der Absicht, Sie zu *haben*, dann aber, als diesen Versuchen begegnet wurde, als Mittel, Sie einzuschüchtern, zu erschrecken und weichzukriegen, damit Sie sich in die herzliche Umarmung Shapiros stürzen.«

»Warten Sie mal, Gramer, wollte man mich nun entführen oder nicht?«

»Sie denken zu eng. Anfangs wollte natürlich jemand, aber das mißlang, und dann besann man sich in der Agentur, daß man nicht warten durfte, bis es wieder einer versuchte. Die Agentur – das heißt das Exekutivorgan ihres sogenannten Missionsabschirmdienstes – gab zu Ihrem Heile einige Vorführungen.«

»Sie hat mich also zuerst beschützt und dann überfallen? Ja? Erst war es real und nachher inszeniert?«

»Genau.«

»Na schön. Nehmen wir an, ich lasse mich dennoch untersuchen. Was folgt daraus?«

»Ein Bridge- oder Pokerspiel.«

»Wieso?«

»Das große Reizen fängt an. Vorauszusehen ist nur der

Beginn, dann nichts mehr. Daß auf dem Mond nicht alles läuft, wie es laufen sollte, ist bereits klar. Nun besteht die Alternative: Bildet sich dort eine Gefahr für die Erde heraus oder nicht? Bisher deutet alles darauf hin, daß keinerlei Gefahr vorhanden ist und es nach sehr vorsichtigen Schätzungen auch für die nächsten paar Jahrhunderte nicht sein wird. Vielleicht auch für Tausende oder gar Millionen Jahre nicht, aber auf solch einen Zeitraum ist Politik nicht berechnet. Bis zum Jahre 3000 jedenfalls kann man ruhig schlafen. Aber wer wird dann ruhig schlafen wollen? Ein ungefährlicher Mond wird ebenso gebraucht – von anderen Interessengruppen.«

»Um was zu tun?«

»Um zu erklären: Kein Staat besitzt dort noch irgendwelche Arsenale, dort ist nichts mehr, das ganze Mondprojekt ist geplatzt, die Genfer Verträge haben ihren Sinn und ihre Gültigkeit verloren, es ist notwendig, zu Clausewitz zurückzukehren.«

»Ja aber, Gramer, daraus folgt doch, daß so oder so alles ein schlimmes Ende nimmt. Droht eine Invasion, muß man sich gegen den Mond rüsten. Droht sie nicht, muß man auf alte Weise, nach irdischer Art, rüsten, nicht wahr?«

»Jawohl. Sie sind völlig im Bilde. So sieht es aus.«

»Eine schöne Bilanz. Dann ist das Geheimnis, das in meinem Kopfe steckt, ja keinen roten Heller wert.«

»Da irren Sie sich. Gemäß dem, was als Ergebnis der Untersuchung Ihrer Person verkündet wird, lassen sich vielfältige Modelle schaffen.«

»Was für Modelle?«

»Nach unserer Computersimulation mindestens zwanzig unterschiedliche, das wird vom Untersuchungsergebnis abhängen. Nicht vom wirklichen Ergebnis, sondern von dem, was als solches ausgegeben wird.«

»Und Sie wissen das nicht?«

»Nein, denn dort weiß man es selbst noch nicht. Auch in Shapiros Team herrscht keine Einmütigkeit, auch dort sind die widersprüchlichen Interessen repräsentiert. Es ist nicht so, daß sie hundertprozentigen Schwindel veröffentlichen. Das schaffen sie nicht, sie könnten es nur, wenn sie eine absolut verläßliche, sichere Konspiration bildeten, gewöhnliche käufliche Fälscher wären, aber das sind sie nicht, sie können nicht einmal von vornherein die Möglichkeit ausschließen, daß im Laufe der Untersuchungen Sie, Tichy, zwar nichts davon erfahren, was in Ihrer rechten Halbkugel steckt, sich aber dennoch in das Pokerspiel einschalten.«

»Wie das?«

»Seien Sie doch kein Kind. Könnten Sie nicht hinterher an die ›New York Times‹, die ›Neue Zürcher‹ oder sonstwohin schreiben, daß die Diagnose schöngefärbt, geklittert oder falschen Interpretationen entsprungen ist? Da wäre der Skandal fertig. Es reicht aus, daß Sie die Diagnose nur in Frage stellen, und sogleich werden sich bedeutende Fachleute wie eine Mauer hinter Sie stellen und neue Untersuchungen verlangen. Dann wird sich nicht einmal mehr der Teufel auskennen.«

»Da Sie dies so durchschauen, warum sehen es dann Shapiros Leute nicht?«

»Was können die denn in der entstandenen Situation anderes tun, als Sie zu den Untersuchungen zu beschwatzen? Alle stecken, obwohl sie auf verschiedenen Positionen stehen, in einer Zwangslage.«

»Und wenn ich umgebracht würde?«

»Dann wäre es auch nicht gut. Selbst wenn Sie lupenrein Selbstmord begehen würden, verbreitete sich über die ganze Welt der Verdacht, Sie seien ermordet worden.«

»Ich glaube nicht, daß sich nicht wiederholen ließe, was mir auf dem Mond gelungen ist. Shapiro sagte zwar, man habe es versucht und es sei nichts herausgekommen, aber solche Expeditionen lassen sich doch immer wieder machen.«

»Gewiß, aber auch das ist ein Labyrinth. Das wundert Sie? Tichy, wir haben nicht mehr viel Zeit. Fälschen läßt sich absolut *alles*, auch die Ergebnisse von Mondflügen. Weltweit ist ein komplettes *Patt* entstanden, es gibt keinerlei Spielraum, der die Erhaltung des *Friedens* garantiert. Es gibt nur verschiedene Arten des Risikos.«

»Und was raten Sie mir als mein Schutzengel?«

»Ich rate Ihnen, auf niemandes Ratschläge zu hören. Auch die meinen brauchen Sie nicht beachten. Ich vertrete bestimmte Interessen, daraus mache ich gar kein Hehl, mich hat weder der Herrgott noch die Vorsehung zu Ihnen geschickt, sondern eine Seite, der *nicht* an einer Wiederaufnahme der Rüstung gelegen ist.«

»Nehmen wir es an. Was soll ich den Empfehlungen dieser Seite zufolge tun?«

»Vorläufig nichts, gar nichts. Bleiben Sie hier sitzen. Rufen Sie Shapiro nicht an. Treffen Sie sich weiter mit dem verrückten alten Gramer. In den nächsten paar Wochen oder gar nur Tagen werden wir weitersehen.«

»Warum soll ich Ihnen glauben?«

»Ich sagte schon, daß Sie mir überhaupt nicht zu glauben brauchen, und habe nur die allgemeine Lage skizziert. Das einzige, was sich tun ließ, war, auf ein Stündchen das zuständige Hauptumspannwerk ausfallen zu lassen, jetzt aber nehme ich meinen elektronischen Krempel und gehe zu Bett, denn immerhin bin ich ein Millionär, der unter Depressionen leidet. Wußten Sie das nicht? Auf Wiedersehen, Jonathan.«

»Auf Wiedersehen, Adelaide.«

Gramer kroch zur Tür und öffnete sie einen Spalt breit. Auf dem Flur stand jemand und machte ihm, wie ich zu sehen glaubte, ein Zeichen. Gramer erhob sich, trat hinaus und schloß hinter sich leise die Tür. Ich blieb mit eingeschlafenen Beinen sitzen, bis das Licht wieder aufflammte. Ich löschte es und ging zu Bett.

Auf dem Fußboden, dort, wo Gramer gesessen hatte, blinkte etwas wie ein abgeplatteter Ring. Ich sah ihn mir näher an. In der Öffnung steckte ein Papierröllchen. Ich wickelte es auseinander. »Für den Notfall«, teilten krumme, wie in großer Eile geschriebene Buchstaben mit. Ich warf das Papier weg und suchte den Ring anzustekken. Er war von einem grauen metallischen Glanz, sonderbar schwer, wie von Blei. Auf einer Seite ausgebaucht, wie eine Bohne mit einem winzigen Loch, mit einer spitzen Nadel hineingestochen. Er paßte an keinen anderen Finger als an den kleinen.

Ich weiß nicht, warum dieser Ring mich stärker beunruhigte als die beiden voraufgegangenen Besuche. Wozu mochte er dienen? Ich fuhr mit ihm über die Fensterscheibe, aber er hinterließ weder eine Spur noch einen Ritz. Zuletzt leckte ich sogar daran – er schmeckte salzig. Sollte ich ihn anstecken oder nicht? Ich tat es schließlich, es machte einige Mühe, dann sah ich nach der Uhr. Mitternacht war vorüber, der Schlaf aber wollte nicht kommen. Ich wußte wahrhaftig nicht, über welche meiner Kalamitäten ich zuerst nachdenken sollte. Sorge bereitete mir sogar, daß linker Arm und linkes Bein sich so ruhig verhielten, und im Halbschlaf kam mir ihre Untätigkeit schon wie eine weitere Falle vor, die mir diesmal von innen her gestellt wurde. Wie es zuweilen vorkommt, träumte ich, ich könne nicht einschlafen, oder ich war eingeschlafen und glaubte zu wachen. Ich weiß nicht, wie lange ich mich mit der Frage herumquälte, ob ich nun schlief oder nicht, jedenfalls wurde es auf einmal heller. Der Morgen graut, dachte ich, ein paar Stunden muß ich also doch geschlafen haben. Das Licht sickerte jedoch nicht durch die Fenstervorhänge, sondern drang unter der

Tür hindurch, die auf den Korridor ging. Es war so verblüffend stark, als habe man einen mächtigen Scheinwerfer auf die Schwelle meines Zimmers gerichtet. Ich setzte mich im Bett auf.

Tropfen rannen über den Fußboden, kein Wasser, sondern etwas wie Quecksilber, Kügelchen, die über das Parkett rollten, sich zu einer Lache vereinigten und meinen Bettvorleger von drei Seiten umgaben, unablässig verstärkt durch weitere Bäche, in denen diese seltsame metallische Flüssigkeit unter der Tür hindurch in mein Zimmer rann, bis der ganze Fußboden von einer Wand zur anderen wie ein Quecksilberspiegel glänzte. Ich schaltete die Nachttischlampe an. Nein, es war wohl doch kein Quecksilber, die Farbe erinnerte eher an altersdunkles Silber. Als es fast schon den Bettvorleger wegschwemmte, ging draußen plötzlich das Licht aus. Gebückt saß ich da und sah mir mit großen Augen an, wie es mit diesem metallenen Sirup weiterging. Er bestand aus mikroskopisch kleinen Tropfen, die sich zu einem pilzförmigen, immer kräftiger in die Höhe quellenden Kuchen zusammenklumpten. Kein Zweifel, sagte ich mir, das kann nur ein Traum sein, aber trotz dieser kategorischen Feststellung hatte ich nicht das geringste Verlangen, barfuß in dieses Zeug zu steigen, verstört, zugleich aber weniger erstaunt als vielmehr von einer stillen Genugtuung erfüllt, daß der lateinische Begriff des »lebenden Silbers« so gut auf dieses Phänomen paßte. Es bewegte sich tatsächlich wie etwas Lebendiges, machte aber keinerlei Anstalten, sich zur Pflanze, zum Tier oder zu weiß Gott was für einem Monstrum zu bilden, sondern wurde zu einem bloßen Kokon, einem immer menschenähnlicheren Panzer oder vielmehr dessen schlampig ausgeführtem löchrigem Abguß, auf dessen Vorderseite ein breiter Schlitz gähnte.

Als ich mir später diese ganze Metamorphose ins Gedächtnis zu rufen suchte, erschien mir als passendster

Vergleich der mit einem rückwärts laufenden Film: Zuerst hatte jemand eine kuriose Rüstung verfertigt und sie dann einer so starken Hitze ausgesetzt, daß das Metall sich verflüssigte – nur daß dies vor meinen Augen eben den umgekehrten Verlauf nahm. Erst die Flüssigkeit, dann der sich daraus formende Hohlkörper, der eben doch kein Panzer war, seinen Glanz verlor, ein mattes Aussehen annahm und zunehmend an eine riesige Schaufensterpuppe erinnerte, mit einem Kopf ohne Haare, mit einem Gesicht ohne Nase und Mund, aber mit kleinen Öffnungen anstelle der Augen. Schließlich entstieg diesem ganzen Gewoge, von dem mir ganz wirr im Kopfe wurde, eine überdimensionale Frauengestalt oder besser gesagt eine Frauenstatue, innen leer, vorne offen und geräumig wie ein Schrank. Der Teufel soll mich holen, aber das Ding sonderte Bekleidung ab: Erst überzog es sich mit Weiß wie mit Unterwäsche, dann legte sich darüber hellgrün ein Kleid, und da ich nun beruhigt war, daß alles nur ein Traum sein konnte, stand ich auf und näherte mich dem Phantom. Da wurde das grüne Kleid zum weißen Kittel, das Gesicht nahm immer deutlichere Züge an, das Blondhaar verschwand unter einem weißen Schwesternhäubchen, gesäumt von scharlachrotem Samt.

Das reicht, dachte ich und war ernsthaft zum Aufwachen entschlossen. So was Blödes von Traum! Anfassen aber wollte ich das Traumbild lieber doch nicht, unschlüssig stand ich da, sah mich im Zimmer um, musterte im Licht der Nachtlampe den Schreibtisch, die Fenstervorhänge und die Sessel. Dann sah ich wieder die Erscheinung an. Sie ähnelte stark der Schwester Didy, die ich häufig im Park und bei Doktor Hous gesehen hatte, war aber viel stärker und größer. »Tritt in mich ein«, sagte sie, »dann kommst du hier raus. Du nimmst den Toyota des Doktors, das Tor steht offen. Erst mußt du dich aber anziehen und Geld einstecken, dann kannst du dir ein Ticket kaufen und zu Tarantoga fliegen. Na los, steh nicht rum wie Pik-Sieben. Wenn du als Krankenschwester herumsteigst, hält dich keiner auf.«

»Sie ist aber größer als du . . .«, stotterte ich völlig benommen, nicht nur von ihren Worten, sondern auch davon, daß sie gar nicht mit dem Mund sprach. Die Stimme kam aus ihrem Körper, der sich von innen her geöffnet, den weißen Kittel beiseite geschlagen hatte und mir Einlaß bot. Ob ich davon Gebrauch machen sollte, war eine andere Frage, aber plötzlich liefen meine Gedanken sehr präzise, am Ende war das wohl gar kein Traum, ich hatte ja am eigenen Leibe die Realität der Technik molekularer Teleferistik erlebt, und so war das alles vielleicht Wirklichkeit? Wie konnte man dann aber wissen, ob sich dahinter nicht eine Falle verbarg?

»Die Größe spielt im Dunkeln keine Rolle. Komm endlich aus der Knete! Zieh dich an und schnapp dir dein Scheckheft!«

»Aber warum soll ich abhauen, und wer bist du eigentlich?« fragte ich, begann mich aber anzuziehen, nicht weil ich mich tatsächlich in dieses unvermutete Unternehmen einzulassen gedachte, sondern weil ich mich bekleidet sicherer fühlte.

»Ich bin niemand, das siehst du doch«, sagte sie. Die Stimme klang dennoch weiblich, tief und sympathisch, ein bißchen dumpf. Sie kam mir bekannt vor, aber ich wußte nicht, woher. Auf dem Saum des zerknüllten Bettlakens sitzend, schnürte ich mir die Schuhe und fragte: »Wer hat dich dann also hergeschickt, Frau Niemand?«

Ich sah zu ihr auf, sie aber fiel, ehe ich mich besinnen konnte, über mich her, umschlang mich, nicht mit den Armen, sondern dem ganzen Körper, sie nahm mich in sich auf, und das ging ganz schnell: Eben hatte ich noch im Pullover und ohne Schlips auf der Bettkante gesessen und gespürt, daß ich den linken Schuh zu fest geschnürt hatte, und plötzlich steckte ich in diesem leeren Geschöpf, dessen Inneres mich eng umschloß, als habe mich eine Pythonschlange verschluckt. Ich kann das nicht besser beschreiben, weil ich es zum ersten Mal erlebte. Es war da drinnen eigentlich ganz mollig, durch die Augenöffnungen sah ich das Zimmer, nur bewegen konnte ich mich nicht frei, sondern mußte mitmachen, wie sie wollte. Sie oder was auch immer diesen Sendling steuerte, um mich dorthin zu kriegen, wo alles sehnlichst auf Ijon Tichy wartete. Vergebens spannte ich die Muskeln an, um mich der Vogelscheuche zu widersetzen, meine Glieder gehorchten nicht mir, sondern einem fremden Willen, der sie beugte und streckte und meine Hand die Türklinke niederdrücken hieß. Ich sträubte mich aus Leibeskräften, aber das half gar nichts.

Der Flur lag menschenleer im schwachen grünlichen Licht der Nachtbeleuchtung, ich hatte keine Zeit, darüber nachzudenken, WER hinter dieser Sache stecken mochte, ich wollte nur aus dieser Klemme heraus, aber die Nichtperson, die mich geschluckt hatte, ein mit mir farcierter Frankenstein, schritt ohne Eile vorwärts, eine blödsinnigere Lage ist kaum vorstellbar. Mir fiel Gramers Ring ein, aber was konnte er mir nützen? Selbst wenn ich gewußt hätte, ob ich ihn zwischen die Zähne oder an den Finger stecken sollte, um den rettenden Dschinn herbeizurufen – ich konnte es nicht tun. Schon zeigte sich die Tür des Krankenpavillons, dahinter, im Schatten einer alten Palme, schimmerte, ferne Lichter spiegelnd, die lackschwarze Karosserie eines großen Wagens. Von meiner mir nicht mehr willfährigen Hand angestoßen, flog die Pendeltür auf, zugleich öffnete sich die Tür zum Fond des Autos, in dem niemand saß, jedenfalls bemerkte ich niemanden darin, ich stieg schon ein, das heißt, ich »wurde eingestiegen«, denn ich leistete immer noch mit allen Kräften Widerstand. Plötzlich erkannte ich meinen Fehler. Ich durfte mich nicht wehren, denn darauf war der Lenker des Sendlings vorbereitet. Ich mußte der mir aufgezwungenen Bewegung solchen Schwung geben, daß sie übers Ziel hinausschoß. Schon in die Tür des Autos gebückt, warf ich mich nach vorn, knallte hart mit dem Schädel auf, daß mir die Sinne schwanden, und öffnete die Augen.

Ich lag neben dem Bett auf dem Fußboden, durch den Fenstervorhang sickerte grau der Morgen, ich hob die Hand vor die Augen – der Ring war weg. Also war es doch ein böser Traum gewesen, nur konnte ich nicht ausmachen, an welchem Punkt des Abends er angefangen hatte. Der Besuch Gramers war bestimmt wahr gewesen, ich sprang auf und sah im Schrank nach, meine Klamotten waren beiseite geschoben, er hatte also tatsächlich dort gesteckt. Auf dem Boden lag etwas Weißes, ein Brief. Ich hob ihn auf, der Umschlag trug keine Anschrift und enthielt nur ein maschinebeschriebenes Blatt, ohne Datum und ohne Briefkopf. Im Zimmer war es zu dunkel, die Vorhänge wollte ich nicht beiseite ziehen, ich vergewisserte mich, daß die Tür abgeschlossen war, knipste die Nachttischlampe an und sah auf das Papier.

»Wenn Du von Entführung, Folter oder welcher Quälerei auch immer träumst, und das deutlich und *in Farbe*, so bedeutet das, daß man Dich einem Test mit Rauschmitteln unterzogen hat. Es geht darum, erste Aufschlüsse zu erhalten, wie Du auf bestimmte – geschmacklose und geruchlose – Mittel reagierst. Wir haben keine Gewißheit, ob Du nicht schon leichte Dosen erhalten hast. Der einzige Mensch, dem Du Dich außer mir anvertrauen kannst, ist Dein Arzt. Die Schnecke.«

Diese Unterschrift wies darauf hin, daß die Nachricht

von Gramer stammte. Sie konnte Wahrheit so gut wie Lüge enthalten. Ich suchte mir genau zu vergegenwärtigen, was Shapiro und was Gramer gesagt hatte. Beide stimmten darin überein, daß das gesamte Mondprojekt gescheitert war, aber sie gingen in dem auseinander, wozu sie mich zu bereden suchten. Der Professor wollte, daß ich mich untersuchen ließ, Gramer riet mir zum Warten, ich weiß nicht, worauf. Shapiro repräsentierte – jedenfalls nach eigener Aussage – die Lunar Agency, Gramer hatte über seine Brötchengeber nichts verlauten lassen. Warum aber hatte er mich nicht gleich vor Narkotika gewarnt, sondern lediglich den Brief hinterlassen? Sollte noch eine andere, dritte Seite im Spiele sein? Beide hatten mir viel erzählt, aber ich hatte nicht erfahren, warum das, was in meinem rechten Gehirn steckte, eigentlich so wichtig war. Vielleicht hatte ich etwas geschluckt, was die arme, beinahe stumme Hälfte meines Kopfes so eingeschläfert hatte, daß sie sich nicht melden konnte? Aber von welchem Zeitpunkt an? Nehmen wir an, seit dem Vortage. Zu welchem Zweck? Es sah ganz so aus, als ob alle, die Jagd auf Tichy machten, selber nicht wußten, wie es weitergehen sollte, und daher auf Zeit spielten. Ich war in diesem Spiel eine Karte von unbekannter Schlagkraft, vielleicht ein As, vielleicht auch nur eine Lusche. Eine Seite suchte die andere daran zu hindern, herauszufinden, wie es sich mit mir verhielt. Sollte man meine rechte Halbkugel eingeschläfert haben, damit ich mich nicht mit mir selber verständigen konnte? Das jedenfalls ließ sich sogleich nachprüfen. Ich nahm die linke Hand in die rechte und befragte sie in der bereits bekannten Weise.

»Wie geht es?« fragte ich mit den Fingern. Daumen und kleiner Finger zuckten kaum merklich.

»Hallo, hörst du mich?« signalisierte ich.

Der Ringfinger legte sich auf die Daumenkuppe und

bildete mit dieser einen Kreis. »Grüß dich«, bedeutete das.

»Ja, ja, schon gut, grüß dich, aber wie geht es dir?«

»Laß mich in Ruhe.«

»Willst du wohl sofort sagen, wie es dir geht? Versteh doch, wir sitzen in einem Boot!«

»Ich habe Kopfschmerzen.«

Tatsache, in diesem Moment merkte ich, daß auch mir der Schädel brummte. Ich war auf neurologischem Gebiet inzwischen belesen genug, um zu wissen, daß ich in emotionaler Hinsicht nicht halbiert war, denn Sitz der Affekte ist das von der Kallotomie unversehrte Zwischenhirn.

»Auch mir tut der Kopf weh. UNS tut er weh, verstehst du?«

»Nein.«

»Wieso nein?«

»Eben so.«

Ich kam von diesem schweigenden Dialog ins Schwitzen, wollte aber nicht lockerlassen, um herauszukriegen, was nur möglich war. Plötzlich erleuchtete mich ein ganz neuer Gedanke. Die Gestensprache der Taubstummen verlangt große Fingerfertigkeit, aber ich beherrschte doch seit undenklichen Zeiten das Morsealphabet! Ich öffnete also meine Linke und zeichnete ihr mit dem Zeigefinger der Rechten Punkte und Striche auf den Handteller – als erstes die Buchstaben SOS – SAVE OUR SOULS. Die Linke ließ sich das einige Zeit gefallen, dann ballte sie sich zur Faust und versetzte mir einen Schlag, daß ich in die Höhe fuhr. Schon hielt ich den Versuch für gescheitert, als sie den Finger ausstreckte und mir Punkte und Striche auf die rechte Wange zeichnete. Ja, so wahr ich lebe, sie gab Antwort, sie morste zurück!

»Kitzel nicht, sonst gibt es Schläge.«

Das war der erste Satz, den ich von ihr zu hören oder vielleicht zu fühlen bekam. Reglos wie eine Statue saß ich auf der Bettkante, denn es folgten weitere Zeichen.

»Trottel.«

»Wer? Ich?«

»Jawohl. So hätte es von Anfang an gehen müssen.«

»Und du hast nichts davon verlauten lassen!«

»Hundertmal, du Idiot. Du hast es nicht gemerkt.«

Wirklich erinnerte ich mich jetzt, daß sie mich schon Dutzende Male auf verschiedene Weise gekratzt hatte, aber mir war nie in meine Gehirnhälfte gekommen, das könnten Morsezeichen sein.

»Du lieber Himmel«, kratzte ich auf die Hand, »du kannst also sprechen?«

»Besser als du.«

»Dann sprich! Du rettest mich, das heißt uns.«

Ich weiß nicht, wer in Übung kam, jedenfalls lief die stumme Zwiesprache immer schneller.

»Was ist auf dem Mond passiert?«

»Woran erinnerst du dich denn?«

Diese jähe Umkehrung der Situation verblüffte mich.

»Weißt du das nicht?«

»Ich weiß, daß du etwas geschrieben und in einem Konservenglas vergraben hast. Stimmt's?«

»Ja.«

»Hast du die Wahrheit geschrieben?«

»Ja. Das, was ich noch wußte.«

»Und es wurde sofort ausgegraben. Bestimmt von dem ersten.«

»Von Shapiro?«

»Namen kann ich mir nicht merken. Der nach dem Mond geguckt hat.«

»Verstehst du, wenn ganz normal gesprochen wird?«

»Schwach, am ehesten noch französisch.«

Nach diesem Französisch wollte ich mich lieber nicht näher erkundigen.

»Nur Morsezeichen?«

»Am besten.«

»Dann sprich!«

»Du wirst es aufschreiben, und dann wird es wieder geklaut!«

»Ich schreibe nichts auf. Ehrenwort!«

»Meinetwegen. Du weißt *etwas*, und ich weiß *etwas*. Rede du zuerst!«

»Hast du es nicht gelesen?«

»Ich kann nicht lesen.«

»Gut ... Das letzte, woran ich mich erinnere ... Ich suchte Kontakt mit Vivitch zu bekommen, nachdem ich mich aus diesen unterirdischen Trümmern im japanischen Sektor herausgewunden hatte, aber es gelang nicht. Jedenfalls erinnere ich mich dessen nicht. Ich weiß nur, daß ich nachher selber gelandet bin, *manchmal* glaube ich, ich wollte dem Sendling etwas wegnehmen, denn dieser war irgendwo hineingeraten oder hatte etwas gefunden ... Ich weiß nicht einmal, welcher Sendling es gewesen ist. Der molekulare wohl nicht? Ich weiß nicht, was aus ihm geworden ist.«

»Der aus Pulver?«

»Ja«, bestätigte ich und setzte vorsichtig hinzu: »Aber sicher weißt du ...«

»Sag erst alles, was du weißt«, gab sie zurück. »Du sagtest, es scheine dir *manchmal* so. Wie scheint es dir *sonst*?«

»Daß dort überhaupt kein Sendling war oder daß er zwar da war, ich ihn aber nicht suchte, weil ...«

»Weil was?«

Ich zögerte. Sollte ich bekennen, daß das, woran ich mich zuweilen erinnerte, wie ein unwahrscheinlicher Traum war, den Worte nicht zu fassen vermochten und der nur einen ungewöhnlichen Sinneseindruck hinterließ?

»Ich weiß nicht, was du denkst«, fühlte ich die Tastzeichen, »aber ich weiß, daß du etwas im Schilde führst. Ich *spüre* es!«

»Warum sollte ich?«

»Darum. Die Intuition bin ich. Rede! Was erscheint dir *sonst*?«

»Ich habe dann den Eindruck, als sei ich auf eine Aufforderung hin gelandet. Ich weiß aber nicht, wer sie an mich gerichtet hat.«

»Was hast du ins Protokoll geschrieben?«

»Darüber nichts.«

»Sie hatten aber die Kontrolle, sie haben die Aufzeichnungen. Sie wissen, ob du vom Mond eine Aufforderung erhalten hast oder nicht. Sie konnten alles mithören. Die Agentur weiß es.«

»Ich weiß nicht, was die Agentur weiß. Mit eigenen Augen habe ich Mitschnitte der Zentrale nicht gesehen, weder in Ton noch in Bild. Nichts. Das weißt du doch.«

»Ja. Und noch etwas weiß ich.«

»Was?«

»Du hast diesen Pulverförmigen verloren.«

»Den Dispersanten? Natürlich habe ich ihn verloren, sonst wäre ich nachher nicht in den Raumanzug gestiegen und . . .«

»Dummkopf. Du hast ihn anders verloren.«

»Wie denn? Hat er sich aufgelöst?«

»Nein. Er ist gekapert worden.«

»Von wem?«

»Ich weiß nicht, vom Mond, von etwas oder jemandem. Er hat sich dort verwandelt, von selbst. Von Bord aus war es zu sehen.«

»Ich habe es gesehen?«

»Ja, aber du hattest keine Kontrolle mehr über ihn.«

»Wer hat ihn dann gesteuert?«

»Ich weiß nicht, vom Raumschiff war er abgekoppelt, hat sich aber weiterhin verwandelt – in diese verschiedenen Programme.«

»Das kann nicht sein.«

»Doch. Mehr weiß ich nicht. Dann erst wieder unten auf dem Mond. Ich bin dort gewesen, das heißt du und ich, gemeinsam. Dann ist Tichy umgefallen.«

»Was sagst du da?«

»Er ist umgefallen. Das muß die Kallotomie gewesen sein, bei mir ist an dieser Stelle ein Loch. Dann war ich wieder an Bord, du packtest den Raumanzug in den Container, und der Sand rieselte.«

»Sollte ich gelandet sein, um zu sehen, was mit diesem molekularen Sendling passierte?«

»Ich weiß nicht. Vielleicht. Bei mir ist da ein Loch. Dazu diente die Kallotomie.«

»Sie war vorsätzlich?«

»Ja, ganz bestimmt. Damit du wiederkommst und nicht wiederkommst.«

»Das haben mir Shapiro und wohl auch Gramer ebenfalls gesagt, nur nicht so direkt.«

»Das ist ein Spiel. Sie wissen einiges, anderes fehlt ihnen. Auch sie haben sicherlich irgendwo Löcher.«

»Warte mal, warum bin ich umgefallen?«

»Wegen der Kallotomie, du Dummkopf. Das Bewußtsein war weg, wie soll man da nicht umfallen!«

»Und der Sand? Dieser Staub? Woher kam der?«

»Ich weiß nicht. Nichts weiß ich.«

Darauf schwieg ich lange. Es ging auf acht Uhr, draußen war es hell, aber ich sah nichts, so fieberhaft dachte ich nach. Das Mondprojekt war in Trümmer gegangen? In diesem Schutt spielten sich nicht nur sinnlose Kämpfe und Umtriebe ab, hier bahnte sich zugleich etwas an, was auf Erden niemand vorhergesehen und schon gar nicht programmiert hatte ... Das aber, was da im Entstehen war, sollte den Sendling von Lax geknackt oder vielmehr unter Kontrolle genommen haben? Ich erinnerte mich daran nicht, konnte mich – offenbar wegen der Kallotomie – nicht erinnern. Der gekidnappte Sendling mußte mich auf den Mond gelockt haben – entweder in böser oder in anderer Absicht. In böser Absicht? Um mein Gedächtnis auszulöschen? Was hätte er davon gehabt? Wahrscheinlich nichts. Oder hatte er mir etwas geben wollen? Hätte er mir nur eine Mitteilung machen wollen, wäre meine Landung unnötig gewesen. Nehmen wir an, er habe mir diesen Staub gegeben – etwas oder jemand habe aber nicht gewollt, daß diese Operation gelingt, und durch die Durchtrennung des Balkens mein Gehirn versehrt. Dann hatte, sollte es sich so verhalten haben, DAS, was den Dispersanten lenkte, mich gerettet? Oder war es weniger um die Rettung Tichys gegangen, sondern darum, daß eine Botschaft auf die Erde gelangte, ebenjener feinkörnige, schwere Staub? Nein, allein als Information konnte er nicht gedient haben, er war etwas Materielles, Handfestes, das ich mit mir nehmen sollte. Ja, so fügte sich ein Teil des Rätsels zu einem größeren Ganzen, das dennoch nicht völlig plausibel wurde. Deshalb teilte ich diese Hypothese möglichst rasch meiner zweiten Hälfte mit.

»Das kann schon sein«, antwortete sie endlich. »Diesen Staub haben sie jetzt hier, aber das genügt ihnen nicht.«

»Daher diese Überfälle, Rettungen, Überredungsversuche, Besuche und Alpträume?«

»Danach sieht es aus. Du sollst dich, das heißt mich, ihren Untersuchungen ausliefern.«

»Aber sie erfahren doch nichts, wenn du nicht *mehr* weißt, als du sagst ...«

»Wohl nicht.«

»Wenn aber DORT etwas so Mächtiges entstanden ist,

das den dispergierten Sendling in seine Gewalt bringen konnte, so mußte es doch auch imstande sein, direkt in Verbindung zur Erde zu treten. Mit der Agentur, der Leitzentrale, mit wem immer es wollte, zumindest aber mit den Leuten, die die Agentur entsandte, nachdem ich zurück war.«

»Keine Ahnung. Wo sind die Neuen gelandet?«

»Das weiß ich nicht. Jedenfalls sieht es aus, als gebe es widersprüchliche Interessen sowohl HIER als auch DORT. Was kann DORT aus diesem Krebs, diesen Zerfallserscheinungen, durch diese Ordogenese, wie Gramer es nannte, entstanden sein? Ein System, eine Ordnung? Eine elektronische Selbstorganisation? Aber warum? Zu welchem Zweck?«

»Wenn etwas entstanden ist, dann ohne jeden Zweck. Genau wie das Leben auf der Erde. Die Elektroniken haben sich gegenseitig aufgefressen. Die Programme sind ausgeflippt. Die einen drehen sich im Kreis, andere sind zusammengebrochen, wieder andere sind ins Niemandsland eingedrungen und veranstalten Spiegelerscheinungen und Fata Morganen.«

»Vielleicht, vielleicht«, sagte ich mehrfach stumpfsinnig, aber dennoch in einer sonderbaren Erregung. »Möglich, möglich, ich kann mir das jedenfalls vorstellen. Falls überhaupt ein derart kompletter Zerfall eingetreten und daraus Fotobakterien oder Viren aus integrierten Schaltkreisen entstehen konnten, so gewiß nicht überall, höchstens an einem bestimmten Ort infolge eines ungewöhnlichen Zusammentreffens mehrerer Zufälle. Ich kann mir auch nicht vorstellen, wie das Entstandene sich auf seine Weise auszubreiten begann, aber daß daraus ein JEMAND werden konnte – nein! Das wäre reine Faselei. Ein Geist aus Teilchen konnte dort nicht zur Welt kommen. Ein Verstand, auf dem Mond, aus dieser zertrümmerten Elektronik? Nein, das ist reine Phantasie.«

»WER hat dann also den molekularen Sendling in seine Gewalt gebracht?«

»Du bist sicher, daß so etwas passiert ist?«

»Indizien zufolge. Nach dem Verlassen des japanischen Trümmerhaufens hast du keinen Kontakt zur Basis bekommen, nicht wahr?«

»Nein, aber ich habe auch keine Ahnung, was danach vor sich ging. Ich wollte über den Bordcomputer Verbindung zu dem trojanischen Satelliten, um herauszufinden, ob die Zentrale mich über die Mikropen sehen konnte. Meine Rufe blieben unbeantwortet, also sind die Mikropen wohl wieder vernichtet worden, und so weiß man in der Agentur nicht, was aus dem Sendling geworden ist. Man weiß nur, daß ich kurz darauf selber gelandet und zurückgekehrt bin. Der Rest ist nur Vermutung. Was meinst du?«

»Ich habe, wie gesagt, nur Indizien. Der einzige, der mehr wissen könnte, ist der Erfinder des Dispersanten. Wie heißt er?«

»Lax. Er gehört aber zur Agentur.«

»Er hat dir diesen Sendling nicht geben wollen.«

»Er hat die Entscheidung mir überlassen.«

»Das ist auch ein Indiz.«

»Glaubst du?«

»Ja. Er hegte Befürchtungen.«

»Was? Etwa, daß der Mond . . .«

»Es gibt keine Technologie, die nicht zu knacken wäre. Das mag ihm Furcht bereitet haben.«

»Und dann ist es passiert?«

»Sicherlich. Nur anders, als er vermutet hatte.«

»Woher kannst du das wissen?«

»Weil immer alles anders kommt, als man denkt.«

»Ich weiß schon«, sagte ich nach lang währendem Schweigen. »Das war keine ›Machtübernahme‹, sondern eine Hybridisierung! Das DORT Entstandene hat sich mit dem verbunden, was HIER, im Labor von Lax, entstanden ist. Ja, das ist nicht auszuschließen. Eine dispergierte Elektronik hat sich in eine andere, ebenfalls zu Dispersion und vielfältiger Metamorphose fähige Elektronik eingeschaltet. Der molekulare Sendling hatte ja teilweise ein eigenes Gedächtnis: die Programme der Verwandlungen. Genau wie Eiskristalle, die sich zu Millionen verschiedener Schneeflocken verbinden können. Zwar bildet sich jedesmal eine Hexagonalsymmetrie, aber sie ist immer anders. Ja, ich hatte mit ihm Verbindung und war in gewissem Sinne immer ER. Zugleich aber lieferte ich ihm nur die Impulse, wie er sich zu verwandeln hatte, und er tat das an Ort und Stelle, von sich aus, auf und unter dem Mondboden.«

»Besaß er Intelligenz?«

»Ehrlich gesagt, ich weiß es nicht. Um ein Auto zu fahren, braucht man nicht zu wissen, wie es gebaut ist. Ich wußte, wie ich ihn zu steuern hatte, und ich bemerkte, was er bemerkte, wußte aber nichts von seiner Konstruktion. Falls er sich übrigens nicht als normaler Sendling, als hohle Hülle, sondern wie ein Roboter bewegen konnte, so weiß ich davon nichts.«

»Aber Lax weiß es.«

»Sicher. Ich möchte mich dennoch nicht an ihn wenden, jedenfalls nicht direkt.«

»Dann schreib ihm doch.«

»Bist du verrückt geworden?«

»Schreib so, daß nur er es versteht.«

»Jeder Brief wird abgefangen. Auch das Telefon entfällt.«

»Du läßt den Brief ohne Unterschrift.«

»Und die Handschrift?«

»Ich werde schreiben, du diktierst mir die Buchstaben.«

»Das bringt nur Krakeleien.«

»Na und? Jetzt habe ich erst mal Hunger, ich will zum Frühstück ein Omelett mit Konfitüre. Danach fassen wir den Brief ab.«

»Und wer schickt ihn ab? Und wie?«

»Das klären wir nach dem Frühstück.«

Der Brief erschien als eine von vornherein unlösbare Aufgabe. Die geringste Schwierigkeit war noch, daß ich die Privatanschrift von Lax nicht kannte. Ich mußte so schreiben, daß er verstand, daß ich mich mit ihm treffen wollte, außer ihm aber niemand dahinterkam. Sämtliche eingehende Post wurde von den besten Fachleuten untersucht, sie alle mußten überlistet werden. Chiffren kamen gar nicht in Frage. Außerdem sah ich niemanden, dem ich auch nur das Abschicken des Briefes anvertrauen konnte. Vielleicht arbeitete Lax auch schon gar nicht mehr bei der Agentur, und selbst wenn der Brief wie durch ein Wunder in seine Hände käme und er mit mir Kontakt aufzunehmen wünschte, würde er von ganzen Horden von Agenten und Geheimdiensten überwacht. Es sollte ja sogar Spezialsatelliten geben, die von einer stationären Erdumlaufbahn unablässig meinen Aufenthaltsort beobachteten. Zu Hóus hatte ich gerade so viel Vertrauen wie zu Gramer. Auch an Tarantoga konnte ich mich nicht wenden. Ich traute ihm zwar wie mir selbst, wußte aber nicht, wie ich ihn von meinem (oder unserem) Plan unterrichten konnte, ohne die Aufmerksamkeit auf ihn zu lenken. Sicher zielte ohnehin auf jedes seiner Fenster ein ultraempfindliches Lasermikrofon, und wenn er im Supermarkt Cornflakes und Joghurt kaufte, war beides durchleuchtet, ehe er es vom Einkaufswagen in den Kofferraum gepackt hatte. Mir war beinahe schon alles egal, und so fuhr ich gleich nach dem Frühstück in die Stadt, mit dem gleichen Autobus wie beim ersten Mal.

Vor dem Eingang zum Warenhaus glänzte auf Ständern eine Masse bunter Postkarten, ich sah sie mir an und fand eine, die die Vorsehung mir sandte: auf rotem Grund ein großer goldener Käfig mit einer nahezu weißen Eule, um deren riesige Augen ein Kranz winziger Federn stand. Ich war nicht so versessen, diese Karte sofort zu ziehen, sondern wählte erst acht andere, darunter eine mit einem Papagei, dann nahm ich die mit der Eule, legte noch zwei andere dazu, kaufte die notwendigen Briefmarken und kehrte zu Fuß ins Sanatorium zurück. Die kleine Stadt war wie ausgestorben, nur in einigen Gärten machten sich Leute zu schaffen. In der Werkstatt, vor der sich die bewußte Szene abgespielt hatte, rollten Autos langsam unter Wasserstrahlen und zwischen rotierende blaue Bürstenwalzen. Niemand ging hinter mir, niemand spürte mir nach oder suchte mich zu entführen.

Die Sonne brannte, nach dem einstündigen Marsch war mein Hemd durchgeschwitzt, ich wechselte es, nachdem ich mich geduscht hatte, und machte mich unverzüglich daran, Grüße an Bekannte zu schreiben: an Tarantoga, die Brüder Cybbilkis, Vivitch, die beiden Vettern Tarantogas. Nicht zuviel und nicht zuwenig, kein Wort über Agentur, Mission oder Mond, nur Artigkeiten, unschuldige Erinnerungen und natürlich meine Anschrift – warum auch nicht? Um auf nette Weise die Scherzhaftigkeit dieser Kartengrüße hervorzuheben, ergänzte ich das Bild auf der Vorderseite durch kleine malerische Zugaben: Die beiden für die Zwillinge bestimmten schwarzweißen Pandabären bekamen Schnurrbärte und Krawatten, den Kopf des Dackels, den Tarantoga bekommen sollte, versah ich mit einem Heiligenschein, die Eule erhielt eine Brille, wie Lax sie trug, und auf die Stange, an die sie sich klammerte, eine kleine Maus. Wie verhält sich eine Maus, zumal in Gegenwart einer Eule? Mäuschenstill. Lax war nicht nur ein Mann von Geistesschärfe, sein Name wies im zweiten Teil – Gugliborc –

eine Besonderheit auf, die weder auf eine englische noch deutsche, sondern eher eine slawische Abkunft hindeutete, und so konnte er wissen, daß Tichy soviel wie »Der Stille« heißt. Außerdem hatten wir miteinander in einem Käfig gesessen. Da ich allen anderen geschrieben hatte, daß ich sie gerne wiedersehen möchte, konnte ich dies unbesorgt auch ihn wissen lassen. Außerdem dankte ich ihm für die mir erwiesene Freundlichkeit und übermittelte in einem Postskriptum herzliche Grüße von Frau P. Psyllium.

Plantago Psyllium ist der Pollen einer Pflanze, die ebendiesen lateinischen Namen trägt, und sollten die Zensoren der Agentur in einem Lexikon nachschlagen, so würden sie erfahren, daß ein Abführmittel ganz ähnlich heißt. Ich bezweifelte, daß ihnen etwas über den Mondstaub bekannt war. Auch Lax-Gugliborc wußte vielleicht nichts davon, dann würde sich die Postkarte als Blindgänger erweisen, aber mehr durfte ich mir nicht erlauben.

Shapiro rief ich nicht an, Gramer war nicht besonders gesprächig, ich verbrachte den halben Tag am Swimmingpool, und meine zweite Person verhielt sich, seit ich mich mit ihr verständigt hatte, völlig ruhig. Nur am Abend vor dem Einschlafen wechselte ich ein paar Sätze mit ihr. Zu spät kam mir in den Sinn, daß ich Lax besser die Karte mit dem Papagei hätte schicken sollen, aber nun war die Eule fort, und ich mußte seine Initiative abwarten. Drei Tage vergingen, ohne daß etwas geschah, zweimal saß ich mit Gramer neben dem Springbrunnen im Park in der Hollywoodschaukel, aber er machte nicht einmal den Versuch, auf die Sache zurückzukommen. Ich hatte den Eindruck, daß auch er auf etwas wartete. Er schwitzte, schnaubte, ächzte, klagte über Rheumatismus und war offensichtlich nicht bei Laune. Aus Langeweile saß ich abends vor dem Fernseher oder blätterte die Zeitungen durch. Die Lunar Agency veröffentlichte Kommuniqués von psychotherapeutischem Wortlaut, wonach die Analyse der bei der Monderkundung gewonnenen Daten im Gange und in den Sektoren keinerlei Unregelmäßigkeit oder gar Havarie entdeckt worden sei. Die Journalisten gerieten durch diese banalen Verlautbarungen in Rage und verlangten die Anhörung des Direktors und der Abteilungsleiter der Lunar Agency durch einen Ausschuß der Vereinten Nationen sowie spezielle Pressekonferenzen zur Aufklärung über Dinge, die die Öffentlichkeit in Besorgnis versetzten. Darüber hinaus aber schien keiner etwas zu wissen.

Abends kam Russell bei mir vorbei, der junge Ethnologe, der die Arbeit über Ansichten und Gewohnheiten von Millionären schreiben wollte. Das meiste Material hatte er dank seiner Unterredungen mit Gramer zusammengebracht, aber ich durfte ihm ja nicht verraten, wie wenig es wert war. Gramer spielte den Krösus ja nur, die echten Milliardäre aber, zumal die aus Dallas und Denver, waren fade wie Hering in Senfsauce. Mit simplen Millionären geben sie sich ohnehin nicht ab, sie hatten selbst im Sanatorium ihre eigenen Sekretäre, Masseure und Leibwächter, jeder hauste in einem Pavillon für sich und war so bewacht, daß Russell auf meinem Dachboden einen besonderen Beobachtungsposten mit Prismenfernrohr einrichten mußte, um ihnen wenigstens mal ins Fenster blicken zu können. Er war niedergeschlagen, denn selbst bei einer gehörigen Sinnesverwirrung taten sie nichts Originelles. Da Russell also nichts Besseres zu tun hatte, kam er die Leiter herunter zu mir, um mal mit einem Menschen reden zu können.

Der Wohlstand, der nach Verlegung der Waffenschmieden auf den Mond ausgebrochen war, hatte in Verbindung mit der Automatisierung der Industrie zu recht trüben Resultaten geführt. Russell bezeichnete diese Epoche als das Höhlenzeitalter der Elektronik. Analphabetentum hatte um sich gegriffen, um so mehr, als selbst ein Scheck nicht mehr der Unterschrift, sondern lediglich eines Fingerabdrucks bedurfte und alles andere die Lesegeräte der Computer übernahmen. Die American Medical Association verlor endgültig die Schlacht um die Rettung des Arztberufs, die Computer stellten bessere Diagnosen und wiesen bei der Anhörung der Patienten unendliche Geduld auf. Auch der computerisierte Sex war in eine bedrohliche Lage geraten. Die raffinierten erotischen Apparate wurden vom sogenannten Orgiak aus dem Feld geschlagen, einem sehr einfachen Gerät, das wie ein Kopfhörer mit drei Muscheln aussah. Man setzte es auf, die Muscheln enthielten winzige Elektroden, und in die Hand nahm man einen Griff, der an eine Spielzeugpistole erinnerte. Bei Betätigung des Abzugs genoß man bereits das höchste Vergnügen, weil jede Zuckung die entsprechenden Gehirnzellen reizte. Es machte keine Mühe, kostete keinen Schweiß und schon gar nicht den Preis der leistungsgerechten Wartung von männlichen oder weiblichen Sendlingen. Von aufwendigem Liebeswerben oder durch den Stand der Ehe verursachten Pflichten ganz zu schweigen. Die Orgiaks überschwemmten den Markt, und wer sie genau passend haben wollte, ging zur Erlebnisanprobe – natürlich nicht bei einem Sexuologen, sondern ins OO, das Center für Orgasmus-Ortung. Gynandroics und die anderen Firmen, die ihre synthetischen Produkte in Form von Engeln beiderlei Geschlechts, Meer-, Fluß- und Baumnymphen sowie Mikronymphomaninnen anboten, konnten noch so sehr aus der Haut fahren und die Orgiastics Inc. als »Onanistics« verunglimpfen – es half ihnen im Verkaufsgeschäft nicht viel.

In den meisten führenden Staaten war die Schulpflicht abgeschafft worden. Der Kernsatz der Descolarisierung lautete: »Ein Kind sein heißt verurteilt sein zu täglicher Gefangenschaft zwecks psychischer Folter, die sich als

Unterricht bezeichnet.« Nur einem absoluten Hohlkopf könne daran liegen, zu wissen, wie viele Herrenhemden sich aus achtzehn Metern vornehmen Baumwollgewebes schneidern ließen, wenn auf ein Stück ein Meter und sieben Achtel entfielen, oder wie schnell zwei Eisenbahnzüge zusammenstoßen mußten, deren erster einen schwererkälteten und betrunkenen achtzigjährigen Lokführer sowie eine Geschwindigkeit von 180 km/h habe, während der andere mit einer um 54/81 geringeren Geschwindigkeit von einem farbenblinden Lokführer gefahren werde, wobei vorauszusetzen sei, daß auf 23 Gleiskilometer 43,7 Signalanlagen aus dem präautomatischen Zeitalter entfielen.

Ebenso entbehrlich ist die Kenntnis von Herrschern, Kriegen, Eroberungen, Kreuzzügen und sonstigem Schweinskram der Urgeschichte. Geographie lernt man am besten durch Reisen, nur muß man sich in den Preisangeboten der jeweiligen Fluglinien und im Flugplan selbst auskennen. Fremdsprachen zu büffeln erübrigt sich, seit man nur einen Minitranslator ins Ohr zu stekken braucht. Die Naturwissenschaften deprimieren und demoralisieren den jugendlichen Verstand und bringen ohnehin keinen Nutzen, da niemand mehr Arzt, ja nicht einmal Zahnarzt werden kann (seit die Massenfertigung von Dentomaten eingesetzt hatte, begingen in Amerika und Eurasien jährlich etwa dreißigtausend Exzahnärzte Selbstmord). Das Studium der Chemie war so wenig wert wie das der ägyptischen Hieroglyphen. Wer als Elternteil den unbezähmbaren Hang verspürt, seine Kinder zu bilden, erledigt das übrigens zu Hause über sein Terminal. Seit jedoch der Oberste Gerichtshof den Kindern so altmodisch denkender Personen das Recht zugestanden hat, gegen Papa und Mama in die Berufung zu gehen, hat sich der Familien- und Hausunterricht – ob mit oder ohne Terminal – in den Untergrund zurückgezogen, wo nur noch die größten Sadisten ihre unglücklichen Sprößlinge vor den Pädagogel setzten.

Pädagogel durften – zumindest in den Vereinigten Staaten – nach wie vor produziert und verkauft werden; ihre Hersteller gaben als Anreiz gratis eine hübsche Feuerwaffe dazu. Die Schrift war allmählich durch eine Bildersprache ersetzt worden, nach Art der Piktogramme oder der Verkehrszeichen. Russell beklagte diesen Zustand nicht. Das lohne sich nicht, denn es ließe sich ohnehin nicht ändern. Auf der Welt lebten noch um die fünfzehntausend Gelehrte, das Durchschnittsalter eines Dozenten lag bereits bei 61,7 Jahren, und der Nachwuchs schwand. Alles ertrank in solch einer Langeweile des Wohlstands, daß – jedenfalls behauptete das Russell – die Nachricht einer drohenden Invasion seitens des Mondes von den meisten Menschen mit Genugtuung aufgenommen wurde, die Presse und das Fernsehen aber in der Panikmache eine Belebung des Geschäfts crblickten.

Die Justiz des hiesigen Bundesstaats steckte im Moment bis über die Ohren in einem Rechtsstreit um die sogenannten S-Orgiaks (Suizid- oder Selbstmordorgiaken): Durch einen Stromstoß ins Lustzentrum, im Gehirn zwischen dessen limbischem Teil und dem Hypothalamus gelegen, konnte man sich unter höchster Wollust selbst entleiben.

Juristische Probleme bestanden auch in der Angelegenheit der Transzeder, transzendentaler Computer, mit deren Hilfe man Verbindung zum Jenseits aufnehmen konnte. Es ging darum, ob ein solcher Kontakt Illusion oder Realität sei. Meinungsumfragen erwiesen, daß sich die Käufer kaum an diesem scheinbar so kolossalen Unterschied störten. Auch die Hagiopneumatoren, die es dem Benutzer möglich machten, sich mit dem Heiligen Geist kurzzuschließen, erfreuten sich großer Nachfrage – sie wurden von sämtlichen Kirchen bekämpft, bislang jedoch mit kümmerlichem Erfolg. »Mundus vult decipi, ergo decipiatur.« Mit diesem Satz schloß mein Ethnologe seine Überlegungen, als sich in unserer Bourbonflasche der Boden zeigte. Der junge Mann war von seinen Feldstudien an Milliardären so enttäuscht, daß er zum kompletten Zyniker wurde und seine Prismenfernrohre statt auf die Fenster der Geldleute auf das Solarium richtete, wo sich nackte Krankenschwestern und Sanitäterinnen bräunten. Mir erschien das eher wunderlich, denn er hätte ja einfach hingehen und sich jede einzeln aus der Nähe ansehen können. Als ich es ihm sagte, zuckte er nur die Achseln. Es sei ja gerade das Schlimme, daß man es ohne weiteres dürfe.

Im Freizeitraum eines neuen Pavillons machten sich Monteure bei der Installierung von Imaginen zu schaffen. Russell schleppte mich eines Abends dorthin. Man steckt in die Imagine die Kassette mit dem entsprechenden Angebot, und im freien Raum vor dem Gerät erscheint das Bild – oder vielmehr eine künstliche Wirklichkeit, beispielsweise der mit Göttinnen und Göttern vollgestopfte Olymp oder etwas Lebensnäheres wie ein zweirädriger Karren voller Personen aus besseren Kreisen, die zwischen aufgebrachten Menschenmassen hindurch zur Guillotine gefahren werden. Man konnte sich Hänsel und Gretel wünschen, die vom Lebkuchenhaus der Hexe naschen, oder gar das Refektorium eines Klosters, in das soeben Horden von Tataren oder Marsbewohnern einbrechen. Wie es weitergehen sollte, hing ganz allein vom Zuschauer ab. Unter den Füßen hatte er zwei Pedale, in der Hand einen Steuerknüppel. Man konnte das Märchen zum Massaker machen, einen Aufstand der Göttinnen gegen Zeus entfesseln, den in den Korb der Guillotine gefallenen Köpfen kleine Flügel aus den Ohren wachsen und sie fortfliegen, man konnte sie aber auch wieder am Körper festwachsen und diesen auferstehen lassen. Es ging alles. Die Hexe konnte aus Hänsel Buletten machen, man konnte sie daran ersticken lassen, aber auch den Rückwärtsgang einschalten, daß alles andersherum ablief. Hamlet konnte den dänischen Staatsschatz berauben und mit Ophelia oder sogar mit Rosenkranz das Weite suchen. Man brauchte nur die rechte Taste zu drücken, denn die Imagine besaß eine Tastatur wie ein Harmonium, nur daß statt der Töne andere Effekte entstanden. Die Betriebsanleitung war ein ziemlicher Wälzer, aber man kam blendend auch ohne sie aus. Es genügten einige Bewegungen mit dem Knüppel, um zu erfassen, daß man, zog man ihn nach links, zuerst den Sadomaten und danach den Perversator einschaltete. Stieß man ihn nach rechts, so steuerte man ins Lyrische, ins Sanfte und Süße und ins Happy-End.

Hätten wir beide nicht einen in der Krone gehabt, wären wir dieses Spiels viel eher überdrüssig geworden, aber auch so hatten wir nach einer Viertelstunde genug und gingen schlafen. Das Sanatorium hatte zwanzig Imaginen angeschafft, aber kaum jemand machte von ihnen Gebrauch. Doktor Hous war darüber sehr bekümmert. Er ging von einem Patienten zum anderen und machte Überredungsversuche, man solle sich austoben, denn das sei die beste Psychotherapie. Dabei erwies sich, daß auch nicht einer der Millionäre und Milliardäre je von Hänsel und Gretel gehört hatte, von der griechischen Mythologie, Hamlet und dem Klosterleben des Mittelalters ganz zu schweigen. Zwischen Tataren und Marsmenschen sahen sie keinerlei Unterschied, die Guillotine hielten sie für einen überdimensionalen Zigarrenabschneider, und alles zusammen war ihnen keinen Pfifferling wert. Doktor Hous selbst hielt es offenbar für seine Pflicht, das Imaginatorium aufzusuchen, und so setzte er, einsam von einem Sitz zum anderen rückend, Märchen, Revolution und Mittelalter in Gang, kreuzte Shakespeare mit Agatha

Christie, schmiß Höhlenforscher scharenweise in brodelnde Krater und zog sie heil, gesund und braungebrannt wieder hervor. Auch mir redete er zu, aber ich lehnte ab. Ich wartete nach wie vor auf ein Zeichen von Lax. Auch Gramer schien seltsam unschlüssig, er mied mich, es sah aus, als erwarte er neue Instruktionen.

Alles in allem fühlte ich mich wohl, zumal ich mich mit mir selber inzwischen glänzend verstand.

X. DER KONTAKT

Es wurde Ende August, und wenn ich abends die Schreibtischlampe anknipste, mußte ich das Fenster vor den Nachtfaltern verschließen. Ich habe ein eher von Abneigung geprägtes Verhältnis gegen Insekten, Marienkäfer ausgenommen. Schmetterlinge versetzen mich nicht in Entzücken, aber ich kann sie ertragen, während Nachtfalter mich zur Panik treiben. Ich weiß selber nicht, warum. Ausgerechnet in diesem August schwärmten und flatterten sie in Massen vor meinen Zimmerfenstern. Einige waren so groß, daß es einen dumpfen Laut gab, wenn sie gegen das Glas stießen. Da mir allein ihr Anblick unangenehm ist, wollte ich eben die Vorhänge zuziehen, als ich ein scharfes, deutliches Klopfen vernahm, als schlüge jemand mit einem Metallstab an die Scheibe.

Mit der Lampe in der Hand trat ich zum Fenster. Unter den durcheinanderschwirrenden Faltern erblickte ich ein Exemplar, das größer als die anderen und ganz schwarz war, dennoch aber das Licht reflektierte. Es flog ein Stück zurück und stieß wieder gegen das Fenster, daß ich den Rahmen erzittern fühlte. Statt des Kopfes hatte dieser Falter etwas wie einen kleinen Schnabel. Wie gebannt stand ich da und starrte ihn an, denn er schlug nicht planlos, sondern in regelmäßigen Abständen an die Scheibe, immer dreimal. Dann nahm er neuen Anlauf und klopfte wieder dreimal. Drei Punkte, Pause, drei Punkte, Pause. Im Morsealphabet bedeutet das den Buchstaben S. Ich muß gestehen, daß ich davor zurückschreckte, das Fenster zu öffnen. Ich ahnte zwar dunkel, daß dies kein lebendiges Geschöpf war, fürchtete aber, zugleich mit ihm einen ganzen Schwarm der zappelnden

Nachtfalter einzulassen. Schließlich überwand ich mich und öffnete einen Spalt breit, das Insekt schwirrte herein, ich schlug das Fenster zu und suchte den Besucher mit den Augen. Er saß auf den Papieren, von denen mein Schreibtisch übersät war, hatte keine Flügel und glich in keiner Weise einem Nachtfalter oder überhaupt einem Insekt, sondern eher einer schwarzglänzenden Olive. Unwillkürlich fuhr ich zurück, als das Ding aufflog und zirpend einen halben Meter über dem Schreibtisch hängenblieb. Da es nicht aus einer Puppe ausgekrochen war, erregte es aber auch nicht länger meinen Widerwillen. Die Lampe in der Linken haltend, griff ich mit der Rechten zu. Die Olive ließ sich anfassen, sie war hart, aus Metall oder Plastik. Ich achtete genauer auf ihr Zirpen: drei Punkte, drei Striche, drei Punkte. Ich legte sie ans Ohr und vernahm eine menschliche Stimme, schwach und fern, aber deutlich.

»Hier Eule. Hier Eule. Bitte melden!«

Ich steckte die Olive ins Ohr und kam sofort auf die richtige Antwort.

»Hier Maus. Hier Maus. Ich höre.«

»Guten Abend.«

»Sei gegrüßt«, gab ich zurück, zog, da es nach einem längeren Gespräch aussah, die Fenstervorhänge zu und drehte noch einmal den Schlüssel im Schloß herum. Mittlerweise hatte ich Lax auch an der Stimme erkannt.

»Wir können uns ganz ungezwungen unterhalten«, sagte er und kicherte. »Niemand kann zuhören, das Scrambling habe ich selber ausgeheckt. Trotzdem ist es besser, wenn ich die Eule bleibe und Sie die Maus. Okay?«

»Okay«, sagte ich und löschte auch noch das Licht.

»Das hast du sehr schlau angefangen«, erklärte mein Gesprächspartner. »Ich wußte sofort Bescheid, es war nicht allzu schwer.«

»Aber wie . . .«

»Es ist für die Maus besser, wenn sie nicht zu viel weiß. Wir verständigen uns jetzt zwar nach der Art von Spitzbuben, die Maus soll aber wissen, daß hier ein verläßlicher Partner sitzt. Wir haben vor uns verschiedene Teile eines Puzzles. Die Eule fängt an: Der Staub ist kein Staub, es sind Mikropolymere von sehr interessantem Bau und mit Supraleitfähigkeit bei Zimmertemperatur. Einige haben sich mit den Resten des armen Kerls vereinigt, der auf dem Mond geblieben ist.«

»Was bedeutet das?«

»Für eine gesicherte Antwort ist es zu früh. Vorläufig habe ich nur mehrere Vermutungen. Durch Beziehungen habe ich mir eine Prise von dem Pulver verschafft. Wir haben eine halbe Stunde Zeit, dann geht das, was zwischen uns die Verbindung hält, hinter deinem Horizont unter. Bei Tage konnte ich mich nicht melden, wir hätten dann zwar mehr Zeit gehabt, aber das Risiko wäre größer gewesen.«

Ich war entsetzlich neugierig, wie Lax mir dieses metallene Insekt hatte schicken können, begriff aber, daß ich nicht fragen durfte.

»Ich höre weiter«, sagte ich.

»Meine Befürchtungen haben sich bestätigt, allerdings mit umgekehrtem Vorzeichen. Ich hatte angenommen, auf dem Mond werde aus dem entstandenen Wirrwarr etwas entstehen, ahnte aber nicht, daß es etwas sein könnte, das sich unseres Boten bedient.«

»Geht es nicht deutlicher?«

»Ich müßte unnötigerweise in den Jargon der Techniker verfallen. Ich sage das, was ich für die Wahrheit halte, in möglichst einfachen Worten. Es ist zu einer immunologischen Reaktion gekommen, natürlich nicht auf der gesamten Mondoberfläche, aber zumindest an einer Stelle. Von dort aus hat die Expansion der Nekrozyten eingesetzt. Diesen provisorischen Namen habe ich für den *Staub* erfunden.«

»Woher stammen diese Nekrozyten, und was machen sie?«

»Sie stammen aus den Trümmern der Bits und Logosbauteile. Einige von ihnen können Sonnenenergie aufnehmen. Das ist auch gar nicht verwunderlich, denn es hat dort sehr viele Systeme mit Fotoelementen gegeben. Ich schätze ihre Menge auf viele Milliarden. Der Witz liegt darin, daß der Mond sozusagen eine allmähliche Immunität gegen jedwede Invasion gewonnen hat. Nur bitte ich, nicht zu meinen, dort sei Intelligenz entstanden. Bekanntlich sind wir mit der Gravitation und dem Atom fertig geworden, nicht aber mit dem Schnupfen oder der Grippe. Auf der Erde sind Biozönosen entstanden, und so könnte man sagen, daß es auf dem Mond zu einer Nekrozönose gekommen ist – von diesem ganzen Durcheinander her aus diesen gegenseitigen Angriffen und Wühlarbeiten. Mit einem Wort, das System von Schild und Schwert hat, ohne Willen und Wissen seiner Programmierer, im Sterben als Nebenprodukt die Nekrozyten hervorgebracht.«

»Was machen die denn nun eigentlich?«

»Erstens werden sie, wie ich meine, die Rolle der ältesten irdischen Bakterien erfüllt, sich also einfach nur vermehrt haben. Sicher hat es viele Arten gegeben, und die meisten sind, wie es die Evolution mit sich bringt, ausgestorben. Nach einiger Zeit sind symbiotische Gattungen aufgetreten, solche also, die zusammenarbeiten, weil es allen Seiten nützt. Aber ich sage noch einmal: keinerlei Intelligenz, nichts dergleichen. Sie sind – wie etwa die Grippeviren – lediglich zu einer großen Modifikationsvielfalt imstande. Im Unterschied zu den irdischen Bakterien sind sie keine Parasiten, weil sie gar keine Wirte haben konnten, sieht man von den Rechnerruinen ab, aus denen sie schlüpften. Diese waren nur der anfängliche Nährboden. Die Sache komplizierte sich dadurch, daß es inzwischen zu einer Zweiteilung sämtlicher Waffen gekommen war, die dort entstanden, solange die Programme noch einigermaßen nach ihren Vorgaben arbeiten konnten.«

»Ich errate etwas. Eine Trennung in Waffen, die gegen das Leben, und solche, die gegen unbelebte Gegner gerichtet sind.«

»Die Maus ist schlau. So muß es gewesen sein. Allerdings dürfte von den ersten Nekrozyten, die sicherlich vor vielen Jahren entstanden sind, nichts mehr übrig sein. Aus den Nekrozyten entstanden die Selenozyten. Anders ausgedrückt, sie begannen sich zu vereinigen, um zu überleben und Vielseitigkeit zu gewinnen, etwa wie gewöhnliche Krankheitserreger, die unter der Wirkung von Antibiotika ihre Virulenz dadurch verstärken, daß sie gegen Antibiotika immun werden.«

»Was hat auf dem Mond die Rolle der Antibiotika gespielt?«

»Darüber könnte man lange reden. Vor allem waren für die Selenozyten natürlich alle Produkte der militärischen Autoevolution gefährlich, die die Aufgabe hatten, jegliche ›Kraft des Feindes‹ zu vernichten.«

»Ich verstehe nicht recht.«

»Na was denn, in der Agonie liegt das Mondprojekt erst *heute*, aber jahrelang zuvor gab es dort eine Spezialisierung und Progression der Waffen, die erst simuliert und dann produziert wurden. Einige von ihnen gingen auf die Selenozyten los.«

»Aha, sie betrachteten sie als Feind, den es zu vernichten galt.«

»Jawohl. Es war ein vorzügliches Doping, das Pendant der Geschütze, mit denen die Pharmaindustrie auf die Bakterien feuert. Das führte die Akzeleration der Entwicklung herbei. Die Selenozyten behielten die Oberhand, weil sie sich als funktionstüchtiger erwiesen. Der Mensch kann einen Schnupfen, der Schnupfen aber nie einen Menschen haben. Das ist ganz klar, nicht wahr? Die großen komplizierten Systeme spielten dort die Rolle des Menschen.«

»Und dann?«

»Dann gab es eine sehr interessante und gänzlich unerwartete Wende. Die Immunität wurde von einer passiven zu einer aktiven.«

»Das verstehe ich nicht.«

»Es war der Übergang von der Verteidigung zum Angriff. Die Selenozyten beschleunigten – dazu noch gewaltsam – den Ruin des Rüstungswettlaufs auf dem Mond.«

»Dieser Staub?«

»Jawohl, dieser Staub. Und als die Reste des großartigen Genfer Entwurfs schon in den letzten Zügen lagen, erhielten die Selenozyten unerwartet Verstärkung.«

»Nämlich?«

»Durch den Dispersanten. Sie bemächtigten sich seiner. Sie zerstörten ihn nicht, sondern schluckten ihn, trieben mit ihm einen logisch-elektronischen Informationsaustausch. Es kam zur Bastardisierung, zu einer Kreuzung.«

»Wie konnte das passieren?«

»Das ist gar nicht so unwahrscheinlich, denn auch ich bin von Silikonpolymeren mit Halbleitermerkmalen ausgegangen, anderen natürlich, aber die Adaptivität *meiner* Teilchen und derer des Mondes war in etwa gleich. Verwandtschaft, fern, aber immerhin. Letztlich erzielt man, wenn man vom gleichen Baustoff ausgeht, stets Resultate, die einander gleichen.«

»Und nun?«

»Da bin ich noch nicht restlos dahintergekommen. Der

Schlüssel könnte deine Landung sein. Warum bist du im Mare Ignium gelandet?«

»Im japanischen Sektor? Weiß ich nicht. Ich erinnere mich nicht.«

»Überhaupt nicht?«

»Eigentlich nicht.«

»Und deine rechte Hälfte?«

»Auch nicht. Ich kann mich schon ganz gut mit ihr verständigen. Aber behalten Sie das bitte für sich.«

»Ich behalte es für mich. Sicherheitshalber unterlasse ich die Frage, wie du das machst. Was weiß sie?«

»Daß ich, als ich an Bord zurückkehrte, die Tasche voll von diesem Staub hatte. Wie er hineingekommen ist, weiß sie aber nicht.«

»Du kannst ihn an Ort und Stelle selber eingesackt haben. Die Frage ist nur, warum?«

»Nach dem zu schließen, was ich soeben erfahren habe, muß ich es selber getan haben. Von allein werden mir diese Selenozyten ja nicht in die Tasche gekrochen sein. Ich kann mich aber an nichts erinnern. Was weiß die Agentur?«

»Der Staub hat Aufregung und Panik ausgelöst, zumal dadurch, daß er deiner Spur gefolgt ist. Weißt du das?«

»Ja, Professor S. hat es mir gesagt. Vor einer Woche war er hier.«

»Damit du dich untersuchen läßt? Hast du abgelehnt?«

»Nicht direkt. Ich spiele auf Zeit. Hier ist jedenfalls noch jemand, der mir abgeraten hat. Ich weiß nicht, in wessen Namen. Er spielt hier einen Patienten.«

»Davon hast du noch mehr um dich.«

»Was heißt das? Daß der Staub ›meiner Spur gefolgt‹ ist? Hat er mir nachspioniert?«

»Nicht unbedingt. Man kann der Träger von Krankheitserregern sein, ohne davon zu wissen.«

»Aber die Geschichte mit dem Raumanzug?«

»Ja, das ist eine harte Nuß. Das hat dir jemand eingefüllt, oder du hast es selbst getan. Die Frage ist nur, wozu.«

»Wissen Sie es nicht?«

»Ich bin kein Hellseher. Die Situation ist reichlich verworren. Du bist gelandet, um ETWAS zu holen. Du hast ETWAS gefunden. JEMAND hat dich der Erinnerung zu berauben gesucht, und zwar in beiden Angelegenheiten. Daher die Kallotomie.«

»Also gab es mindestens drei antagonistische Seiten?«

»Es kommt nicht auf die Zahl an, sondern darauf, sie zu identifizieren.«

»Warum ist denn nun gerade das so wichtig? Früher oder später wird das Fiasko des ganzen Mondprojekts doch sowieso publik. Und wenn diese Selenozyten auch zum ›Immunsystem‹ des Mondes geworden sind – welchen Einfluß kann das auf die Erde haben?«

»Einen zweifachen. Erstens – das war lange vorauszusehen – eine Erneuerung des Wettrüstens. Zweitens – das ist die hauptsächliche Überraschung – das Interesse, das die Selenozyten *an uns* zeigen.«

»An den Menschen? An der Erde? Nicht nur an mir?«

»Das ist es ja.«

»Was machen sie denn?«

»Vorläufig vermehren sie sich.«

»In den Labors?«

»Ehe unsere Leute überhaupt durchsahen, war das Zeug in alle Himmelsrichtungen verflogen. Dir ist nur ein winziger Teil gefolgt.«

»Und dieses Zeug vermehrt sich? Und weiter?«

»Weiter nichts, ich sagte es doch. Die Dinger sind so groß wie Ultraviren.«

»Wovon ernähren sie sich?«

»Von Sonnenenergie. Ich habe gehört, daß man sie

schon auf etliche Trillionen schätzt, zu Wasser, zu Lande und in der Luft.«

»Und sie sind völlig unschädlich?«

»Bis jetzt ja. Das ist es doch, was die größte Sorge ausgelöst hat.«

»Warum denn?«

»Ganz einfach: Nicht nur aus beträchtlicher Höhe, sondern auch auf dem Handteller sehen sie aus wie feinkörniger Sand. Du bist gelandet, und dafür muß es einen Grund gegeben haben. Aber was für einen? Das ist es, was herausgebracht werden soll.«

»Wenn ich mich aber an nichts erinnere – weder ich noch das übrige von mir?«

»Wie du mit diesem übrigen klarkommst, weiß ja keiner, und außerdem gibt es verschiedene Arten von Amnesie – unter Hypnose oder anderen besonderen Umständen läßt sich ein Mensch entlocken, woran er sich um keinen Preis erinnern konnte. Mit dir gehen sie sanft und behutsam um, weil sie Angst haben, ein Schock, eine Gehirnerschütterung oder irgendein Trauma könnte beschädigen oder auslöschen, was du wissen könntest, wenn du dich auch nicht erinnerst. Außerdem liegen unsere Leute untereinander in Zwietracht über die angemessene Methode der Untersuchung. Diese Fehde ist deiner Gesundheit bisher sehr zuträglich gewesen.«

»Ich glaube nun zu wissen, welchen Stellenwert ich in dieser Geschichte einnehme. Warum haben aber die Erkundungsflüge nach mir nichts gebracht?«

»Wer hat dir das gesagt?«

»Mein erster Besucher, der Neurologe.«

»Was hat er konkret gesagt?«

»Daß die Kundschafter zwar zurückgekehrt, aber mit einer Show konfrontiert worden seien. So drückte er sich aus.«

»Verlogenerweise, denn soviel ich weiß, hat es nacheinander drei Erkundungen gegeben. Zwei waren teleferistisch, und sämtliche Sendlinge sind dabei draufgegangen. Meiner wurde nicht mehr verwendet, nur die konventionellen Typen. Sie besaßen zwar besondere Raketen, um Gesteinsproben an Bord des Raumschiffs schießen zu können, aber es kam dabei nichts heraus.«

»Wer hat sie vernichtet?«

»Das weiß man nicht, weil der Funkkontakt sehr schnell abbrach. Sie waren erst im Landeanflug, als sich das Gelände in einem Radius von mehreren Meilen sofort mit einem Nebel oder Qualm überzog, den kein Radar mehr durchdrang.«

»Das ist mir neu. Und der dritte Kundschafter?«

»Er war am Ort, landete und kam zurück. In völliger Amnesie. Erst an Bord kam er zu sich. So habe jedenfalls ich es gehört, ich bin nicht ganz sicher, ob es stimmt. Gesehen habe ich ihn nicht. Je dunkler die Lage, desto größer die Geheimhaltung. Daher weiß ich nicht, ob auch er solchen Staub mitgebracht hat. Ich schätze, man wird den armen Kerl in die Mangel nehmen, dabei aber nicht viel Erfolg haben. Sonst wäre man nicht so scharf auf dich.«

»Was soll ich tun?«

»Ich sehe die Sache als verkorkst, aber nicht hoffnungslos an. Die Selenozyten werden in relativ kurzer Zeit die Überreste der Mondrüstung endgültig abservieren. Sie agieren nach der Kurzschlußmethode, vernichten zuerst, was ihnen Gefahr bringt. Das Mondprojekt ist zwar in aller Stille längst abgeschrieben, aber darum geht es nicht. Wir haben hier einige erstklassige Informatiker, die der Ansicht sind, der Mond beginne sich für die Erde zu interessieren. Das Motto lautet: ›Die Selenosphäre greift in die Biosphäre ein.‹«

»Also doch eine Invasion?«

»Nein. Nein, sosehr die Meinungen auch geteilt sind. Nichts im Sinne traditioneller Auffassungen. Es sind viele dienstbare Geister versandt worden, ordentlich in Flaschen verkorkt. Sie haben sich daraus befreit und einander beim Kragen genommen, als Nebenprodukt aber tote Mikroorganismen von gewaltiger Lebenskraft gezeugt. Nach einer vorsätzlichen Invasion sieht das nicht aus, eher nach einer Pandemie.«

»Da begreife ich nicht den Unterschied.«

»Ich kann das nur bildlich erklären. Die Selenosphäre verhält sich gegen Eindringlinge wie ein Immunsystem gegen Fremdkörper. Antigene erzeugen Antikörper. Selbst wenn es sich nicht genau so verhält, müssen wir diese Begriffe verwenden, um überhaupt etwas begreifen zu können. Die beiden Kundschafter, die nach dir dort oben waren, verfügten über den neuesten Typ der Bewaffnung. Ich kenne die Einzelheiten nicht, aber es handelte sich weder um konventionelle noch um nukleare Waffen. Die Agentur hält die Vorgänge geheim, aber die Staubwolken auf dem Mond waren so groß, daß sie von vielen astronomischen Observatorien bemerkt und fotografiert wurden. Mehr noch: Nachdem die Wolken sich gelegt hatten, wies das Gelände Veränderungen auf. Trichter waren entstanden, die in nichts den typischen Mondkratern glichen. Die Agentur kann das nicht leugnen, daher hüllt sie sich in Schweigen. Der Stab hat sich erst hinterher an den Kopf gefaßt, als es als möglich angesehen werden konnte, daß man mit einer um so heftigeren Gegenoffensive rechnen muß, je gewaltsamere Mittel der Erkundung eingesetzt werden.«

»Also doch . . .«

»Nein, nein, keinerlei ›doch‹, denn das ist kein Feind oder Gegner, sondern lediglich eine Art gigantischen Ameisenhaufens. Mir sind so kuriose Vermutungen zu Ohren gekommen, daß ich sie lieber nicht wiedergeben will. Wir müssen Schluß machen. Bleib sitzen, wo du sitzt. Solange man nicht restlos den Verstand verliert, bleibst du ungeschoren. Ich verreise für drei Tage, am Sonnabend will ich mich wieder melden, gleiche Stelle, gleiche Welle! Bleib gesund, mein wackerer Missionar!«

»Auf Wiederhören!« sagte ich, war aber nicht sicher, ob er es noch gehört hatte, denn plötzlich war alles still. Ich nahm die glänzende Olive aus dem Ohr, wickelte sie nach einigem Besinnen in Stanniol und legte sie in eine angerissene Schachtel mit Pralinen. Ich hatte viel Zeit und Stoff zum Nachdenken, mehr aber nicht. Vor dem Schlafengehen zog ich die Vorhänge zurück. Die Nachtfalter waren weg, offenbar hinweggelockt von den beleuchteten Fenstern anderer Pavillons im Park. Der Mond schwamm durch weißliche Federwolken. Da haben wir uns was eingebrockt, dachte ich und zog mir die Decke über den Kopf.

•

Am nächsten Morgen – ich lag noch im Bett – klopfte Gramer bei mir an. Er sagte, Padderhorn habe am Vortage eine Gabel verschluckt, es sei nicht das erste Mal, daß er Besteckteile zu selbstmörderischen Zwecken benutzt habe. Er stehe unter ständiger Aufsicht, vor einer Woche habe er einen Schuhlöffel geschluckt. Daraufhin sei eine Oesophagoskopie gemacht worden, er habe einen Löffel von einem halben Meter Länge verordnet bekommen, diese Gabel aber wohl heimlich im Speisesaal geklaut.

»Bist du nur wegen solchen Tafelsilbers gekommen?« fragte ich mit maßvoller Freundlichkeit. Gramer seufzte tief, knöpfte seinen Pyjama bis oben hin zu und ließ sich neben mir in einem Sessel nieder.

»Nein, nicht nur«, sagte er mit sonderbar schwacher Stimme. »Es steht nicht gut, Jonathan.«

»Kommt drauf an, für wen«, gab ich zurück. »Ich jedenfalls habe nicht die Absicht, etwas zu schlucken.«

»Es steht wirklich schlimm«, sagte Gramer noch einmal. Er hatte die Hände über dem Bauch gefaltet und drehte die Daumen umeinander. »Ich habe Angst um dich, Jonathan.«

»Nur ruhig Blut«, erwiderte ich, schüttelte mein Kopfkissen auf und schob mir ein kleineres unter den Nacken. »Ich stehe unter sicherem Schutz. Du hast doch sicher von den Nekrozyten gehört?«

Er war so perplex, daß ihm der Mund offenblieb und sein Gesicht ohne jede Absicht jene dümmliche Miene gewann, die er als in seinen Träumen unersättlicher Millionär aufzusetzen pflegte.

»Ich sehe, du hast davon gehört. Von der Selenosphäre sicherlich auch? Was? Oder hast du nicht die Dienststellung, daß du in solche Dinge eingeweiht wirst? Weißt du vielleicht etwas vom kläglichen Schicksal der sogenannten kollaptischen Waffe, von den letzten Erkundungen und den Wolken überm Mare Ignium? Nein, das wird man dir bestimmt nicht gesagt haben . . .«

Er saß da, starrte mich mit runden Fischaugen an und schnaufte.

»Sei so freundlich, Adelaide, und gib mir die Bonbonniere vom Schreibtisch«, forderte ich ihn lächelnd auf. »Ich esse vor dem Frühstück gern was Süßes.«

Da er sich nicht rührte, stieg ich selbst aus dem Bett, um die Pralinen zu holen. Unter meine Schlafdecke zurückgekehrt, bot ich ihm die Schachtel, hielt aber den Daumen so, daß die bewußte Ecke zugedeckt war.

»Bitte!«

»Woher weißt du das?« fragte er endlich heiser. »Wer . . . du hast doch . . .«

»Du regst dich unnötig auf«, sagte ich etwas undeutlich, weil mir das Marzipan am Gaumen klebte. »Ich weiß, was ich weiß. Und das nicht nur über meine Abenteuer auf dem Mond, sondern auch über die Mißlichkeiten meiner Kollegen.«

Wieder verschlug es ihm die Sprache. Er sah sich im Zimmer um, als wäre er zum ersten Male hier.

»Funkgeräte, Relais, geheime Leitungen, Antennen und Modulatoren, nicht wahr?« fragte ich. »Nichts davon gibt es hier, nur im Bad tropft es ein wenig aus der Dusche, offenbar ist die Dichtung kaputt. Was wunderst du dich? Weißt du wirklich nicht, daß *sie* sich in *mir* befinden?«

Er war wie vor den Kopf geschlagen, wischte sich schweigend den Schweiß von der Nase und griff sich ans Ohrläppchen. Diese Symptome der Verzweiflung bereiteten mir aufrichtiges Mitgefühl.

»Vielleicht singen wir zweistimmig ein Liedchen?« schlug ich vor. Die Pralinen waren köstlich, ich mußte aufpassen, daß nicht zu wenige übrigblieben. Ich leckte mir die Lippen und sah Gramer an.

»Nun beweg dich mal und sag was, du machst mich ganz traurig. Du hattest Angst um mich, und nun mache ich mir Sorgen um dich. Denkst du, daß du Schwierigkeiten bekommen könntest? Wenn du dich anständig benimmst, kann ich ein Wort für dich einlegen. Du weißt ja, *wo.*«

Ich bluffte, aber warum sollte ich das nicht tun? Allein die Tatsache, daß er mit so wenigen Worten total aus der Fassung gebracht werden konnte, zeugte von der Ratlosigkeit seiner Auftraggeber, wer immer sie waren.

»Ich verspreche dir, daß ich weder Namen noch Institutionen nennen werde, denn ich will dir nicht noch zusätzlich Ärger machen.«

»Tichy«, ächzte er schließlich. »Um Gottes willen! Nein, das kann nicht sein. *Sie* wirken überhaupt nicht so.«

»Habe ich denn gesagt, *wie* sie wirken? Ich hatte einen Traum, außerdem bin ich der Natur nach ein Hellseher.«

Gramer faßte plötzlich einen Entschluß. Er legte einen Finger vor den Mund und verließ das Zimmer. Von seiner Rückkehr überzeugt, versteckte ich die Bonbonniere unter den Hemden im Wäscheschrank, und ich schaffte es sogar, mich zu duschen und zu rasieren, ehe er wieder sachte klopfte. Er hatte den Morgenmantel mit seinem weißen Anzug vertauscht, in der Hand trug er, in ein Badetuch gewickelt, ein ziemlich großes Bündel. Er zog die Vorhänge vors Fenster und packte kleine Geräte aus, deren schwarze Buchsen er auf die Wände richtete. Ein kleines, aus einem schwarzen Kasten hängendes Kabel schloß er an einen Schalter an und hantierte noch ein Weilchen daran herum, tüchtig schnaufend, denn er war wirklich fett, der Bauch völlig echt. An die sechzig dürfte Gramer gewesen sein, er hatte abstehende Ohren mit riesigen Muscheln, auf den Knien quälte er sich mit seiner Elektronik herum, und als er sich endlich aufrichtete, war sein Gesicht tief gerötet.

»So«, sagte er, »wennschon, dennschon. Reden wir.«

»Worüber denn?« wunderte ich mich, während ich mir mein schönstes Hemd mit seinem unerhört praktischen, weil dunkelblauen Kragen überstreifte. »Du bist es, der zu reden hat, denn dir brennt es ja auf den Nägeln. Erzähle mir von dieser Angst, in die dich die Sorge um mein Schicksal versetzt hat. Erzähle mir von dem Burschen, der dir versichert hat, ich säße hier besser unter Verschluß als eine Fliege in einer verkorkten Flasche. Rede übrigens, was du willst, schütte mir dein Herz aus, tu dir keinen Zwang an. Du wirst sehen, wie leicht dir davon wird.«

Plötzlich – mir nichts, dir nichts wie ein Pokerspieler, der den Einsatz überbietet, ohne etwas in der Hand zu haben – fragte ich: »Wo kommst du eigentlich her – aus der vierten Abteilung?«

»Nein, aus der ers . . .«

Er stockte, dann setzte er hinzu: »Was weißt du über mich?«

»Genug davon«, sagte ich und setzte mich so auf einen Stuhl, daß ich die Lehne vor mir hatte. »Du glaubst doch wohl nicht, daß du ohne Gegenleistung etwas von mir erfährst.«

»Was soll ich dir sagen?«

»Wir können mit Shapiro anfangen«, sagte ich verträglich.

»Er ist von der LA. Das steht fest.«

»Aber er ist nicht *nur* Neurologe?«

»Nein. Er hat noch ein zweites Spezialgebiet.«

»Sprich weiter.«

»Was weißt du von der Nekrosphäre?«

»Was weißt du davon?«

Die Angelegenheit begann undurchsichtig zu werden. Vielleicht hatte ich überzogen. Wenn er nur Agent eines Sicherheitsdienstes war, ganz egal, woher, konnte er nicht allzu viel wissen. Hochdotierte Fachleute schickt man nicht auf solche Trips. Da der Fall aber ungewöhnlich war, konnte ich mich irren.

»Schluß mit dem Blindekuhspiel«, sagte Gramer. Er war desperat, sein weißes Jackett unter den Achseln völlig durchgeschwitzt.

»Setz dich mal lieber neben mich«, knurrte er und ließ sich auf den Teppich nieder.

Ich folgte seiner Aufforderung. Umringt von Strippen und Geräten, saßen wir voreinander, als wollten wir die Friedenspfeife rauchen.

XI. DA CAPO

Ehe er noch den Mund aufgemacht hatte, näherte sich draußen das Dröhnen eines Triebwerks, und ein großer Schatten zog über das Parkgelände. Das Donnern schwächte sich ab und kam zurück. Direkt über den Baumkronen schwebte ein Hubschrauber und zerschnitt mit seinen Rotorblättern die Luft. Es knallte zweimal, als habe jemand die Korken gigantischer Sektflaschen springen lassen. Die Maschine kam so tief herunter, daß ich die Männer in der Kabine sehen konnte. Einer öffnete die Tür und feuerte noch einmal aus dem nach unten gerichteten Signalwerfer. Gramer riß es auf die Füße, ich hätte nie geglaubt, daß er so schnell sein konnte. Den Kopf im Nacken, rannte er hinaus.

Aus dem Hubschrauber fiel etwas Glänzendes und verschwand im Gras, die Maschine stieg mit aufheulendem Triebwerk in die Höhe und flog davon. Gramer war in die Knie gegangen und durchwühlte das hohe Gras, bis er einen etwa fußballgroßen Behälter fand. Er öffnete ihn und zog einen Umschlag hervor, den er, immer noch gebückt und auf den Knien, sofort aufriß. Die Nachricht, die darin enthalten war, konnte nicht belanglos sein, denn Gramer fingen die Hände an zu flattern. Er wandte den Blick zu mir herüber, sein Gesicht war bleich und verändert. Noch einmal nahm er sich, bevor er aufstand, den Briefbogen vor, dann zerknüllte er ihn und steckte ihn in die Brusttasche. Ohne Eile und ohne sich die Mühe zu machen, den Parkweg zu benutzen, kam er quer über den Rasen zu mir zurück. Er trat ein und versetzte dem größten der Antiabhörgeräte wortlos einen Fußtritt, daß es darin knackte und den Ritzen des metallenen Kastens der bläuliche Qualm eines Kurzschlusses entquoll. Ich blieb auf dem Fußboden sitzen, während Gramer seine unbezahlbaren Apparate zertrampelte und die Kabel zerriß, als wäre er wirklich verrückt geworden. Schließlich zog er sein Jackett aus, hängte es über meinen Stuhl und ließ sich atemlos in einen Sessel fallen. Dann sah er mich an, als bemerke er mich erst jetzt, und stöhnte laut auf.

»Das ist nur so, aus lauter Ärger«, erklärte er, nicht recht plausibel. »Ich gehe wahrscheinlich in Rente. Auch deine Karriere ist zu Ende. Den Mond kannst du vergessen und Shapiro eine Ansichtskarte schreiben, eventuell an die Adresse der Agentur. Die wird aus reinem Beharrungsvermögen noch eine Weile ihre Amtsgeschäfte führen.«

Ich sagte nichts, weil ich nicht auf einen neuen Dreh hereinfallen wollte. Gramer zog ein kariertes Tuch aus der Tasche, trocknete sich die schweißnasse Stirn und sah mich voller Wehmut und Mitgefühl an.

»Vor zwei Stunden hat es angefangen und zieht seine Kreise wie der Satan, überall gleichzeitig. Kannst du dir das vorstellen? Wir sind restlos pazifiziert, hier und drüben, überm Ozean, von Pol zu Pol, hin und zurück! Ein Globalverlust von etwa 900 Billionen! Den Kosmos mitgerechnet, denn als erste sind die Satelliten ausgefallen. Was glotzt du denn so?« fuhr er mich ärgerlich an. »Kannst du es dir nicht denken? Ich habe einen Brief von Uncle Sam bekommen . . .«

»Ich bin schwach im Rätselraten.«

»Du denkst, wir spielen immer noch, nicht wahr? Nein, Brüderchen, das Spiel ist aus. Beschreibe deine Abenteuer, die Agentur, deine Mission und was du willst. In ein paar Wochen hast du ausgesorgt fürs ganze Leben, es wird garantiert ein Bestseller. Und niemand wird dir deswegen auch nur ein Haar krümmen. Nur beeilen mußt du dich, damit dir die Burschen von der Agentur nicht zuvorkommen. Vielleicht sitzen sie schon an ihren Memoiren aus einer verflossenen Zeit ...«

»Was ist denn passiert?«

»Alles. Hast du mal von *Soft Wars* gehört?«

»Nein.«

»Und von *Core Wars*?«

»Sind das Computerspiele?«

»Na siehst du, du weißt es doch! Ja, es sind Programme, die alle anderen Programme vernichten. Das ist schon in den achtziger Jahren erfunden worden. Damals war es reine Dummheit, Spielerei von Programmierern. Infektion integrierter Schaltkreise nannte man es, ein Unterhaltungsspiel. Dwarf, Creeper, Raider, Reaper, Darwin und eine Menge anderer. Ich weiß nicht, warum ich hier sitze und dir einen Vortrag über die Pathologie der Rechentechnik halte! Was mich das an Gesundheit gekostet hat! Ich sollte dich anködern, und jetzt bin ich so gütig, dir Bildung zu vermitteln, statt mich um einen neuen Job zu kümmern!«

»Der Onkel hat dir den Brief per Hubschrauber geschickt? Gibt es demnach kein Postwesen mehr?« fragte ich. Ich witterte in alledem immer noch eine Hinterlist. Gramer nahm sein Scheckheft heraus und krakelte etwas quer über ein Formular, das er zu einem Pfeil faltete und mir auf den Schoß fliegen ließ.

»Dem Missionar zum Andenken an seine treue Adelaide«, las ich.

»Damit vertreiben wir uns jetzt die Zeit?« fragte ich und sah ihn an.

»Was anderes ist nicht übriggeblieben. Der Onkel läßt natürlich auch dich grüßen. Ein Postwesen gibt es nicht mehr, es gibt überhaupt nichts mehr. Nichts!« Er schlug mit dem Arm einen Kreisbogen. »Vor zwei Stunden ist es losgegangen, ich sage es dir doch! Es lohnt sich nicht einmal, nach Schuldigen zu suchen. Auch dein Professor ist bereits arbeitslos, ein so gutmütiger alter Herr! Bloß gut, daß ich mir noch rechtzeitig ein Haus gekauft habe. Ich werde Rosen züchten, eventuell auch Gemüse anbauen, da es ja wieder zum Austausch Ware gegen Ware kommt. Das Bankwesen ist bei der Gelegenheit auch in die Binsen gegangen. Mir wird schwül . . .«

Er fächelte sich mit dem Scheckheft Luft zu, dann sah er es voller Widerwillen an und warf es in den Papierkorb.

»Pax vobiscum«, sprach er. »Et cum spiritu tuo. Hol's der Teufel!«

Mir begann etwas zu dämmern. Seine Verzweiflung war nicht gespielt.

»Diese Viren . . .?« fragte ich bedächtig.

»Du wirst scharfsinnig! Jawohl, mein wackerer Missionar. Du hast alles kurz und klein geschlagen. Du warst es ja, der dieses listige Pulver auf die Erde gebracht hat. Man kann dir jetzt den Friedensnobelpreis verleihen oder dich wegen allgemeinen Hochverrats an die Wand stellen. Den Nobelpreis solltest du dir nicht einbilden, aber ein Platz in der Geschichte ist dir sicher. Nur werden in den nächsten Jahren die Fetzen fliegen in dem Streit, ob die Seuche, die du eingeschleppt hast, heilsam oder verderblich war. Aber du wirst in jedem Lexikon stehen.«

»Vielleicht in deiner Gesellschaft?« bot ich ihm an, denn ich hatte zwar noch nicht völlig begriffen, was für eine Katastrophe sich abgespielt hatte, war aber sicher, daß Gramer nichts vortäuschte. Dafür hätte ich beide Hälften meines armen Kopfes hingegeben.

»Es gab mal ein Programm unter dem Kryptonym ›*Worm*‹ – das Würmchen.« Gramer sprach phlegmatisch, beinahe gelangweilt. »Du mußt wissen, daß ein ordentlicher Fachmann auf meinem Gebiet inzwischen Hochschulbildung braucht. Die Zeiten sind vorbei, daß man nur eine hübsche Frau zu sein und mit jemandem ins

Bett zu steigen brauchte, um ihm Dokumente zu klauen, sie im Badezimmer abzulichten und schleunigst am nächsten Treff abzuliefern. Nein, erst mußt du deinen Doktor der Mathematik und der Informatik machen, dann kommt die höhere Spezialausbildung – du hast das halbe Leben rum, ehe du überhaupt anfangen kannst.«

»Als Spion?«

»Spion!« sagte er, ließ sich das Wort auf der Zunge zergehen und zuckte verächtlich die Achseln. »Spion!« wiederholte er und ließ die dunkelblauen, weißgestirnten Hosenträger einige Male gegen die Brust schnellen. »Rede doch kein dummes Zeug«, fuhr er in mildem Ton fort. »Ich bin Staatsbeamter mit Sondergehalt, alles im Rahmen höherer Gründe. Der ›Spion‹ paßt auf mich wie die Faust auf eine Nase. Übrigens spielt das ohnehin keine Rolle mehr. Aus diesen Wurmprogrammen jedenfalls entstand die Theorie der Informationserosion. Hast du davon gehört?«

»Nur ungefähr.«

»Na also. Nachher zeigte sich, daß es nicht die Erfindung eines *Professor of Computer Science*, sondern von Bakterien gewesen war, und das schon vor zirka vier Milliarden Jahren. Plus / minus zweihundert Jahrmillionen sind einen Streit dabei nicht wert. Ja, schon diese ältesten Zellen, diese ersten, deren jede bereits ihr Programm besaß, fraßen sich gegenseitig an und auf, weil noch niemand da war, der von Herpes oder von Krebs befallen werden konnte. Den großen Experten sind solche Analogien natürlich nicht aufgefallen, weil ihre Köpfe durch kolossales Wissen verstopft waren. So kam es nur einige Male zu solchen Versuchen: im Rahmen eines verstohlenen Konkurrenzkampfes großer Konsortien, um die Computer der anderen stillzulegen. Damals sind diese *battle programms* entstanden, du wirst davon gelesen haben.«

»Das ist aber doch lange her . . .«

»Vierzig oder fünfzig Jahre. Eben darum ist jetzt alles in Staub zerfallen. Außer dem Knüppel, dem Küchenmesser und dem Revolver gibt es doch keine Waffe, die nicht vom Computer abhängig wäre! Überall steckten Programme und Mikroprozessoren, und dadurch ist es passiert. Hast du vielleicht mal versucht, irgendwo anzurufen?«

»Heute noch nicht. Warum?«

»Die automatischen Zentralen sind ebenfalls außer Betrieb. Mann, diese Viren sind überall auf einmal eingedrungen! Hast du Radio gehört?«

»Nein. Ich habe ja auch gar keins.«

»Sie verfügen über keinen Intellekt. Das war von Anfang an klar. An Verstand haben sie soviel wie der erste beste Virus. An Virulenz und Erosionsfähigkeit aber – das Maximum! Ich weiß auch nicht!« sandte er einen Klageruf gegen die Wand, an der goldgelb die Blumen einer Van-Gogh-Reproduktion prangten. »Was soll ich mich denn jetzt noch mit dir abgeben? Ich werde spazierengehen oder mich aufhängen. Mit diesen Strippen!« Er gab erneut einem seiner Apparate einen Tritt.

»Was von vorn wie ein verwickeltes Geheimnis aussieht, ist von hinten gewöhnlich simpel wie ein Stück Draht«, sagte er. »Haben wir die besten waffenerzeugenden Programme auf den Mond geschickt? Jawohl. Haben sie sich jahrelang vervollkommnen können? Und wie! Sind sie mit Volldampf aufeinander losgegangen? Natürlich, anders hatte es gar nicht sein können. Wer hat gesiegt? Wie immer derjenige, der im geringsten Rauminhalt die größte Virulenz unterbringt. Die Parasiten haben gesiegt, die molekularen Winzlinge! Ich weiß nicht mal, ob sie schon getauft sind. Ich würde als Namen vorschlagen: ›Virus Lunaris Pacemfaciens‹. Neugierig bin ich nur noch, zu erfahren, *was* dich *wie* auf den Mond gelockt hat, damit du diese wohltätige Pest einschleppen konntest. Du kannst es mir ruhig sagen, es ist Privatsache, denn für die Regierungen spielt es jetzt keine Rolle mehr.«

»Sämtliche Programme sind ausgelöscht, die Speicher in den Computern, alles?« fragte ich wie betäubt. Erst jetzt begann ich das Ausmaß dieser Neuigkeit zu erfassen.

»Jawohl, mein pfundiger Missionar! Pfundweise nämlich hast du uns die Pest eingeschleppt, sicher nicht mit Absicht, denn woher hättest du das wissen können! Wir sind zurückgefallen in die erste Hälfte des zwanzigsten Jahrhunderts. In technischer Hinsicht und überhaupt. Damals gab es allerdings Kanonen. Die müssen jetzt erst wieder aus den Museen geholt werden.«

»Warte mal, Adelaide«, unterbrach ich ihn. »Warum denn ausgerechnet ins zwanzigste Jahrhundert? Damals gab es doch schon ganz hochgerüstete Armeen.«

»Da hast du recht. Der Zustand ist eigentlich ohne Beispiel. Es ist wie nach einem lautlosen Atomkrieg, bei dem die gesamte Infrastruktur verlorengegangen ist. Die industrielle Basis, das Nachrichtenwesen, das Bankwesen, die Automatisierung. Übriggeblieben sind nur einfache Mechanismen, auch hat weder ein Mensch noch eine Fliege den geringsten Schaden erlitten. Doch, denn es muß eine Menge Unfälle gegeben haben, nur daß keiner ordentlich Bescheid weiß, weil das Nachrichtenwesen ausgefallen ist. Auch die Zeitungen werden ja längst nicht mehr nach Gutenbergs Methode gedruckt. Die Redaktionen hat ebenfalls der Schlag getroffen. Nicht mal in den Autos funktionieren alle Anlagen. Mein Cadillac ist ein Wrack.«

»Es wird doch wohl nur der Dienstwagen sein«, bemerkte ich, »da brauchst du dir keine Sorgen zu machen.«

»Wahrhaftig«, pflichtete er mir bei. »Jetzt sind die Armen obenauf, die Vierte Welt, denn dort haben sie noch alte Schießeisen, vielleicht sogar noch von 1870, dazu die Munition und schließlich Spieße, Bumerangs und Knüppel. Das sind jetzt die ›Massenvernichtungswaffen‹! Wir können uns auf eine Invasion der australischen Ureinwohner gefaßt machen. Bei sich zu Hause dürften sie längst an der Macht sein. Nun kannst du mir wenigstens sagen, warum du da hinuntergeklettert bist! Was schadet es dir denn noch?«

»Glaubst du wirklich, daß ich das weiß?« fragte ich, allerdings nicht allzusehr verwundert, weil ich fühlte, wie mikroskopisch klein meine Person und meine Lage geworden waren. »Ich habe keine Ahnung und bin bereit, dir fünf Prozent der Einkünfte für diesen Bestseller abzutreten, wenn du mir DAS erklären kannst. Nach deinem Studium mußt du doch besser sein als Sherlock Holmes. Ziehe deine Schlüsse, du kennst sämtliche Indizien so gut wie ich.«

Er schüttelte melancholisch den Kopf.

»Er weiß es nicht«, erklärte er den Blumen van Goghs, die jetzt von den Sonnenstrahlen erreicht wurden und einen gelben Widerschein auf mein zerknautschtes Bett warfen. Da mir die Beine weh taten, erhob ich mich aus dem Schneidersitz, nahm aus dem Schrank eine hinter den Anzügen versteckte Flasche Bourbon und aus dem Kühlfach Eiswürfel, schenkte uns beiden ein und schlug vor, auf eine Beerdigung zu trinken: die der Abrüstung durch Aufrüstung.

»Ich habe zwar zu hohen Blutdruck und Zucker«, wandte Gramer ein und drehte das Glas in den Fingern, »aber das eine Mal zählt nicht. Meinetwegen, auf unsere verstorbene Welt!«

»Warum denn ›verstorben‹?« protestierte ich. Wir tranken, Gramer verschluckte sich und hustete, setzte das Glas ab und rieb sich die Wange. Ich bemerkte, wie nachlässig er rasiert war. Mit schwacher Stimme, als sei er plötzlich um zehn Jahre gealtert, sagte er: »Je höher einer durch Computer geklettert war, um so tiefer ist er jetzt gefallen. Sämtliche Programme sind zersetzt.« Er klopfte sich auf die Tasche, in der der Brief von »Uncle Sam« steckte. »Das ist eine Leichenfeier. Eine Epoche ist zu Ende.«

»Wieso denn? Wenn es Medikamente gegen normale Viren gibt . . .«

»Rede keinen Quatsch. Mit welchem Medikament läßt sich ein Leichnam aufwecken? Von allen Programmen auf der Erde, in der Luft, unter Wasser und im All ist doch nichts übrig. Selbst diesen Brief mußten sie mir mit einer alten ›Bell‹ herbringen, weil in den neueren Maschinen alles ausgefallen ist. Einige Minuten nach acht hat es angefangen, und diese Idioten haben geglaubt, es sei eine gewöhnliche Seuche.«

»Überall gleichzeitig?«

Vergebens suchte ich mir das Chaos vorzustellen – in den Banken, auf den Flughäfen, in Ämtern, Ministerien und Krankenhäusern, in Rechenzentren, an Universitäten, in Schulen und Fabriken . . .

»Genaues weiß man nicht, weil es kein Nachrichtenwesen gibt, aber dem zufolge, was ich erfahren habe, überall zur gleichen Zeit.«

»Wie konnte das passieren?«

»Du hast wohl Larvenformen oder Dauersporen mitgebracht, die sich dann lawinenartig vermehrten, um in der Luft, im Wasser und überall einen bestimmten Sättigungsgrad zu erreichen, der dann ihre Aktivierung auslöste. Die Rüstungsprogramme auf dem Mond waren bestgesichert gewesen, und so war es auf der Erde nur ein Kinderspiel. Die totale Bitodemie, ein parasitäres Bitozid. Mit Ausnahme dessen, was lebte, denn auf dem Mond hatten sie mit Lebendem nie zu tun gehabt. Andernfalls hätten sie uns alle erledigt, einschließlich der

Antilopen, Ameisen, Sardinen und sämtlicher Gräser als Zugabe. Laß mich jetzt in Ruhe! Ich habe keine Lust mehr, dir Vorträge zu halten.«

»Wenn es so ist, wie du sagst, beginnt alles von vorn – auf alte Weise.«

»Na klar. In einem halben oder ganzen Jahr findet man ein Antidot gegen den Virus Lunaris Bitoclasticus, man läßt Gegenviren auf ihn los, und die Welt stolpert in die nächste Patsche.«

»Dann büßt du deinen Job vielleicht doch nicht ein.«

»Ich habe die Nase voll«, erklärte er kategorisch. »Nicht unbedingt, weil ich nicht wollte, aber ich bin einfach zu alt. Die neue Ära verlangt eine neue Ausbildung. Antilunare Informatik und so weiter. Der Mond wird sicherlich thermonuklear geschmort und sterilisiert, wenn das auch in die Milliarden geht. Aber ruhig Blut, es rentiert sich.«

»Für wen?« fragte ich. Dieser Gramer war sonderbar, die ganze Zeit tat er, als wolle er sich verabschieden, machte aber keine Anstalten, aufzustehen und zu gehen. Offenbar wollte er mir sein Leid klagen, weil ich als einziger im ganzen Sanatorium wußte, wer er wirklich war. Sollte er mit seinem verpfuschten Leben etwa zu den Psychiatern gehen?

»Für wen?« wiederholte er. »Für die Waffenhersteller, für alle Zweige der Industrie. Für alle. Sie kramen die alten Pläne aus den Bibliotheken, bauen erst ein paar klassische Anlagen und Raketen und machen sich dann über die Computerleichen her. Die ganze Hardware steht ja da wie eine wohlkonservierte Mumie, nur die Software ist beim Teufel. Warte nur ein paar Jahre, dann wirst du sehen!«

»Die Geschichte wiederholt sich niemals genau«, bemerkte ich und schenkte ihm ein, ohne zu fragen. Er leerte das Glas auf einen Zug, verschluckte sich diesmal nicht, aber seine Glatze lief rot an. In dem durchs Fenster einfallenden Sonnenstrahl spielten kleine glänzende Fliegen.

»Dieses Viehzeug ist natürlich heil davongekommen«, sagte Gramer finster. Er sah hinaus in den Park, wo die Patienten wie immer in bunten Morgenmänteln und Pyjamas durch die Alleen schlurften. Der Himmel war blau, die Sonne schien, der Wind wiegte die Kronen der großen Kastanienbäume, die Rasensprenger drehten sich, in den Strahlen des versprühten Wassers spielten die Farben des Regenbogens. Mittlerweile war eine Welt untergegangen, unwiederbringliche Vergangenheit geworden, eine andere aber noch nicht einmal in Sicht. Ich teilte Gramer diesen Gedanken nicht mit – dafür war er zu banal – und schenkte den restlichen Schnaps in die Gläser.

»Willst du mich besoffen machen?« fragte er, trank aber aus, setzte das Glas ab und stand endlich auf. Er warf sich das Jackett über und blieb, die Hand auf der Türklinke, noch einmal stehen.

»Wenn dir etwas einfallen sollte . . . du weißt schon . . . dann schreibe mir. Wir vergleichen es.«

»Wir vergleichen es?« fragte ich wie ein Echo.

»Ja, denn unter uns gesagt: ich habe darüber meine Vorstellungen.«

»Weshalb ich gelandet bin?«

»Sozusagen.«

»Dann heraus damit!«

»Ich darf nicht.«

»Warum nicht?«

»Es steht mir nicht an, ich habe einen Diensteid abgelegt, und Dienst ist Dienst. Wir haben an verschiedenen Seiten des Tisches gesessen.«

»Aber der Tisch ist nicht mehr da. Nun sei mal nicht so dienstgeil. Übrigens kann ich dir mein Ehrenwort geben, es für mich zu behalten.«

»Du bist gut! Du wirst es niederschreiben, veröffentlichen und behaupten, dein Gedächtnis sei zurückgekehrt.«

»Dann wirst du eben mein Teilhaber. Sechs Prozent meines Honorars.«

»Gibst du mir das schriftlich?«

»Selbstverständlich.«

»Zwanzig!«

»Du überspannst die Sache.«

»Ich?«

»Langsam glaube ich ohnehin zu ahnen, was du mir sagen kannst.«

»So?«

Er wurde verlegen. Offenkundig hatte er zuviel Wissenschaft geschluckt, aber zu wenig von anderer Ausbildung genossen. Ich fand, er eignete sich nicht besonders für seinen Beruf, aber ich sagte es ihm nicht. Er wollte sich ja sowieso pensionieren lassen.

Er schloß wieder die Tür, sah – gewiß aus bloßer Routine – aus dem Fenster, setzte sich auf die Kante des Schreibtischs und kratzte sich hinterm Ohr.

»Dann rede«, grunzte er.

»Wenn ich rede, wirst du keinen Cent zu sehen kriegen . . .«

Hinter seinem Rücken grünte der Park. Der alte Padderhorn fuhr in einem Rollstuhl die Allee entlang, in der Hand wie einen Marschallstab seinen halbmeterlangen Löffel. Der Pfleger, der ihn schob, rauchte seine Zigarre. Einige Schritte dahinter folgte Padderhorns Gorilla, nur in Shorts, mit braungebranntem, muskulösem Oberkörper, auf dem Kopf einen breitrandigen weißen Hut, das Gesicht beschattet von einem aufgeschlagenen bunten Comic. Am schlaffen Gürtel baumelte die Pistolentasche und schlug gegen den Oberschenkel.

»Nun mach den Mund auf oder die Tür hinter dir zu,

mein alter Freund!« sagte ich. »Du weißt ja, daß die Agentur sowieso alles abstreitet, was ich veröffentliche.«

»Aber ich kriege Ärger, wenn du mich ganz offen namentlich erwähnst.«

»Gegen Ärger hilft nichts so gut wie Geld. Übrigens werde ich dich erwähnen, falls du mir nichts sagst! Außerdem finde ich, daß du zur Kur mußt. Du bist völlig mit den Nerven herunter, das sieht man. Was guckst du denn so? Du hast mir schon alles entdeckt . . .«

Er war fertig, seine Wangen zuckten. Ein bißchen tat er mir leid.

»Du wirst dich nicht auf mich berufen?«

»Ich ändere Namen und Aussehen.«

»Man wird mich trotzdem erkennen.«

»Nicht unbedingt. Glaubst du etwa, du bist der einzige, den man hier auf mich angesetzt hat? Es kam alles durch euch, stimmt's?«

Er war empört.

»Durch irgendein ›uns‹ überhaupt nicht! Wir haben mit der Lunar Agency nichts zu tun. Die waren es!«

»Wie und zu welchem Zweck?«

»Ich weiß nicht genau, wie, aber ich weiß, zu welchem Zweck. Du solltest nicht zurückkommen. Wärest du dort verschollen, so wäre alles beim alten geblieben.«

»Aber doch nicht ewig. Früher oder später . . .«

»Gerade um das ›später‹ ging es ja! Sie fürchteten deinen Bericht.«

»Schön und gut, aber dieser Staub? Wie ist er in meinen Raumanzug gekommen? Wie konnten sie von ihm wissen?«

»Sie wußten es nicht, aber Lax hatte seine Befürchtungen. Deswegen machte er Ausflüchte mit diesem Dispersanten.«

»Und ihr habt das erfahren?« fragte ich verwundert.

»Einer seiner Assistenten ist unser Mann. Lauger.«

Ich erinnerte mich des ersten Gesprächs mit Lax. Er hatte in der Tat davon gesprochen, daß einer seiner Mitarbeiter ihn hintergangen habe. Die ganze Geschichte erschien in einem neuen Licht.

»Und die Kallotomie – waren die das auch?« fragte ich.

»Keine Ahnung.« Er zuckte die Schultern.

»Du wirst es nie erfahren«, fuhr er fort. »Niemand wird es erfahren. Wenn es um den höchsten Einsatz geht, hört die Wahrheit auf zu existieren. Es bleiben nur Hypothesen, verschiedene Versionen. Wie es bei Kennedy war.«

»Dem Präsidenten?«

»Hier war der Einsatz noch höher, es ging um die ganze Welt! Jetzt stell mir aus, was du versprochen hast.«

Ich entnahm der Schublade Briefpapier und Kugelschreiber. Gramer stellte sich abgewandt ans Fenster. Ich unterschrieb und gab ihm das Schriftstück. Er sah es durch und staunte.

»Hast du dich nicht geirrt?«

»Nein.«

»Zehn Prozent?«

»Jawohl.«

»Du hast zugelegt, da will ich nicht zurückstehen. Der Dispersant *sollte* dich auf den Mond locken.«

»Soll das heißen, daß Lax . . .? Das glaube ich nicht!«

»Lax wußte nichts davon. Lauger kannte alle Pläne, er fügte den Programmen noch eines hinzu. Das war keine Kunst, er ist ja Programmierer.«

»Also ist das doch durch euch gekommen.«

»Nein. Er hat für drei Seiten zugleich gearbeitet.«

»Lauger?«

»Ja. Aber wir brauchten ihn.«

»Schön. Der Dispersant hat mich gerufen, ich bin gelandet. Was aber ist mit diesem Sand?«

»Ein zufälliger Faktor, den niemand vorausgesehen

hat. Wenn nicht du dich an jenen Moment dort oben erinnerst, wird es niemals mehr zu erfahren sein. Von niemandem.«

Er faltete das Papier zusammen und steckte es ein.

»Mach's gut!« warf er mir von der Tür aus zu.

Ich sah ihm nach, er ging zum Hauptgebäude. Ehe er hinter einer Hecke verschwand, ergriff meine Linke die Rechte und drückte sie kräftig. Ich will nicht sagen, daß dieser Ausdruck der Zustimmung mich erfreute. Aber irgendwie mußte das Leben ja weitergehen.

Mai 1984

Von Stanisław Lem erschienen bei Volk und Welt:

Der Planet des Todes, 1954
Gast im Weltraum, 1956
Die Irrungen des Dr. Stefan T., 1959
Die Sterntagebücher des Weltraumfahrers Ijon Tichy, 1961
Der Unbesiegbare, 1967
Test, 1968
Eden, 1971
Die Jagd, 1972
Das Hohe Schloß, 1974 (›Volk und Welt Spektrum‹ 65)
Der getreue Roboter, 1975
Imaginäre Größe, 1976
Der Schnupfen, 1977
Summa technologiae, 1980
Die Stimme des Herrn, 1981
Solaris, 1983 (Broschurausgabe)
Das absolute Vakuum, 1984 (in neuer Reihenausstattung)
Lokaltermin, 1985 (in neuer Reihenausstattung)
Provokation, 1985 (›Volk und Welt Spektrum‹ 198)
Der futurologische Kongreß, 1986
(in neuer Reihenausstattung)

ad libitum

Sammlung Zerstreuung Volk und Welt

Nr. 1

Mit einer Bildgeschichte von Tomi Ungerer und Aphorismen von Albert Einstein

388 Seiten. Broschur
9,80 M

Enthält Texte von:

Daniil Granin
Bernard Malamud
Wolfgang Koeppen
Muin Bessieso
J. T. McIntosh
Stanisław Bereś/
Stanisław Lem
Jorge Amado
István Örkény
Aleksander Mińkowski
Umberto Eco
William Kotzwinkle

Nr. 2

Mit Cartoons von Sempé und Gedankensplittern von Josef Čapek

320 Seiten. Broschur
9,80 M

Enthält Texte von:

Aragon
Fernando Millan
Konstantin Wecker
Ross Macdonald
Tadeusz Różewicz
Wladimir Makanin
Walter Hasenclever/
Kurt Tucholsky
Georges Simenon

ad libitum
Sammlung Zerstreuung Volk und Welt

Nr. 3

Mit drei Briefen
und Cartoons von Loriot

384 Seiten. Broschur
9,80 M

Enthält Texte von:

Warner Law
Max Frisch
Maxim Gorki
P. C. Jersild
José Ortega y Gasset
Woody Allen
Natalja Baranskaja
Charles Bukowski
András Simonffy
André Heller
René Depestre

Nr. 4

Mit Cartoons
von Claire Bretécher
und Grafik
von M. C. Escher

320 Seiten. Broschur
9,80 M

Enthält Texte von:

John Collier
Ljudmila Petruschewskaja
Leonardo Sciascia
Daniel Passent
Albert Einstein
M. C. Escher
Luigi Malerba
Gabriel García Márquez/
Plinio Apuleyo Mendoza
Bohumil Hrabal
Fjodor Abramow
Jomo Kenyatta
Wystan Hugh Auden
Patrick Süskind
Arlindo Barbeitos
Tchicaya U Tam'si
Chenjerai Hove
Henry Barlow
Daniil Granin
Franz Hodjak
Iván Mándy
Juri Trifonow